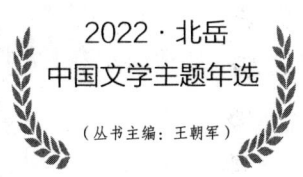

2022·北岳
中国文学主题年选
（丛书主编：王朝军）

2022年散文随笔选粹

记忆

吴佳骏 ◎ 主编

山西出版传媒集团　北岳文艺出版社
·太原·

图书在版编目（CIP）数据

2022年散文随笔选粹：记忆 / 吴佳骏主编. —太原：北岳文艺出版社，2023.5

（2022·北岳·中国文学主题年选 / 王朝军主编）

ISBN 978-7-5378-6710-8

Ⅰ.①2… Ⅱ.①吴… Ⅲ.①散文集—中国—当代 Ⅳ.①I267

中国国家版本馆CIP数据核字（2023）第070349号

| 书　　名：2022年散文随笔选粹：记忆 | 出 品 人：郭文礼 | 责任编辑：赵　婷 |
|---|---|---|
| | | 书籍设计：张永文 |
| 主　　编：吴佳骏 | 策　　划：王朝军 | 印装监制：郭　勇 |

出版发行　山西出版传媒集团·北岳文艺出版社
地　　址　山西省太原市并州南路57号
邮　　编　030012
电　　话　0351-5628696（发行部）
　　　　　0351-5628688（总编室）
传　　真　0351-5628680
经 销 商　新华书店
印刷装订　山西新华印业有限公司

开　　本　787mm×1092mm　1/16
字　　数　332千字
印　　张　21
版　　次　2023年5月第1版
印　　次　2023年5月山西第1次印刷
书　　号　ISBN 978-7-5378-6710-8
定　　价　62.00元

本书版权为本社独家所有，未经本社同意不得转载、摘编或复制

# 用记忆捕捉或镌刻生存

/吴佳骏

　　记忆是一根绳子，这根绳子无形，却结实。它可以套牢许多东西，也可以松绑许多东西。无论套牢，还是松绑，经由绳子捆缚过的一切，都会留下勒痕。这道勒痕，可深可浅，可宽可窄。对于那些记性好的人来说，这道勒痕注定会成为一种条件反射，只要见到或触碰到，准会掀起内心的涟漪，甚至波涛和潮水，将自己淹没掉，令人产生甜蜜、欢愉和幸福；抑或焦灼、惶恐和战栗之感。除非，我们都习惯了失忆，习惯了麻木，习惯了伪饰。

　　忘记就是背叛。

　　所幸有文学，可以安放并激活我们的记忆，让我们在记忆中反刍、省思和审视，总结经验教训，让生活的悲剧不再重演，让温热的火光烛照人间。更多的时候，记忆也许会使我们疼痛和难受，但我们不能因此就背转身去，把记忆抛却，浑浑噩噩、庸庸碌碌地过日子。倘若那样，我们一定会活得没有尊严，这既是对人生的戏弄，也是对命运的辜负。

　　今年，我们将年选的主题确定为"记忆"，其原因概在于此。在这一年中，需要我们记住的人和事，实在是太多太多。我们需要记住那些在抗疫和救火中牺牲的年轻生命，需要记住在瞬息万变的生活中涌现出的一幕又一幕感人事迹，需要记住那些为中国文学作出巨大贡献的相继离世的前辈，需要记住那些平凡而普通却勇敢地发出正义之声的良知人物……

记住他们也即记住历史。个人与时代，个体与家国，从来就是不可分割的，每个生命都被社会的潮水裹挟着在走，没有人可以脱离开他所置身的环境而生活，我们历来便是命运共同体。从这个层面上而言，任何一个人的离去，都是我们的一部分在离去。任何一个人的忧伤，都是我们忧伤的一部分。反之，任何一个人的快乐，也都是我们快乐的源泉。任何一个人的安好，都是我们安好的保障。

那么，且让我们记住——记住他们，也记住自己。拒绝遗忘，便是拯救希望。

本卷遴选的每篇作品，都烙上了记忆的"勒痕"，或关乎个体，或关乎群体，或关于人文，或关乎自然……总之，这些"记忆"经过艺术的发酵和提炼，真实地记录和反映了生存的方方面面。

策划"缅怀·纪念"小辑，一是出于对先后辞世的作家、诗人、翻译家的悼念，二是期望在缅怀中，彰显他们的文学成就和人格魅力，使他们遗留下来的精神遗产能够惠泽更多的人。斯人已去，风范长存。我们唯一能做的，只有继承和发扬，沿着他们的足迹继续苦苦跋涉，为文学事业作出更大的贡献。

"特稿·私史"中的两篇文章，扎实而有分量。黑孩虽旅居国外，但她曾是《青年文学》的编辑，跟中国不少作家交往甚密。尤其在二十世纪八十年代，那时正值文学的黄金时期，一批怀有理想主义的作家，相互勉励，抱着对文学敬畏的态度，笔耕不辍，创作出了大量脍炙人口的佳作。黑孩此文，即是回忆和梳理她当时跟那些作家的交往故事，情真意切，给读者提供了一扇瞭望那个年代文坛的窗口。陈善壎先生是已故著名诗人郑玲的丈夫，一生颠沛流离，吃了不少苦头，其文字写他的人生经历，冷静而平和，内里却涌动着一种对命运的抗争和生活不屈的信念。

"聚焦·黛安散文"是散文作家黛安写的一篇长文，才情丰沛，文体意识自觉，有着女性特有的敏锐，是生活的厚土上盛开的艺术之花。

"50年代·往事""60年代·踪迹""70年代·见证""80年代·体验""90年代·印象""00年代·观察"几个栏目，以年龄代际为线，串联起不同年龄段的作家对"记忆"的表述。将不同年代的"记忆"汇集到一起，或可勾勒出一幅微观历史长画卷，让人窥探到人到底是怎么一代一代走过来的，我们又当从中体察到些什么，了悟到些什么。特别值得提及的是，其中的年轻作者，作品内容虽不及年长者厚重，但文字感觉却是纯正的，未来可期。最小的一个00后作者才十七岁，尚未成年，还在读高中，从没在公开刊物上发表过作品，我也不认识她。但当我在网络上读到她写的这篇《思绪在风中》时，心中却充满了惊喜。我将此篇文章收录进来，不是要给她正式发表文章的机会，而是想将一团火种捧回到火堆中来，使其日后燃烧得更旺，火苗蹿得更高。

"阅读·述忆"中的两篇作品，一篇谈读巴别尔和保罗·策兰文章的感怀，旁及其他思索，是阅读，也是剖析，更是对书里书外历史的深度解读；另一篇谈作者回乡之旅的述忆，其中涉及诸多"历史记忆"和"现实记忆"。前文的作者狄青近年来致力于阅读笔记的写作，颇有见地；后文的作者夏榆，曾是《南方周末》的文化记者，散文写得厚重而悲悯，既有立场和态度，又有情怀和担当。

之所以另设"域外·镜面"栏目，其用意在于扩大视野，借他山之石，攻己之玉，看看外国的年轻作家是怎么写散文的。《祭父书》一文，是葡萄牙作家佩肖托的出道之作，写于1996年5月至1997年5月之间，作者目睹其父的病痛经历，思考亲情与人生，并借助文字粘贴、拼接父亲的生命印象，现实与记忆交织，打破时空界限，以此传达隐忍而浓郁的父子之情。文本新颖别致，语言绵密诗性，是不可多得的外国散文佳作。而且，佩肖托很年轻，出生于1974年，但他在文学创作上已是成绩斐然。

老实说，主编年选是件累人的苦差事，需要阅读大量的作品，加之按照出版社策划年选的惯例，还需要给每件入选作品撰写"评鉴与感悟"，这就更加耗费心力，好在我自觉是在做一件有意义的事情。

文学并不神圣，但因它关乎灵魂，故我丝毫不敢马虎，一再告诫自己，必须严格按照标准选稿。否则，既对不住自己，也对不住出版社，更对不住读者。尽管，据我所知，有些年选的编选者只选人不选稿，即跟熟悉的朋友，或知名作家打个招呼，请他们将年内发表的作品电子文本传来，不论优劣，直接编入即可。这样既省力，又省事，但我不愿这样，做事到底还应对得起自己的良心。如果都那样操作，势必会陷入狭隘的"小圈子"中去，还可能背负当年鲁迅论战时所说的"党同伐异"的恶名，那是不应该的。

　　读者也是有记忆的，倘若他读到的年选本的确好，兴许会悄悄地珍藏这本书，并对书中的作家心存敬意。倘若不好，他会连作者和编者一起骂，甚至随手将选本丢入垃圾桶。

　　这便是"记忆"的魔力。好的记忆能帮助人成长，坏的记忆只能使人堕落。世事多艰，生存不易，愿我们一起，以文学的名义，多创设些美好的记忆吧！只有世间美好的记忆多了，我们的未来才会拥有更多的美好，才会感受到更多的温暖和光亮。

2023年2月1日夜

# 目 录

### 缅怀·纪念

3　怀念邵燕祥先生　　　　　/林贤治
14　纪念胡子　　　　　/王寅
18　追思李国文老师　　　　　/梁晓声
22　纪念柳鸣九先生　　　　　/黄荭
28　有关刘恪老师的时间记忆　　　　　/沈念

### 特稿·私史

41　所有的过去,所有过去的　　　　　/黑孩
57　我的音乐老师　　　　　/陈善壎

## 聚焦·黛安散文

67　活　着　　　/黛安

## 50年代·见证

87　流　氓　　　/池莉
98　珍藏的瞬间　　　/残雪
104　三十六年前的两次酒　　　/林白

## 60年代·踪迹

111　在现场　　　/冯秋子
115　家　长　　　/王彬彬
128　不再回来的手　　　/杨键
135　寒冬夜行　　　/周蓬桦
140　不该忘却的纪念　　　/蓝蓝
148　帮助南瓜　　　/格致
156　父亲的战争　　　/程鳐眉

## 70年代·往事

165　致　你　　　/李静
183　超现实之地　　　/黎戈
188　孤　窗　　　/沙爽
192　马影远去　　　/南子

## 80年代·体验

203　疾病及其记忆　　　/ 吴佳燕
216　陌生的至亲　　　　/ 欧阳娟
229　我们和阿甲　　　　/ 阿微木依萝
233　黑来的时候　　　　/ 雍措
241　疾病回忆录　　　　/ 草白

## 90年代·印象

255　点　火（外一篇）　/ 玉珍
260　春　潮　　　　　　/ 范墩子
268　巷子的哲学　　　　/ 葛小明

## 00年代·观察

281　思绪在风中　　　　/ 孙思佳

## 阅读·述忆

293　巴别尔的敖德萨与保罗·策兰的乌克兰　　/ 狄青
300　飞越天穹回故乡　　　/ 夏榆

## 域外·镜面

309　祭父书　　　/ 若泽·路易斯·佩肖托　郎思达　游雨频　译

缅怀·纪念

# 怀念邵燕祥先生

/林贤治

邵燕祥先生离世不觉两年了。

认识邵先生近三十年,在寥落的朋友中,他是我联系最多,感觉最为亲近的一位。邵先生一生追求真知与真理,少年时便倾向革命,即对黑暗的反抗。即使如顾准所说,"从理想主义到现实主义",邵先生始终是一个本来意义上的革命者。正当他青春做伴,放歌"到远方去"时,遭逢一场众所周知的打击。然而,他没有停顿,戴着"灰帽子"走向荆棘地。苦难和屈辱不曾摧毁他,反而将他磨炼成为一名"精神界之战士"。这是一名忧郁的战士。虽然,邵先生自比愤怒的蟋蟀、快乐的牛虻,在他激越的歌唱里,毕竟流露着灵魂深处的伤痛。或许,恰如邵先生说的,忧郁本身是一种力量,所以在他面对利维坦,历史的巨灵时,犹能分神于如我一样的后来者,倾注关怀的热情。

无论如何,这是可感念的。

## 1

中学时代,我迷上诗歌。那时,已经听说邵先生的名字了,就是找不到他的诗集。在学校图书馆,"胡风分子"和"右派分子"的著作,全都成了禁书,被锁进几个大木柜里,可望而不可即。

直到"文革"后恢复文艺刊物，我才得见邵先生的诗，至今还记得，读到那首呼唤高速公路的诗，当时是何等兴奋。那是有时代高度的诗，开阔的诗，乐观主义的诗。但不久，他的诗风便转向沉郁一路了。我刚到省城工作后不久，买到他的诗集《献给历史的情歌》，很是喜欢。那是一个精装本，庄重而美丽。

一九八四年，邵先生在《文学评论》发文提倡"史诗"。我按捺不住，读后立即写信给他，表示不同意见。或许，其中提到的史诗与相关体制及意识形态的关系问题太复杂，使他感到为难，未见作复，但想不到信被保存下来了，后来由他编入名为《旧信重温》的书中。收到赠书后，发现书中介绍作者时，称其为"诗人思想者"。明显的过甚其词，就当是邵先生的一种期许吧。

初识邵先生，是在一九九四年夏秋之间，由百花文艺出版社范希文先生组织的泰山笔会上。那时，邵先生似乎开始谢顶，但还是满头黑发，回想起来真不禁令人感叹人生的迅忽。邵先生江南人，中等身材，略显瘦弱。印象中，他穿的是平底布鞋，衣着朴素，态度谦和。当他和青年朋友在一起时，总是有说有笑，融洽无间。

参加笔会的多是散文作家，关于散文写作，会间常有交流，还有专场讨论。平日，我很少单独找邵先生交谈，大多在山行时随众一起聊天。一次到扇子崖，邵先生主动邀我合影，两人双手抓紧了背靠的一根粗大铁索，头上是险峰，脚下是万丈悬崖。大约他喜欢这背景，曾在书中使用过这张照片。拍完照，我们对站着谈了许久，他问了一些我的情况，算是闲谈。

邵先生是健谈的，会场上却很少说话。和邵先生一同参加过几次笔会，每次都是如此。会上，讨论苏叶的散文，除了众女士，汪曾祺老先生说得最多，大家也乐于倾听他的意见。他赞扬了一通，接着说到缺点，主要是写得太"满"，意思是不够含蓄，少了余韵，还拿国画的"留白"做比喻。我当即提出反对意见，认为审美这事情不能划一，可以不满，但也不妨满，接着又拿了油画和国画做比较，支持自己的观点。说完感觉气氛有点不对，场内一下子沉寂下来。看了看邵先生，他只是微笑着，跟大家一样不说话。

作为与会者，会后如约寄出文稿一篇，交范先生集中编辑一个小册子。书出来后，邵先生来电话了，说很高兴看到我的文章，跟着冒了一句没有上下文的话,说"这是最好的回答"。"回答"什么呢?当时未及询问,事后寻思起来,以为很可能与我在会上回应汪老的发言有关。在别人看来,我对老先生太不敬,大言不惭,且有针锋相对的意味。估计会后会有一些叽叽喳喳的议论的吧?邵先生没有告诉我,听了便一直记在心里。

笔会结束前,我生出创办一个散文丛刊的想法,找邵先生商量合编。他非常赞成。他不曾问我对散文创作现状的看法,不问关于刊物的宗旨、编辑的思路等,就说由我一个人编辑完成行了,他负责组稿。他还笑着说,他是拾柴的,我管生火。我觉得拾柴人的比喻很贴切,也很有意味,在第一期的编后记中用上了。那时,邵先生对我应当没有太多的了解,但我分明感觉到,在我们之间存在着一种默契。然而,信任是一种压力,我怕负担不起,辜负了邵先生。俗话说:万事开头难。我却认为,事情做起来容易,难的倒是坚持。我对邵先生表白说,就怕有一天编不下去。这时,邵先生说了一句鼓舞的话:"只要能出版一期就是胜利!"

话说得很悲壮,很有力量。言犹在耳,而今说话的人已经走了。

**2**

丛刊《散文与人》终于出版了。

刊物虽然由我具体编辑,邵先生毕竟是第一提琴手。定下基调之后,他随即拉来一大批作者;我写《论散文精神》作为呼应,组织张中晓的专辑,首次发表《无梦楼随笔》。接着,他拉来《文艺报》的编辑李维永女士加盟,专一提供译稿。通过李维永女士,我认识了余一中、高韧等先生,随后出版了多种译著。邵先生和我,意图都尽可能多收一些译文,扩大世界文学的分量。以译文开拓国内作者和读者的思路,弥补创作的欠缺,其实这也是鲁迅一贯的思想。日后,我与筱敏女士合编另一丛刊《人文随笔》,仍旧沿此撰译并重的路子。

邵先生介绍的作者,固然有各种名人,也有"无名氏"。徐晓的名文,大约也是处女作《永远的五月》,就是经由邵先生交我发表的。有一位在电台工作的女青年,邵先生转来她的稿件时,写信之外,还打来电话,特别介绍了她的知青经历,嘱我尽可能设法刊用。像梁治平、刘东、唐晓渡、程映虹等一批青年才俊的稿子,都是他组来的。程映虹在当时不见有什么

"文名"，他也做了介绍；好像后来出国了，出版过几部专著。邵先生对"小人物"的那份关切与同情，在编辑过程中，给我留下极深的印象。重视小人物，支持小人物，邵先生早在《诗刊》任职时，集中推出"今天派"一众诗人，已做了出色的示范。这是一种美德，是邵先生作为编辑留下的一份珍贵的精神遗产。

《散文与人》中许多名人的稿子，大抵是邵先生介绍的，其中有巴金、聂绀弩、郑超麟、楼适夷、熊秉明、绿原、何满子、邹荻帆、黄永玉、若水、蓝翎等，都非常难得。有些作者，像孙越生，因为陌生，所作的介绍很详细，且有明显的情感倾向，不仅简历而已。像黄家刚、吴仲华、冯媛等人的文字，在其他报刊很少见，却实在写得好，使我不时领受到阅读的欣悦。

丛刊共出版七期，首次发表韦君宜的《思痛录》、高尔基的《不合时宜的思想》、娜杰日塔·曼德尔施塔姆的《回忆录》等。虽然是断片，却是最先向读者展示了原著的风貌。这些著作，及后出版时，都是一纸风行的。丛刊中，柯罗连科的书信很有人文历史价值，至今仍是国内唯一的译品。威塞尔、哈维尔、克里玛、佩索阿等人的随笔，都是最早在刊内揭载的。而这些文字，大多经邵先生介绍过来，凝注着他的心血。

我在编选时，坚持重文不重名的原则，得到邵先生的支持。我先后退过好几位名家的稿子，记得其中就有冯亦代和董乐山。因为稿子由邵先生约来，为此，我特别征求了他的意见。他并不反对，只是建议我，退稿时最好写上一点理由。我遵嘱做去，老先生也特别有意思，非但不见怪，反而加以赞许；而退稿后不久，新的稿件便又随之来到案头。在老一代文化人的身上，我亲自领教了何谓"风度"，那是一种高贵的文化精神。

在一封长信里，我直陈了关于编辑的一些想法。我认为，编辑的方向有两种：一是赵家璧式，重名人，重积累，兼容并包；二是鲁迅、胡风式，重新人，重发掘，有倾向性。我表示我倾向于后者，宁可开罪作者，不可得罪读者。邵先生在电话里主动说起来，信中也曾提到，说我这个先读者而后作者的意见"教育"了他。自然我当是玩笑话，而他是认真的，接着便说我办刊物就如同编选本一样。我现在仍然弄不清楚，这是赞许呢？抑或婉转的批评？

我觉得，在编辑方面，邵先生对我始终是信任的，甚至有点近于纵容。编辑《散文与人》的几年间，在他的支持下，工作非常愉快。每到样刊出来，我会立即给他寄出；他收到以后，也会随即来电或来信，告诉我他的观感，给我以新的鼓舞。

**3**

二十多年来，我为邵先生编辑和出版过三种随笔集，一本新诗集，还有一本，是经他增订的和另外两位老先生的旧体诗合集。

第一个集子《忧郁的力量》，是邵先生让我编选的，书名由我径取，序言也是遵嘱撰写的。写序时，因邵先生的文字想到鲁迅的杂感，又因鲁迅想到王蒙《沪上思绪录》中议及鲁迅的文字，遂顺手在煞尾处加写了一小段话。寄给邵先生看，他删掉了，补了一段"附笔"，最后说："这样做，可能贻庸人之讥，我亦甘心领受了。"书出来后，序文果然成了"断尾巴蜻蜓"。越二年，我出版《守夜者札记》时，把邵先生删掉的文字加进去，又补写了几行附在后面，叫作"附笔的附笔"，戏仿邵先生的语气说："这样做，可能贻小人之讥，我亦甘心领受了。"

颇有点恶作剧味道，回头看不免汗颜，对不起邵先生。原以为，文坛中相互批评是正常的，"五四"以后已成风气，即便朋友之间也可以据理力争而互不退让。我一直记住鲁迅的话："留情面是中国文人最大的毛病。"我的错处，自觉还不在于留情面，而是越俎代庖，以自己的意志而强邵先生所难。

邵先生于我，亦师亦友，而我更多地以友视之，故而常常率直地表示意见，不问对错，毫无保留。记得读了他的关于"胡风集团案"的文章，告诉他有"第二种忠诚"的印象时，他听了似乎颇感意外。他在回忆录中对周扬等历史人物的评价，我不以为然，也曾表示过异议。及至看到他评述胡乔木、吴江的文字，我亦当即致电，坦陈不同的看法。他回复了一封较长的信，与我讨论吴文的观点。

记忆中，邵先生曾经列名于中国作协主席团，做过理事，看来他对这个机构是尽责的，不像有些人那样有名无实。一次，他到我家楼上访《随笔》前主编黄伟经先生，完后两人下来到我处。简直席不暇暖，邵先生便起身告辞,说要赶回北京。我问何以如此匆遽,他答说要参加次日的作代会。我说会议有如此重要吗,他笑说有选举一项,得去投票。我颇感讶异,随即笑了,说了点冷笑话。后来,听北京朋友说他在会议中途退席了,不知是不是身体不适的原因。

我直言无忌,邵先生却不以为忤,信中还称"诤友",对我的"妄议"应当是有准备的。但因此,才长期保持着与邵先生的联系,而不致中断。《散文与人》停刊后,他又邀我一同编选一套一九四九年后五十年的散文选本。选题是他从出版社那里承接下来的,建议用我的一道文章题目做书名,由我选目并作序,还叮嘱说序文可长至三万字。作序时,下笔竟不能遏止,写了十三万字。序文做不成了,只好单独发表,后来成书时,易名为《中国散文五十年》。倘若不是邵先生邀约,我可能不会涉足当代文学史。

我少出远门,但每到北京,必定拜访邵先生。头一次,邵先生在家中招待我,吃了全聚德烤鸭。后面几次多是召集共同的朋友餐聚,席间,邵先生妙语连珠,气氛相当活跃。最后一次,他把我带到他楼下不远处的一家小酒馆,谈话时,特意提到我熟悉的一位青年作家,透露些私隐的事,让我交往时多加注意。

在广州,我们曾在广东工大旁边的小馆子用餐,聊了小半个下午。还有一次是,他和姜德明先生参加广州铁路系统的笔会,傍晚约我会面。他告诉我,不久前去了一趟新疆,从天山下来后心脏突然发病,做了手术。接着郑重告诫道,一定不能久坐工作,要吸取他的教训,预防"早搏"。从此,"健康"作为一个新话题,会被他经常提及。日前,翻阅邵先生前两年的信,有一封末尾写道:

> 天凉,换季,气候多变,防止感冒。盼注意增减衣服,勿过劳,尤其要避免熬夜,切切!

今日把读,不觉倍感温暖,却又非常难过。

为了便于联系,自然也为了我的写作着想,邵先生多次劝我学习电脑,甚至写信让同事做动员工作。未谙电脑前,电话通信更多些,《散文与人》编辑期间更为频密。他得知我写巴金的传记,又从报上看到我的一些近于偏激的言谈，便就巴金问题，给我写了一封长信，密密麻麻，共十八页。其实，对于巴金的敬重之情，我们是一致的。

我们彼此赠书，邵先生还曾给我寄赠过两种复印装订而成的旧书，以期增进我对于社会主义史的见识。大约因为我告诉过他，说家人爱读他的著作，每当寄来必定最先拆阅，于是后来的许多赠本，扉页上都同列了我和家人的名字，手泽中有他的一番美意。

对于我的文字，邵先生是关注的，我有好几种书，他告诉我都认真看过，并指出其中的几处错讹。报上见到我的一些短文，像《水与火》《想起汪老》，都打过电话给我，说些赞扬的话；说到长文《胡风集团案》，还特地转述他大哥读后的感受和评价。《人间鲁迅》重版时，在北京开过一个座谈会，邵先生出席了，在会上做了很精警的发言。《革命寻思录》出版后，他还写了评介的文字，在报上发表。他在文章中引用一些杂闻，多次提到《大时代文摘》，我想都因为报纸是我所编，知道创办艰难，所以免费代为广告宣传。

记得萧红问鲁迅对青年的爱，是"父爱"居多还是"母爱"居多时，鲁迅的回答竟然是"母爱"。在邵先生那里，和鲁迅一样，都有着同一种母爱般的温存。

**4**

邵先生是念旧的。

无论从旧道德或新道德看来，人能念旧总是好的。唯有内心有爱的人，富于人性道德的人，才会念及故人。鲁迅论及知识分子时，强调"真情"，说："无真情，亦无真相也。"

两年前，听说邵先生将一些故人的赠书从家里的书堆中拣出，给报纸做专栏介绍，使这些寂寞的朋友和寂寞的书为世人所知。我未曾询及邵先生，不知是否确实。但在近几年，他和谢文秀大姐常常抽出时间，专程上门探访一些老朋友，我是知道的。上海何满子夫人吴仲华和北京的张凤珠大姐，都是历尽风霜的老人，给她们电话时，才知道不问远近，邵先生夫妇都曾先后看望过她们。

电话里跟谢大姐说起来，她说老人都很寂寞，体衰力乏，不良于行。

邵先生和她自觉腿脚尚健，因此争取多走走，看望看望，还说迟了就见不到了。其实邵先生的心脏做过手术，算不得强健的人。谢大姐这番体己及人的话，我听了，实在感佩不已。

我不大了解邵先生的日常交往，仅凭接触的印象看，他并不喜结交名公巨卿式的人物。他是一个有尊严的人，外表柔弱而有傲骨。称他平民主义者是合适的，他没有名人的臭架子，这是我特别欣赏的地方。和他一起经常在饭局上露脸的几位朋友，多是我熟悉的有节操的知识分子。我还知道，他与几位沉实多思的青年有来往，还有一些曾经戴过"帽子"的，受过伤害的普通人。这类人中，有多位出版回忆录，都是他写的序。他为这些书稿多方寻找出版社，其中至少有两部寻问到我这里，为出版顺利计，还曾在信中和我讨论过书的命名。做所有这些，固然为了给历史作证，但是无疑地，也都为一种道义和友情所驱使。

对于前辈友人，无论已故或健在，邵先生一样充满敬重之情。组编"忍冬花诗丛"时，曾请他推荐另一位诗人，和他的诗一起作姐妹书出版，他只举故去已久的孙静轩先生一人。我编印荒芜先生的旧体诗，其女儿林玉极想求得邵先生一篇序文，又苦于不熟识，问计于我。我怂恿她说，你尽管找去，邵先生一定应允的。几天后，林玉打来电话，很高兴地说我的话果然应验。我知道，以荒芜先生的思想和才情，邵先生一定惺惺相惜。

恩仇分明，知恩必报，这在中国是一种传统美德。邵先生从运动中过来，对于那些曾经保护、帮助、鼓舞过他的人，只要是真诚的，哪怕片言只语，他都会记念不忘。如对梅益，对郭小川，似乎都是这样。

《郭小川文集》出版后，在北京开过一个座谈会，与会的就有邵先生。在这样的会议里，大家一致说颂扬的话，钱理群先生还激情洋溢地朗诵郭小川二十世纪五十年代的"政治抒情诗"。对此，我没有发表过异议，但事前在邵先生家里，却说过打算撰文批评郭小川的话。说时，恰好郭小川的儿子郭小林推门进屋，邵先生指着我，笑着对他说："他要批判你父亲啊。"想不到郭小林立即回应道："应该批判！"事过多年，我确实在《中国新诗五十年》一书中写进了郭小川。郭小林看到没有不知道，其后给我寄来一册自印的诗集，我回赠一册个人编选的诗集：《自由诗篇》。

王蒙、郭小川、张光年，都是中国作协的官员。邵先生告诉我，王蒙确是他的老朋友，他们同一天结婚，且是在同一个酒店内宴客的。从前看过一篇东西，说是郭小川在反右期间曾经说过关于邵先生的公道话。倘如此，以其作协秘书长的身份，应当说是难得的。邵先生有诗赠张光年，我猜想彼此该有点交情的吧？我对张光年知之不多，只知道他写过《黄河大合唱》，后来写评论，是在批斗胡风大会上把吕荧拽下来的那个人。

前些年，北京有一批被叫作"两头真"的老人颇受推崇，但人们大抵忽略了他们的"阿喀琉斯之踵"。邵先生跟这些老人是有交集的，以他温和的性情，对于人事惯于作"同情的理解"，我疑心在认识上容易受到他们固有的局限性的影响。我把这看作是邵先生的"人性的弱点"。在2016年秋天召开的邵先生作品研讨会上，我做了个简短的书面发言，其中说道：

> 邵先生知人论世，可谓明敏，但也不无失察处，有时不免颂其一点，而不及其余。一者，其人是否当颂固然可议；再者，论人当同论世结合起来，倘将其人其事置于具体的历史语境或"情势"之下，即使可颂，也未必非颂不可。邵先生身上有侠义，也有慈悲，但人性的弱点也往往隐藏于此。

政治与人性的关系本来便夹缠不清，实际上，人性道德原则往往高出于观念之上。说到知人论世，邵先生自然比我周全得多，他的宽以待人，也并非隐恶而在扬善，总是欣喜于他人的进步与光明的地方。此时，想到会上的批评可能给邵先生造成的损伤，难免愧疚不安。

## 5

奥威尔有一道路标式的题目，叫作"为政治写作"。在我看来，邵先生正是这样一位具有高度的自觉意识的知识分子作家。无论是颂歌或是反颂歌，对他来说，都是一种萨特式的介入性写作。

在长达大半个世纪的文学生涯中，邵先生有过好几次转折，也可以说是阶段式递进。邵先生最早以诗鸣，在二十世纪五十年代，他已经是一名全国知名的青年诗人了，直到八十年代初，仍然以诗人的身份为大家所熟知。及至八十年代中后期，他开始转入随笔写作，人们习惯地称为杂文，从此一发而不可收。他多次引用阿多诺的话："奥斯维辛之后，写诗是野蛮的。"甚至把一个集子直接起名为《奥斯维辛之后》。九十年代初，他写过一组饱含热意的文字，计十余篇，在《光明日报》等报上密集发表。他很看重这组文字，曾特意告诉我，让我也看看。文章确实写得好，读罢"慷慨有余哀"，连带看了邵先生其余所有的随笔，后来将观感一并写入《中国散文五十年》中。

到了晚年，邵先生在写作上出现又一个转折，几乎倾全力撰写回忆录，把国家记忆纳入个人历史之中。《人生败笔》集中发表他在运动中的检讨书，以及"媚世"之作，自毁为"可耻"，这在中国作家和文化人中，算是开了先例。邵先生先后陆续出版《沉船》《找灵魂》《一个戴灰帽子的人》《我死过，我幸存，我作证》等多部著作，立意为自己曾经的时代书写证词。一个诗人，在想象与叙事之间，他选择了叙事；一个作家，在文学与历史之间，他选择了历史。

相应地，还有一个转折，便是"身份语言"问题。在书中，我曾比较过邵先生的杂文与鲁迅的异同。鲁迅始终把自己看作奴隶，他说过，他的意见不会向"主人"直说，甚至坦陈不会向政治家说。在公共论争中，由于"砭痼弊常取类型"，因此他也常常使之转化为私人论战性质。邵先生不同，他更多地为一种"公民意识"所支配，使用的语言就不是鲁迅那种"奴隶语言"，而是"公民语言"。他很少像鲁迅那样使用反语，"吞吞吐吐"，"曲曲折折"，而是公开而直接地诉诸事实，表明既定立场。邵先生写过多篇关于当代史的长文，介于评论与随笔之间，公民语言的色彩更明显。后来似乎有了变化，尤其在九十年代中期以后，当他直面"失败"的人生而不是面对公众发言时，便脱开公民的身份，重新寻找一种宜于独白的贴己的语言，弱势者的语言。

邵先生是个清醒的现实主义者。他在写作道路上几经转折，都源自现实生活中的现象和大小事件所激发，是社会改革的需要。鲁迅说到杂文，称为"感应的神经，攻守的手足"；邵先生的写作，同样有不能已于言者，有一种急迫性。有一次，他告诉我说，诗人舒婷看了他的一些文章，问他为什么不可以写得更带文采一些，更诗意一些时，他这样表白道："我现在写文章，只当是发言罢了。"在邵先生这里，真实是第一位的，首先要能杀，能生，艺术才能有所附丽。

有人称邵先生是"鲁迅传人"，从精神谱系来说，我以为是确当的。使命感、道义感、批判性，包括自我批判，直到作为一种文体形式，对杂文随笔作匕首投枪的使用，都可以看到鲁迅的深刻影响。鲁迅青年时作文致敬"摩罗诗人"，以很大的篇幅论及普希金。邵先生也有颂诗呈献，在《普希金和他的剑》一诗中写道："普希金，普希金！/生命就是一盏恩仇分明的宝剑，/闪烁在/亲人和仇敌的中间！"邵先生的生命，也恰如一盏宝剑，闪烁在爱与仇之间。普希金的剑，邵先生反复写到，他的诗句使我立刻想起鲁迅的小说《铸剑》，和那篇火光闪耀的《野草》题辞。

同为战斗者，在邵先生那里，身上少有鲁迅因过早进入"狼的怀抱"而带上的"狼性"；邵先生"找灵魂"，这灵魂也少有鲁迅的灵魂那般因风沙的打击而留下的"鲜血淋漓的粗暴"。邵先生也许不及鲁迅那般的不屈不折，战时不及鲁迅的热烈、凶猛、尖刻和决绝，但是，在当代作家中，论精神，论思想与艺术的品质，邵先生都是最接近鲁迅的一个。如果说鲁迅是唯一的，那么应当承认，邵先生是少有的。

纵观邵先生一生的诗文，所写无论是历史，是现实，时间的维度都指向未来。他是属于未来的。他有不少文学作品，显示出湛深的思想和非凡的艺术创造力，足以传世。而晚期的非虚构作品，是不可多得的历史样本，同样具有不可磨灭的价值。邵先生在文学和非文学方面的诸多贡献，我认为，目前的评论界并没有足够的认识。或者可以说，现在还不足以论邵先生。时间往后拉得愈长，愈能显示他作为一个知识分子作家独立的风貌。

邵先生安息！

（选自《文学自由谈》2023年2期）

# 纪念胡子

/王寅

二〇二一年八月二十三日刚过零点,我突然莫名醒来,辗转反侧中,却在一个微信群里看见胡续冬猝然去世的消息,不敢相信是真的,但很快得到了证实。

一夜无眠。天还没亮,我就去了深圳湾的海边,看着太阳缓缓升起,银色的月亮还在另一边的天上,海上的浮云从黑色渐次变成灰色、橙色和白色,哪一朵云是正在看着我们的胡子呢?

前一天下午,"诗歌来到美术馆"第七十六期宇向诗歌朗读交流会,我在微信朋友圈里发了如下的文字:"在这个活动创办至今的九年时间里,采用直播的方式呈现、现场没有观众的只有两场,一场是二〇一九年八月十日的孙磊专场(因为台风),一场就是宇向专场(因为疫情),唯二的特殊情况竟然都让这对诗歌夫妻碰上了。"除了宇向的活动图片,我还配了一张胡子和孙磊侃侃而谈的图片。哪里知道胡子当时已经走了。

胡子很想来主持宇向这场活动,宇向也说主持非胡子莫属。但是因为校方的严格防疫规定,胡子只得退了已经订好的高铁票和酒店。这样的情况在疫情之后已经不止一次发生。胡子在北京大学的办公室去世的时间是八月二十二日下午,也就是"诗歌来到美术馆"的活动时间,我经常会想,如果那天他顺利来了上海,悲剧就不会发生。

从二〇一四年六月二十八日英国诗人亚当·福尔兹朗读交流会开始，至二〇一九年十二月十四日法国诗人热拉尔·马瑟诗歌朗读交流会为止，胡子在"诗歌来到美术馆"的七十七期活动中，主持了四十五期。

"诗歌来到美术馆"是一个单纯、朴素、安静的民间诗歌项目，由主持人和嘉宾诗人以对谈的形式展开，主持人不仅要善于控场，对诗歌的解读更为重要。因为胡子，"诗歌来到美术馆"才变得有趣、好玩、生动，且具有相当的学术性和专业性。

胡子的主持有着出色的现场即兴和调度能力，嬉笑怒骂，调侃戏谑，奔放不羁，妙趣横生。嘉宾们少不了被胡子"调戏"，这是主持芒克那场的开场白："今天芒爷告诉我，今天是他第一次个人朗诵会，把我也有点震住了。咱们今儿就朗诵会而言，咱们面前有一个六十五老处男人，今儿我们当着观众面一起帮助他破处儿，破朗诵会的处儿，啊，所以大家，大家多用力啊。既然是破朗诵会的处儿，我们就先从读诗开始吧。"

这是陈黎那场："直到今天我才知道我们面对的是一个花莲马三立，或者是花莲郭德纲，所以他有着丰富的从波德莱尔到聂鲁达到马三立的变化。"

比胡子的主持风格更值得回味的是他恰到好处地引经据典，深入浅出、精到准确的细致解读，我自己每次在现场都有所感悟和收获。日后如有机会，把"诗歌来到美术馆"每一期活动的对谈内容结集出版，会是非常好的诗歌课的教材。不知有多少人因为这个活动从此走上了喜爱诗歌的道路，胡子和常任现场互传的金雯教授功不可没，不少观众就是冲着他俩来的。

从一开始，我就不想把"诗歌来到美术馆"做成一个小圈子化的诗歌活动，丰富、开放、多元、前沿、当代是我始终追求的目标。"诗歌来到美术馆"创办至今，先后邀请了二十四个国家和地区的七十四位诗人，邀请的诗人年龄跨度从九十四岁到二十六岁，没有胡子的主持，很难想象能够顺利完成。

尽管年龄和诗歌观念不同，但我和胡子在对诗歌新生创作力量充满好奇这一点上却高度一致，面向世界、面向不同年龄层的诗歌创作，是我，也是胡子的共同兴趣所在。正是因为有了胡子，我才有可能邀请不同类型和不同语言的各路诗人，我清楚地知道没有他拿不下、搞不定的。有时候我因事外出，不在上海，有胡子在，也尽可放心。

胡子不止一次和我说过，这个活动很有做头。他以极大的热情和精力投入进来，连续五年，几乎每个月坐高铁从北京到上海，他的"上海大姨妈"的自嘲由此而来，他还不止一次地要我授予他"魔都大姨妈骑士"的封号。

胡子出众的口才和超强的语言天赋尽人皆知，但是很少有人知道，他每场都会精心准备，案头工作极其细致详尽，绝对不是张口就来，我每次都看到他把写得密密麻麻的十几页提纲打印出来，放在现场备用。

在波兰诗人托马什·鲁热茨基那场活动中，胡子引用了海伦·文德勒对托马什·鲁热茨基的高度评价，让诗人吃惊不小，鲁热茨基自己也不知道海伦·文德勒曾经对他有过评论。

胡子对气味相投的诗人，主持起来得心应手，彝族诗人阿库乌雾那场，两人激情碰撞，不断引爆全场，活动结束后，他连声说："这个诗人选得好！"更多的时候，面对的是不熟悉、创作风格相去甚远的诗人，他也能挖掘出其中的闪光之处。瑞典诗人马格努斯·威廉-乌尔松的诗具有强烈的希腊神话背景，并不好懂，但经胡子细致解读后，云开雾散。

胡子确立了诗歌专业主持的标高，不可企及、不可替代。在胡子之后，"诗歌来到美术馆"一直没有常设主持人，这个位置永远是属于胡子的，我是这样想的，观众们也是这样想的。

二〇一九年十一月三日，阿多尼斯朗读交流会，胡子因故没能前来主持。那期正好是"诗歌来到美术馆"七周年生日，和每年活动都有生日蛋糕一样，美术馆安排了惊喜环节，蛋糕上的四个人偶分别是阿多尼斯、胡子、我和美术馆工作人员代表，尤其是胡子戴着眼镜、穿着标志性迷彩印花裤主持的形象惟妙惟肖，让人忍俊不禁。

我和胡子第一次见面是二〇〇五年夏天的成都，我们一起参加翟永明操办的成都国际诗歌节，他和新婚妻子一起拉我去街边吃著名的兔头，听他津津乐道传授美食经验。第二天晚上，胡子在白夜的主持，举重若轻、拿捏得当。再后来，听说我要去巴西旅行，古道热肠的他飞速写来了实用的当地攻略。

我和胡子的密集交往始于合作"诗歌来到美术馆"，我策划，他主持，配合默契。"诗歌来到美术馆"创办之后，上海民生现代美术馆几经搬迁，馆长也先后换了四任，但我和胡子的搭档一直没变。

　　胡子几乎每个月从北京来上海，舟车劳顿，加上高强度的主持，很累。但对他来说，这却是难得的逃离和释放，哪怕只是一个短暂的周末，也很快乐。去年七月的活动临行之前，他摩拳擦掌地和我说："我正激动地谋划着在魔都过一个摆脱了带娃徭役的周末呢。"有好几次，活动海报都已经印上了他的名字，听到胡子回归，观众们都喜出望外。但是，人算不如天算，每每申请离京的请求屡屡以失败告终，体制内的身不由己，导致胡子空欢喜一场。以胡子的聪明，去哪儿干不行。他却淡淡地说，我就在北大做永远的副教授了。

　　炸了两次号之后，胡子的微信朋友圈日复一日的只有带娃喂猫的内容。以前，他很少如此不问世事。为什么如此？我没有问过他，但他的郁闷和压抑显而易见。

　　二〇一九年十二月十四日，热拉尔·马瑟的活动结束后，我们坐车回市中心，胡子少见地心事重重，脸上写满了疲惫和不快乐。

　　那天活动快结束时，胡子面对全场观众说："下一次就要等到明年三月了，我这次的姨妈（他对每个月来上海的自我调侃）要这么长时间，其实很危险的，说不定就会有一些意外。"谁能想到，因为疫情，胡子再也没有出现在美术馆，更没有想到，最大的意外就是他的永别。

（选自《今天》135 期）

# 追思李国文老师

/梁晓声

我与李国文老师成为忘年交已三十几年了。

第一次见到他是在北京电影制片厂（简称北影厂）。那时我是北影厂的组稿编辑，我的短篇小说《这是一片神奇的土地》获得了全国短篇小说奖；国文老师凭《冬天里的春天》获得了首届茅盾文学奖。

北影厂将《冬天里的春天》拍成了电影，导演是水华的"徒弟"马秉煜，长我几岁，我俩是好友。"徒弟"是北影厂习惯的说法，意指哪位年轻导演多年做过哪位老导演的助手、副导演，等于是被后者带出来的。

我的好友第一次独立导片，我自然特别关注，便也怀着崇拜的心情读了《冬天里的春天》，读后感慨良多，此前那类长篇小说在中国尚未产生过。国文老师与王蒙老师、丛维熙老师、陆文夫老师以及高晓声、张贤亮、张弦等老师辈作家有过共同的一段人生经历；我这一代作家，不论获奖早点儿的晚点儿的，大抵都从他们的作品中吸收过创作营养，几乎集体地称他们那一代作家为老师。马秉煜请国文老师到北影厂看样片，由我和水华前辈作陪。他向国文老师介绍我后，国文老师笑道："你太瘦了，以后要吃好点儿。"他的话将秉煜、水华老师和我全逗笑了。

我认识的国文老师一向善于打破拘束，将人与人初次见面的气氛调节到各自放松的程度。后来我和他共同的朋友如桂晓风、聂震宁、林予、李岩、臧永清谈到他时，共同的体会那就是："和国文老师在一起很舒服，是种相处的享受。"并且，我见证过那样的情形——如果某种场合使他觉得不舒服，他往往悄然早退。如果是研讨会，必定在发言后，歉意地说明早退的因由；如果是社交性聚会，则一般在一小时后，离去得十分礼貌。他是一位不愿在违心应酬方面浪费时间的长者，也是一位不愿使任何人感到不自在的长者。"己所不欲，勿施于人"，显然是他做人的原则之一。那日在北影厂看过样片，我们四人座谈了一小时左右。秉煜问他，为什么将小说定名为《冬天里的春天》？他的回答是——人生也是有四季的，大抵如此。处于逆境如同度严冬，但人心里应始终有春天。心里有春天的人，好比有抗寒能力的树木，我对这样的人心存敬意……

他的原话我已记不清了，基本意思却不曾忘过，并且对我日后的创作具有长期影响。他的另一部长篇小说《花园街五号》中的主人公们，其实也是虽身处严冬般逆境而心里有春天的人物。同样的人物是我全部长篇小说中不可或缺的人物。送走他后，秉煜自言自语："一点儿都看不出来。"我问"何意？"他说："他的人生中有过十九年多逆境，好漫长的冬季啊。"我一时无言以对。水华老师则说："他是心里一直有春天的人。小马你记着，再与他通电话时，代我问他好，还要代我表达对他的敬意。希望你们两个年轻人，以后成为他的朋友，他身上有值得你们年轻人学习的地方。"后来我果然与国文老师成了忘年交。我俩毕竟同在文坛，接触机会多，那是情投意合之事。马秉煜却没有我幸运——他后来当了副厂长，除一部儿童片，没再拍电影；自觉有负国文老师的期望，不好意思再面对他。然与我在一起时总会问："国文老师还好吗？"他成了国文老师的书迷，见了必买。我曾有机会成为北京电影制片厂文艺部主任，犹豫当还是不当，便去国文老师家征求他和刘阿姨（他夫人）的意见。他问我，顾虑什么？我回答说怕影响创作，也少了稿费收入，经济上帮不了家里了。他说："理解。"并问刘阿姨："你的看法呢？"刘阿姨说："我觉咱们晓声当作家还行，恐怕一旦当了官，会使他愉快的时候反而少了。"国文老师说："对喽，说到点子上喽。除了理解，我和你阿姨也希望你愉快的时候多些。"我也有机会当北影厂文学副厂长，当或不当，最后也都是在国文老师家做出决定的。非是他夫妇替我做决定，而是对我已然做出的决定表示充分的理解。理解就等于支持，我在人生的那样一些十字路口，需要被我所敬爱的长者理解。我从北影厂调到中国儿童电影制片厂，再从童影调到北京语言大学，都是在国文老师家，或在电话里汇报了想法，获得了他和刘阿姨的理解后，才最终迈出那一步的。我的种种考虑，不唯权衡自身利弊，还要结合对老父老母和弟弟、妹妹、哥哥的现实及日后的长远影响考虑——那些考虑是对亲人们也无法言说的。在北京，国文老师和刘阿姨之于我，简直如同家长，如同亚父亚母。我在面对人生那些重大决定时的种种想法，若我自己不写出来，便也只有他和刘阿姨了解。知我者，国文师也！刘阿姨也！凡我做之事，只要是对的，国文老师都特支持。如一九九〇年前后，文坛痛失四位好作家——周克芹、莫应丰、路遥、姜天明。我去他家汇报我和铁凝主席（她当年在河北任作协主席）的想法，欲筹一笔钱，一一寄出，以体现同行之情。他说："好想法，需要我做什么？"后来他便陪我去到四通公司，会见了段永基先生。又后来，铁凝主席还想再为湖北麻城的一所小学捐笔钱，国文老师更加支持，陪我与一位知青企业家共进晚餐，我们三个便也将那事办成了。我没少麻烦他。林予老师任哈尔滨作协主席时，求我邀请几位作家去哈尔滨市参加笔会。我话还没说完，他立刻表达："林予是好人，支持好人的工作义不容辞。"还替我邀上了叶楠老师。

  第二年冬天我又请他去哈尔滨。他奇怪地说："夏天不是去过了吗？"我说："这次是市里请。不少台商要参加哈尔滨的冬洽会，他们希望能见到几位大陆作家……""作家还能对一座城市起那种作用吗？这是咱们的光荣，那就去吧！"不但替我请上了叶楠老师，也请上了谌容大姐。当年，那都是没有一毛钱劳务费的。就连我的大学同学莫贵阳也由我引荐成了他的忘年交。贵阳要编一部面向贵州高校的文学教材，他极富热忱地担任顾问。我心目中的国文老师，他身上有米里哀主教那种仁者的某些方面，不唯其仁，思想也有共同之点；他身上有蔡元培、胡适那种可敬师长的某些方面，一向以提携年轻人与时俱进为悦事；他身上有鲁迅的某些方面，都并不体现在与人的关系，而体现于杂文；他身上还有竹林七贤们的某些方面，乃是文坛一位真的将名利参透的清醒长者。他不但是我敬爱之人，也是我为人处世的楷模。二十四日中午，晓风将国文老师猝逝的消息告诉我，午饭我就吃不下去了。二十五日下午两点，刘阿姨发来短信再告。我六十五岁后去国文老师家那次，曾称她为嫂子——她一怔，诧问："怎么改称呼了？"我说："我都往七十奔了，不好意思再叫人阿姨了。"她说："这成理由啦？辈分可以随着年龄变的？不许，什么时候你都得叫阿姨！"国文老师庄重地说："对喽，理由不成立嘛。""晓声，我是国文老伴刘阿姨……""刘阿姨"仨字，使我不禁再次泪下。在他们夫妇眼里，我似乎不曾长大过。国文老师曾对我说："晓声，要不是几位好人救了我一命，我也许早已被狼吃掉，活不到今天了。"那事似写成了散文《路伴》，我在许多场合讲过。

我的人生却是被多位好人、贵人簇拥着一路走来的。国文老师和刘阿姨也是我人生路途中的"路伴"，并且伴我之人生走了三十几年，忧我之忧，悲我之悲，悦我之悦。谁的人生没人疼过？谁的人生没人爱过？倘论"理解"，疼你爱你的人，未必就是特别理解你的人啊！我的几位中学老同学也都是非常理解我的人，但对于同时是作家的梁晓声，他们又谈不上多么理解了。

全面理解我的人，早年有林予夫妇；他们逝后，便只有国文老师与刘阿姨了。国文老师竟也猝逝，这人世间全面理解我的人，便只有刘阿姨了。我之怆然、愀然，亦为此生后日之孤独也！若有神鹤知天意，当负我师上天堂！

（选自"人民文学出版社"公众号2022年11月27日）

# 纪念柳鸣九先生

/黄茳

一

我对柳鸣九先生的所有认知都是从书中来的：通过陆陆续续读他写的、译的、编的书，多多少少受到这些书的熏陶和浸染，才对法国文学，尤其是法国当代文学有了基本的认识，对西方文艺思潮和文学理论研究有了初步的概念。

最早应该是东一本、西一本读他主编的"F·20文学丛书"，那是二十世纪八十年代末，在浙西南群山环绕的小县城，我一直觉得那是自己这辈子读书最如饥似渴、最自由驳杂的年代。应该不只是我，很多人都和我一样被文学击中，否则无法解释新华书店门口会时不时排队买"网格本"，在县图书馆和我就读的松阳一中的图书馆居然可以借到《孤独与沉思》《理智之年》《存在与虚无》《人都是要死的》《东方奇观》《你好，忧愁》《百年孤独》《愤怒的葡萄》《名利场》《了不起的盖茨比》《雪国》《一个陌生女人的来信》《静静的顿河》……在父母工作的处州制药厂的阅览室可以随便翻看《收获》《十月》《花城》《当代》……

林白去年给《扬子江文学评论》"大家读大家"栏目写过一篇文章，回忆三十多年前她在广西梧州稻田边的一家小书店买到一本《尤瑟纳尔研究》："我就望见了这本，酱色的封面，一个线描的老太太头像，725页，生僻的名字，《尤瑟纳尔研究》，法国现当代文学研究资料丛刊，柳鸣九编选。出于多种原因，我把这本砖头厚的书买了下来——因为资料齐全、因为前所未闻、因为柳鸣九（我大学时听过他的讲座呢）的生动序言。我没有错，这实在是一本有趣的书……"但这么多年过去，当这本书离她越来越远，她还是不免要望向那一年，"这本遥远的书到达我的那个时刻，那粒种子。"很幸运，时代的春风把这样的种子早早吹到了四面八方，吹到偏远的城市和乡镇，也吹进了我的心里。

## 二

等到种子生根发芽已经是我离开家乡，在南京大学法语系的课堂，在图书馆和阅览室，在鼓楼校区附近的先锋书店和万象书坊，在那些梧桐树影和鸟鸣啁啾的午后。从本科、硕士、博士到留校任教至今，三十年间我读柳先生撰写、主编、翻译的书怎么数都不下一百本了。

看得最多也最轻松的（有些也未必轻松）是"F·20文学丛书"，迄今为止它依然是国内规模最大的法国当代作家文丛。丛书被列入国家"八五"重点规划项目，从一九八五年开始策划、遴选、翻译、编撰，共七十种（漓江出版社和安徽文艺出版社各负责出三十五本），直到一九九八年才全部竣工，收入二十世纪法国文学各种倾向、各种流派、各种艺术风格、有影响有特色的作品，绝大多数选题是"开拓性的""首选性的"，极少数在国内有过译介的选题也几乎都采用新的译本。七十本里面我应该读过大半，很多法国当代作家，像佩雷克、图尼埃、维昂、杜拉斯、萨冈、勒克莱齐奥、莫迪亚诺、尤瑟纳尔、布托、罗伯-格里耶、索莱尔斯、吉奥诺、芒迪亚格等，第一次读到他们的文字都是在这套丛书里。

最让我佩服的是主编的眼光，被选中的作家和作品多数都很"新"，但时间证明，这些作家的作品在不断地再版（和重译）中成了"新经典"，比如杜拉斯的《悠悠此情》，读者更熟悉的书名是《情人》，莫迪亚诺的《寻我记》和《魔圈》，其实就是《暗店街》和《环城大道》，萨特的《我的自传：文字的诱惑》，也有另外两个更朴素的译名《文字生涯》和《词语》。也因为"新"，每书必有译序，"七十种书的序基本上全部出自主编之手，且并非涂抹几笔了事"，因此也成了一项非常重要的引介评价的工作，"不要简单开列作者生平年表与作品名单的词条式的序，不要学究式的令人敬而远之的序；要言之有物、有真知灼见、诠释深度、鉴赏情趣的序，要讲究点灵性与风格洒脱的随笔式的序。"译序总共约五十万字，后来结集为《法国二十世纪文学散论》《凯旋门前的桐叶》《枫丹白露的桐叶》和《塞纳河岸的桐叶》，也是两卷本《法国二十世纪文学史观》的有机组成。我在博士论文中引用过他给《广岛之恋 长别离》中译本写的序，透过一场"规范之外的伤痕爱情"，柳鸣九先生给予了杜拉斯很高的评价："作者的感情与立场不是'阵营性'的，而带有人道主义的色彩。她关心的是人，是人的城市、人的物质生活、人的生命在战争盲目的毁灭力量面前会变成什么样，她表示了一种泛人类的忧虑，一种超国度、超阵营、超集团的人道主义的忧虑，对于整个人类命运的忧虑。"

### 三

被柳鸣九先生称作"主课作业"的三卷本的《法国文学史》和两卷本的《法国二十世纪文学史观》（上卷"超越荒诞"是二十世纪初到抵抗文学、下卷"从选择到反抗"是五十年代到新寓言派）时至今日仍是不少法语系考研和硕士阶段的推荐书目，成了热爱法国文学的学子们必读的"功课"。

《法国文学史》是他邀郑克鲁、张英伦一道从二十世纪七十年代初起开始编撰，三卷分别于一九七九、一九八一、一九九一年由人民文学出版社出版，倾注了近二十载心血，是中国第一部大规模多卷本的国别文学史，填补了国内外国文学，尤其是法国文学研究的空白，以历史唯物主义的方法对中世纪到二十世纪初期法国文学进行了系统的历史梳理和阐发。不仅充分评介了作家作品的思想内涵，还概括了各时期、各流派的文学风貌和特征，探究了作品产生的社会、历史、民族根由。该书于一九九三年获第一届国家图书奖提名奖，正因为是第一届，据官方统计，参评的书积累了一九八〇年至一九九二年整整十三年，共五十万余种，能从中被选拔出来，可见对其重要性与历史贡献之肯定。虽然在今天看来，三卷本里意识形态的东西多了些，阶级斗争的东西多了些，但放回到历史现场去看，和他的《萨特研究》一样，有着难能可贵的学术和思想"破冰"的意义。

如果说"F·20文学丛书"给读者提供的是"一个作品文库",那么他主持编撰的"二十世纪西方文艺思潮论丛"(七辑:《意识流》《自然主义》《二十世纪现实主义》《"存在"文学与文学中的"存在"》《二十世纪文学中的荒诞》《未来主义、超现实主义、魔幻现实主义》《从现代主义到后现代主义》)提供的是"一个理论园地","法国现当代文学研究资料丛刊"(十种:《马丁·杜·加尔研究》《莫洛亚研究》《叙述学研究》《圣爱克苏贝里研究》《新小说派研究》《西蒙娜·德·波伏瓦研究》《阿拉贡研究》《马尔罗研究》《萨特研究》《尤瑟纳尔研究》)就是"一个研究资料文库",虽然后面这两套书啃起来有点费劲,但在很大程度上拓宽了国内研究外国文学的路径和视野,在很长一段时间里起到了学术示范的作用。这三大文丛,"从理论思潮、作家作品研究与作品译介三个方面着手,扎扎实实为二十世纪文学研究提供系统资料,参与社会性的文化积累。"

## 四

文学翻译是他无心插柳柳成荫的"副业",他花在翻译上的时间相对较少,译著也不算多,我读过的有《磨坊文札》《莫泊桑短篇小说选》《小王子》《局外人》《梅里美小说精华》《皮埃尔或夜的秘密》,译笔自然晓畅、神(情)思契合。比如他把都德视作绿色家园,"每当我实在平静不下来,实在陷于烦躁、焦急、匆忙、眩晕的状态中摆脱不出时,我就拿起《磨坊文札》,开始是看看,后来觉得如果真要压下或消除焦急、烦躁、火爆的情绪,最有效的办法就是潜下心来,将这本恬静、平和的书译个两三段,情绪很快就会平静下来的。这样,都德成为我近几年来的镇静剂,一需要时,就拿来用上一两小时,不需要时,就放在一边……如此断断续续,几年下来,没想到把一本《磨坊文札》全都译出来了,由于译得不紧不急,自己觉得倒也译出了一点原汁原味。"同样推崇"传神"和"化境"的翻译家罗新璋先生这样评价他的翻译:"柳译精彩处,在于能师其意而造其语,见出一种'化'的努力。"

又如二〇〇六年,中国少年儿童出版社出版了他翻译的《小王子》,扉页上写着"为小孙女艾玛而译",他把这本将想象与意蕴、童趣与哲理结合得最完美的儿童文学作品送给她,希望她和那个独自居住在小小星球上照料一切、之后又在浩瀚无际的宇宙中到处流浪的小男孩成为朋友，学会爱，学会珍惜，做一个始终保持童心又能勇敢面对世事纷繁无常的人。十年后，海天出版社再版了柳译《小王子》，配上了小孙女艾玛（柳一村）画的五十二幅插图。这一老一少的"二柳组合"也有点像飞行员和小王子，一同在茫茫沙漠中寻找井，寻找那些眼睛看不见的"重要的东西"。

二〇一八年，柳鸣九获得中国翻译界的最高奖"翻译文化终身成就奖"，这不仅是对他译作的认可，应该也是对他为西方现当代文学译介所做的劳绩的认可。

## 五

不过我最喜欢读的，是柳鸣九先生"性之所至，触及世间万物莫不碰撞出火花"的学者散文。不管是《巴黎散记》《浪漫弹指间：我与法兰西文学》《我所见到的法兰西文学大师》《名士风流：中国当代"翰林"纪事》《且说那根芦苇》《回顾自省录》《友人对话录》《种自我的园子》，读来都饶有趣味，博学中不失浪漫，严谨中不乏幽默。我不知道自己的散文随笔和访谈是否有学到一点皮毛。

最打动我的，是他写父亲的故事，只念过两个月的书却练得一手好字的厨师父亲为了把三个儿子培养成"读书人"，毅然选择在二十世纪四十年代末独自一人去香港打工，直到六十年代中期才回乡，以"黄牛式"的勤劳辛苦，换来全家"不饿不寒"的日子，"这个老年打工仔常寄回来的远不止他那些冗长的'咏叹调'，还不时有些日用品与文具寄回来，如给'贤妹'的袜子、围巾，给儿子的钢笔、优质笔记本等。而在'三年困难时期'，则经常定期寄些食品回家，从阿华田、丹麦饼干、白糖到香肠、猪油……"而他自己在香港"咬紧牙关"生活，舍不得花钱租房，在楼顶的露天平台上硬是做出了"名厨"的声誉，"为了一个目标、一个夙愿、一种向往而受着、熬着、挺着"，靠一把菜勺培养出了三个大学生。

而令我特别钦佩也无比羡慕的是，柳鸣九先生亲眼见识过法兰西当代作家的最强阵容，在仅仅两次赴法期间，拜访了一众文学大师，比如波伏瓦、尤瑟纳尔、罗伯-格里耶、萨洛特、布托、图尼埃、索莱尔斯等，和他们长谈阔论，真真切切摸到了法兰西文学跳动的脉搏，而他也在阅读、翻译、研究、交流中成了我们后辈学子眼中的大师。

　　与"巨人"比肩而立的机会是那么难得，但柳鸣九先生难得也有别的闲情雅趣。在和"新小说派旗手"阿兰·罗伯-格里耶访谈结束、拍完合影，法国作家说他十二月中旬将从加拿大回巴黎，希望到时再约时间谈一次。而故事的尾声是：

　　十二月中旬，我从午夜出版社得知他回到了巴黎，但我那时正忙于一次、两次、三次到拉雪兹神父公墓去仔细瞻仰巴黎公社墙，去一一拜访莫里哀、巴尔扎克、肖邦、巴比塞……也正忙于一次、两次、三次以至四次到卢浮宫、罗丹博物馆去享受那难以企及的艺术美给予人的愉快。

　　我没有找出时间再去看望罗伯-格里耶。

　　柳鸣九先生用了一辈子去充实的那个"人文书架"，如今只剩下了最后一本去填满，《麦场上的遗穗》成了他的遗作，但我相信，每一粒麦子都会发芽，就像他撰写、翻译、主编的五百多册书，已经在无数读者心中开出了花。

（选自"新京报书评周刊"公众号2022年12月21日）

# 有关刘恪老师的时间记忆

/沈念

**1**

刘恪是水的孩子。一月八日凌晨四时,这个孩子跟着自己的"母亲"走了。我在洞庭湖畔眺望走远的身影。那身影里有光亮,有声响,有斑斓,也有无尽的念想。

因为出生地、成长地,都绕不开那片被蚕噬之后依然称得上烟波浩渺的洞庭湖,水浸染、滋养着一个人,他也就有了"水"的基因、色彩、风度和面貌。无论走多远,回到水的身旁,以外在的世界来观照水的命运,他就显现出与众不同的个性。

他的作品中流淌着水,尽情翻阅,无须多言。如果要以形容词来描述一下,是澄澈的水,流动的水,深邃的水,沉重的水,狂暴的水,柔情的水,或者更多可能性的水。他所进行的有关水的想象、经验和思考的书写,因为极致而很难被超越。他也是一滴水的传说。他随水流奔赴,似乎是为了和那些举着灯寻找自己的人相遇。我们都在各自的生命河流中行走。我在他身上看见那些照亮自己的镜像。这些闪闪发光的镜像来自他的人格和文学。我们许多次在水流旁相遇,我和他是同行者,也是朝着他投射在水流之上的身影往前奔去的追赶者。

**2**

意外地见到了刘恪。意外地成了师生、朋友。意外地有了心灵契约的关系。二月五日，农历正月十五，在二〇〇四年春节悄声退去的日子，这些意外构成了属于我生活中的惊喜及对未来的投入。

那一年，刘恪五十一岁，这位地地道道的华容人，离开家乡多年，在北京安了家。他当过中学教师，编过刊物，在大学当过教授，这一些最后又归结为一个永恒的职业——写作者。在我们初次相处的两天中，我更多的是感觉到他思想的自由、为人的自由、交流的自由。他一身普通着装，引人注目的是斜挎在肩上的灰褐色皮包，更引人注目的应该是他已经写下四百多万字的作品。因为作品的先锋性，读解的障碍，性格上的内敛、不事张扬，家乡的写作圈子对他了解不多。他从一九八三年开始创作并发表小说，出版有《红帆船》《蓝色雨季》《城与市》《梦中情人》《梦与诗》《国际超文本研究》等小说和理论专著，多次获图书奖和文学奖。

我们第一次见面是约着去走老街鱼巷子。我们共同拥有的这座故乡之城，依水而生。城的历史就浓缩在那几条临水的老街里。他过去经常独自走访这些老街，自此相识之后，我们经常结伴而行。人来人往的鱼巷子，是集市，也是生活场，湿漉漉的青石街面，泛着天光，有关观察、写作、细节的真实、元叙事，以及古文物保护等话题沿着街面，在我们之间无限地展开。《墙上的鱼耳朵》《会说话的鱼》《欲望的鱼》等以鱼巷子为场景原型的作品，成了他继"长江楚风系列""碑基镇系列"之后的又一系列力作，陆续在《山花》《小说月报》等知名刊物上发表转载。一个被许多人忽略的旧址、布满各种气息的鱼市场、形形色色的男女老少，在刘恪那里重获解读的意义。当许多先锋作家依赖先锋成名后迅速撤离，他十多年来还孤身探求着新的先锋形式和意义。《世界文学》主编高兴曾这样评论："像刘恪这样将小说做到这等极端、这等境界的作家哪怕在世界范围内也不多见。这需要才华、学识和阅历，也需要勇气。这同时也注定了他的孤独。"但我想，一个人精神上的愉悦与拥有，能抵抗一切孤独。

刘恪是个少数的自然素食主义者，不抽烟不喝酒不吃禽畜肉类，不喝茶喝白开水，喜好家乡的莴苣、白菜苔和豆腐制品，这是进了饭馆后他固定要点的几道菜。他自我解嘲地说别人请他吃饭，不费钱，好"打发"，但往往家乡友人点一大桌菜就变成了他的心理负担。在常人生活中过于简单的身体"补给"，居然能一天写作十几个小时，每年都要写那么多的作品。能量从哪里来的，大家不明白，只剩下猜疑和惊奇的目光。

刘恪给自己揭秘："你吃的肉，在我的菜谱上等同的就是白菜豆腐。我不吃，但不代表我不会做。没有什么秘密，习惯而已！"

你信吗？信，或不信。事实就是如此。所以，朋友们都说，请刘恪吃饭很"麻烦"，花不了多少钱，但就是不知点什么菜。而刘恪也害怕别人大张旗鼓地请他，一桌子菜，看着就吃饱了。走进餐馆一大桌朋友在开怀饕餮，他的筷子蜻蜓点水，可让人难以想象的是，他却能做出一大桌味道可口的家常菜肴。

他的唯一爱好就是读书写作，分布在京豫湘等地的几十个书柜，包罗哲学、文学、历史、美术、科学、音乐等，而长期的书斋生活，使他与世俗生活保持着距离。但这距离仅在现实，而走进创作状态中，他则从容地演绎着那些历史与现实中的革命、爱情、风俗、仇恨、欲望等。从高兴写的《京西一棵树》印象记中我知道刘恪先生重义气、待人友善、烹饪水平高、性情温和老实，而在交谈中扑面而来的是他艺术上的超高见解。他对人待事言文一语中的，短时间内听他滔滔不绝谈哲学、文学对一般人来说是猛补，未必能完全吸纳。"作家不搞理论，搞理论的搞不好文学"，这个被普遍认同的状况在刘恪这里是个特例，与"诗学""昆德拉研究""语言学""诗学"有关的理论专著就是证明。当问到刘恪有关学术研究对文学创作的帮助时，他平静地告诉我，理论是解决对事物本质认识的手段，一个普通事件有了理性的穿透力，就有了与众不同的见地。

与刘恪在一起，时间流动如他的流畅表达般快速，我也被对方身上一种强大的亲和力所卷入。从创作开始以来刘恪对小说就像园丁对一棵树、女人对一次装扮那般细致，他的故事内部充满张力像弦上的水滴，语言精密准确像数学家的逻辑，这是我读其作品的深刻体会。如果一个人没有极大的热情、冷峻的思考、庞大的知识系统，是很难做到这一点的。如果让我用一句话来概括这种早期建立的刘恪印象——对事件及自身保持警觉、批评、判断，一个不依不饶地挑战自我的人。

这个不依不饶挑战自我的人，却在不断扶持那些被他看见和遇见的青年作家。二〇〇五年，他回湘帮时任《芙蓉》杂志主编颜家文老师组稿，心中想的是湖南文学的未来，需要有一批青年作家写出来、走出去。于是他四处寻访，在看了许多年轻写作者的作品后，策划并推出了"文学湘军五少将"，按照年龄大小，依次为谢宗玉、于怀岸、田耳、马笑泉和我。近二十年过去，我们都不曾中断写作，或者说我们一直在努力地改变和丰富自己，不得不说，是受益于这一团体在文学界所产生的持续影响。他把无私和纯粹带给了年轻的我们和更多的年轻作者，没有人会否认他的功劳，每个人都应铭记他的提携与教导。

## 3

晨起，中原大地，八朝古都，开封的天空被稠密的雾霾笼罩。这一天是二〇一三年十二月七日，河南大学举办作家、教授刘恪的学术研讨会。央视新闻反复播放着雾霾侵袭多座城市的画面，而研讨会也是从大家对刘恪"雾"一般的感受说开去的。

二十世纪八十年代开始跋涉文学之路的刘恪，在九十年代发表《红帆船》等具有新浪漫主义风格的长江楚风系列小说后，多年潜伏在先锋文学领域，评论界谓之"先锋文学的集大成者"。二〇〇五年初，刘恪与著名诗评家耿占春、诗人萧开愚一道入驻河南大学文学院，开始了他的"师者，传道授业解惑"生涯。八年多时间，刘恪待在这片安静、神奇而富有旺盛生命力的土地上，向思想的"芦苇荡"深处挺进。

时光弹指一挥，刘恪在个人专用稿笺上用笔墨挥就一本本理论专著——《现代小说技巧讲堂》《先锋小说技巧讲堂》（两书曾畅销一时，后修订再版，在他离世前一天，百花文艺出版社正在商议再版加印的事）《词语诗学·空声》《词语诗学·复眼》《耳镜》《现代小说语言美学》《中国现代小说语言史（1902—2012）》。

三百万字的理论研究，对专业从事理论的人都是一种挑战，而从刘恪嘴里出来，"是一种个人习惯，我可以在两套笔墨中实现自由转换，应该说写小说与做理论二者之间是可以互相补充的。"

这就是"雾"一般的刘恪。河南省文联主席李佩甫称与他相识多年，但一直没有读"懂"自己这位"物质生活的清教徒，精神生活的叛逆者"

朋友。北京大学艺术学院原院长、著名评论家王一川说，刘恪是楚文化为当代文坛孕育的一朵奇葩，是一位天才式的作家，是"双魂式"文学家。

抵达不可能的目的地，永远在路上，在分岔的路上审视、抉择、行走，会是一种怎样的感觉。而这，也是我意欲从他的身上观察、探寻、破解的秘密。好些年过去，这个打不开的秘密在我内心的海洋中泅渡，在风吹浪打中长大，却依然归属于刘恪自己。

那一次，我和师友余三定、潘刚强、舒文治组成四人"亲友团"，前一晚抵达河南大学新校区内的酒店。刘恪与我们在饭桌上打了个照面，直到晚上十二点才进我们房间正式"会晤"。到这个点上，他还在为次日召开的研讨会中的一些"细节"忙碌，忙得头顶直冒热气。

多年来，刘恪不知主持、参加过多少次研讨会，都一直是在为别人忙碌。有朋友打趣："终于轮到他为自己忙一次了！"

蕴藏着惊人能量的刘恪，在开封这座古城成批量地收摘着文字的果实，也收获了友情。研讨会结束的晚宴，吃着吃着，有人举手说想唱首歌送给刘恪。一个老头，高个，瘦癯，开封本地作家，六十八岁的文艺粉丝，写过一本文如其音的《宋朝暖水瓶》。他声音干净，细活，后来才得知其年轻时曾是播音员。他清唱了一首改编版的《莫斯科郊外的晚上》："我的好朋友，刘恪坐在我身旁，只有风儿在轻轻唱，但愿从今后，你我永不忘……"

我记住了他名字，赵中森，刘恪在开封城里最好的朋友之一。他曾谈起赵老头的倔强，退休前被上级主管部门通知参加一先进评选，结果被不及自己者取代，老头一气之下，撕毁工作几十年所有的获奖证书和履历证明。他把自己在体制内"注销"了。一生钟情习文弄墨的老头，在当地也始终进入不了圈内的视野。幸得刘恪无意间慧眼相中，督其写出记录开封"城南旧事"的《宋朝暖水瓶》一书并亲自作序，这让老头的内心温暖得四季如春。

素昧平生的两个人因为文字的牵线搭桥，一见如故的友情有时就来得如此简单。

研讨会结束的晚上，亲友团一致决定去刘恪的居所。看看他写作的地方，于我们而言，是一种"朝圣"。中州大学的刘海燕教授、《莽原》杂志主编、诗人张晓雪执意冒寒夜的冷冽一同前往。

打出租车，刘恪引我们前往河南大学老校区附近那个叫苹果园的地方。二〇〇八年刘恪出版自选集《耳镜》时，就不无感慨地提道：行走于两京之间，居住在两个苹果园，从北京西郊到汴京东郊，这种巧合让人感叹。

房子是一幢幢长相仿似的旧楼，楼道没灯，静谧中显得寒意更浓。五楼，顶层，九十平方米，书柜、书桌和简单的木床，互相拥挤着依靠着。我一恍惚，好像到了北京的苹果园，那里也是一片旧城区，也是相同的场景，一贯的刘恪简单家居模式。

在两个叫苹果园的地方思考与写作，像牛顿被树上的苹果砸出伟大的牛顿定律一样，难道刘恪在这曾经生长着苹果树的地方，让思想一次次深呼吸，也被一个个的汉字砸到脑袋，"砸"出一本本的著作。

一行人谈到写作的方式，唯独刘恪不用电脑，几十年一直是在自制的五百字大稿纸上结网耕耘。书桌角落码着半米多高的稿纸，刘恪拆开，是近几年写作的理论书手稿，字迹工整，纸面洁净，涂改几近匿迹，此等写作者的手稿，人见人爱。一行人都想收藏他的手稿，却又不敢轻易开口，恐夺人所爱。无怪乎时任中国现代文学馆馆长吴义勤在会上提前宣布，择时举行一个馆藏仪式，把刘恪的手稿收入现代文学馆中。

夜间，雾霾让夜色的光影更加模糊。同行者内心渐渐生出一些悲凉之感，一位著名的小说家、理论家，把自己的物质生活水准降低到最底线，却创造着令当代人不敢小觑的精神财富。

离开开封，离开这座城市中轴线从未变动过的"都城"。高铁疾速行驶，只有闪烁的灯火从眼前一掠而过。我回味两次开封之行。第一次记住了鼓楼附近的小吃一条街，网罗了全国各地有名无名的小吃，而这一次，留下来的是一个永恒的精神坐标——唯有以最虔诚的姿态，才能在艺术的征途上愈行愈远。

**4**

他坐在书房，窗帘是拉上的。我说，光线太暗了。他"哦"了一声，站起身把台灯拨亮。光线顿时像一场大雪降临，飘满房间每个角落。这是二〇二一年二月十五日，正月初四，在刘恪位于岳阳的寓所，凡墙都是书柜。多少年，每一个春节，于他而言，无论是远在京城还是故乡，都是一个个俗常的日子，是依旧要读书写作的日子。

桌上摊开的大稿笺，是他正在写的新小说《民间消息》，原本俊秀的刘氏书法，变得有些歪倒，像一片被飓风吹打的丛林。右角摆放着一台一体式电脑，开机关机，建立新文档，存盘，输入法转换，退出……半个多小时，我边操作边指导，他基本掌握了简单的文档编辑操作。一天前，他说有事找我，后又补充是件小事。这件小事对六十多岁的他，患有早期帕金森症的他，是一种挑战。他不想再麻烦他的朋友、学生，试图独立输入此刻之后的每一次书写。而我更希望他将关注点转移到自己的身体上。

二〇一六年我在中国人民大学读创造性写作专业的研究生，刘恪常带王俭印、张新赞等朋友来学校看我。他每次做东，挑西门附近的餐馆吃饭，饭后我们去图书馆附近的水穿石咖啡厅聊天。我当时的论文结构设计都和他们讨论过。有一次，从西门进校园，刘恪过马路，脚磕在路沿石上摔倒，碰破了脸颊。去人大医院处理完伤口，大家都当作一次小意外，没想到这是他身体的一次报警。后来那两年张新赞几次陪他做检查，核磁、CT，年岁增长，长期伏案，营养不平衡，诸多可知与不可知的原因，导致身体的变化。这种变化恰是朋友们最担心的。这种变化也是导致他慢慢无法正常行走、失去平衡行动能力的根本原因。

我们担心的，却每每被刘恪"打"回来：病就是这个样子，好不到哪里，也坏不到哪里。我们摇头，也充满着无奈的怜惜。我和朋友们都劝他暂时放下写作，锻炼调养好身体才是眼前根本，但他故我。他总是固执地以为自己不会有事的。我在内心深深地理解支持这样的自我，却希望他能过着平常人的生活。他骨子里有种强大的意志，是不会轻易改变和消息的。我钦佩他的固执，但此时特别恨自己没有推倒他的固执。

也许，不固执就不是刘恪，是固执成就了刘恪。

二〇二〇年刘恪搬进郑州河大校区的新家，这位从长江、洞庭湖走到中原的孤独行者，又给自己的坐标打上黄河之水的标记。电梯房，解决了上下楼梯不便的困扰，之初的房子装修有尹顺国等文友的帮助，这是友情的回报。刘恪是个时常替朋友着想的人，喜欢读什么书，遇到什么困难，未来的路怎样走，他总会替你提前考虑。他的倔强和固执只是在自己身上。

从郑州回岳阳，有弟弟照料饮食生活，他又忘我埋首书丛，排列出小说、评论、诗歌语言史等写作规划。他就是一个虔诚的信徒，面对自己的"宗教"，越是逆境中越能彰显他的顽强生命力。我是希望他的生命力更顽强的。今年元旦这天，我听到刘恪病危的消息，结束出差的我立刻从北京飞到长沙，直接转高铁到岳阳看望他。王跃文、张战夫妇听说后，特别委托我表达不能亲自探望的歉意和祝愿他早日康复的心意。当我看到病床上已经无法再言语的他，眼泪和哽咽一下就淹没了我。那个曾经在我心中无比强大的作家，一天可以写一万字的作家，稿纸上几乎没有修改的作家，成了一个模样那般衰弱无助的人——插着氧气管，无法进食，完全靠输液维持，感染新冠肺炎后因为没有及时诊治，白肺百分之九十多。在生老病死面前，再伟大的作家也是凡人。过去的三年，我的朋友徐典波、舒文治、王翔、李煜、丘脊梁、范泽容、李娃、张峥嵘等人，多次帮生病的他解决现实问题，看望并给他鼓劲。那天在医院，主治医生决绝的话语，我不愿听，也不相信，但他的模样那么真实地摆在眼前。我的心痛立刻让我失语。生命的脆弱让我骤然痛恨上天的不公。哪有什么人间值得可言，他的此生，是不值得的。

刘恪又不是一个总是寄身于书房的人。他一直有一个从书斋到现场的转换，就是我们常常称之的田野考察。二〇一八年，他发表了新作《一滴水的传说——关于〈湘源记〉的元叙事》，这篇散文在类型和表达形式上展现了一种值得注意的新趋势，融入了深度体验式书写、跨文体写作等，让作品具有非常强烈的现代感。他尽最大可能将留存在个人记忆和知识积淀里的场景推到前台，使之获得身体性的活力。

为了写这篇万字散文，他不顾炎炎暑热，去往永州境内的湘江源头实地考察。这是他一贯的方式，从书斋读"世界"，也从书斋走向"世界"。我们认识后，相约一起多次田野行走，走过东洞庭湖，重走鱼巷子、街河口、汴河街、观音阁、梅溪桥等街巷，也到过他的生命之水所在地——板桥湖。他所关注的细节，是生活的细节，也是生命的细节。他身体力行地告知他的朋友们，只有抵达现场才有作家视为极其珍贵且重要的个人性真实经验。这基于他有一种独立的文化人格，写作中常常包含了现代人的生存感受，有一种断裂、破碎、无目的性。当我从这个角度来读《一滴水的传说》时，自然就能获得醍醐灌顶之感。我仿佛看到一条河从遥远的地方流淌过来，看到一滴水从天空缓慢地滴落下来，水里有诸多分子、原子、中子、粒子、量子，有很多的分解、融合、叠加、拆离，这些光怪陆离的东西，有机地补充和嵌入，建立起复杂精微的空间感知方式。从个人的身体感知系统出发，从经验到抽象，从细节到总体，感知时间、空间，感知命运与未来，感知知识与经验，也是感知人所根植的文化和地域的深度。

他不就是一滴水吗？从洞庭湖流向长江，又流向大海的水，这滴水用六百多万字的文学作品创造了刘恪的传说。

只要写到水或与水有关的事物、故事时，刘恪就总有那么多可以言说和言说不尽的神来之笔。这个与水有关的世界是无限打开和任其漫溢的，是源远流长与循环往复的。他这滴汪洋中的水，是有颜色有形状有声音有气味有历史与现实光影的。我又以为他是茫茫大海之上的一艘船，是大海穿越船的生命，也是船在创造着海的新的生命形态。

几乎所有的读者和熟悉刘恪的朋友，都会讶异于他在文学、理论领域潜伏的大智慧，他的筋脉里尽情流淌着智慧之水。他写作上的笃定，只会让朋友们更加热爱他。这让我想起古埃及神话中的智慧之神托特，这位埃及象形文字的发明者，众神的文书，长着不一般的相貌，也常在河畔走着一条不寻常的道路。这似乎暗示着有智慧的人都有着我们不可理解的命运。那么多人拥抱着平庸的世俗生活，但总有例外的人。他就是那例外中的一员。因为例外，他注定是孤独和漂泊的行者，是遥远而闪亮的星辰，也注定是在众目睽睽之下奔赴远方的那道水流。

那又不是普通的水流，所到之处，所有的水，都是一个人的纪念碑。我这么想的时候，又觉得刘恪——此生值得！

（选自"新湖南客户端"2023年1月9日）

## 评鉴与感悟

编完以上几篇文章，我的心无疑是痛楚的。这一年，文学界失去了好多位名家，无论是创作，还是翻译，他们对中国文学的贡献有目共睹。新年伊始，又惊闻翻译家郭宏安、李文俊、杨苡先生离世，更是不胜悲痛。斯人已去，风范长存，他们留下的文学火种必将生生不息，继续照耀后来的文学人。谨以此小辑文章向他们致以深切的悼念和缅怀！

特稿・私史

# 所有的过去,所有过去的

/黑孩

一

一切都因为我幼少的时候家里过于贫穷。从小到大,无论是生日还是节日,我没有得到过一个玩具礼物。我总是跟邻居的小孩子们互相追逐,或者攀墙爬树,或者跳绳,或者捉迷藏。换一天,我哥哥不在家的时候,我会趁机偷他藏在书桌抽屉里的小说看。还是小学生的我,已经看完了《红楼梦》《青春之歌》《牛虻》《上海的早晨》等大部头小说。这样的感觉不仅仅只是我一个人才会有吧:就是那些文字,好像电灯泡一样在脑子的某一个角落里亮起来,连头发丝都被照得透明起来。这感觉很神妙,似幻想,似梦,似另外一个隐秘的世界。最重要的是,这些我似懂非懂的文字所描述的故事令我恍惚沉浸。沉浸也许是思考的一种表现形式。不知道是从什么时候开始的,我想成为某一部小说里的人物。换一句话说,我想成为另一个人,一个我想成为的那种人。还有,从那时起,我开始意识到我似乎不想在大连待上一辈子。我一生中好多重大的转换都源于这种朦胧的意识。即使是现在,我依然觉得人生也许还会有重大的转化,因为我现在特别想去上海的某一个码头,就一个人,静静地喝着咖啡看那艘船慢慢地驶出去。我总是觉得上海的码头满是寂寞的底色,好多美丽忧伤的故事都掩藏在里面。

阅读就这样令我上瘾，好像抽大烟似的，一旦停止下来，就觉得浑身上下都不舒服。这样的感觉一直跟随着我。直到今天，如果有一天不读书的话，我的内心就会产生无法排解的焦虑，感觉自己是在浪费生命，是在抛弃那另外的一个人。我把这种感觉形容为犯罪感。

高中的时候，妈妈来不及给我做盒饭的那天，会给我几个买面包或者饼干的小钱。这是我可以买到杂志的唯一方法。饿着肚子的我，会跑去报摊买杂志。或许因为身在东北，买下来的大半杂志都是《芒种》。所以我永远忘不了《芒种》。《芒种》跟我哥哥抽屉里的藏书是我的文学启蒙之家。

高中毕业后，去长春上大学之前，妈妈让我收拾一下那些装在麻袋里的杂志。麻袋很大，因为装满了书，立在地上跟我差不多一样高。这时候我才大吃一惊：原来妈妈给我的午饭钱，都花在这些杂志上了。

妈妈问我：你是想将来当一个作家吗？

我回答不上来。说真的，我不知道自己将来能不能写小说，但知道至今读过的所有文字会改变或者已经改变了我。就说上大学吧，妈妈本来的意思是让我不要上大学，而是去技校学一个专门的技术，两年就可以工作赚钱了。妈妈希望我可以早一点儿养活自己。也难怪妈妈有这种愿望。我家里一共有六个孩子，除了我，有三个上山下乡的知识青年，还有一个理科大学生。能够自立的只有最大的那个姐姐。所以那时我家里的生活挺艰难，用语言来形容的话，就是比较穷。但好不容易恢复了高考，我可不想家境影响到我的人生。我想按自己的意志选择对未来的安排。

我恼火地看着妈妈说：如果你不让我上大学，我就去老虎滩跳海。

也许我决绝的样子吓到了妈妈，她不再强求我去技校，但后来听说我大学选择的不是理科而是文科时，她比我还要恼火。她一边拿着扫把追我，一边诅咒我：好不容易学四年，毕业后，可能连个像样的工作都干不上。

那时候好多人都瞧不起文科，觉得文科所学的东西对将来毫无用处。不过真别扭，因为我很难向妈妈解释我是多么喜欢那些文字。在家附近的小学校的操场上坐了一个多小时，看着裸露在泥土上的树根以及凋零的花瓣，我前前后后地想了很多很多。

回家后，我这样问妈妈：如果我选择考师范大学呢？

我跟妈妈一起生活了十七年，对她可以说是知根知底。我非常了解她真正想要的是什么。果然，妈妈咯咯地笑出声音。师范大学的学生由国家培养，在学校的四年，不仅不用交学费，而且每个月还能拿到国家补贴的十八元。要知道，那时候是一九八〇年，一个新毕业的大学生的工资也不过就是十八元。

依据对妈妈的承诺，我志愿报考了东北师范大学。我选择的是哲学系和中文系。我被中文系录取了。

东北师范大学位于长春。

送我去长春的那天，再见之前妈妈满面笑容地对我说："你要好好学习。你一定会成为一名出色的老师。"

我离开了妈妈。后来妈妈对我说："直到你拐弯消失，一次头都没有回过。"

妈妈竟然会在意我没有回头这个细节。我想是她指望我大学毕业后回到她的身边，帮她支撑一下一直都不富裕的生活。但大学毕业的时候，在回大连和去北京之间，我选择了去北京。不仅如此，在去大学教书和去出版社做编辑这两者之间，我选择了去出版社当编辑。我从来也没敢告诉过妈妈，大学四年，其实我几乎没怎么在教室里听课，大部分时间都是在图书馆里度过的。我读了尼采，读了叔本华，读了弗洛伊德和萨特。读了《基督山伯爵》《红与黑》《少年维特的烦恼》《安娜卡列尼娜》《钢铁是怎样炼成的》《第三次浪潮》《情爱论》《存在与虚无》《自我论》等。大量的阅读令我每天都有缓不过气的感觉。我对写作的兴趣或许就是在这个时候被勾起来的。

毕业前去地区师范学院实习的时候，我发现我永远都不可能成为一名讲台上的教师。不清楚原因在哪，只要一站到讲台上，跟学生们面对面，我的心里就会产生一种荒诞的感觉，会忍不住地笑起来。还记得带队老师很生气，说我不认真不正经。这是我作为一个社会人的最初的失败。即使意识到学生们在看着我，等我讲课，我仍然无法控制住脑子里的胡思乱想。我会想：第二排的那个女生，她穿着的鞋子不是拖鞋吗？还有那个男生，他手里的书难道不是用旧报纸做书皮的吗？

就这么简单，我发现了，我根本不是做教师的材料。

尘埃落定。好在我就职的单位是中国青年出版社，归属于团中央，这比去一般的学校教书更令妈妈兴奋。从长春回大连的家里时已是傍晚七点多，但正值夏季，邻居们在路边的电线杆下乘凉。妈妈在人堆里，看到我突然回来，第一句话就是问我被分配到哪里了。后来她坦白，说非常害怕我被分配到农村，因为我一直没有把分配的结果告诉她。听到我的回答后，她将我拥在怀里使劲儿地抱了一会儿。在我有了记忆之后，这应该是妈妈第二次拥抱我。另外的一次拥抱是爸爸刚死的时候。说真的，我还是很感动。

妈妈环顾着四周说："我女儿要去北京了，要去中央了。"

然后妈妈加了一句："我们日后可以去北京玩了。"

我依然记得那天的情形。微风清新，月亮非常明亮。

不久我去北京过新的生活。再见后我依旧没有回头看妈妈，她不知道我那时忍不住哭泣，满面都是泪水。忽然我觉得我永远都不再属于大连这个城市了。那是我第一次感知什么是乡愁，好像空山里的一缕回声，或者像茫茫海面上的一点渔火。

九月那个明媚的上午，根本不是想象中的那种闪亮登场，而是我无助地在东四十二条那条小街上走过来，又走过去。没想到我会如此害怕未来，如此没有自信。

直到人事部的那个女人出来问我："你是新来报到的耿仁秋吗？"

我点了点头，浑身发烧，眼泪快要流出来。

"既然到门口了，为什么不进去呢？"

女人几乎是拖着我走进了中国青年出版社的大门。她的口吻很像妈妈。尤其她告诉我她也姓耿，这使我觉得一下子跟她亲近了很多。

出版社是由两座小四合院联通而成的，进门后有一个小小的喷水池。后来我才知道，那栋米黄色的两层创作小楼的楼下，住着上海作家峻青和当时大名鼎鼎的陕西作家柳青。还有姚雪垠，因《李自成》第一卷受到毛泽东的赞誉，出版社为他提供了特别的礼遇，就是给他在社外安排了一套住房，而助手俞汝捷则住在出版社进门的一间平房里。楼上有六间客房，住着云南作家彭荆风一家、广东作家李克异一家、安徽作家公刘、河北女作家刘真、天津作家王道生一家、辽宁作家杨大群。

二

　　我坐在办公桌前，阳光笼罩着桌面上的一大摞外来稿件。确切地说，这是我的新办公室。我跟出版社的领导交涉了很多次，好不容易地从《青年文摘》杂志社调到了《青年文学》杂志社。

　　这会儿我感觉好多了。

　　不是我不喜欢《青年文摘》。我只是不喜欢日复一日地把已经发表在某些杂志上的觉得不错的文章挑选出来，然后用剪刀把它们剪下来，然后用糨糊把它们贴到专用的本子上。对我来说，这样的感觉非常糟糕。打一个比喻的话，好像是在咀嚼人家已经咀嚼过的口香糖。

　　说出来也许没有人相信，去《青年文学》杂志社后，我每天的工作就是读外稿。不仅仅我这个新人，其他的老编辑的桌子上也都堆满了大大小小的信封。我到今天还认为，一个编辑的工作，更主要是发掘年轻的、新的作者。我的那间办公室有六个编辑在办公。我的座位靠窗，旁边是散文家斯妤。斯妤的旁边是出版社的现任副社长李师东。我的背后是后来成为古董收藏家的马未都。马未都的旁边是美编和编务。如果在外稿中能够发现一篇好的小说或者散文，我会高兴一天或者一个星期，甚至会高兴一个月。一些我通过外稿认识的作家，后来不少都成了知名作家或者评论家。现在跟我有联系的就两个人。一个是王干，一个是朱向前。连王干和朱向前也是刚刚联系上不久的。现在有很多微信群，信息量太多，看不过来，但最大的好处就是帮我联系上了几个老朋友，还帮我结识了很多新朋友。

　　还记得王干来编辑部看我。他在为我的小说《海豚的鼻子》所写的评论中坦诚地说："我利用开会，去编辑部感谢这位耿仁秋老师，一看到'耿仁秋'如此老沉的名字居然是一个小姑娘，很意外，也有点失落。"

　　朱向前的小说《地牯的屋·树·河》是我亲自跟徐怀中老师求的评论，同期发表，题目为《探索性的，又是深思熟虑的》。后来我跟朱向前熟了，就去他所在的解放军艺术学院，直接跟那里的学员作者约稿。那里有一大批年轻有为的作家，其中有莫言、李存葆、钱刚、宋学武、李荃。

　　有人告诉我现在的杂志编辑不大会看外稿了，我不太愿意相信这个说法。每一个有写作才能的人都应该在杂志这里找到机会。

这辈子见过的很多作家都是在那时的编辑部。铁凝、王朔、刘震云、迟子建、王晓鹰、赵丽宏、邓刚、达理夫妇等。铁凝早在一九八二年就在《青年文学》上发表了《哦，香雪》，反响很好，成了她的代表作。迟子建在《青年文学》上发表了《麦穗》，记得编辑部的同事都说写得真好。而王朔当时在《啄木鸟》发表的《一半是火焰一半是海水》，轰动也很大。刘震云受邀参加我们杂志社在江苏举办的笔会，期间跟他聊起他正写的小说《老龟》，他说主人公捉住一只百年老龟，在得知它的不菲价值后却没有卖给文物局，而是在龟背上刻上"成银于爱花是夫妻"的字样将其放生。这样的故事真的有点儿浪漫主义和理想化。他的温情让我感动，感动后还会发笑。两年前龙冬来日本玩，我陪了几天。我们聊的都是当年的作家和我们共同认识的编辑。他给我讲了一个笑话。当时他还在中华书局的书店里工作，因为郑万隆的推荐，我成了他发表的第一篇小说的责任编辑。一天，他来编辑部找我聊天，顺便帮我看手相，说我的前列腺好像有炎症。他这样形容马未都的反应：马未都头都不抬，斜着眼睛，吃吃地笑着说：女性不得前列腺炎的。我不记得这件事了，但听得哈哈大笑。身边的这些人这些事这些作品以及可以想象的文学气氛，使我在做编辑的每一天都过得充实而美好。打一个比喻的话，感觉自己像是一株幸运的植物，每天都被阳光和水分灌溉着。

一九八七年，一次杂志社在河南搞文学讲座，我跟主编参加了。我至今还记得当时的那份惊奇：大会堂里坐满了文学爱好者，几乎座无虚席，应该有几千人，看起来黑压压的一片。

我的身边坐着著名的评论家曾镇南。

河南的主办方做主持人，先是让几个著名的评论家发言，然后让主编发言。以为讲座要结束了，突然听见叫我的名字，让我也上台发言，而我一点儿心理准备都没有。开始我坐着不动，但主持人不断地叫我上台，身边的主编和曾镇南也催促我上台，相反几千人一点儿动静都没有，非常寂静。我还是第一次突然而震惊地面临一种做出决断的需要。

我盯着下面黑压压的人群，心里这样想：拼了。

那时我刚刚读完莫言的《红高粱》，心想就一股脑儿地把读小说时的感受说出来好了。我不记得当时都说了些什么，只记得我提及莫言写人的耳朵被刺刀砍掉的细节，并表示我不仅没有感到恶心，反而在心里产生出几分洁净。说到这里我觉得很不自在，甚至有几分愧疚。然后，就是在这个时候，大学毕业实习时面对学生们的那种荒诞感突然间再一次出现，我想笑但憋着不笑，所以格外难受。我造成的冷场令我不敢正视台下。

无法相信的是，突然有一个人大声地喊道："你说得非常好，我们都喜欢听，就按照刚才的话说下去。"太神奇了。我的话说完后，大会堂响起了一片热烈的掌声。

我曾经说过，与一个人的相见会改变一个人的命运。这话也许是真的。回到座位后，曾镇南突然对我说："你的文学感觉很好，可以尝试写小说。"

我觉得受宠若惊，问曾镇南："你说的是真的吗？"

曾镇南回答我："是真的。你可以写。写出来我可以帮你看。我觉得不错的话可以帮你推荐给杂志。"

天呐，曾镇南对我的鼓励太大了。不管怎么说，他的建议直接击中了我的梦想。如果他有先见之明，我愿自己未来的写作，从头到尾，都沿着从幼时就喜欢的文字展开。

回到北京的那天晚上，我坐在宿舍的写字台前，手里握着一支圆珠笔，聚精会神地写了我的第一篇小说《醉寨》。小说只有几千字。我一鼓作气，只用了几个小时就写完了。曾镇南看完小说后，附加了一篇评论推荐给当时的《作家》杂志的主编王成钢。王成钢很快联系我。小说在第四、第五期发表出来了。

对于走过的那些岁月，一路丢掉的东西太多，但程德培为《醉寨》写的评论我却一直带在身边。说是评论，其实就是对小说语言的一点儿鼓励，大约有一千多字，发在《文学报》上。题目叫《醉寨笔调之妙》。豆腐块大的文章令我感到一阵阵的眩晕。写作是很漫长的旅途，或者也可以形容为马拉松跑步。我开始觉得，如果我展开想象力去思考去写，也许值得再努力几个月或者几年。如果想实现目标，除了本人的努力，有时候还真的需要机会和缘分。我想我都有了。如果那次我没有参加河南的文学讲座，如果主持人不叫我这个刚刚毕业不久的小编辑讲话，如果不是我毫无准备所以只能漫谈阅读时的感受，如果身边坐着的人不是曾镇南，我想我也许不会写小说。即使写小说，也未必会那么快就能发表出来。日本有一个明星小队，选队长的时候采用划拳的方式，其中的道理是相同的。那就是：运气也是才气的一个部分。

　　运气一。接着我又在《钟山》和《萌芽》等杂志上发表了几个中短篇小说和一些散文，责任编辑是苏童、周佩红、姚育明等。中篇小说《我走近你》被《小说选刊》选载使我稍微有了一点点名气。那个年代的文学地位跟现在不同，有这样的笑话，说地方作家的作品，一旦被《小说选刊》选载，基本上可以当个文联副主席了。其实，这话并不完全是笑话，我自身也受益不浅。一九八四年去中国青年出版社，一九八五年调到《青年文学》杂志社，到了一九八九年，中国文联出版公司已经为我出版了第一本小说集《父亲和他的情人》了。样书到手的时候，我像举着新生婴儿似的，不敢相信自己真的成就了一本书。一九九一年，安徽文艺出版社出版当代女作家散文丛书的时候也选中了我。丛书一共有三本，我的《夕阳又在西逝》、赵玫的《以爱心，以沉静》、周佩红的《一抹心痕》。到日本后，有一天收到了责任编辑岑杰转寄来的几封读者来信，那是个寒冷的冬日，站在一座花园里，好像刚刚失恋，眼前的一切都令我觉得伤感落魄。我喜爱的文字，我曾经的梦想，都因离开故土而移位了。跟那几封读者来信一样，我似乎也不过是其中的碎片之一。脑中某一根神经提醒我，这是我的第二次乡愁。

　　那时候，因为工作上的关系，也因为参加了一些笔会，再加上我的一点点名气，使我有机会接触了不少有名的作家和评论家。举例来说的话，比如冰心，比如汪曾祺，比如苏童，比如莫言，以及李国文、梁晓声等。跟他们的通信至今被我珍藏在家。我也是三年前才发现，现在的作家，出书时喜欢找名人联名推荐，但那时候我们喜欢找名人写序。我跟汪曾祺以及他的夫人相处得很好，经常去他家里玩，还会带一些朋友跟他要字画。他为我的散文集写的序《正索解人不得》，就是我亲自上门拜求的。都说相处得不错了，所以在求序文的同时，我把是否要去日本留学的苦恼也说了出来。

　　汪曾祺的态度在序文中写到了。原文是：再过两三个月，黑孩就要到日本去。接触一下另一种文化，换一个生活环境，是有益的。黑孩，一路平安！

我不知道"一路平安"四个字给我的是感动还是安慰。或者两方面都有。

萧红问鲁迅：你对我们的爱是父性的还是母性的？

鲁迅沉思了一下说：是母性的。

运气二。同样是一九九一年，布老虎丛书的主编安波舜突然把我跟赵玫聚在一起，说他打算出版一套女作家长篇小说丛书，并扬言印刷两万册以上。为了我跟赵玫能够相信这话，他答应提前预付一半的稿费。他说到做到。我真的提前拿到那一半的稿费，而额数之大令我简直不敢相信。之后，除了陈丹燕有事没能参加，我跟赵玫，还有杨泥、盛祥兰都应邀参加了他在大连开发区凉水湾举办的笔会。凉水湾是一个非常美丽的海湾。那次笔会让我第一次住上了别墅洋房。我们是一边玩一边写完长篇小说的。一九九二年，丛书由春风文艺出版社正式出版。书名都挺刺激的，我的《秋下一心愁》、赵玫的《我们家族的女人》、陈丹燕的《绯闻》、杨泥的《激情月光》、盛祥兰的《爱的风景》。

后来赵玫在她写安波舜的印象记中说：而且这书立刻遍布了全国大大小小的城市的大大小小的书店。我们很欣喜。

可惜我没有感受到这一份欣喜。没等见到书我已经跑到日本留学了。

有人说：现在的一部长篇小说，能卖到五千册就算不错的了。短暂的沉默后我深深地吸了一口气。是什么带来了这么大的差距？是时代的原因吗？还是作家本身的原因？有人说：写作变得像信仰，不喜欢真的写不下去。还有人说：写作就是为了打发时间，不然二十四小时怎么过啊。我也在坚持写，让我觉得不自在的是我还会留意稿费。从什么时候开始，我对文学的喜爱不似以前那么纯粹了呢？但我真的喜欢文字，仍然喜欢写作时沉醉于文字中的那种感觉。除了读书写作，我想不出还有什么其他的爱好了。我经常对别人说：读书给我一种身体上的快感，跟做爱时的感觉一模一样。最近四年，我整个的生活都在文字的范围之内——阅读它、使用它、磨炼它、成就它。

运气三。同样还是一九九一年，作为青年作家，我竟然被选为青年作家的代表，参加了全国青年作家代表大会。"代表"这个词让我激动。会上我差不多总是跟陈丹燕在一起，在她的房间里聊天。虽然有跟迟子建的合影,但我没有跟她交流过的记忆,我想是两个人正好撞上了,所以一起拍了一张照片而已。不过迟子建长得真好看。照片上她的怀里抱着两个小布偶真可爱。我跟陈染、林白在同一张饭桌上吃饭,三个人也合了影,都是一副温和自在的表情,好像眼前的世界就是属于我们的。一期一会,来日本已经三十年了,跟迟子建、陈染、林白再也没有机会见面,而现在的我看起来就像……算了,还是不形容了。时间过得真快啊。不过时间的针脚还是为努力的人留下了它的痕迹。迟子建的《茫茫前程》、陈染的《私人生活》、林白的《一个人的战争》,为我填补了很多空白的缺乏想象的日子。生生不息,那几个年轻的女孩,我看见了她们的爱、脆弱以及过去。所有的过去,所有过去的。

三

自一九九二年二月来日本,直到二〇一七年,我没有读过一本中文版书,也没有一个中国人朋友,只有两三个来往的在日中国人相识。原因很多,除了刚来日本时不安定,打工没有时间写作,最大的原因是我在生活安定后,想写作的时候,国内的电话号码增数,跟所有的编辑都联系不上了。而从日本往国内寄稿件的话,邮费又太贵了。刚开始的那两年,不读书写作还会有犯罪感,但几年后,我经常是"沙沙沙"地咬着薯片,一边就把日文版太宰治以及谷崎润一郎等作家的小说读完了。人真的是环境的产物。

我说过我的运气好。具体说的话,是我的文运好。我在一家叫"脑"的出版社工作。一九九五年,有一天,老板突然对我说:"你可以企划一套中国女作家丛书,把你自己的书也放进去。"

我在心里发出振奋人心的欢呼:天啊。

我给那时还在作家出版社的石湾写信,让他帮我找三个女作家。拜托他的时候,我在心里给周佩红留了一个位置。石湾回信告诉我找了姜丰、曾明了、王心丽的时候,我已经想方设法地联系上周佩红。因为是这样的原因,我的日文版书非常近距离地简单地迈出了第一步。

丛书出版后,老板让我约作者来日本开发布会。王心丽和姜丰没来,我亲自去机场接的周佩红和曾明了。说起来,在日本有三十年了,在日见过的作家也就五个人。最早是去旅馆看望来日本开会的韩静霆，之后是带莫言去《新华侨》杂志接受记者的采访，最近的一次是跟虹影夫妇在浅草的一家民宿里一起喝了一瓶红酒。发布会后，我带着周佩红和曾明了去富士山观光。早上在旅馆睁开眼，周佩红笑着说："感觉是黑孩办了一个笔会，邀请我们来参加。"可惜那天天气特别不好，富士山云山雾罩，看起来不过是明信片上的那种小风景。但她们俩没有一点儿抱怨。不管怎么说，那几天对我是特别的日子，而且我，尽量不去多想她们俩会是什么样的感受。送她们回国的路上，由于要忍住心里的孤寂，我的背变得十分僵硬。

丛书是一九九六年出版的，同年，老板又对我说：你，再搞一套亚洲女作家丛书，中国的就把你自己的书放进去好了。

我甚至觉得老板是为了给我出书而故意要整出两套丛书来了。亚洲女作家丛书有我的《惜别》、越南阮氏秋惠的《魔术师》、新加坡孙爱玲的《斑布曲》、中国台湾出身朱天文的《世纪末的华丽》、韩国申京淑的《某个失踪》以及印度尼西亚一位我不知道汉字名字的女作家的《在废墟之上》。我享受着神奇的完全自由的梦想：自己企划，自己编辑，自己出版，整个宇宙都听我的使唤。这套丛书的魅力是异国情调。不同世界的风带着不同的温度气味，给了我在亚洲旅行一圈的感觉。丛书在一九九七年出版。这一次，我跟有名的纪伊国屋书店合作，由他们做发行。

二〇一八年我跟陈永和心血来潮地去台湾游玩，本想花心思见一下朱天文，但想了想后却放弃了。怎么说呢，想见她的心思，好像被锁在未使用的房间里有好多年似的。

一连出版了两本书后，作为在日中国女作家，我似乎引起了媒体的关注。《读卖新闻》《朝日新闻》《每日新闻》以及共同通信社地毯式轰炸似的报道了我两年。二〇〇〇年，白帝社又出版了我的新长篇《两岸三地》。从这个时候开始，我可以清清楚楚地感到：我的臀部，已经坐在日文版书这一边了。是的，就跟我换了件衣服似的。不过，问题的关键是我觉得哪件衣服都挺合适的。

同样是二〇〇〇年，我结婚了。二〇〇一年我怀孕了。二〇〇二年我有了儿子，因为要照顾他，一直没有写作。

## 四

二〇一七年年初，一天，不知为什么我觉得特别孤寂，顺手打开通讯录，刚好看到了一个人的名字。她也来日多年，是在一次日中文化交流的会议上跟我交换了名片的。电话接通后，聊了几句，她问我：你没有使用微信吗？

我问：微信是什么？

那么你还在花钱打国际电话了？

我说：确切地说是使用便宜的电话卡。

她"啊啊"了好几声，惊讶地对我说：你活得太孤独了。现在的中国人都在使用微信了。随便你跟国内的什么人聊天，随便你同时跟多少人聊天，随便你聊多长时间，而且一分钱都不花。

她的话是我从没有想过的事情。根本想象不到的事情。放下电话后，我好奇地上网搜索微信，方知是一个软件。战战兢兢地下载了微信，马上就来了一封信，是我刚来日本时认识的祁放。她也喜爱文字，主要是写诗和散文。

我微信的通讯录里有了第一个人的名字：弥生。

弥生是祁放的笔名。她在信里说：亲爱的，好久不见了。你好吗？

我说：好久不见。想念。

然后我赶紧声明微信是刚刚下载的，是头一次使用。事实上，我们真的有二十多年没有见过面了。之前我们都还年轻。我们用文字交流了几句，都觉得应该见个面。老朋友总得叙叙旧啊。她来我家的时候，给我带来了中国产的茶叶。虽然我们都老了，但还是一下子就认出了对方。回首往昔，她说起在池袋的咖啡屋，两个人坐在高脚凳上，晃悠着两条腿，聊着七七八八的事情，而我抽着很细的香烟，对她说：有什么可发愁的呢？！她说的事我一点儿都不记得了。事实上，我忘记的人和事很多，留在记忆里的，几乎都跟文学有关。

我不确信我再一次回归文学是弥生起了决定性的作用，但肯定跟她有关。我花了些时间告诉她我在生完儿子后，一直没有读过书，也没有写过任何小说或者散文，甚至连工作都是儿子上了小学后才又开始的。我还告诉她，我已经不在出版社工作，赶上一家区役所招人，我参加考试，没想到就考上了，所以是公务员了。

　　弥生说：这么说，你一点儿都不了解国内的文学状态，也不了解在日中国人的事情了。

　　我老实地点了点头。弥生开始向我介绍几个在日本的作家，特别强调李长声的成就。那次中国女作家丛书的发布会李长声来参加了，所以跟他也算打过交道。她说了很多，我觉得心里冒出了什么东西，胸口微微地痛起来。她还说日本有一个笔会群，都是爱好文学的人在里面，李长声也在里面，如果我不反对，想把我拉进去。她似乎很抬举我，开始劝我辞职写作。她对我说：公务员要多少有多少，但黑孩只有一个。我觉得她说的有点儿夸张。

　　我的微信里有了第一个群：日本华文作家笔会。学会了微信的使用方法，我在群名单里看到了有一面之缘的陈永和的名字，还通过群里的信息知道她现在发表了很多的小说和散文，并且写得不错。我的感觉快活起来。跟她肯定会有共同的话题，也许我们会成为更好的朋友。约好了在我家见面，我去车站接她。原来她住的地方离我家并不远。出了检票口后她笑着向我摆手，看上去无忧无虑，二十年好像被她的一摆手就摆掉了。之后我跟她又见了三次面，每次她都这样劝我：黑孩，你要相信自己，走出自己，你可以重新写的，你不该放弃。

　　也许陈永和的实际成就比较有说服力，在她的鼓励下我真的写了几篇散文。《寅次郎的故事》在《北京文学》杂志发表后，陈永和对我说：黑孩，你迈出了第一步，接着走。《西湖里有一滴我三十年前的泪水》《富士山和生鱼片》在《中国文化报》、《闭上眼睛》在《上海文学》杂志上发表后，她又对我说：黑孩，你走得挺好，坚持下去。

　　旧日的某些情感回流，流遍了我身体的每一个角落。

　　这时我跟李长声也互相加了微信。我问他：我很迷惑，不知道是否应该辞职写作。

　　李长声说：如果你对自己的写作有自信就辞职，没自信就不辞职。

　　"自信"两个字一直在我的脑子里晃荡。有一天晚上，我甚至身体发烧也还是躺在床上想这两个字。说起来真是神奇，犹豫的那段时间我的精神相当振奋。

我也跟陈永和商量是否应该辞职的事。她对我说：你有这么多经历可以写，你辞职写啊，再不写就没有体力写了。

我怕写不好，即使写出来也未必有人要读。陈永和就说：一天二十四小时，总得用什么方式打发时间啊，不要考虑正在写的东西有没有人读，你就写好了。

每年的四月是日本的新年度，二〇一七年三月，我有些尴尬有些不安地递交了辞职信。有些事，特别是决定一些大事的时候，靠的是火候。弥生、李长声、陈永和各就各位似的在旁边提醒了我。我现在还感激他们。写作之前我需要充充电，不过是用我最喜欢的阅读来充。手头没有中文版书，只好上网找，意外发现了微信读书这个软件。读了加缪的《局外人》、格林的《恋情的终结》、威廉斯的《斯通纳》、施林克的《朗读者》等作品后，都不知道应该怎样形容我的心情。原来小说有这么多的写法。原来小说是这样写的。我意识到几十年前自己写的小说和散文，一部分变成了烫手的山芋。如果有可能，我真想将它们全部回收了，重新加工。

我本来是想写一部中篇小说，没想到越写越长，变成了小长篇。还记得写完第一段后，我发微信给陈永和：开头无法满意，都没有什么抓人的地方。还说：早年一天写一万字，现在一千字都难。

陈永和充满感情地回话说：你停滞了那么多年，哪能一下子就哗哗地流出来啊。写作是生命，要慢慢来，将生命写到最好。

原来陈永和也如此珍重文学，我觉得一生一世都可以跟她用一个鼻孔出气。偶尔我们也会聊天，说的都是我喜欢哪部小说，我不喜欢哪部小说，我为什么喜欢那部小说，我为什么不喜欢那部小说。

二〇一八年十月，《惠比寿花园广场》这部长篇小说，居然被我写完了。一共花了一年半的时间。我让陈永和帮我看看写得怎么样。看完后她对我说：我觉得还是不错的。

我问陈永和：我应该怎么办？现在我只跟《上海文学》和《北京文学》的编辑有联系，但是这两家杂志都不发长篇小说。发长篇小说的杂志编辑我一个人都不认识。

陈永和说：那就先给《收获》杂志吧。不过，《收获》杂志太难上了，所以你不妨同时投几家杂志和出版社。每本书都有他的命，试试这部小说的运气吧。

把稿子给了《收获》杂志后,我同时也在找其他有可能发表长篇小说的刊物和出版社。

现在我闭上眼睛,依然能够回味到那一刻的喜悦。小说投稿有三个月了,在我已经失去信心的时候,二〇一九年一月三十日,我茫然地打开登录不久的微博,发现有一封一月二十九日的来信。信是《收获》杂志社的编辑王继军写的,大致的意思是小说《惠比寿花园广场》他拜读了,里面写的日本的生活蛮有意思的,韩子煊那个人物也很有特点,就是作为长篇里的人物,揭示得稍微浅了些。整体上他觉得蛮好的,先送审。

王继军通过微博联系我,令我意识到我在投稿的时候,忘记在稿件上写联系地址和联系电话了。但我顾不上这个了。好像买的彩票中了最高奖,我兴奋得有点儿歇斯底里。我不得不深深地吸了一口气,然后才给陈永和打电话。

陈永和激动地说:真的啊。太好了。太祝贺你了。

梦想是什么?我的体验是:明明这事是真实的,却觉得在做梦。过了几个星期,王继军通过微信告诉我,小说会发表在二〇一九年《收获》杂志的春卷号上。但过了一段时间,王继军又通过微信告诉我,因为字数等原因,小说会发表在《收获》杂志当年的第六期。那时候我不认识王继军,其实到现在也还没有见过他本人,但是很奇怪,我老是觉得那个走失了很久的原来的那个我,是因为他又被自己找回来了。是他在真正的意义上给了我一次回归文学的机会。日后我总是不断地有一种冲动想跟他说"谢谢",但每次跟他通微信,他的回话多半是"嗯嗯"或者咖啡或者龇牙等表情文字,似乎在提醒我他是个编辑,做了应该做的事而已。我也就不再谢了,怕过了度,反而变成对他的打扰和负担。

《收获》杂志出目录的那一天,我觉得实现了人生的一个大目标,已经展翅飞翔到高空,飞到了人生最高的地方,肺里充满了空气。是的,我把那天看作是我人生有了最高纪录的一天。我兴奋了很长时间,第一次感知泪水会刺痛肉眼。还是那句话,我的运气非常好。因为运气好,我可以用文字来定义自己活着的意义以及努力的意义。之于我,写作成了每一天每一天的目标了。那种熟悉的焦虑感和犯罪感又回到我的身体,我开始用更多的时间来阅读和写作。

《收获》杂志是双月刊，第六期要十一月才能出刊，我在等待的期间里开始了新长篇的写作。上海文艺出版社决定出《惠比寿花园广场》的单行本，责任编辑是江晔。不久，因为她来东京旅游，我们有机会见了一面。我们在一家居酒屋里一边吃饭一边闲聊。听说我正在写的新长篇也跟公园有关，她这样提议说：干脆搞一个公园系列，一部小说打卡一个风景点，新小说叫《贝尔蒙特公园》好了。她长得很可爱，感觉像小动物。我最喜欢小动物了，如果不是怕尴尬，真想抱抱她。

公园三部曲在东京的一家居酒屋里诞生了。所以有了《贝尔蒙特公园》后，又有了《上野不忍池》。在这里也让我感谢《清明》杂志，感谢四川文艺出版社。

我过上了自己选择的生活：阅读和写作。但禁不住会想：我怎么跟一只散步的小狗似的，明明目标的入口这么近，却溜了那么长时间的弯。啊，我真的是笨死了。写作是我唯一感到乐此不疲的事情啊。

来日本后最幸福的时光是二〇一九年一月三十日之后，直到今天，直到此刻。不过，这篇文章里写的都是个体上的记忆，是我自己觉得值得怀念的某些往事和人。谨以此文感谢所有鼓励和帮助过我的人。

（选自《红岩》2022年4期）

## 评鉴与感悟

一个人的文学史，也是一个人的生活史和命运史。其中涉及人物众多，不少都是文坛上的"名角儿"。从他们的纷繁经历中，可以窥探一个时代的五彩斑斓。回忆是一面镜子，既可照见过去，也可照见当下。

# 我的音乐老师

/陈善壎

我没有进过学校，所讲的是工人合唱团的音乐老师。他姓曾，我不忍提他名字。小时候崇敬很多人，曾老师是一个。他是音乐家。不过等到我结识他的时候，他是制作人类骨骼标本的人了。

五十年代初期，我在一家工厂做工，很喜欢唱歌演戏的。参加过省工人合唱团这类组织。曾老师作为音乐家，常常来辅导我们。他有名，人也精致；又正好有几支歌被我们很崇拜地唱着。所以，他就是大人物。后来晓得他是一个进步音乐工作者，他当地下党的时候写过骂反动派的歌，组织过迎接解放的群众活动；土改中有支歌鼓舞过千千万万闹翻身的农民。这就更坚定了我对他的敬意。

每当他来，我尽量突出我的音乐天赋以求他另眼相看，求他引我为知音。谁知他根本不理我。这使他更显高大，更值得攀附。有一次他走出工人合唱团的活动室，潇洒多姿的呢子大衣从我脸上拂过去，那感受就跟我成年后女朋友的头发从脸上拂过去一样。他皮肤白皙，戴一副金丝眼镜，话不多。走起路来看得出急躁，总是一脚碰在凳脚上一头砸在门框上。只在他指挥我们的时候才见到他微笑，只在他跟我们一起唱的时候，才觉得他是可亲的。他要求我们唱出力量，唱出希望，把新中国的朝气唱出来。

有一次他终于注意到我了。我在大合唱时唱得出人头地。演出完后他把我拉到一边说，合唱不是独唱，要服从整体，不能突出个人，要通过群体来表现。说完他就走了。临走时他把大衣往身上一披，那风度，那派头，令我几十年梦寐求之一件相同的大衣而不得。后来，我离开了工人合唱团。我想是在那每天晚上开两个会的岁月，是在那不开会就加班的岁月，当然把他忘了。这时的工人业余文艺活动也不像早先的诚挚。文化活动带上一层暧昧色彩。就是不加班、不开会，我也会知趣不再参加。

　　一九五六年夏天，记得是一个胖乎乎圆滚滚的妹子，送我一张音乐会的入场券。我这才知道他原来可以指挥庞大的乐团。曲目单上介绍他喝过海水，在巴黎先学舞蹈后学音乐。这使我觉得原先对他的崇拜稚气十足。他一出场，我向旁边的女朋友炫耀我早就认识他，还跟他说过话。我虚构了我和他促膝交谈的场面。我的女朋友马上把脸蛋兴奋得更加圆滚了些。透明的天幕深远而魅惑，音乐使我忘记了身边可爱的人。我终场沉浸在有些惆怅又有些亢奋的情绪里。我觉得他给我的启发是不止于美感的。以后好几年没有见过他。有人用矿石收音机收听《美国之音》，听到他的作品在维也纳演奏。我们只敢悄悄地传。其实，我们已经没有热忱关心这些事了。

　　等我再见到他的时候，我站在城外的一座荒丘上举着一把半损的锄头。锄头不知怎么卡进棺材的缝隙里了。我撬了几撬，立刻冲出令人作呕的恶臭。近旁的土夫子们掩鼻跑开。最大惊小怪的是女夫子们。她们把锄头扁担一摞边跑边叫。土方队长（也是包工头）贺驼子走过来，近前棺材看了看，说道："把酒癫子喊来。"

　　不等人去喊，叫酒癫子的人闻风来了。他饶有兴致地绕棺三匝，同时请几个夫子（包括我）帮忙把棺材挖出来。我一眼认出此人就是曾老师。一点没有惊诧。他落到这步田地我马上有一个解释。

　　那件使我羡慕不已的大衣如今残败失色。金丝眼镜有一边是用麻绳挂在耳后的。胡须很长，一副邋遢相。还有用袖口拭口水这样算不得文雅的动作。这回应该有机会真正跟他促膝谈心了。我没有急功近利仓促攀交情，只是替他卖命挖；当然纳闷他对死人的兴趣。

　　我们下力的时候他席地而坐，从大衣口袋里拿出二两装的扁酒瓶。他身边有一只麻袋和一把小钉耙。这回他用真正欣赏的眼光看我了。其他人坐锄头把上休息，只有我一个人还在撬棺材盖。

一副强壮的骨骼，下半身没腐烂完。臭气就是腐肉散发出来的。他跑到棺材边仔细察看指骨，这又使我纳闷。我没有冒昧问他。他露出苦笑，懒洋洋地收拾骨头，不是很满意地把骨头扔进麻布袋。

每当工地上头天挖出了棺材或者当天要挖掘古墓，曾老师就会悄然来到工地上。他远远独坐树荫下喝酒，手中的树枝古里古怪挥舞着。在不是贺驼子的工地上要是出土了骨头，因为人不熟，他会耐心等到收工。他会在暮色苍茫中甚至深夜行动。

不久我知道了，曾老师这样准确来到工地，是贺驼子通风报信。

贺驼子是侏儒，却是卓绝的土方队长。如何笼络施工员，如何软硬兼施自不在话下。他的拿手戏是做一手绝妙假垛子。土垛子是土夫子们劳动的计量标尺。贺驼子做的假垛子天衣无缝。（土垛子相当于Z轴，与X轴、Y轴定义的平面结合起来算出土方量。平面很大，土垛子加高一点儿可多拿好多钱）。

我刚来的时候不喜欢驼子，都说土方队长是喝血的。慢慢觉得他还好，不见得怎样的心狠手辣。他高不过冬瓜，说起话来偏是盛气凌人的。"我不吓了你，老子楼上住的都是音乐家。"我这就知道，原来曾老师是他的房客。

一日，驼子在工地上置酒豪饮。男男女女没大没小地端着泥巴碗你一口我一口。我坐在扁担上发痴，空空地看天看地。后来，起身去捉螳螂，看见曾老师在那里数蚂蚁。我带半瓶酒过去，才知他不是在数是在跟踪。我装出对蚂蚁有和他相同的兴趣，跟随蚂蚁跑了好长一段路。蚂蚁列队钻进一座坟墓里去了。那里有一个隐蔽的洞。他扒开碎石杂草，说是盗墓贼留下的入口。随后又掩蔽起来。他靠墓碑坐下，喝着我带的酒，重复工地上打夯的号子。那旋律单调，他重复几遍后有了发展开始变奏。我认为他发挥得非常好。

他简直跟从前一样没把我放在眼里。

我有了好主意，哼一支他的歌，这招灵。他闪亮眼睛瞧我，我边哼歌边装着看蚂蚁。他竟没再理我，突然起身就走，差点被一个树桩绊倒。我赶忙扶他，边走边说，说他曾经是我们的辅导老师。他尴尬。我敏感到可能是我（过去的）领导阶级身份作祟，便从容告诉他我不再是工人，是地地道道的土夫子。他明显亲热些，把手搭在我肩上下个陡坡。

　　曾老师终于邀我喝早茶了，有机会就邀我。我每次都是早早起床，赶到城边一家离他住处不远的茶馆与他晤面。往往驼子在场。往往是那些老茶客。到贺驼子家坐过几回，曾老师却不邀我上楼。他在楼下假贺驼子一方宝地接待我。

　　我当然已经知道曾老师现在赖以为生的手艺是制作人类骨骼标本，贺驼子还是从地上捡了几张过期的合同给我看。这些合同每张除数量参差外其他内容是相同的：名称——人类骨骼标本；规格——常人高；材料——真骨。或者是：名称——分离头骨标本；规格——常人头骨；材料——真骨。

　　他每早跟驼子同赴茶馆，两人默契地找个僻静角落坐下。驼子就在这时候向他提供有关迁坟徙墓的情报。告诉他某坟无主，某坟不能动，或者工地上挖出了多少口棺材。

　　有个叫海爹的茶客，天天贩卖南门外闹鬼的新闻。他讲得有声有色，情节离奇。驼子手捂茶杯一言不发，狡黠地笑。

　　逢上下雨天工地不开工，我就到驼子家去玩。曾老师大都把自己锁在楼上。

　　只在他处理骨头的时候才能接近他。骨头拿回来要执行去除软组织和打磨关节面等工艺，这些都是在后坪中搭的茅屋里做的。茅屋里有口大铁锅，我帮忙煮过骨头。做完后，他递支烟酬谢我。

　　这天我坐得晚。贺驼子预言："你再坐会儿，包能听到他发酒疯。"果然，约莫晚上九点钟的时候，楼板响起踢踏声。我记起他的烂皮鞋是钉了铁后跟的。这声音开始极轻，有如一只被风浪击得千疮百孔的小船躺在沙滩回忆往事，一圈圈波澜从他内心的深处向空中扩展。踢踏声的节奏慢慢激越，楼板缝里有灰尘落下。驼子端茶避开去，独自坐坪里抽烟。

　　节奏变得紧而密了，逐渐变得狂热、炽烈，变得多情而贪婪。整座楼房都在抖。我全身紧缩，怕一根牵系他生命的弦突然断裂。

　　楼板上的节奏越来越疯狂，土地微微颤动。我相信只有入了魔才能这样表现。只有入魔才能把生命倾泻得这样彻底。他是在舞蹈，以一种特别方式寻求自我的解释。此刻，他是一个舞蹈着的音乐家。一个只有脚功能的舞蹈家在阐释失去旋律的音乐家。他的音乐只留下硬朗节奏，犹如生命只剩下叩击有声的骨头。驼子说，这是他最快活的时候，并不容易碰上他这样快活。

踢踏声停下来，寂静了好久。听见他开门。又隔了好久，听见他下楼。他只下一半，形销骨立倚在楼梯扶手上问驼子："没酒了，你有吗？"

雨季来临，这是土方队的淡季。贺驼子带上比他高出一头的老婆下乡走亲戚。我只得另谋生路，去一家街办工厂做钳工。一天下班，出厂门就碰见曾老师在麻石街上踟蹰。一个可能是他旧友的人与他相遇，站住想跟他打招呼。他却用如醉如痴的目光从那人脸上扫过，带着有点酒香的微笑蹒跚走了。我追上去，叫"曾老师"。我一直这样称呼他。他很高兴，怪我好久不去看他。我邀他喝酒，进了一家偏僻的小酒店。他记起来我是工人文工团里年龄最小的成员，回忆了一些当时的情景，我们谈得很投机。

他忽然沉默，自顾自喝闷酒。我以为是我什么话刺激了他。又听他说，弹钢琴的不行，手指太短了。我以为他是说的从前乐队里某人。我断定他醉了，搀他回去。一路他都咕噜着。

"不行，不行，再找一个"。天上乌云翻滚，道路漆黑。我后悔喝得太久了，前头还有好长的泥泞路。

我扶他上楼，他的手不听话，费了点工夫才打开锁。灯光一亮，毛骨悚然的场景出现了。

这是一间很大的空房，面积是楼下一间堂屋、两间卧室、一间厨房、一间杂屋的总和。没有天花板，瓦缝里不时漏出闪电的白光。一个整齐的阵容摆在我面前，那是一群制作精良的人类骨骼标本。它们按照舞台上乐团那样布置。每具标本的颈椎骨上用绸带系了领结。这些标本有站的有坐的。旧钢琴前也坐着一具标本，摆出弹奏的姿势。他摸着它的指骨要我看。

"不够修长，对吗？做粗活的。"

他睡在木板上，木板放在四块窑砖上。火缸旁边的碟子里有吃剩的卤菜，横七竖八的空酒瓶。

我发现他新写的乐谱。在我看这些东西的时候，跟远处的滚雷一起，响起急促的踢踏声。他又那样踏起楼板。兀然林立的标本随着楼板的震颤摇头摆尾，在昏黄灯光下产生阴森森的效果。我本来想走，现在更想立刻离开这地方。不是怕，我并不怕。想离开罢了。正巧风雨大作，雷电交加。犹豫了一阵，想来想去还是留下了，把一个瓶子里剩下的酒喝得精光。幸好不久他停下来。我乘酒意和衣便睡，不想再跟他说话。

过了那夜，我知道他是不能离开艺术的了。离开艺术，他便是凡夫俗子，便是平庸的多余人。他已经有了集这种标本的癖好。面对连缀起来的骨骼，他有不同于比较解剖学家的发现。

他跟白骨打交道的时间不短了。起初不过为了果腹。医学院校及综合大学的生物系找他定购人类骨骼标本，他有了制作的热情。制作标本是门不错的手艺。同样需要专心致志，需要勇敢和勤劳。记不得从哪天起，学校不再上课了，再没人上门要货。原本订了货的也没人来履行合同，标本积压了半楼。

长久的无所事事，他开始精益求精于自己的作品，不断摆弄它们，终于走进了他的梦幻。他把这些由生命中最坚实的材料制成的作品组成乐队。是他赋予了它们灵魂。他又可以创作可以排练可以演出了。在城市边缘的木楼上，他把自己封锁在自己创造的幻境里。

那天早上我是冲着雨回家的。蒙头睡一天。我梦见他在荒原上呼唤。他呼唤一位大师。一位杰出的钢琴演奏家。他爬到山顶，看不清脸，只听到声音。这声音不是一个人的声音，是磅礴的大合唱，继而变成万籁之交响。一切有灵物与无灵物之交响。这个梦很长，老是重复几个镜头。我清楚是梦，好几次刚到醒的边缘又沉回梦里去。等我挣扎醒来，已经下午两点钟。

没等到吃晚饭我又去找他。我有个想法，想把他从魔境中拖出来。长此以往人会消耗殆尽。路上碰见送葬的队伍，一路十几辆汽车。他们用冲锋枪送葬。柏油马路上满是子弹壳。

头辆车载的灵柩，第二辆车上坐满丧葬班子的吹鼓手。他们声嘶力竭吹着流行的丧葬音乐，暗示死者是死得其所并重于泰山的。

我直往城外走去。

白走一趟，大门上挂着好大的老式铜锁。连去几次都这样。等到贺驼子从乡下回来，才请驼子打开楼上的锁进去看看。楼上依然如故，只是钢琴前的那具标本被撂到墙角去了。驼子认为，他是去了外地推销产品，想要活不找门路不行。

没过多久,有件事情使我和驼子非常不安。那天我去茶馆找驼子聊天,顺便把我不再回土方队的打算告诉他。有朋友介绍我去南门的一家街道工厂,那里的活要轻松些。驼子挽留我,说无论什么时候有难处就找他。

邻座有茶客挑逗海爹,"海爹呀,您老人家那鬼如今安在呀?"不料海爹并无难色,从容答道:"那鬼么?早打了。如今祖坟山清吉了。"

驼子和我同时一怔,茶没喝完就去他家商量这事。驼子很慌:"哎呀,这酒癫子!莫不是去挖那座坟了?我跟他讲过那坟动不得,虽说无主,却在人家祖坟山上……"后来又说,"不至于吧,总得有个尸呀。"

事情就这样过去了,曾老师终究没回来。

此后,我去了南门大古道巷的工艺美术厂。谁介绍的记不清楚了,可能是钟叔河。这家街办厂有点意思,是个"藏污纳垢,牛鬼蛇神成堆的地方"。正在天井里做石膏胸像的年轻人是写《火烧红莲寺》的平江不肖生向恺然先生的孙子。躲在后院墙角煮骨头的是湖南师范学院生物系讲师郑英铸。做几何教具的陈孝弟是某大学数学老师,他一边工作,一边给姓仇的大学没毕业的年轻"右派"讲傅立叶级数。旁边小房里埋头钉版板鞋的是鲁迅先生在《记念刘和珍君》一文中提到的"一样沉勇而友爱的张静淑君"。她满脸沧桑,沉默、高贵。钢琴家罗世泽不知做的什么业务,跑上跑下。至于钟叔河夫妇,做的字画装裱。他们裱糊手艺精到。与钟叔河莫逆的朱正戴着高度近视眼镜描图,他是新中国成立后第一本《鲁迅传》作者。

这里有一个做人类骨骼标本的人,更怪的是有一个驼子。这个驼子要是不驼便是美男。他待我好到只能用温存形容。他姓张,叫张衢鹏,是这个工厂的女厂长易欣嘉的儿子。易欣嘉是以街道办事处副主任的身份兼的厂长。我们不叫她易厂长都叫她易主任。我想过,这么多牛鬼蛇神能聚在这里安身,多与易主任有关系。那时的街道干部没几个好人。易主任不但人好,其涵养是那个时代绝迹的贤淑。我不明白她怎么会被重用。她应该是书香门第啊?几十年后的今天,她有一个孙女出了名。唱歌的,叫张也。当时我的猜测作兴没有错。

郑英铸住营盘街,离我家近。第一次去他家是张衢鹏(我从不叫他驼子)带的路。我问郑英铸,你认识做你这行的一个姓曾的吗?他说那是我徒弟，是我教他这门手艺的。郑英铸说了许多曾老师跟他学艺的事（一九八〇年后，郑英铸先生在长沙教育学院教书。他工水墨画，上门求画者多惮其床下的一堆人骨头不敢进门）。

多年之后，正好是蚂蚁、微生物，还有老鼠、黄鼠狼足以把一个人的筋肉啮尽刨光的那么多年，我又回到了驼子的土方队。驼子又在我重遇曾老师的工地附近承包了工程。原来的工地上，本该出现一个大工厂的，现在立着的是稀稀拉拉的脚手架，到处堆着砖头、石灰、水泥。

要掘一座大坟了。我依稀记得这是我跟曾老师追踪蚂蚁的地方。坟墓被掘开，棺材早已腐烂，人们诧异地看到在躺着完整的人体骨骼的棺材旁边，沉默着一具斜倾的骷髅。他一身雪白，他是干干净净的。他右手握住钉耙，手电筒被朽塌的木屑埋了半截。我注意到棺材里那副骨架的指骨，的确修长。

我认为贺驼子早就有所推测，只是今天才证实而已。曾老师的颅骨有裂纹，是为钝器所伤。驼子完全懂得把人当鬼打的扁担砍下来的痛快劲。

贺驼子猜想，那夜曾老师被打伤后钻进坟墓里躲避，就这样再没能钻出来。

（选自"写作者筱敏"公众号2022年4月2日）

## 评鉴与感悟

一位老师，一段历史，一场回忆。个人与时代，命运与时运，在质朴、简洁、灵动的文字中一一呈现。令人喟叹，给人沉思。

聚焦・黛安散文

# 活 着

/黛安

一

痛是在熟睡中骤然降临的。身体的天空腾起一道道闪电，我被击醒。

突如其来。尖锐，陌生。小腹，右边，稍往下，巴掌大的一片，一只匕首在搅。也不知夜里几点，卧室黑静如渊。痛醒的我迅速下床，打开屋门。

那一刻，我看到了母亲。

年少时，母亲有一次被左邻右舍手忙脚乱抬到地排车上，胡乱盖了床被子，跑着拉去了公社卫生院。刚过完年，冰溜子还挂在屋檐上。母亲满脸的汗，紧闭的双眼，众人杂沓的脚步，被面上大朵的牡丹，路上飘荡的尘土，是那个早春留给我的所有印象。

下楼敲邻居门。痛让我的头、肩、背、腰，一低再低，好像要把自己像个物件样对折起来。门打开，先是一只小狗，它汪汪两声就停下了，怔怔地望着我，像个眼神纯净的孩子。狗能在夜间看见游荡在人间的鬼魂，它也一定瞬间洞悉了我：来者不是危险的入侵者，而是亟待拯救者。蹲坐在地上的我，身体比一只小狗高不了多少，此刻，我们都是孩子。惶惑不已的夫妻很快明白了怎么回事，男人跑下去开车，女人返回卧室拿什么，我一个台阶一个台阶挪下楼。共一百零三阶。一百零三，十几年间，我反复上下，这个数字少说也重复四万次了，得意忘形时轻盈的脚步噔噔噔宛若踩在琴键上。可是这一次，它变得无限漫长，让接近大地，变得近乎痴心妄想。

　　天色还早，晨光熹微。寂静中，夜的黑绸布正在被漂洗般一点点变淡。车子在小城空旷的街道上一路飞驰。女人抱着我，持续的剧痛要把我撕裂开了。我不知道痛来自哪里，不知道为什么痛，不知道它会带给我什么。我只有一种强烈的欲望，我有深爱的人与物，我迷恋尘世的灯火，这人间的繁华与寂寥，我还没看够。我想活着，一一亲历。

二

　　那一年，载着母亲的地排车是木头的，两根车辕弯曲的弧度一模一样，那是父亲杀了地头的一棵槐树，找身为木匠的东邻居把树干一分为二做成的。还没开春下地，还没给轴承上油。咕嘎，咕嘎，咕嘎，轮子里栖着一只鸟。轮子每转一圈那鸟就叫一声。地排车跑起来之前，父亲以最快的速度给轮胎半撒了气。正是一年中最冷的时候。大雪下了几场化了几场。路上总有车要走。庄户人不会因为雪天就不出门。暄软的路面先是烙下一条条深深浅浅的车辙，一夜之间，就冻成了一根根肋骨。乡间的路和人一样，软的时候捏不成个，硬的时候能让刀刃卷了边。不给轮胎撒点气，母亲全身的骨头难保不会被嘎嘣嘎嘣颠散了架。驾车的是父亲。没有谁比他跑得更快。家里头顶的天空，得两个人一起撑着，他要车上的女人活着。他跑着远离死，奔赴生。邻居们推着车帮跑。车帮上挤不下的，跟在车后跑。后来，跟在车后的青年，中途把父亲替换下来拉着车接着跑。他们要让村里的这个女人活着。她有婆婆，有男人，有四个丫头，有一屋顶的炊烟，一天井的驴啊猪啊鸡啊狗啊。她走了这些怎么办？她必须活着。

　　蜷曲在被子下的母亲不断扭动，像一只大虾米。母亲第一次向我们呈现出这种姿势。一向，白天，只要从床上下来，她会立马变个人：脚底生出风火轮，眼睛里生出火苗，肩上隐约生出一对翅膀。她通体发光。在田间，她照亮了黑色的泥土、青绿的庄稼，回到家里，她照亮了堂屋、饭屋、驴棚、猪圈、屋门旁的石榴、西窗下的香椿、驴槽前的笨槐、南院墙根的脆枣、院墙外的洋槐。她照亮了整个天井上空的槐香和鸟鸣，更照亮了我们的叫声。是的。我们常常会叫：娘，我饿。娘，我冷。母亲劳碌的样子，像一根移动的柱子，她走到哪里，顶到哪里。她在院子里，天空就不会塌下来。她在屋里，房顶就不会塌下来。她在我身边，我的梦想就不会塌下来。我从懂事起就想走出被庄稼和树木环绕的密不透风的村子，走向遥远的未知的远方，好像那里有一个日出一样的锦绣前程在等我。没上学，连自己名字都画不像的母亲撑着我们的家、我们的日子。只要她站着，我们家天井就煌煌烨烨，屋里就亮亮堂堂，夜里我们的呼吸就能抵达月亮和星星。那次躺在地排车上的母亲，是她少有地收起风火轮，熄灭火苗，缩回翅膀，让身体与天空和大地保持平行的一次。母亲已经生了四个女儿，加上奶奶和父亲，我们家七口人——至于爷爷，对我们来说，是一个虚妄的词语。他属于有着烽火与警卫员历史的人。他走向大地深处时，正妻少子幼，而他自己，亦如日中天。母亲的命分成了七份，像一棵树的七根树枝，哪一根都不能提前死去。她得完整地活着。

## 三

父亲与地排车的关系很简单，他是驾驭者。车上装的多是地里长出来的东西：玉米、小麦、白菜、土豆、萝卜、青草。很少有瓜干。我们这里是平原，山里的薄地才种地瓜。有一年，大概附近哪里建了家糖厂，村里突然种起了甜菜。中秋那一阵，地排车上就满是暖烘烘的甜馨味。又有一年是花生。掉在地上的鲜花生，捡起来吹吹土捏开就吃，细细地嚼，嘴角会流出一股白嫩的水，像奶。花生沙土里种才好，因为它要自由地呼吸，我们村的地都是黏土，所以花生都是河南人种。麦秸、秫秸也要地排车从地里拉出来。所有作物的茎秆中，没有比麦秸的颜色更好看的了。一根、两根、十根、一百根、一千根、一万根，还看不出什么，但是十万根一百万根一千万根一亿根就不一样了。麦穗脱粒，新麦粒黄中泛绿，美如琼玉。麦秸晒干，在空地和房前屋后垛起来。有的怕淋了雨，会苫个同样用麦秸做的大草帽。每个麦垛都在盛夏的阳光下安静地闪着光，那是秋收后，土地献给村庄的金字塔，是村庄的神。秫秸也是神。干透的秫秸扎成捆，一捆捆斜立着攒成垛，晚上，人、鸡、鸭、狗、驴都睡了，唯有秫秸的叶子醒着。它们在风中哗啦啦响一整夜，星月一样守护着我们的村子。麦垛与秫秸垛以美学中的形象和声音与我们一起活在村子里。当它们最终交付给灶膛，会变成蓝色的炊烟，灵魂一样升上天。地排车也装土地需要的东西，比如，种子、猪圈里的肥。父亲架着车行走在天空和大地之间，播种与收获之间，把地需要的给地，把牲口需要的给牲口，把人需要的给人，把天需要的给天，把神需要的给神。

地排车拉着母亲，是把我们需要的给我们。

后来，有很长一段时间，父亲的地排车上装过石头、水泥、液化气罐。他穿着中山装，每一粒扣子都整整齐齐系好，鞋帽干净，牙齿洁白。儒雅的父亲拉着地排车去山上，去工厂，去风雨轻易就能抵达的地方，去到我们空荡荡的日子深处。

但是那天，驾惯了车辕的父亲意外地躺到了车上，他一时失去了驾驭者的身份。

这与麦秸有关。

## 四

村东有一家造纸厂，用麦秸造纸。父亲在那里干活。不知什么时候，他后脑勺上长了个疖子。在乡间，长疖子是很平常的事。人们都说，疖子好了比没长过还舒坦。父亲经历过战争、生离死别、饥饿，一个疖子算什么呢。但是，疖子大概是被粉碎麦秸扬起的尘感染了，剧烈的头疼像一只猛兽袭击了他。或者，一把刀飞进了颅内，左搅右拧。活到三十三岁，他还是第一次被看起来微不足道的事物击败。父亲捂着头跑了八里地去找母亲舅家表哥，他是个远近有名的兽医。一个连大骡子大马都能对付得了的人应该可以应对一个疖子。不是的。我想父亲其实也明白。他肯定不是糊涂了。二十世纪五十年代，他在最风华正茂的年龄考进省城会计学校读过书，他能在算盘上正确而娴熟地打出乘方开方。他会唱歌，会吹口琴，会弹脚踏琴，会跳交谊舞。这不奇怪。他小名"公子"。词语是有力量的。一个词，像一把剑，穿透了他曾辉煌而特殊的少年时代。他也是见过大世面的。但谁也没法改变历史这条滔滔奔流的大河，他终于不得不跌入尘埃，像一根麦秸一样微不足道。那天，当兽医的表哥外出了，父亲只好东倒西歪醉汉一样回了家。他扑在炕上，抱着头，像一只场院里碾麦子的碌碡一样，从炕头骨碌到炕尾，从炕尾骨碌到炕头。年轻的母亲吓坏了，她放下手里的活，架着父亲去了公社卫生院。一度，父亲把头靠在了母亲肩上。这在他们是少有的亲昵。即使是夜间，他们也像大多数夫妻一样，分睡在炕的两头。是疼痛，把父亲和母亲羞于示人的一面展现在了那个仲春的高天阔地之间和地里劳作的人们不经意间的注视里。接诊的是刚毕业的小马大夫。书本上的知识让他很肯定地将父亲的情况诊断为脑膜炎。住院治疗了一个星期，不仅没减轻，父亲头痛得还更厉害了。或许就是从这一次开始，一个饱读医书的年轻人切实理解了什么叫实践是检验真理的唯一标准。他的成长才刚刚开始。他的锐气就是这样一次次被锉短、磨平，最后才露出智慧的边边角角。还是一位姓王的老医生，说，不是脑膜炎，应该是脓毒血症，毒已扩散到全身，得赶紧转院，再不转院，命怕是保不住了。

  这是母亲想不到的。母亲刚刚二十六岁，大姐三岁，二姐八个月，而我不在这世界的任何地方，只存在于父亲的欲望与母亲的子宫对新生命的期待之中。转院要花钱。家里没钱。没钱母亲也不能让她的男人死。他得活着。他们才新婚几年，他们一起垒了院墙，一起盖了猪圈，一起在天井里栽了槐树、枣树、香椿。万物萌生，他们的日子才刚刚开始，好日子还在后头。更重要的是，他们才生了两个女儿，还有两个女儿要投奔他们，她们还在云彩上，还没来得及上路。母亲要让父亲活着，他们要一起将我和小妹从云端接下来，领回家。我和小妹不去别人家，一心只做他们的女儿。

  母亲跑去大队部借钱，干部们正在开会。母亲说着说着就哭了。会开不成了。队长与我们是本家，他的爷爷与我的曾祖父是亲兄弟。他做主让大队借给母亲五百块钱。父亲是独子。大队不得不派了两个壮劳力，都是我们刘家姓的，用地排车拉着父亲紧急转院。

  就这样，父亲躺到了他惯常用的农具——地排车上。与十几年后的母亲一样，身体不再像一株长势正好的庄稼，昂扬地垂直于天空，而是像一股流水，匍匐在大地上，柔若无骨。他不知道，相同的动作，他是提前给母亲进行一次预演。这次给地排车半撒气的是二舅。二舅提着暖壶，跟在地排车后一路小跑。车子消失在春深处，消失在母亲目光深处。她转身回家，面对父亲生死未卜的局面，又忐忑又沉着地等候着生的消息，像是静候一个新生命的来临。

## 五

拉着地排车转院的是外人。但其实父亲有弟弟，小他十一岁，同父异母。战争、历史，或诸多无法说清的因素，让父亲长到十八岁才第一次见到他的弟弟。他俩一个叫公子，一个叫贝子。终其一生，兄弟俩也没见过几次面。一个黄金一样的人——这是我最后一次见贝子叔叔时他的样子。

贝子叔叔躺在床上，金黄金黄的。我们驱车几百公里赶到，一进屋，我就被他露在薄被外面黄澄澄的脸镇住了。我从没见过那么黄的脸，像密密地刷了一层金粉。那是六月，叔叔家在一楼，有个小院，院子有棵木瓜树，油绿的叶子间，正垂着一只绿色的木瓜。开着窗，我看看木瓜，再看看贝子叔叔的脸，觉得更黄了。我走到天井，站在树下，仰着头，对着那只果子突然无声落泪。

活下去呀。我在心里对叔叔说。

那时候，父亲已经以另一种物质形式住在了小小的匣子里十多年。如果叔叔再沿袭父亲，让人将自己的躯体投入一场大火，然后他乘着火的翅膀飞走，那我在世间就没有父辈那一代至亲的亲人了。我有过姑姑。以前舅姥爷家的表叔们都说，从没见过那么美的女孩子，她的眼睛定定地看谁，谁就会被她看魔怔，像喝了迷魂药，呆愣在原地，不知所措。豫剧，她听一遍就会唱，看一遍就会演，腔调、招式，都像从舞台上走下来的专业演员。然而她的美，竟被一场最普通不过的疹子销蚀殆尽。她在最好的年龄匆忙遁入无形，像一只蝴蝶没入花丛。

活下去。我对着那只绿色的果子祈祷，仿佛它是上帝。阳光里，它明亮、新鲜，像一个初生的婴儿。

可是贝子叔叔没有丝毫留下来的意思。我蹲在他的床前，把一只紫的透亮的葡萄剥了皮放在他干裂的唇上，他轻轻把头扭开了。他已不屑于人间的任何食物。当他从医生递给他的那张纸上看透了自己身体的秘密时，他第一个想到了大地。他想回去。他想把自己像一粒种子一样种进地里。为此，他安排好了所有一切，连寿衣都是亲自试过的。他那么魁梧的人，竟买了小号的，他预想到了自己的身体会像烈日下的果子一样皱缩，只剩下黄金包裹下白灿灿的骨头。

　　守在身边的婶婶是贝子叔叔的第三个妻子佩兰。我从她的脸上看到了平静与淡淡的忧伤。她把悲恸藏了起来，不让难得来一次的我们窥见。像是穷人待客，勉为其难地把自己最好的呈上来。也可能，大悲是珍贵的，越用越少。贝子叔叔先后娶了木莲、蒲芹、佩兰三个女人。这些，还在他七八岁时，一个算命的盲人就看透了，说他得讨一挑子半老婆。挑子，就是扁担。一根扁担两个筐，加上半，就是三个。果然。第一个婶婶木莲，身材阔壮，是那种男人的大方脸，与叔叔仿若兄妹。第二个婶婶蒲芹我没见过，据说两人像两只刺猬，越好越相克，无奈只好各奔东西。第三个婶婶佩兰，是那种黑眸子核眼的俊。核有两个发音。在我们的方言里，读第二个，"胡"音。贝子叔叔除了他日常的一面，做什么都风生水起，养牡丹、织网、打鱼。他日夜守着牡丹，谙熟每个品种的脾性。他从魏紫、赵粉、姚黄、二乔、洛阳红、御衣黄、酒醉杨妃、白雪塔、豆绿九个珍品中各挑出一盆，从还没开花，就把它们围成圈放在一起，让它们每天彼此观看，喜欢上对方。开花后，那些花全都伸向中间，拼命奔向对方，试图将对方占有、吞噬。花开得最好的时候，贝子叔叔把它们分开了，互不相见，让它们彼此思念。最后，贝子叔叔嫁接了一株。那株牡丹，同时开出了绛紫、浅粉、嫣红、明黄、玉白、豆绿、深墨几种颜色的花朵，他像给女王献宝，送给了木莲婶婶。木莲婶婶欣喜地看着那些诡异的花朵，不时弯腰凑上去闻闻。木瓜树下，木莲婶婶将他织了一半的网从自己头上罩下去，从网眼里有几分顽皮地看他。贝子叔叔吐出一口烟，看着光影中有些魔幻的女人，说，木莲，你是我网住的一条大鱼。才不是。木莲婶婶有些娇嗔地说。她从来说话算数。她用行动为自己的话做了注释。她为贝子叔叔生下白蔻、白果、白薇三个儿女后，像一条大鱼，成功逃脱了叔叔的网，回到了永恒的时间之海。我没问过贝子叔叔，与木莲婶婶在一起的日子，是不是他一生中最好的时光。

　　生与死两件大事，贝子叔叔认为，他已经把第一件做完了，正在做第二件。第一件需要整日奔波，第二件只要躺下就可以了。他自己不动，他让自己的肉体和自己的心脏赛跑。他像一个看龟兔赛跑的置身事外的裁判。

　　快一个月了，他空荡荡的胸腔里只有偶尔从喉咙跌下的几滴冰水。实在焦渴时，他就舔一口雪糕。那是他在人间最后的美食。大地还在，天空还在，可是贝子叔叔拒绝与我们一起享用它们了。他自己做主，执意要离开。离开之前，他先给自己穿上了一件金缕玉衣。

叔叔一定是痛的。那样的症候，几乎，生在体内的任何部位都是斩不尽的野草。它先是长时间不动声色，待被感知到时，已成汹涌之势。它扩散，蔓延，所向披靡，不可遏制。最后，一一结出蒺藜之果。千万个魔鬼在体内疯狂地左冲右突，不分昼夜。人非钢铁之躯。谁都会痛，没有人可以幸免。我以为叔叔痛时得一支接一支地注射杜冷丁，那抽空的小玻璃瓶一只挨一只闪着冰冷的光——就像二十多年前婶婶离开时一样。但，并没有。薄被掀开时，叔叔的前胸后背贴着几片指甲盖大小的，类似创可贴的东西。我问表妹，她说是芬太尼透皮贴，一种麻醉性镇痛药，贴一次管三天。表妹多年间跑医药，深谙各种最先进的止痛药，那一定是她搞来的。她说，快到第三天时，不等看出叔叔痛，她就把旧的揭下来，另找个地方贴上新的。贴过的地方，不能接着贴，得过段时间。只要贴上就不疼了吧？我问。表妹说是。谢天谢地，谢天谢地，谢天谢地。我在心里说。表妹还说，自从叔叔决定不吃不喝不再起来的那一刻起，她唯一能做的，就是三天两头地往他身上贴芬太尼。她不是上帝，她只是他平凡的女儿，她留不住他，只能把他的痛拿走，让他的水分、血肉，在安静中自行消隐，让心脏，像一列退役的老火车，慢慢驶向终点站。

"真好，"我说，"如果那时也有芬太尼就好了。"

话题至此戛然而止。那些没说出的话，我和表妹都明白。那一年她十四岁，我十七岁。我坐了四百里的车，在一个深冬的黄昏推开叔叔家的门，把父亲求人弄到的两盒杜冷丁交到叔叔手里。他已经学会了熟练地打针。不久，被子下痛到汗湿的木莲婶婶，脸上露出了重生般的笑容。

岁月贫瘠。只有两盒。

后来，后来，后来……我和表妹几乎同时开口，聊起了别的话题。我们不约而同把彼此从后来的日子里引开了。后来的日子是一只匣子，盛着木莲婶婶最后的声音。那些被声音的剪刀裁碎的日子，我们真想忘掉啊，最好从未有过。

但她最后很平静，脸上带着笑。她本来就好看，走时，像个少女。表妹突然说。

表妹去忙，我回到叔叔床前。那一天，叔叔说了很多话。他甚至是喜悦的。"尕妞。"他望着我，不止一次地唤着我的小名，问我这问我那。我们差点就谈笑风生了。

不久，贝子叔叔终于得偿所愿。他用自己喜欢的方式——从土里像一粒种子萌发——正鲜枝嫩叶地活着。

我时常想而且愿意相信，我的叔叔贝子，还是个天真的孩子。

## 六

我被女人架进了急诊室。抽血化验，打小针。已经多年没在屁股上打过针了。一只小玻璃瓶，薄薄的砂轮在瓶颈处划一道，啪一声掰断，瓶身倾斜，细长的针头伸进去，吱吱抽净，当的一声，瓶子扔掉。针管竖起来，针头朝上，拇指轻轻一推，涌出一滴，接着，在臀上棉棒消过毒的一小片地方，像一次小小的投掷，针头猛地一扎，液体缓缓进入身体。如果单独摘出这一连串的动作，它如行云流水，简直进入了美学的范畴。但这会儿，我什么也看不见了，听不见了，针扎时也只是臀上微微凉了一下。大片的、巨大的、不明所以的疼痛早就掩盖了一支小小的针头对皮肉锐利的进攻。针一打完我就从窄窄的检查床出溜到了地上。坐不是，躺不是，没有一个姿势能让痛妥协一点点。就那样歪斜着。外套是邻居家女人的，乳白色的半身羊毛大衣，里面，是我没来得及换的棉质碎花睡衣裤，脚上是宽大的卡通棉拖鞋。我也一定面色晦暗，头发蓬松而凌乱。痛把我的力气与尊严毫不客气地敛走了。我一直没流泪。痛把泪水也一并敛走了。

尊严、力气、容貌、泪水，我都能交付出来。我甚至可以不顾以睡衣与拖鞋示人的羞耻。但我不会交出全部。我有一只稀世陶罐，今生我只用它存储一样最珍贵的东西：我在人世的时间。我不想轻易交出陶罐。我在世间的使命尚未完成。我得活着。

曾读美国作家詹姆斯·费尼莫尔·库柏的系列小说。他与华盛顿·欧文被誉为美国民族文学的先驱者和奠基人。自一八二〇年自费出版第一部小说《戒备》到一八五一年去世，三十年间，库柏曾尝试边疆冒险、航海冒险、革命历史等不同风格的写作。《皮袜子故事集》五部曲的《最后的莫西干人》《探路人》《拓荒者》《大草原》《杀鹿者》中,《最后的莫西干人》我读了小说后,又找来电影看。而实际上,在这之前,自然,与大多数人一样,电影的同名曲,我在不同的时间不同的场合已听过无数遍。后来对库柏了解的步步深入,也是始于这首曲子。二〇一八年在北京读研,住在八里庄南里的鲁迅文学院,有一天上午,为着什么事,我先后几次经过同学桃子的房间。她房门虚掩。清明时节,院子里,一株大树上紫色的梧桐花开了。每次经过,隐约的花香一样萦绕在她房间门口的,都是同一首曲子,就是《最后的莫西干人》。她听了整整一上午。我无从揣测彼时是什么样的心境让她深陷其中,只知道,同样的旋律,我们有着同样的热爱。电影中,导演迈克尔·曼把镜头推向苍茫的群山和茂密的森林。在那里,他还原了一场发生在十八世纪中叶冷热兵器混用的血腥之战。"无论如何要活下去,我会去找你,无论要走多远,我都要找到你。"勇敢的莫西干人霍克依对被他营救的门罗上校的女儿可娜说。后来,当我专程跑到国家大剧院,现场倾听印第安艺术家亚历·桑德罗跪在地上虔诚演奏《最后的莫西干人》时,心里又无端想起这句话。

活下去。

活下去。

女人把我扶到轮椅上,推着去做彩超。神奇地,我的身体成了战场,刚才的那一小股液体如千军万马,呼啸而至,溃不成军,不得不一点点撤退、抽离。我吧嗒睁开眼睛,像是风暴过后,重新打开院门。

我打开院门迎接母亲回家。

## 七

我家在村口,跨过一条窄细的黄泥巴路就是田野。我不时从家里跑出来,长久地站在地头。长大以后离开家乡,每每回望故土,印象里总是田野绿得无际无涯,大概,与我那次等待母亲时无数次伸长了脖子的张望有关。黄澄澄的路在我的目光尽头拐了个九十度的弯,我不得不先看向麦地,再找寻另一条看不见的路。经冬的麦苗暗成了墨绿色,我的目光顺着麦垄,一直伸到天边。那时我想,如果给我一匹马、一条皮鞭,我就能骑着马穿过无数的麦地,一直跑到天的外面去。那天村里有户人家发丧,人们抬着祭桌，抬着纸糊的轿子、纸糊的马、纸糊的丫鬟、纸糊的房子、纸糊的摇钱树。风把白色的马鬃和摇钱树上金黄的元宝吹得簌簌响。我眼看着这纸糊的荣华富贵被抬去不远的一块麦地后，点着烧成了灰。繁华从火里像马一样奔腾而出，攀着烟铺的路去了另一边。有一刻我想，如果母亲死了会不会也这样。刚一想，就呜呜呜来了一阵北风，像是哭。脚冻疼了，我跳起来。我不断地跺脚，想要把刚才的念头狠狠摔死。母亲不能死。我也笃定地认为母亲不会死。她天天下地干活，东坡、西洼、南膏腴、北皇华，一年四季，她反复奔赴这些地块，唯独医院，她连生孩子都没去过。那怎么行呢？人除了不能像麻雀站在电线上，是哪里都得去一下的。就像有一天，村里来了一只观光氢气球，有的人就飘上了天，从天上往下看我们的村庄，和绿色海水一样包围着我们村庄的树木与庄稼。池塘里也要去。住在池塘边的盛茂二爷爷每年都会穿上一身鲜海带一样的皮衣裤下到水里踩藕，踩到就用钩子钩上来。藕上都是细滑的黑泥，清水里一涮就白生生的了。不知谁说，藕节熬水喝能治流鼻血，二奶奶在窗台上晒好了包起来留着，谁家小孩子鼻子破了，就去她家要。牛皮里也要去。吹牛皮的不是别人，正是会踩藕的盛茂二爷爷。他总在大门外的池塘边摇着蒲扇喝茶乘凉边吹牛。他吹得最多的是，他睡觉不盖被子，盖云彩。而且，每天盖的都是新的，就像每天盖一床新被子。早晨，他起床第一件事就是把天上最干净的那片云彩摘下来，锁在柜子里，晚上拿出来盖。要是下雨怎么办？我们故意问。他说，他会看天，下雨前，他会提前多摘几片云彩存起来。云彩是香的。他说。多香？我们又问。那时，面前的池塘里开满了荷花，他吸一下鼻子，说，比荷花香一百倍，和栀子花一样香。我们都知道他家有一棵养了多年的栀子，开很多很香的白花，按他的话说，比天上的星星都多，香得让人发怔，傻了一样。他还说，如果哪天冷，他就在下午太阳落山的时候，再摘一片，晚上盖两片，一片白云、一片彩云，白的贴身。后来，全村的人都不再喊他的名字，而叫他大吹——大吹哥、大吹叔、大吹爷爷。他三岁的外孙喊他大吹姥爷。他无不高兴地答应。都说，他不吹牛会死。那就吹。他靠吹牛活得滋滋润润。那些不着边际的句子，在贫瘠的年代里，给了大家活着的乐趣。南河也要去。有一次村里几个人去南河捉鳖，遇到了一条大鱼，孬叔一个猛子扎到了水里。后来他说，那鱼比会打酱油的小孩都大。那鱼看着他，不跑，而是摆着身子倒着游，红嘟嘟的嘴一张一张，像是一声声叫着他的名字，让他跟着走。他像被鱼下了蛊，果真跟着，身不由己。那时南河里有很多常年挖沙导致的无底的大坑，他不知道大鱼要把他带到只有大鱼知道的地方。他说他好像掉进了深渊，漆黑、冰凉。他后来活得儿孙满堂，多亏一同捉鳖的人里有水性好的，把他捞出来放在牛背上控了半下午水。孬叔醒过来睁开眼第一句话就问，我还活着吗？他爹恨恨地说，你死了！说完转身就走了。人家都说，他是看儿子没事了高兴的。从此，大家都说南河里有鱼妖。医院，母亲是不是注定要那样去一次呢？那里有一扇通往死亡的门。有的人去了，被关进了那扇门里，再也没回来。我想要一匹马，我要快快去卫生院把母亲接回家，像接我最小的妹妹。

　　母亲没坐地排车，是父亲陪她走回来的。她从天边一直往回走。在远远的麦地的那一端我就认出来了。她的身形与走路的姿势，世间独一无二。风火轮重又回到她的脚上，翅膀重又回到她的肩上。别人的翅膀都是从背上长出来的，母亲的不同，她长在了肩上。事实上，别人都没长翅膀。后来，母亲一直走在我用目光给她铺的柔软的绸缎一样的路上。我没迎着母亲跑过去，而是转身跑进天井，跑进堂屋，对大姐、二姐、小妹说，咱娘回来了！跑进里屋，对奶奶说，俺娘回来了！我的音调不高不低，正好盛下我所有的欢喜。我从小就知道，好东西要收掖着，不可轻狂与奢靡。不然，会像握在手心的水，张开就没了。当时是上午，一夜北风后，太阳高挂在天上，屋檐上锥形的冰凌有如水晶，闪着耀眼的光。小妹抢先从屋里跳出来，紧接着是大姐和二姐。天真冷啊，我们跑着，笑着，哈出的热气一朵朵昙花一样开满了天井。我们奔出去拥着我们的母亲把她迎进家，像再次迎接父亲的新娘子。

## 八

　　父亲被人拉着转到了五十里外的——那时叫泰安地区中心医院。过完年，农历二月二十三，天还冷着。快进三月了，谁想到又下了一场大雪，"厚得没过了脚脖子。"多年后二舅对我说。二舅三十岁，小父亲三岁，像父亲一样，有两个女儿。大的与大姐一样大，小的与二姐一样小。两个表哥，像我一样，尚未出生。那时的我们，在哪里呢，在夜晚的星星上吗？母亲是二舅的三妹，他不能让妹妹年纪轻轻就守了寡，陪护父亲的事，像一副担子，落在了他肩上。这样一来，我们家和二舅家，里里外外，都是只剩了一个女人撑着，下地干活，照顾老小，喂牲喂畜。父亲曾有个妹妹，宝琴——是的，前面说过，但我忍不住想再说一次——异常美丽，喜欢唱戏，唱念做打，无师自通。也难怪，自小奶奶带着她看戏，曾连续看过两个月常香玉在郑州的演出。她有一身荷叶绿戏衣，水袖舞起来，天井里树上的麻雀会停止欢叫。她会抖袖、掷袖、挥袖、拂袖、抛袖、扬袖、荡袖、甩袖、背袖、摆袖、掸袖、叠袖、搭袖、绕袖、撩袖、折袖、挑袖、翻袖……但她长到十六岁时，拒绝了成长。她年轻的身体仿佛一小片肥沃的田野，鲜嫩的红色疹子，发了芽的种子一样，小兽的嘴一样，不断往外拱。她周身着了火。她热。她发烧。她晕头转向。她滑下床。她光着身子跑出了屋。那是天井里的树和树上的鸟雀第一次，也是唯一的一次看见一个少女鲜美的裸体。黯淡的院落突然出现了一朵硕大的白色栀子花苞。疹子没出完她就死了。没人知道，那场雨后春笋般的疹子，是来取她的性命的。"美好的事物无法久存"，传说中的宝琴让我很小就懂得了这个道理。多年后，我读到了罗恩·拉什的同名小说集。他的目光又一次投向阿巴拉契亚山区。故事里，粗粝的生命纠缠于暴力与柔情、希望与恐惧。每个故事都精致、纯净、冰冷、闪光、珍贵，宛若钻石。罗恩的文字，以不可思议的方式，照亮着世界。书捧在手里，我眼前时常出现那个叫宝琴的女孩。如果彼时的她不那么华美，我的人生中就会有"姑姑"这个词语，我就可以常常姑姑长姑姑短地叫。但她不肯。她是一道长度为十六年的光，短暂地闪耀之后，留给奶奶的，是长久的荒凉。

  父亲这次住院，奶奶不知道，是不是无形中或许有双看不见的手，像一把镰刀，高悬于她命运的头顶之上，像上两次一样，又要将她唯一的儿子也收割走？她是标准的小脚，让人用地排车拉着去过医院一次。那时父亲已经治了一个多月，仍不见好。见到奶奶，父亲哭了。奶奶说，不哭，你二哥撇家舍业照顾你，好好治，我和香在家等你。香是母亲名字的最后一个字。奶奶一向这样叫，香这，香那。父亲也是。

  母亲一次医院都没去过。家里家外的事像一捆绳子，将她牢牢拴住了。

她只有一天天在心里盼着她的男人活着，并且回家。

那一年，田野里缺少了二舅和父亲这两个壮劳力劳作的身影，两家都只分了三十斤小麦。那是两个家庭一年的口粮。整整一年，饥饿像秒针，繁密而均匀。每个人的腹腔里都有一个空旷的深谷，吞咽唾沫的声音，回荡其间，长久而响亮。

正像转院之前的王医生所言，父亲得的是脓毒血症，且已蔓延全身。外三科八号病床上的他，迅速消瘦。毒像一条蛇在他的体内乱拱，拱到哪里，哪里鼓起一个大包，像是提前在他身体上找寻筑造坟墓的最佳位置。最后，毒素聚集到了大腿根。如果每个人的生命都是一条河，父亲眼看着自己河床里的水越来越少，几近干涸。得了同样病症的几个人，已经相继离开了那个病房。

"要治好，必须知道是哪一种细菌感染。"主治医生对父亲说，"取样化验，不打麻醉最好，就是不知道你能不能受得了。"

"能。"父亲肯定地说，"只要能活下来。"

父亲被推进手术室之前，医生先让他背诵：下定决心，不怕牺牲，排除万难，争取胜利。半个世纪前，这句话是人们日常生活的一部分，常常出现在各个场景。我读小学时，每次做课间操，总要先集体齐声朗诵：发展体育运动，增强人民体质，提高警惕，保卫祖国！进了手术室，父亲的头颈、胳膊、腿，被绑缚在手术床上。没打麻醉，手术刀活生生剥离一片肉的整个过程，父亲咬着牙没吭一声。痛，在一个强烈地想活下去的人面前失去了威力。

金黄色葡萄球菌感染。

整个医院只有两支红霉素。其中一支，在主治医生的争取下，进入了父亲的静脉。父亲的生命之河从此一天天充沛丰盈。

后来我多次想，我的生命，最初就在那支红霉素里。

七十一天后，农历五月初五，等父亲再次回到村庄，走进家门，手里多了一样东西：一根花椒树的树枝做的拐棍。他的双腿已经细到撑不住他的身体。他瘦得全身只剩骨头。

那天是端午节，他像个讨饭的，佝偻着腰站在自家门口。

刚吃完午饭，母亲正要喂猪。她打开圈门，猪没有像往常一样直奔拌好了食的猪槽,而是摇着尾巴跑向大门口。南墙根,麻秆围成的栅栏里圈着十来只鸡,有一只扑棱棱飞了出来,其余的也一只只跟着往外飞,一落地,就伸着头往大门口跑。母亲吃惊地转过身。她看到了大门口那个男人。他正咧着嘴无声地傻笑,像个傻子。

他瘦得脱了形。即使他瘦得比手里的那根花椒树枝还细,母亲仍然一眼就认了出来。泪突然涌满了她的眼窝。猪圈到大门口十来步,母亲把猪食勺子一扔,小跑着奔过去。你可回来了,母亲说。他还在傻笑。母亲也一下子扑哧笑了。

住了两个月零十一天的院,终于,父亲活着回来了。他看着母亲笑,母亲看着他笑。他三十三岁,母亲二十六岁。直到母亲笑着笑着又哭起来,满脸是泪,他们才互相搀扶着一步一步慢慢往天井里走。风突然大起来,枣树、槐树、石榴树,纷纷摇响了自己的叶子,像是拍响了万千只小手。那头黑猪领着一群土鸡走在最前头,二舅提着好几个网兜,跟在最后头。娘!娘!母亲欣喜地忙不迭地喊。听见动静的奶奶抱着十个多月的二姐站在屋门口,身后,三岁的大姐牵着她的衣襟。娘,父亲喊了一声。公子回来了,奶奶说。回来了,父亲回答。回来了!母亲重复道。除了我和小妹,这个天井里所有的生命,人、牲畜、花木,全都目睹并迎接父亲的归来。那一刻,父亲是凯旋的王。父亲进屋后,天井里盛满了初夏明亮的阳光,像开了一天井的花,瑰丽、饱满、盛大。父母正年轻。重生后的他们,每一个夜晚都甜蜜而丰美。也是从那时起,我和小妹正式踏上了回家的路。我在几年后四月初四那天,正是春天最好的时候,推开母亲的生育之门,一步迈进家里;又隔了几年,小妹选在农历八月十五,月圆夜,晚上九点整,一脚踏进家门。至此,我们一家人全部到齐了,从那一刻起,我们七个人互相陪伴,一起活着。

我以为人会一直活着。

直到十四年后,奶奶离开。我眼看着父亲把一个木头匣子深埋于大地。

又过了十六年,父亲离开。我眼看着大姐把一个木头匣子深埋于大地。

我们每个人的心里,从此筑起了一座宫殿,它堪与世上任何最好的宫殿相媲美。奶奶与父亲,住在那里。

他们换了时空,以死,永恒地活在这世上。

## 九

石头。

直到现在，我依然想不清楚那块石头在我身体里是如何形成的。照穿了我腹腔的仪器显示，输尿管里有一粒八毫米乘五毫米的石头。输尿管的粗细我不知道。它不均匀，它像我体内的一条黑暗的隧道，宽窄有度。我曾去过四川的宽窄巷子，在那儿尝过有名的小吃"三大炮"。我说，掌柜的，来一份！只见一壮汉一边答应着"好啦"，一边手握三个糯米揉成的元宵大小的圆球，走至离食摊大约两米处，高举右臂，突然向着对面斜支着的铜锣一样的圆箕用力投掷，只听"砰！砰！砰！"三声，圆球正好滚进圆箕下的锅里；转眼，另一壮汉把圆球捞进小纸杯，插一根竹签递过来，大声说，三大炮好咧！——当我体内那块石头经过逼仄之处时，它被卡住，那一刻，它像一门大炮，对着我"砰！砰！砰！"密集开火。它这样一个坚硬的生命，在我体内凭空孕育、生长，多年间我竟毫不知情。这个夜晚，它用自己的方式告诉我它的存在。

多喝水，让它出来。急诊科的医生看着片子说。

如果一直下不来怎么办？我问。

那就激光碎石。

回到家，东方一片嫣红的曙光，太阳将升未升。坐在阳台落地窗前，看着眼前中心花园晨风中团团涌动的浓绿，听着弯弯绕绕叫声如织的繁密的鸟鸣，我知道，这只是一场惊吓。

我像这世间所有有生命的物体一样，我在活着。

花盆里的薄荷与藿香鲜汁旺叶的。平时我只是给它们阳光、清风、清水，再没别的，它们却绿满了盆，越来越有模有样。读书写字乏了，我喜欢静静地坐在阳台草编的蒲团上，不饰修剪的花花草草与我近在咫尺。我曾长久地注视着它们。它们日夜陪着我，给我好看的颜色、好闻的香气，与我一起活在这世上。

我把薄荷和藿香成簇的尖尖掐下三五朵，塞进一把火山石烧制的拙朴的小茶壶里，再捏上十几二十几根红花泡水喝。红花来自伊朗。在那个遥远的国度，优质的阳光照耀它，肥沃的土壤滋养它，让它欣然活成了红花里的极品。它把自己最核心的好集中在蕊上。一根根纤细的蕊,红到发紫,沏出水来却是亮晶晶的明黄。澄澈,潋滟,又有碧绿的薄荷或藿香的叶片漂漾其中,很好看。我一杯接一杯地喝。第一次,我臣服于一粒石头。那个上午,我在书房里,每写几行字就喝一小杯水。后来,我的体内流淌起了一条大河。预感告诉我,那粒神秘之石就要被冲出来了。

果然。

捡起,洗净,置于掌心。豆粒大小,棕褐,不规则的多棱状,阳光下,有如钻石,灿灿然闪着宁谧的光。不相信我的肉体曾铸造出这般物质。但却是真的。这一关我过了。未来还有多少场战斗等着我去输赢呢?无从知晓。只知道,接下来,我是自己的王,我要同自己的肉体,保持一种前所未有的亲密关系。

——从一粒钻石开始。

(选自《芙蓉》2022年1期)

## 评鉴与感悟

黛安的散文,文体意识强,有女性特有的细腻和敏锐,视觉新颖,血肉丰满,文采斐然。本文从个体"疾病",勾连出一个家族的"疾病史",诗性中见哲学光芒。

50年代·见证

# 流　氓

/ 池莉

一

　　远远，远远地，那株紫薇树，招展迎我。我每走一步，紫薇花就愈发鲜亮，正如我心，这一天，俺就是灿烂。传说紫薇树没有皮肤，特别怕痒，我偏就想挠它痒痒。我走近紫薇树，用手摩挲树干，看它花簇颤抖，同时我冲着公共厕所，灿烂地大喊一声："妈！你好了吗？爸让我叫你！"

　　男厕女厕的蹲厕人，不约而同，哄堂大笑。

　　我妈恼火地说："好了，好了！这也催！"

　　母亲的尴尬也无法扫我兴。我笑呵呵站在紫薇树下，摸树，看花，等妈。那时候，花草树木很少，因为它们代表资产阶级生活方式，不断被斩草除根。我们医院整个宿舍区和住院部，偌大一个院子，就只剩这唯一一株花树。这株紫薇树，长在土坡上，紧挨公共厕所的女厕墙边。大约正是它用自己的香艳美丽消解着公厕的丑陋恶臭，人人心里都还是喜欢的，估计人人也就假装忽略它的"阶级属性"，它也就被刀下留命了；且还活成了我们院子的传奇，外面不乏有人闻名而来，特意在这里上个厕所。这让管厕所的匡股长窃喜。在那"肥水不流外人田"的时代，屎尿是很宝贵的，粪肥都是要卖钱的。我们这座大型公共厕所，由匡股长定期卖粪，赚的钱补贴食堂，过年了，食堂就会用这笔钱，给全院职工加个餐。

那个时候，我们对公共厕所的感情，充满了矛盾，它又脏又臭却是我们每天的刚需；而集体排泄的方式，还让公厕具有了社交功能，大量新闻、小道消息和谣言，在这里密集产生与传播。我喊我妈的时候，蹲坑都是满的，还有人捂着肚子在门口等得急跳脚。试想二十个女蹲坑与据说数量更多的男蹲坑，里面的人一起大笑，那个声浪，多有感染力。

我也笑了。

被我喊了以后，我妈很快就出来了。在奔向厕所的时候还喜笑颜开的我妈，出来神色大变，满脸惊恐，悄声说："有流氓！"

这天是我们家特别重大的一个日子。我以优异成绩毕业于冶金医学专科学院，被分配到本市某家大医院，我们全班只有十个毕业生留汉，其他都去了工厂矿山的街道小诊所，我是如此幸运和光荣。我们那时候，学习主要是老师与学生的事情，家长不参与。不过孩子学习成绩的优异，却也是家长最大的脸面。我从小学习成绩不错，作文被老师当堂朗读，我们大院几十户人家，男女老少，人人都知道。人人是怎么知道的？我就不知道了。那时候人人之间的信息之发达，远远超过现在。现在是形式上发达，实质上隔膜。现在我连隔壁邻居都不认识。那时候我们大院，人人都是他人的私人档案员，你家床底下有几只箱子，你有几件衬衣，全覆盖、无遗漏，大家都知道。我学习成绩好，就连我爸在门房看报纸，门卫师傅——一个聋哑人——都朝他直竖大拇指。所以，这一天我们要去吃酒席，也都人人知道，人人都羡慕我父母。更加上我大表哥，在街道小工厂晃了几年，蔫头耷脑都萎靡不振了，突然幸运降临，进了公安局，当上了警察。这一下我们家族有了天大的面子，必须隆重庆贺。所谓隆重，当然是吃酒。

那个年代，柴米油盐都凭票购买，每月只够塞牙缝。可想而知我们家这顿酒席，在人人眼里，是何等了不起的奢侈。我们还借到了一个单位的食堂，不仅桌椅板凳餐具供我们使用，食堂师傅还帮我们做大肉圆子。大肉圆子蒸腾出来的香气，熏香了好大一片街巷，都已经飘到我们医院大门口了。医护人员叔叔阿姨多少双眼睛热辣辣的，追随着我们一家三口。我们一家三口穿戴整齐，容光焕发地走到医院大门口，我妈忽然肚子疼，急忙返院如厕。我爸就在门房看报纸，看来看去等不耐烦了，要我去厕所喊人。

显然我妈在厕所受到不小的惊吓,她一边疾走,一边念叨:"流氓!流氓!流氓!"还神经质地扭头,对我上下左右查看。我浑身直起鸡皮疙瘩,一连追问她好几次。我妈这才沉痛宣告:"匡股长女儿被强奸了!"

强奸!这个犹如晴天霹雳的动词!吓我一大跳!

我妈就滔滔不绝了,说:"是啊!匡静啊,不是她是谁?我们就说怎么最近没在院子里看见她,就说她妈怎么也不见人影了,就说匡股长最近卖粪怎么也没见他像以前那样得意扬扬手舞足蹈。原来是匡静被强奸了!这一下,所有疑问,就都说得过去了。怎么会发生这么可怕的事情?流氓!附近有流氓!太可怕了!"

我爸严厉制止了我妈,说:"今天这个话,到此为止,不必再提!"

然而,一走进食堂,我妈就向大家报告了这个骇人听闻的消息:"你们还不知道吧?那个匡静,被强奸了!"

尽管香喷喷的大肉圆子已经开笼,正在分割小块,以便所有人都能够尝一口鲜,我们家的七大姑八大姨,都还是捂住嘴,睁大眼,着实给惊到了。在我们这一带,匡静很有名,她又漂亮又有好单位,家庭条件好结婚对象又好,据说这个国庆节就要结婚——被强奸了——她完了!匡静就住我们院,比我大几岁,是那种走路咯噔咯噔够派头的大女生。可不,她已经销声匿迹十几天了。她父母也垮了。

然后酒席对于我,就不再香喷喷了。女家长们议论纷纷,大发感慨与警告:"池莉,你永远不可以掉以轻心啊!首先要注意的就是提防流氓!自己事业前途幸福美满全都断送不说,还让全家人都抬不起头来,走到哪里,都会被人戳脊梁骨。"

"池莉"——我们家都是用连名带姓一起称呼的那种相处方式,尤其谈论重大严肃话题:"你不要以为自己大了,有单位了,当医生了,就进保险箱了,不!提防流氓,是女人终身大事。社会比学校更复杂,流氓更隐蔽更狡猾!千万不要轻信男的!男的都不是好东西!"

没错,我记住了,话就是这么说的:男的都不是好东西!

而酒席上,我们家男的比女的多。我们家男的聚在一起喝酒,喝醉了的嗓门,会失控地拔高,这就让我听到了我不该听到的话,他们在训斥我大表哥,说:"好不容易让你当了警察,性格要改!太面了就不行!你也是太老实了！一个姑娘，追几年还不到手，你就不知道先把她'办'了吗？真没用！"

和我一样，我大表哥这顿饭也没有吃好。他一直苦着脸。多年后他六十岁退休，离开警局以及人世间的方法是：跳楼自杀。我大表哥至临终都孤身一人。是否因为他始终不够"流氓"，所以最后还是没有老婆？

二

终于，我盼到了上班的日子。一大清早，我就迫不及待来到我的大医院。上班时间还没到，我坐在院子里的花坛上，兴奋等候，听鸟叫，看花开，东张西望，满目都是新天地。

我拎着一网兜日常洗漱用品，双肩背着我自己的铺盖行李，行李打成那种方方正正的军事背包样，早在中学时代的军训拉练中练就的好身手；还斜背一只大挎包，里面是我热爱的文学书籍。——我早就热爱文学，比写作更早，当然，都是在业余时间偷偷摸摸，且准备继续偷偷摸摸。

上班第一天，各种办手续。院办、医政科、卫生处、行政处，最后来到房管科。只要房管科给我一把钥匙，打开一间女单身宿舍的房门，在这个世界上，我就拥有自己的立锥之地了，它受到院方以及警方的强大保护。流氓以及饶舌的家长们，都见鬼去吧！

骄阳似火，我背着驮着行李，汗流浃背，脸蛋通红，辗转来到房管科。上午的下班时间马上到了，房管科几人，都端着搪瓷饭碗，用酒精棉球擦拭着，要去食堂吃饭，给我四个字：下午再来。

下午上班还有两个小时呢！我一急，话就已经脱口而出："我是大学毕业新来的流行病科医生，现在离下午上班还有两个小时，就耽误你们一下子吧，我只是领一把单身宿舍钥匙而已。"

我初涉世道，完全没想到自己的话不够低调，更完全没有想到分配单身宿舍也是一种权力。人家拿眼睛瞥我一下，飞快交流目光，然后大咧咧直奔食堂。房管科几个人对我的直接冷落，让我的高兴破碎一地。我把行李丢到走廊上，一屁股坐下，委屈的泪水，滚滚而出。

一阵香气袭来。定睛看看，一位漂亮女医生站在我面前，白大褂，富态白净，弯弯刘海很是精致。我连忙叫一声："老师！"站起来，双腿并拢，向她行了一个立定礼,这是此前在实习期间学到的行规。

老师姓张,理疗科医生。张老师听完就为我打抱不平,口气很大,说:"一个小小房管科,它就是为人民服务的,还要官僚!"张老师朝走廊甬道大声叫道:"那是保卫科开着门吗?谁在?出来一下!"保卫科应声出来一人,对张老师十分唯唯诺诺,马上就保管了我的行李,好让我先去食堂吃饭。张老师还亲切问我有没有带钱,告诉我得先到总务处购买饭菜票。我连忙回答有钱有钱,一边热泪又滚落下来。张老师掏出她的花手绢,递给我,香香的,柔柔的,说:"好了好了,小可怜的,先去吃饭吧!"

我正在食堂吃饭,房管科人找过来了,说:"你!新来的!吃完就来领钥匙啊。我们今天就不午休了,专门为你这个人民服务。"人问我:"你是王院长亲戚?""我不是。""那你的门路是谁?"我说:"我没门路,我谁都不认识,只是先头在走廊碰到了理疗科的张老师。"房管科的人"哦"了一声,阴阳怪气地说:"看来你蛮走运嘛。"我这才知道,那位张老师,是王院长夫人。房管科挨了王院长批评,只得尽快给我一把单身宿舍钥匙,但也说了更阴阳怪气的话:"王院长正和你的张老师打离婚呢,这是全院都知道的公开的秘密。"

我一愣。我也只能够一愣,而已。我啥都不知道。那一刻,我只知道激动与陶醉。我拿到了401女单身宿舍的一把钥匙,配套还发给我一块单人床床板;床板上烫了烙印:401-1-1,也就是401室进门的第一架高低床的第一个下铺床位。这可是我奋斗人生的第一次奖赏啊。此前是血汗交流的"知青"两年、勤奋苦读的寒窗十年以及从小到大多年的忍辱负重。我紧紧握着那把宝贝钥匙,扛着宝贝床板,乱七八糟拖拽着其他全部行李,磕磕碰碰却欢天喜地,爬上了四楼的单身宿舍。

住进来以后,我才知道,401是四楼一溜排十二个房间里面最差的一个房间,401-1-1床位又是401四架高低床之中最差的一个床位。因为412号房间那头的楼梯被砌死了,401就成了把头第一间,所有人都会经过401门口,还加上把头房间又紧挨公共盥洗室和厕所,所有嘈杂吵闹说说笑笑会二十四小时持续不断。也由于是把头第一间,方便进退,小偷小摸的发生率也是最高的。董洁再三告诫我:"饭菜票一定不要压在枕头底下!会被偷的!好看的小说一定不要放在枕头旁边,会被偷的!"

内科医生董洁是我们401寝室五个女生的大姐大,她最早住进401,毕业于上海第二医学院,那可是一八九六年创建的老牌医学院。学医就是特别讲究出身,董洁的文凭"秒杀"我们,我们都敬重地叫她董姐。董洁最初也是因为不"鸟"房管科,被发配到401的,已经在401居住了五年,亲历了多次失窃。最近的一次流氓事件,发生在去年,当然,大概率发生在401-1-1床位。当时的女护士,下班回来,撩开蚊帐,发现床单上有一摊精液。报案、报警、追查、侦查,流氓没有抓到,反而把女生折腾得厉害,被反复询问和排查她的社会关系,女生冤屈得大哭大闹,跑去检查了处女膜,拿到处女膜完整的医学证明,到处张贴,自证清白,然后很快调走。在我入住之前,401-1-1已经空了一年多,显然房管科坑了我。为什么?我和他们无冤无仇!

董姐说:"流氓!他们就是流氓!你碰到流氓了!和我刚来的时候一模一样。"

原来房管科也是有潜规则的,除非你是领导打过招呼的,除非你是带了烟酒茶进门就献上的,除非你会对他们撒娇让他们捏捏你脸蛋屁股的,他们才会热情为你服务,会把你分配到好房间,会帮你扛起床板,送你上楼并趁机再次进行肢体碰撞与触摸,日后在院内碰到,他们还会嬉皮涎脸吃豆腐,好像你是他们的老相好。

这就是说,我上班第一天,就碰到了流氓。

还有更加万万没想到的情况:敬爱的张老师,第一天拯救我于水火的张老师,我已经多次听到关于她的背后议论。说她简直就是一女流氓,生活作风腐化堕落,性欲旺盛,男女通吃。我们科室特别是年纪大的女大夫,热议张老师成为她们的上班内容之一,她们每天都盯着张老师的言谈举止,张老师身上香水味令她们作呕,而总也离不掉婚的王院长,令她们同情到心碎。谣言长了眼睛和翅膀,好心女大夫的其中一位,为了我好,悄悄告诉我说:"院里都在传呢,说那位看上你了?"我顿时面红耳赤,张口结舌。好心女大夫说:"没有就好!没有就好!社会可复杂,流氓可不只是男的啊,你千万要警惕,别毁了自己啊,你这么年轻,前程远大啊!"

在这种气氛下,我都不敢再接近张老师。张老师那条花手绢,我洗干净了,折叠好了,一直都想给她送过去并表示我的衷心感谢。但是,每一次，我都还没有走到理疗室，又自动往回走了。张老师的手绢，变得非常烫手，一直压在我的枕头底下，让我良心备受煎熬。

原来，家长们没有说错，社会的确更加复杂。

## 三

然后，不久，流氓来了。

就在那个夏季的末尾，秋老虎的酷烈终于摧垮了我们401寝室五女生。那时候，我们不仅没有空调和电扇，夜里还需紧闭房门。在熬过两个多月的夜不能寐之后，我们此起彼伏感冒发烧、腹痛腹泻、湿疹痱子、红颜失色、憔悴不堪。热得实在受不了了！我们决定豁出去，敞开房门睡觉！因为这种门窗对开的小房间，唯有让门窗空气对流，深夜的一丝丝凉意，才有可能进来。

董姐率领我们集体壮胆，五人聚在寝室，开会发言，一个个都抢着说："还真有流氓不怕死吗？最近隔不几天，街上就会贴出法院布告，大红叉叉，枪毙了一批又一批，难道还有流氓？哪个流氓有天大的胆？而且我们医院这种深宅大院，保卫科就在楼下，纠察队昼夜巡逻，咱这幢楼已经防范得固若金汤，哪个流氓进得来？！"

我们这幢单身宿舍楼，在当年，堪称雄伟壮观：这是拔地而起的一面五层高楼，院方为了防范男女关系变得庸俗混乱，把楼房两侧的楼梯，做了技术性处理，该砌死的地方都砌死了。五楼"男单"只能从一侧楼梯直接上男生宿舍，四楼"女单"只能从另一侧直接上女生宿舍。每层楼十二间寝室一字排开，寝室门口是一条通廊，廊前是通透栏杆，只齐腰高。纠察队只要在楼下抬头望它一望，六十扇房门与通廊，尽收眼底。

当然，窈窕淑女君子好逑的青春生理状况和民族文化传统，那肯定还是如每天的太阳一样，照常升起。——这个话题就另当别论了。五楼"男单"们，经常会在通廊栏杆上趴一排，观看楼下归来的"女单"们，这又被叫作"挂眼科"。下午下班以后，姑娘们就像夜鸟归巢，从食堂打了饭菜，灌好热水瓶，三三两两，走回宿舍大楼。保卫科的人就盯住五楼通廊，用加长手电筒，探照灯一样扫来扫去，说："臭小子们又在'挂眼科'啊。"不过保卫科也还是很有把握，认为这幢单身宿舍，已经管理得相当严谨，风清气正，偶有流氓，应该都是社会渣滓流窜犯案。更何况那时候，新时期到来，春天的故事已经唱响，我们"男单""女单"的一些大学毕业生，不少人跃跃欲试想要考研，更多人是文青，都在兴奋传看刚刚开禁的国内外文学名著，大谈人生梦幻与理想。话说我们401之所以敢于破釜沉舟敞门睡觉，也还是因为以上大好形势给壮了胆。

于是，终于，我们401的房门，敞开了。那挂在房门上的半截布帘子，随风摆动，看着都凉快。也终于，我们开始拥有酣睡，尽管半夜还是会热醒，是一个片段一个片段地接力睡的，但我们已经很满足。

倒霉的是，流氓真来了。

董姐有个生活习惯，多年如一日，会在半夜起床，喝掉一大杯凉白开。她是高度近视，但房间摸熟了又是半梦半醒状态，她就从来不戴眼镜。我们401房门背后，有一只竹书架，摆放我们五个人的洗漱用具和喝水茶杯。就在这天半夜，董姐照例起来，慢慢摸到房门背后，慢慢摸到她那只大搪瓷茶缸，慢慢咕噜咕噜喝水。等到董姐慢条斯理喝完她的凉白开，忽然发现，她面前有个男人，且与她距离之近，几乎就是面对面身贴身。茶缸子失手掉在地上，董姐失声尖叫："流氓啊——"

大家都被吓醒。我一骨碌坐起来，隔着蚊帐，看见了一个男人夺门而逃的后背。

## 四

一场声势浩大的抓流氓行动，开始了。

随着董姐的惊声尖叫，其他"女单"宿舍也都尖叫起来，惊恐情绪的传染，比流行病还快。不少女生吓得赤脚直接跳下床，只穿着花裤头圆领衫跑出房间，在通廊来回奔走号哭，好像被害的是她们。

反应最为敏捷的，还是五楼"男单"，他们赶紧趴栏杆上，腰弯到几乎栽下来，抢先问道："流氓在哪儿？流氓在哪儿？几号房间？几号房间？我们来了！我们来了！流氓跑不掉！流氓跑不掉！"但是，流氓太有时间跑掉了。炎夏酷暑的"男单"们，清一色是赤身睡觉，等他们套上衣服，穿好鞋子，跑下五楼，还得跑过一溜排房间的横向跨度，再从"女单"这边楼梯，跑上四楼。这个时候，其他三层楼的老单身们也都在跑上跑下，还有人以为失火了，一阵兵荒马乱，流氓太容易混同于一般老百姓了。

杨光第一个冲进我们401，一把握住董姐的手，问："没事吧？怎么回事？流氓在哪里？"董姐却已经比所有人先冷静下来。杨光是她师弟，这关系就不一般，所以董姐回答杨光的时候幽默感已经恢复，她说："你的三个提问，都是世纪之问。"于是董姐、杨光、我，三个人之间就有了一次调侃的笑。在此之前，我还没有如此近距离面对杨光。只是董姐几次告诉我，说："杨光在挂你眼科呢。"我一笑了之。面对我的一笑了之，董姐很有些不平之意，说："人家杨光专业可好了，人品也好，相貌也称得上堂堂吧。"我依然一笑了之。那时候，我满腔热血的每一个红细胞，都梦想成为作家，根本无心于男男女女之事。

很快，纠察队到了，警察到了，王院长也到了。威武浩荡的官方人员，把整幢单身宿舍，仔仔细细搜查了一遍。楼下花园以及医院围墙，细致过筛，就连围墙墙头的玻璃碴，所有尖刺都查过了，都完好无损。大门后门不用说，门房二十四小时值班制，铁门高大且严丝合缝，针插不进水泼不进。有关方面认为：这次流氓事件，应该是楼内作案。

声势浩大的抓流氓行动，转向内部的专案侦查。这幢单身宿舍大楼的"男单"们，逐一被谈话，逐一举证自己的不在场，还逐一被要求检举揭发他人。董姐瞬间记忆的不准确，也导致了"男单"们的反复被查。董姐最初说流氓的衣服是白色，一会儿又觉得是米色。于是，但凡有白米二色衣服的"男单"，又一再被追查。还由于检举揭发，那些平时喜欢在五楼栏杆"挂眼科"的"男单"，更进一步被个别追查。夏天过去了。秋天过去了。冬天也过去了。抓流氓行动还在继续，有关人员锲而不舍认真负责到令人崩溃，直至逼得五楼"男单"们跑去咨询律师，然后早起晚睡刻钢板，油印了很多份投诉材料，亲自送到市人大市检察院等有关方面。

杨光因为有白米二色衣服，又被人检举他经常"挂眼科"，那么他受到的怀疑和谈话，又大量又多次还具有侮辱性。因为杨光坚决拒绝交代他在挂谁的眼科，保卫科那些人就和他杠上了，总是盯着他找碴，时不时用手电筒晃他眼睛。在市人大市检察院有关方面亲切接见与倾听"男单"医生们投诉以后，事态逐渐平稳了下来。杨光的日子好过了一些。但是，杨光对医院已经心灰意冷。他不再趴栏杆"挂眼科"了。他开始埋头复习发奋考研。然后,他离开了医院,也离开了武汉。

后来,我也参加了成人高考,再次入校念书,到武汉大学中文系学习汉语言文学,从此弃医从文。

董洁没有离开,她一直在医院工作,是很出色的医生,直至做到院长。都说往事如烟,那得看是哪桩往事。咱这401的流氓往事,一点不"如烟"。我和杨光再次见面,已经是三十几年以后的现在。现在我们再去看那场抓流氓行动,反倒更加清晰可见。董姐、杨光和我,我们三个人那调侃的笑,也依然还在我们401单身宿舍,琥珀一般,历历在目。对于年龄而言,时间也许是线性计数。但是对于生命而言,时间大约是圆形呈现;是横截面,所有纹理,都在盘面上。现在,我和杨光只是一边喝茶,一边俯身看看这个盘面,就轻松地,把当年那个案子给破了。

我曾清晰看见,那个流氓,没穿衣服,光着上身。我甚至看到他肤色较深的后背,在半明半暗的夜色中,闪着汗珠子的油光,而他的衣服,则塞在他后背裤腰上,窝成一团。

"对,没错!衣服窝起塞在裤腰上!"杨光说。

就在那个深夜,杨光被女生尖叫声惊醒,立刻起床往外跑,却正好与跑进门的男子迎面相撞。这是来自甘肃某县城的一个进修医生,住在杨光上铺。该男住进宿舍几个月,就没有主动开口说过一句话。迎面相撞的一刻,他却主动又急切地告诉杨光:"我去上厕所了!"作为优秀的外科医生,具有手术刀一般精准眼光的杨光,发现该男不仅主动开口说话,衣服也穿反了,衣服上还布满皱皱巴巴的新鲜皱褶,而且在"男单"们都纷纷跑出去的时候,唯有该男,跑了进来,爬上床铺,埋头睡觉。那时杨光心里就已经有数了。

杨光没有检举这个进修医生。杨光有他自己的做人原则。杨光认为:首先,没有造成任何恶果;其次,那人一直生活在极度穷困偏远的西部,三十多岁了还娶不到老婆,无非是实在渴慕女性,大约不过是想近距离偷看一下城市女子皮肤有多白而已。五个女生挤住一间集体寝室,且个个高度戒备、擅长惊声尖叫,进修医生还能怎样?就是皮肤白!城里女人皮肤白,是西部男子心中永远的痛。——这不就是一点世态人情吗?这不就是一点男性荷尔蒙泄漏吗?检举是会毁人一生的,用杨光的话说:"开玩笑?!

我有那么不懂事吗?"

我们破案了。杨光当场拨打了董洁手机。董洁已经退休,跟着儿子,生活在美国。尽管董洁与我们隔着日夜的时差,她却很快接听了电话,高兴得不得了。董洁说:"是的是的!你们这个案子破得不错!没错,就是他!那个甘肃的进修医生。那个夜晚,他根本就是光膀子,是我当时脑子混乱,后来我都理清楚了,只是没说出来,免得害他一辈子。可怜的人,当时我突然起床,径直走到他面前,举杯大喝凉白开,倒是把他给吓坏了,脸色惨白得像个鬼。"

董洁了解的情况比我们更多,据说那个进修医生,几年前已经去世,一直没老婆,是个口碑不错的医生。董洁懊恼地说:"当年我怎么那么头脑简单啊!"

当年谁又不是头脑简单呢?社会、家庭、学校的影响和教育,不就是这么简单粗暴吗?然而,三十多年来,我们在各自的生涯里,不断遭遇各种各样的流氓,其中倒真是不乏极为恶劣的流氓,我们反倒喊不出来了,因为简单粗暴喊一喊,不可能解决根本问题。——这就是生活。

说到这里,我们突然沉默了。董洁声音一点没有变,也依然保持幽默感,她机智地打破沉默,把沉重变成轻松,说:"哎!我还知道杨光挂哪个女生的眼科!"

杨光说:"姐姐打住,这个笑话过期作废。"

我们三个人都笑了。最后我们小结了一下,最值得庆幸的是,迄今为止,我们三人都还没有被流氓害死;而我们自己,也没有做任何涉嫌流氓行为的事情。哈哈,人生,这就可以了。谢天谢地!

(选自《青年文学》2022年11期)

**评鉴与感悟**

涓滴回忆,轻松诙谐。岁月印痕,心灵之路。读之,却有一种苦涩味道。这既是生活的馈赠,也是时代的馈赠。

# 珍藏的瞬间

/残雪

**同爸爸会合**

由于社会的动荡，也由于家境不好，我没能上中学。我的学历中止在小学。成年以后我也没有去上过任何进修学校。但我并不为此感到遗憾，我甚至为此感到幸运。为什么呢？因为我现在从事的文学事业需要的东西，绝大部分都要从学校外面来获取。而对于一名有自学能力而又非常自律的孩子来说，这种处境在那个年代也许更能养成冲破束缚，主动去创造发挥的个性。我就是这样的一个例子。

那是一九六六年的一个上午，我得知了我没能进入市立正式中学的消息。一开始我有点沮丧，但那沮丧很快就过去了（几个小时）。我没有被打倒，而是在朦胧中做出了一些自己的计划。后来爸爸回来了，我告诉他我没能被中学录取的事。爸爸连连叹气，愁眉不展。我又告诉他我自己的计划，我说我可以自学，没有什么大不了的，我就待在家里也挺好。家里有些书，我还可以向朋友去借书来学习。

听我这样说话，爸爸有点奇怪地看着我。后来他一拍大腿，坚定地说："好！你就待在家里自学。没什么大不了的！"

那一天，我就像得到了解放！因为爸爸同意了我的想法，他已将十三岁半的我看作了一个有主见的人。我暗下决心：一定要学好，成为我想成为的那种人。虽然在那个时候，我还不知道自己究竟要成为什么样的人。

我不用去学校了，一下子就获得了大把时间。我开始努力读书：文学书、文学史、中国通史等。我甚至接触了艾思奇的理论、马克思的理论（当然是在爸爸的指导下）。在我的眼前，有一个广大的新世界正在逐步展开。每一天，我做好家务之后就开始读书，读我最感兴趣的，也读那些不太懂的。我在孤独中性格渐渐地往深沉的方面发展。

当我看到邻家的孩子们上学去，又放学回来了时，我竟然一点都不羡慕他们，因为我觉得我已经成了另一种人。我是什么样的人？我并不清楚，我只是觉得我比同龄的，有学上的这些小孩更懂事，更有自己的主张。也许这就是人们常说的"坏事变好事"？

一九六七——一九七〇年这三年，我一直处在这样的状态中。我如饥似渴地读书，记笔记。有时还去同一两个好友交流心得。我慢慢地变得自信了，也慢慢地有了自己的爱好。我最爱的是文学，只要是可以弄到手的文学经典，我都要弄来细读。但是我爸爸希望我学习哲学。有很长一段时间，他只要在家，每天都要给我讲解马克思的《资本论》。如果我听懂了，他就特别开心。他认为我有这方面的天赋。爸爸开心之际，我也很兴奋，因为我也对哲学有很大的兴趣，愿意钻研下去。那本精装的《资本论》，爸爸从前读过好多遍，上面布满了他的旁批。奇怪的是，如今我读哲学书，也像爸爸从前一样爱作旁批了。好像一切都是自然而然发生的，我的每本哲学书的空白处都被我密密麻麻地写满了小字。我似乎是在以这种方法同那个遥远的爸爸会合。

### 木纹

尽管生活从表面上看是如此的清贫与单调，尽管所有的物质欲望都受到严格的限制，但少女们爱美爱清洁和爱舒适的本性一点都没有丢失。夏天里，我被邻居家的一个变化所震动了。

我们住的房子是很旧的过去的办公室，每间房间的地板都早已油漆剥落，显得旧麻麻的。因为家里人口多，我们这些家庭平时都不讲究。我们都是用一种带穗的高粱秆做的扫帚扫地。最多就是舀一杯水，用嘴含了水，鼓足气喷在黑灰色的木地板上，每个地方都喷到，过半分钟再去扫。我每天都是这样做的。

然而邻居家的事让我着迷。她们家没有大人,只有五个女孩,平时比我们家爱干净。在这个炎热的夏天,她们用布拖把将那间房的地板洗得干干净净,让地板原来的木纹全都显了出来。当风将地板吹干了的时候,五个女孩就将鞋子放在门口,打赤脚进到屋里,享受那份凉爽和木板的好闻的气味。我进去的时候,她们有的坐在地板上看书,有的躺在床上。这是我做梦都没梦到的场景!原来这陈年旧地板可以具有这么美妙的色泽,在炎热的天气里可以给人带来如此清凉的享受。我赤着脚在她们家的地板上走了又走,体验那种凉飕飕的快感。啊,我爱死这木地板了。

回到家,我立刻打了一大盆水放在屋子里来拖地。在平时,我都是扫地,要很久才拖一次地。即使拖地,也从来不会拖得让木纹显出来。所以我甚至不知道这些木地板是有木纹的。我每回都是随便拖一下,让屋里看上去不那么脏就算了。拖那么干净干什么?反正大家一回来,地板又被踩脏了。可是这一天,我好像中了邪一样,咬着牙非要将这些地板上的木纹拖出来。可以想见难度有多大。

换了一盆水又换一盆水,不达目的不罢休。自来水离我家有五十米,我很有劲,总是用两只手提水,一边一桶。把那些陈年老垢都抹得干干净净,把两间房里那些显眼的地方全都擦得木纹显现,这是我的目标。然而目标只达到了一半。毕竟这是我第一次这样拖地,我估摸一定要多拖几次,才会像隔壁人家一样赏心悦目。有的角落里还是黑不黑灰不灰的,但主要的行走通道已经隐隐地显出了一部分木纹。

父母回来了。"哎呀,这么干净啊。"他们吃了一惊。

他们当然不会进屋就脱鞋,他们是大人,没这个习惯。

弟弟们也回来了。他们也不会脱鞋,因为甚至没注意到地板被洗得比平时干净。

我眼睁睁地看着他们将地板踩脏了。

第二天我又拖了一次,但还是没达到隔壁那家的水平。我们家也没有她们那种氛围。

再往后,又拖过几次。后来就懒得天天拖了,还是扫地。

## 蕊

她是班级里我最喜欢的女孩，是那种隔得远远的爱慕与欣赏。她的名字叫蕊。那时我们都还是些小不点，蕊却已经初现少女的苗条。她是长沙市少年体操班的成员，她总穿着令我们羡慕不已的花短裙，节日时则穿上红皮鞋。我只要一看见她，就会产生那种赏心悦目的感觉，但我不敢随便接近她。因为我隐约地觉得我同她之间有某种鸿沟，这大约来自她那富裕家庭。那个时候，大部分孩子的穿着都是灰溜溜的，只有少数例外——一个班有那么三四个吧。但在我的眼里，蕊实在是太美了：乌黑闪亮的眸子、浓密的黑发、匀称活泼的身体。即使走在街上，也是很少见的那种。

有一天，我们在操场上玩"工兵捉强盗"的游戏，蕊和另一位女孩担任两边的头头。那时我短跑的速度很快，就被蕊要了去做"工兵"。我兴奋极了，同蕊站在一起，感到无比自豪。后来我奋力为她奔跑，抓到了几个"强盗"。蕊搂着我，欢喜得又叫又跳！那一天老师有别的公务，给我们早早地放了学。有几位同学需要早点回家，游戏就玩不成了。但蕊意犹未尽，她邀我去"谷仓"玩。这对我就像喜从天降。

谷仓其实里面装的是老糠，堆放得像小山一样高。我和蕊一边攀登那些小山一边聊天。后来累了，就在老糠堆里坐下来了。我问她在体操队是如何训练的，蕊就做了几个优美的劈叉的动作给我看。这是她专为我一个人做的，她那么好看，我激动得说不出话来了。那一刻，我感到我愿为她做任何事！

接着蕊又请我去她家参观一下，我简直受宠若惊了。

她家在一个小花园里，那栋房子里有很多房间，地板一尘不染，漆成了好看的颜色，似乎每个房间里都有一些镜子，客厅里的饭桌特别宽大。后来蕊的妈妈回来了，是一个很气派的中年女人。她似乎认识我，说我的学习很好，要蕊向我学习。我平时很害羞，尤其在大人们面前，所以我连忙告辞了。蕊将我送到小花园面前，脸上的表情若有所思。

但不知为什么，后来我同蕊并没有进一步交往。我想，这应该是因为她没有主动地来找我吧，我是很压抑的小女孩。蕊的朋友太多了，几乎班上所有的女孩和男孩都同她要好，她还同外班的同学来往。她已经忘记了我和她之间那短暂的温情。

我站在那里，看着她像一只花蝴蝶一样跳皮筋，旁边还有几个同学发出赞叹的尖叫。我对她的表演百看不厌。谁能同她匹敌？当然没有人能。我无师自通地明白了：我不属于她的世界，那栋有很多房间的房子，那屋前修剪得很好的小花园，对于我这类小女孩来说是非常陌生的。而她，她是一个梦。我那么爱她，从未改变过。

很久很久以后，我听说她成年后的个人生活并不顺利。我心底生起一股悲哀。

**老同学**

从时间上来说这是一座古城，但对我来说它又并不完全是一座古城。它的古迹似乎像魔术似的从斑驳的旧墙上显露一会儿，然后就隐进去了。很难看清那是什么。

五十岁那年我回长沙了。我在那条较宽的麻石路上缓缓地行走。路两边那些蜘蛛网似的细小巷子还在，高大的槐树也还在，居民们的房门却大都紧闭。已是黄昏，我心里有点惴惴的，拿不定主意要不要再走下去。这时有人在叫我从前的名字，声音那么熟悉，但我一时想不起她是谁。

我回过身，看见一位矮胖的女人提着一个袋子朝我走来。啊，即使不看她的脸，我也知道那是蝶！她显得真年轻啊。

"我看着就像你，你还是老样子。"她挽着我的手臂大声说话。"走，上我家吃晚饭去！我们今晚有正宗的黄鳝，田里养的。"

在那些小巷里拐来拐去的，我们最后停在了一栋新房子面前。

"我们住四楼。"她指着上面的一套单元房告诉我。"你还记得我先前住的铁路边的破平房吗？我们赶上了拆迁……哈，所有的人都不肯搬，都狮子大开口，多要房子。我嘛，也要了两套，儿子家一套我一套！那间破平房你去过，连墙都是竹篾织的，糊上泥巴。没想到这么值钱，给了我两套新房！"

她一边炒菜一边哇啦哇啦地同我聊天，脸红红的，像喝醉了酒一样兴奋。

我参观了一下她的新房。这套单元房不大，有两间卧室，一个小客厅，房里整理得井井有条，一看就是那种很自足又会过日子的小市民家庭。

一会儿蝶的丈夫回来了，是极老实的男人，在大超市的仓库里当保管员。

"这是我的同学小小，现在是大作家了。以前我俩可好啦。"

蝶还是从前那个蝶，做事风风火火效率高。

很快我们三个人就坐下来吃饭了。蝶往我的碗里舀了不少鳝鱼，一个劲劝我多吃。我们还喝了红酒。看来蝶对自己的生活非常知足，也很快乐。货运铁路边上的棚屋里长大的女孩，有颗坚强的心。我们谈着班级的同学，谈着友谊，也谈到某个悲惨的意外，就好像我们昨天刚从那所小学里出来一样。"你记得……吗？""记得记得！"我和蝶这样交流时，丈夫就在一旁微微地笑着。他很爱喝酒。

从屋里出来，小巷子里黑黑的，又左拐右拐，要不是蝶紧紧地挽着我，我根本就找不到路。她不停地说话，我们很快到了麻石路上，我请求她回去休息，但她不肯，坚持一直送。后来我的旅馆到了，她才在旅馆大门口同我告别！

"小小，你已经认得我的家门了，下次再来啊！"

（选自《红岩》2022年2期）

## 评鉴与感悟

有人说，对于一个作家而言，他的写作早在童年时期即已完成，足见"童年经历"对人生观和艺术观的影响之大。残雪的这组短文，每一则都是一面镜子，既可照见她内心的波纹，也能照见时代的侧影，平淡中自有一种刻骨的深邃。

# 三十六年前的两次酒

/林白

年轻时一切酒非我所愿，时常痛饮的，是诗与电影。

那时在广西电影制片厂文学部，领导命我赴柳州下剧组，与宣发科的玉珊合写一篇宣传文。我百般不愿。我把小说和诗歌之外的文字统统视作大石头，我不愿石头压我。

我说，我不去，我又不是宣发科的。结果挨一顿剋。含泪去了，却发现下组有趣得很。

电影明星屠茹英，与她同屋住了一夜，见她总是静静看书，便生起好感，偶尔聊几句。她给我看照片和工作证，并说起她丈夫，恋爱十几年，三十二岁没生孩子。小郭，演史湘云的，走路去买药，一身白衣。说本来她演薛宝钗的，后来换了史湘云，整整一年不快活。现在她认为湘云是最完美的人物，演下来改变了自己的性格。我问她："演林黛玉的陈晓旭如何？""她行，写了很多小诗，还发表了。"

又来了诗人顾工夫妇，我和玉珊去陪客，亢进副厂长说我哭鼻子不愿来，顾工说，他们这代人都不行，忧郁型的，他儿子顾城也是这样，现代派。他说自己二十岁的时候也想自杀。亢进说，让顾工开导开导你。

晚上亢进讲他的初恋，是个日本女子，叫黑田枝子，冰冻麻醉，左手无名指的整个指甲都没有了。他说没有动过她，连接吻都没有。玉珊不时唱几句，我听得惊艳。完了她说，你不要在女人面前讲这个故事，这样你的形象很坏，太自私。亢进说，那个时代不允许。玉珊说人总是人，女人有情有义，男人也应该有情有义。"……那指甲，我的命（中的一些东西）也没了"，亢进还沉浸在他的思绪里，有些前言不搭后语。他说将来定要写一篇小说。

玉珊的爱人小慈，两人感情很好，大学时谈恋爱被开会批判，小慈被学校开除回隆林氮肥厂当工人，她那时候跟他结的婚。玉珊不在，亢进就愁眉苦脸的。他说："真苦，读剧本《紫裙河》"。"你差点吃不下饭了"，我笑他。"我吃了两碗"，他说。"那是因为玉珊及时赶回"，我揭他一句。

小慈来了，亢进就喝醉了，提前退席，要我陪他去给夫人买一件玉珊那样的衣服。我不去，"我又不是玉珊，跟我去没意思"。

他真醉了，我和玉珊散步回来，他躺在床上，看见我们进来很高兴，说，刚才敲门你们不开，你们弃我而去，我很难过。玉珊悄悄跟我说，他这几天心情不好，看见她和小慈爱情美满，想起自己青年时代的爱情，想起小黑田，那个日本女孩。

"我这一生，青年时代的理想被战争毁灭，中年又蹲了牛棚，现在到了晚年，又当这个破厂长，我遇到你们两位（玉珊说，真的喝多了），你们放心，我是受过高等教育的，不会对你们怀什么心。小林呢，是我的希望，我这辈子完了，我的女儿也不行，女婿也不行，小林聪明，能继承我的事业。玉珊是我的靠山，给我欢乐，跟你们在一起我感到非常愉快。"玉珊母亲般地把湿毛巾敷在他额头上。

"我头脑很清醒，没喝醉"，又谈他青年时的博士梦想、腮腺炎病毒、不育症、世界人口平衡、自愿节育和强制节育。玉珊跟我说，亢进其实是要我们陪他，有我们陪，他就感到愉快，并不是真要我们干什么活。我这才恍然大悟。

组里还有一个小沈，《一盘没有下完的棋》中饰过阿明，一个帅气小伙子。他端然气沉，无轻浮相，只说有机会请推荐他。小沈要走了，给所有人斟酒，斟两滴表示感谢。不管谁他都要斟，眼看斟到我了，我赶紧捂住酒杯，连连说我不喝酒，小沈坚持，他站着。旁边有人说，你不喝酒不要紧，表示个意思，是摄制组常规告别仪式。我才吞下这两滴酒。是白酒，有点辣，但比辣椒的辣好多了。

过了个把月，桂林有个诗会，我把两个作者撇下，自己跑桂林去了。一个张，从南昌来，写喜剧；一个王，从长沙来，写艺术片。之前亢进副厂长给我王的本子，让写个意见，说张军钊若愿意搞这个电影，就跟他一块去长沙找王谈，结果王自己跑来了。

在桂林我和王小妮住一个屋。王小妮是刘迅的中学同学。刘迅是我大学同学。他给我看过她的信，用铅笔写得飞快那种。我至今写诗还保留着用铅笔飞快手写的习惯，大概就是那时养成的。晚上王小妮在黑暗中胡乱写小说，她说没有灯她也能写。我想她是怕影响我睡觉，她连床头灯都不开，把纸放在自己膝盖上，摸着黑。下半夜突然起风转凉，她从柜子里拖出了两床棉絮。一床还像棉絮，另一床则可以称为渔网，里面几乎是空的，只剩一些纵横网线互相缠着。王小妮把好的那床棉絮盖到我身上，她自己用了那张渔网。

顾城、谢烨两口子也来了。"总要活着"，顾城常嘟囔这句。我听他和王小妮聊天。谢烨很耐看，纯粹又有思想，可爱极了。顾城整日穿一件旧的中山装。

王小妮老说要开一次纯粹的诗会，都是年轻人，在一个很有特色的小县城开，湖南或四川，她与谢烨谈骆耕野开的咖啡馆。大会发言，顾城也讲了讲，死亡、生命、蒙娜丽莎的微笑，说谢烨既是母亲又是妻子又是女儿却无可奈何，因为就是这样，死亡无所不在。之后任洪渊发言，背了他的几首诗，极好的诗，好得跟他的外貌不相称。他的诗我以前就喜欢。他谈余光中的诗句，"天空非常希腊/姑娘很四月/吐鲁番了一夜/如果我如果不芭蕾几下人家就不会注意我"等等。

顾城有个怪念头，说不要孩子，他自己做自己的孩子，而且吃东西又可以吃两份。芦笛岩伏波山，山上人极多，与王小妮、谢烨一路。顾城精神恍惚。总让人觉得会走丢，于是让一个1.88米的大个子拽着他，他是绝对的内心体验型。

正玩得开心，忽接厂里电报：速回厂。我独自站在走廊，并肩走着的另一位广西女诗人被人请走了，我一个人晾在那发呆。这时谢烨一下从屋里走出来，她把我搂进他们的房间，"票买到了吗？"她抚着我的肩膀，声音柔软而温暖。一九九三年十月的一个下午，我在报社副刊部正看校样，忽闻顾城、谢烨的惨事，只觉得眼前一片发黑。

　　回到南宁，亢进说，你回来了，现在有五件急事你听着：张的本子通过了，你不在，我帮你打埋伏，代你当责编，代你念推荐意见，代你记录，明天你去财务室领六百块钱（天哪相当于我一年的工资）的编辑费，还要记得帮张报销差旅费。还有一件很重要的事情，会上五个头一致同意你正式调来，机不可失，一定抓紧，这对你是一个大事，你星期一去找莫书记谈话，然后填一个表，记住切切！还有，王的本子他再改一次就拿去打印。最后一件，厂里分橘子，十斤橘子，小丫头！王的本子高厂长看了，很满意，说争取拿金鸡奖，看来也会通过。这样一下子通过两个本子，日子就很好过了，钱也有了。

　　我见到王作家，跟他起劲谈文学。他说在湖南他和韩少功、何立伟挺熟的，韩少功是寻根文学的领军人物，我便与他说起我们的"百越境界"，越说越兴奋，王作家说我们应该去喝啤酒才对。但到底啤酒喝了没有，我始终想不起来了。

　　三十六年过去，亢进、玉珊、顾城和谢烨、刘迅，还有任洪渊老师，写出"天空非常希腊"的余光中先生，以及张军钊导演，都已陆续离开人世。

　　人生何其短暂，对酒当歌可也。

（选自《中华读书报》2022年3月23日）

## 评鉴与感悟

写酒事，谈人事，举重若轻，文采灵动。往事历历，世事沧桑，岂是几声唏嘘、喟叹了得。

# 60年代·踪迹

# 在现场

/冯秋子

十几年前,对"现场"发生了兴趣。身在现场,观察和探究现场,成为吸引我去做的一件事。置身在浩荡的人群,有时是惨不忍睹的流血现场,更多的是在日常生活中,在一个又一个喧嚣或是孤寂的地方,裸露也许尘封的生活,致使人性无所不能其极地展演,人的存在是那样飘茫无定。从底线开始的日子,延伸了许多,也磨损了许多,一个人到达一个地方,有时要用去一生的气力;坚持住自己,要以生命作为代价。那些活着的、消逝的人和事,曾经有过的细枝末节,总是团着、搅着,在我心里,挥之不去。

细节,与心底的隐藏,还有主张,把人的身体和灵魂,刻画下来。灵魂浸漫了时间,印痕铺展开就是真实世界。而我,心里的空间有可能伸缩,心里的力量还可能生长,我有限的吸纳空间,我能够感觉到的一点点往前迈进,以及对于现场的事件和人物,所有事体原封地保存以及再现的可能,鼓动着我不停下自己的脚步。我试着接受真实,用我的耐力跟踪,身在其中而保持距离,保持独立思考。处于上述境况时,想得最多的是"让我看见";面对个体的生命时,就在一旁倾听。那时候,除了心和头脑,只有一支笔。我用笔记录一些。但因为不太喜欢言说、拍照,性格相对来说比较沉默,而且越是理解越是沉默,很多时候又拒绝了这些外部的记录手段,以为心里记载不下，要遗忘，感受不了，要混沌着、没落着牺牲掉那些曾经进入视界和心灵的真实，用笔和镜头硬去记录下来没有多大意义。所以对后来出现的摄像机，有过很长时间的迟疑。

一九九四年夏天，有一次，在北京朝阳区惠新西街自北口往南的筑路工地，见一青年民工手握一把铁锹追杀一只老鼠。老鼠在刚修出的柏油马路上飞跑，青年紧随其后，使出全身解数追赶；老鼠钻进沟壕里，青年在沟沿上边左一下、右一下来回跨越。老鼠和人就在沟里沟外来回盘桓、爬蹭、逃离、伏击，几番较量，人没有拿住老鼠，老鼠也没逃出人的视线，谁也没能拖垮对方，谁也没能撂倒、摆脱对方。越往下发展，一大一小，咬得更紧，下力更猛。

远看，这场追杀争战，双方都急红了眼，谁也没给对手留出余地，互相没有了退路。青年熟练地使用铁锹，打、埋、铲，老鼠被铁锹铲起，从沟底摔到路上。老鼠刚一落地，青年缓一口气，笑容浮现脸面的工夫，老鼠忽地起身重新奔跑，虽然选择了离开青年的方向，但它刚有动作，青年立刻进入新的战斗状态。老鼠跑出了一段路，待确定无路再逃，它又纵身跳进沟壕。反反复复，沟上沟下地出入，老鼠被磕碰得血肉淋漓。当又一次升到地面后，老鼠显然有些晕头转向，就见它像一块包扎了火捻儿的饭团子在高低不平的土地里乱窜，速度快得让人眼花缭乱，但仍被青年追上，一铁锹盖住。围观的人不约而同地想，这回老鼠死定了。青年松了一口气，战事终于落定，他舒展了一下腰，露出自我解嘲那样的笑容。他掀开铁锹的一角，老鼠从铁锹下面飞射而出。青年的动作紧跟上去，老鼠被一连拍了四铁锹。但它竟然活着，铁锹动作稍微放慢的一点间隙，它又起身跑出去了。青年只好跟进。血肉模糊的老鼠，冲上小土堆。青年一铁锹下去，老鼠身分两处，带血的身子和来不及出声的头，裹着沙土，从小土堆上向下出溜。

喊声和尘土席卷裹着工地上的老少人们和那只老鼠，也卷裹着我和观看的人群。围剿时间约有十分钟。青年铲了一锹土盖住老鼠，笑着用脚撮取了两回土，去擦净那把铁锹。我没有带相机，也没有带摄像机，只能用我的眼睛记录老鼠死里逃不了的生。我多次想到这只老鼠的绝命逃亡，从此，不再拒绝任何一种记录方式。

亲眼看见一件事的过程，看见它的每一个细节，对我的触动是很深的。拦截一只老鼠，一种自小被灌输是与人类为敌的、应该被清除的对象，并不能回避人类荼毒其他生灵常常不遗余力的本性。这一行为，是力量和权威被激发时的自然反应，源自人对于自身力量和权威演练的心理渴望，迎接挑战带来的荣耀再生推力，绝对的统治世界的意识不容置疑地建立起来。人的行为在发生和发展的过程里，道义上的因素已被一物降一物、一物被一物的挑战激怒或者泯灭，只留下一物爆发狂野力量，施展浑身解数消灭对方这样的简单逻辑。它的发展已演变为你死我活的战争。只不过，那位青年因为所具有的绝对力量，使他面对老鼠、投入与一只老鼠的作战是无准备的，具有很大的随意性；对老鼠而言，则是绝对严峻的、没有玩笑可言，它面临的真实处境是天塌地陷、灾难性的。

人的行为发展到后来，跟道义只是机动的借用关系。人的穷追猛打，已剥离了道义，成为独立的力和权的较量。在这里，人和老鼠调动了智力、心力、体力几乎全部的蓄积。

这里面还有一些因素不应忽略，就是施行牺牲他人他物带来的生理、心理上的快感和满足，以及调剂或补偿个人生活被压抑的失落和屈辱，及其隐忍的极限。所以脆弱不仅裹挟了那只绝望奔腾的老鼠，同样印刻于那位得胜者身上。在那一个急于埋葬和遗忘的现场，脆弱的气息在某一时刻超越语录或者宗教的吟诵，传送过来一股强烈的对于安生的需求。

本能的无限伸展，如山林里突然煽风起火，一触即发，并且迅速漫延。从一种现场移动到另一种现场。人们以自己的方式参与进来，很多时候，确实看见了山火，但是不能不让它顺势燃烧，直到山火把它的目标暴殄殆尽，又一次创制出人世间不同凡响的两极存化。

老鼠作为一个生命个体被消灭，这个事例，让我认识到，以往对包括自己在内的生命的认知是有缺陷的。也许是真实本身，它的重量和质量，超出了我能够承受的限度。但真实毕竟是一个事实。人在真实面前，暴露的虚弱、失措，也是一个事实。我们能够逃到哪里呢，历史留存的记录里，不只是人铺天盖地灭杀麻雀，或者如前面说到的那只老鼠和它的同类，更多的，是人漠视人的存在，人施与人暴虐，人类互不珍重，人与他人为敌。更遑论这其中那些挑起人与人斗的反人类游戏。

人性的麻木、扭曲、堕落、邪恶和残暴，还表现在对真实熟视无睹和极力美化与掩饰。

尊重生存过程中的每一种真实，说起来容易，做起来仍旧是意味深长，比想象的艰难得多，其实是根本想象不出，它究竟怎样不易。

难，若成为理由，后果也是难以想象的。

由是，我向往去到现场，去到不想错过的现场，带回来基本的、原始的东西，让它们在我心里，在我的灵魂里继续它们的动静，有一天，我能够把涌动的它们尽可能完整、准确地递交给更多的人。

（选自《时间的颜色》，广西师范大学2022年1月）

**评鉴与感悟**

文短意深，言近旨远。作者倡导"在现象"，实则是在表达一种常识。换句话说，在现场，即在体察，在正视，在反思，在剖析，而不是在躲避，在逃离，在退缩。

# 家　长

/王彬彬

一

　　我的父母本来是农村小学教员，二十世纪七十年代后期，调入了公社中学。那是父亲老家的公社。八十年代初，本县另一个公社中学的校长，换成了父亲小学时的一位老师。父亲的这位老师，一直认为父亲的语文水平很高，当了校长后，便要父亲到他那里去教语文，母亲自然也一起调去，也教语文。其实，这位校长，只是几十年前教过父亲的小学语文。大概那时候，父亲给他留下了语文好的印象，这印象就成了几十年后将父亲调去教中学语文的理由。这恰如看见一个孩子童稚时期长得有些可爱，就认定成年后的他一定是美男子，是很有些经验主义、机械主义和主观主义的。父亲的理科其实比文科好。母亲的语文也比父亲好一点。

　　那时候，高考恢复已经好几年了。农村初级中学的学生，面临三种选择。一种，是考入高中，目标是进入大学；一种，是考进中专，中专毕业即成为国家公职人员；还有一种，就是初中毕业便结束学生生涯，回家该干吗干吗。

　　希望考入中专者，是绝大多数。中专，有许多优势，比大学的诱惑力要大得多。一般只需要上两年即毕业，一毕业就能挣钱，这是学制上的优势；离家近，基本上是在本地地级市机关所在地的那个城市，再远些，也出不了省，这是距离上的优势。中专学校，门类有很多，农校、团校、卫校、粮食学校、供销学校等。招生最多的，是师范学校。师范学校毕业，虽然总是回到家乡中小学当个教书匠，手里并没有让人来"求"的东西，但毕竟算是端上了铁饭碗，何况，师范学校，是免收学费的。农民，手头不总是紧着的人家很少。孩子考上了可以跳出"农门"的学校，当然要上，但那上学的学费、生活费，还有来回的路费，不用东挪西借，自家就能筹齐，这样的人家并不多见。如果省去了学费这一项，负担就轻了许多。所以，孩子如果考入了某个师范学校，家长也是很高兴的。

那么，农民就不知道上大学的好吗？说他们完全不知道，也不妥当。但那时候的农民对上大学的好，普遍知道得朦朦胧胧、模模糊糊。实际上，要说上个大学便一定比上个中专，会更有出息、更有作为，或者换成民间味更浓些的话语，会当更大的官、挣更多的钱，那可真未必。农校、团校这类学校，一毕业就能到党政机关工作，用后来的话说，就是进入公务员序列。而进了这个序列，当官就容易得多。初中时的同班同学，一个初中毕业后考进了农校或团校，一个初中毕业后考入了高中，而且是名牌高中，这是常见的事。考入农校或团校的学生，两年后毕业，分到县里的党政机关工作，成了机关干部，开始挣钱了，而那个上了高中的学生，还在读高三，在为考上大学而拼得脸煞白，而熬得眼血红，而瘦得皮包骨。一年后，这个学生考取了大城市里的名牌师范大学，四年后，回到家乡的县城中学当老师，这也是常见的事。而这时，那个从农校或团校毕业的人，已经在县里的党政机关工作五年了，历练五年了，已经是很成熟的机关干部了，甚至已经当了个小官或在县城也并不算小的官了。在县党政机关工作了五年，已经进入了一个甚至多个关系网了，已经在一个甚至多个关系网上有着自己的位置了，已经具有了相当的"办事能力"了。这时候，两个同学如果见面，从中专毕业的人，便有了些官气了；而从师范大学毕业的人，则不免有些寒酸气。从中专毕业的人，已经很懂社会了，而从师范大学毕业的人，则有一面又一面社会之壁等着他去碰。再过些年，那个从农校或团校毕业的人，当了县教育局的局长了，管着全县中小学所有的校长和老师，那个从师范大学毕业的人，当然还是县中学的老师。又过了些年，那个从农校或团校毕业的人，当了分管文教卫的县长了，全县文化、教育、卫生都归他管，而那个从师范大学毕业的人，还是县中学的老师。当然，已经混成了老教师。也可能，成了书教得好的老教师。但书教得好，也不过书教得好而已。这并非信口胡扯。八十年代农校、团校毕业的学生，许多人成了官员，不少人在地方上算官位显赫，有的人，甚至攀到了省部级。所以，中专的诱惑力，要比大学大得多。

前面说父母从父亲老家的公社中学，调到了由父亲小学老师当校长的另一所公社中学，这可能不太准确。一九八四年，全国有统一的"撤社建乡"的伟大行动。所谓"撤社建乡"，就是废止实行了二十多年的人民公社制度，原来的作为一级行政机构的"公社"，改称为"乡"。当然不只是名称的变化。相对于"公社"，"乡"在组建方式、内在结构和政治职能上，都有重要变化。公社中学，自然变成了乡中学。所以，父母调入父亲小学老师当校长的中学时，应该已经叫乡中学了。乡级中学，都是初中。那些年，因为进了初中的孩子，绝大多数都想考上中专，各乡中学之间的竞争是很激烈的。年年中考，是对中学教员、校长的严峻考验。有多少毕业生考上了中专，在全县排名如何，是至关重要的事情。我父母新调入的那所中学，则一直表现很差，每年的全县排名，倒着数便很快能找到它。这个乡的人民群众，对本乡中学的如此状况，很不满意。这真不是一句套话。那时候，一个乡中学中专升学率如何，是全乡人民普遍关心的事情。已经有孩子在中学的家长，学校每年能考取多少中专，自然关乎他们眼前的得失。已经有孩子在小学的家长，也不会眼睛不盯着乡中学的中专升学率。日子是过得飞快的。孩子很快就小学毕业，升入这中学了。这中学每年能有多少孩子考取中专，甚至能影响家长在孩子小学上完后是否把他送入初中。中学办得好，每年能有许多人考取中专，小学生的家长自然希望孩子快点小学毕业进入中学。中学办得不好，每年考取中专的人少得可怜，小学生的家长就没有送孩子进中学的热情了，即使不得不送来，也是低着头、噘着嘴。而在农村，谁家没孩子呢？自己实在生不出，也会抱养一个。所以，乡里的中学办得咋样，确实关系到许多家庭的利益。

二

父亲的小学老师当了这让人说起来就嘴角含笑的中学的校长，自然有了不小的压力。把父母调过去，也是想让学校在中考中有点起色，让人说起来嘴角的笑淡一点儿。父母去了以后，也确实很快有了些变化。父母都教语文。开始几年，学校的学生，在中考中，语文单科成绩进步很快。某一科特别突出，也能带动总体录取率往前蹿一点。有的学生，本来每一科都平平，总分也上不去。但如果其他几科平平，语文却出类拔萃，总分也就垫高了一些，运气好时，也就达到了那中专录取线了。所以，父母到了这个学校后，每年考取中专的人数，比往年都多几个。几年后，校长退休，学校便由父母负责。父母立即用算得上残酷、接近于野蛮的手段狠抓那应试教育，把老师和学生都折腾得死去活来。学校于是腾飞，中考录取率急速攀升，甚而至于往往全县第一。学校也名声大噪。一些县城的干部，甚至也把孩子送到这个偏远之地的学校来。

　　父母是学校的双职工，以校为家。那些年，年年暑假，家里都天天热热闹闹。天天都有人来。从吃过早饭到快吃晚饭，家里总有客人。通常是这几人还没有走，那几人又来了。有的老师，暑假回家，把房门钥匙留在我家。家里来人太多，凳子不够，就到别的老师房中取。来的人把那间待客的堂屋都坐满了，父亲便拿个小矮凳，坐在门槛边接待客人。小矮凳的四条腿，两条落在门里，两条落在门外。父亲这样坐着，背朝外，面向里，便把门挡掉了一半。又有人来了，便站起来一下，向里侧身把人迎进来；有人告辞了，站起来一下，向外侧身把人送走。人来人走的间隙，便面向客人坐着。有人临时进出，父亲便把两腿并拢，身子在矮凳上侧过去，把人让出去或让进来。暑假的前半段，来人比较地少一点。中考成绩揭晓后，来人更成倍地多起来。

　　来的大多是刚刚参加了中考的学生的父亲。孩子成绩考得不错，在录取分数线以上，便存在一个填志愿的问题。这也真是一门学问。家长当然不懂这门学问，要到学校来请教老师。分数在录取线以下，却又离录取线不远，想要复读，自然要到学校来交涉。有的学生，中考成绩只比那录取线低一分，家长那脸上的表情，说痛悔不是痛悔，说悲哀不是悲哀，说绝望也不全是绝望。一个人，伸手想抓一块金元宝，那手与元宝之间，只差一粒米，拼命地将身体前倾，拼命地伸长手臂，够啊够，但那一粒米的距离就是够不过去，够不过去，却又还想往前够，这时候的表情，大概就是孩子只差一分的家长的表情。本来，没达到分数线，找校长老师也没有用。但不找校长老师，又能找谁呢？这家长，总希望孩子的校长老师能够在前面拉他一把，或者从后面托他一掌，让他终于越过了那一粒米，所以三番五次地来。父母呢，也只能一次次陪他叹息、陪他遗憾、陪他满面愁容，然后一次次地告诉他，差一分与差十分、二十分，局面是一样一样的。这一分，就是万丈鸿沟，就是天上的银河、地上的珠峰。有的家长，孩子达到了那录取线，但是，只比那线高出一分，因为怕不牢靠，也老往学校跑。这样的孩子的父亲，与那只差一分的孩子的父亲，神情自然不很相同，却又奇怪地有相似之处。他很想高高兴兴，却又实在不能太高兴。如果说只差一分，是与那金元宝差着够不过去的一粒米，那只高出一分，则是虽然终于抓着那金元宝，但也只抓住了一粒米那么大的一点。只抓住了这么一点点，那是很容易滑脱的。只低一分和只高一分，对家长都是折磨。这都像是被戏弄了，都像是被吊起来了。只低一分，是被人吊进了一口浅井；只高一分，是被人吊在了一棵矮树上。只高一分的学生家长，老往学校跑，是想从校长老师那里讨得定心丸。父母每次总是先安慰他，劝他不要太焦心，高出一分，希望很大，但又实在不敢把话说得很满。只高出一分，如果志愿填得不好，确实不能说绝对没有终于被淘汰的可能。既安慰他，又不敢把话说得很满，言辞间自然就有了些闪闪烁烁的意味。这种时候，那家长，对校长老师宽慰他的话很迟钝，信任度极低，视作是客套、是礼数、是欺骗，而对校长老师言辞间的保留语气、闪烁意味，则特别敏感，立即把这保留语气、闪烁意味放大，大到把所有安慰他的话挤掉。考分与公布的中专录取线相同，一分不多一分不少，这样的情形也有的。这时候，那家长的表情，可真是"悲欣交集"。这样的家长，也会一趟又一趟地往学校跑。他的感觉，应该是坐在了悬崖上。坐在了悬崖上，两腿悬空。如果身后有个坚固的东西，可让他一侧身便一把抓住，那就安全了。但是，如果突然身后一阵风来，就可能把他吹落深涧。他一趟趟往学校跑，就是在侧身寻找那坚固的东西。他希望校长老师是那坚固的东西。

　　差了一分，这样的家长到学校来，到家里来，不难应付。父母不怕他们来。他天天来也无妨，就算这段时间他是到学校上班好了，无非贴上点茶烟。因为回答他们，可以毫不含糊，可以斩钉截铁：不可能！最难应付的，是只比录取线高出一两分，或者考分正好就是录取线的学生家长。这样的家长，他们一趟趟往学校跑，是想从校长老师这里讨得定心丸；是希望校长老师能够帮一把，让孩子能够进入某个中专学校。但又不完全是如此。他们上班一般地往学校跑，有两层意思。第一层意思，是希望校长、老师，能够在录取开始前，替他把事情稳一稳。第二层意思，是：如果校长老师不能出面替他把事情稳一稳，那请给他指条路，也就是告诉他应该怎么做，说白了，就是指导他如何到县里去打点、去送礼。

  县教育局，有专门负责协调中专招生的机构。家长们都听说，如果孩子的考分只高出一两分，甚至与那公布的录取线相等，志愿填得不妥当，有可能最终被淘汰掉，但如果县教育局负责招生的机构一开始就关注到你，在他们的协调下，就肯定能录取。如何才能让县里的招生机构关注你、关心你呢？当然要尽快去找他们。但是，应该找谁呢？应该怎样找呢？家长们当然不知道，只能来问校长老师。这样的难应付的家长，通常都是由父亲应付。他们一遍遍地问："老师！我要到县里去找找人吧？我要到哪里找什么人呢？我不能空着手吧？那我要带些什么东西呢？"面对这样的询问，父亲永远是沉默不语，坐在那里，喝茶、抽烟；抽烟、喝茶；偶尔咳嗽几声；如果咳出痰了，就站起身，走到门外，把痰吐在阴沟里，然后回到原处坐下，继续喝茶、抽烟，抽烟、喝茶。

## 三

  那些年，我在上海一所大学读研究生，从硕士到博士读了六年，年年暑假回家，年年见识各种各样的家长的各种各样的表现。有几个人，给我留下了深刻的印象。

  有一年暑假里，中考成绩揭晓，有两个学生的考分很微妙，介乎可上可下之间。一下子遇上两个这种情形，父母也觉得学校运气不好。我对这中间的因由也不太清楚，总之是，如果县里负责中考招生的领导与招生学校做些沟通，就能够考取；如果这领导不特别关心，就可能自然淘汰。领导特别关心，也算是分内事，并不犯规；领导不特别关心，也不违情悖理，也不算渎职。这两个学生，一个姓张，一个姓吴。成绩揭晓的第二天上午，张同学的父亲第一次来了。看起来不到四十岁，高高的个子，圆圆的脸上胡子拉碴，眼圈黑黑的，眼睛里有血丝。一进门，就掏出一包烟，是"渡江"牌。这在民间算高档烟了，绝非普通农民的日常生活用品。他进来时，家里堂屋已经有了一屋子人。他把烟拆开，给所有人都送上一支，当然也给了我一支。给别人送上香烟，我们那里叫散烟。而乡下人散烟，是从来不散给女性，问都不问一句。他把一圈烟散完，目光顺着刚才散烟的路线又扫了一遍，是在看看是否漏散了谁。在这样扫视着时，左手捏着烟盒，右手的食指和中指轻轻搭在烟盒口上，是随时要抽出一支的姿态。一圈看下来，听见后面厨房里的响动，侧身一看，发现了在厨房里忙活的母亲，连忙走进去，同时抽出了一支烟。母亲从不抽烟。他走回来，并没有把那母亲拒收的烟塞回烟盒，而是随手放在了堂屋的桌上。这时，学校养的那只灰黑色的狗在桌子下面嗅来嗅去地嗅着什么，他盯着那狗看了一会儿，仿佛在考虑是否也给这狗送上一支，而狗似乎猜到了他的心思，突然一转身，夹着尾巴跑出去了。对于这样的多礼，狗确实消受不起。他盯着狗的背影看了一眼，才把香烟塞进兜里。这时，他开始了第二次扫视全屋，是想找到个能安放自己的地方。但屋里已经没有可坐之凳了。他正四下顾盼时，母亲拿着她平时在厨房择菜时坐的小凳子过来了，送到他手上。他双手接过，连声道谢，在最里边的墙角放下了小凳，坐下了。我本来在别的老师房间躺着看书，这会儿是回来给茶杯换茶叶。我倒了一杯茶，递给他，他连忙站起，也是双手接过，也是一连声地道谢。所有人都在抽烟。他散了一圈烟，自己手上却没有烟。我于是拿起他放在桌上的那支烟，递给他，他连忙站起，伸出两只手掌，轻轻摇摆着，说："我不抽烟！我不抽烟！"在那时的农村，成年男子而不抽烟，是很稀罕的，我于是多看了他几眼。父亲坐在门槛边的小凳子上。隔着一间屋子的距离，他对着父亲开口了，声音有些大："王老师！我那鬼伢，考这么个分数！我昨夜一夜没困哪！不晓得是该乐还是该愁。好多人讲，要去县里找人，要去送礼，要不就很危险。王老师！我找！我送！不碍事。我无非把猪卖掉。王老师！我要去哪里？要找谁？要怎么送？"屋子里的人，都听懂了他的意思，像是有谁喊了口令似的，他们一齐看看父亲，又一齐看看这家长。对这样的询问，父亲通常是面无表情地沉默，竭力避免表现出倾向性。这回，父亲依然沉默，但脸上却有了一丝微笑。

这天，他没有从学校得到任何他需要的东西。一屋子人，来时，是陆陆续续地来，一会儿来一个。但前客并不让后客。有的人，我们家刚放下早饭碗，就来了。他要问的事情，几句话的来回，也就解决了。但他并不告辞，而是仍然像有什么重要事情似的稳坐着，抽烟、喝茶；喝茶、抽烟。到快吃午饭时，则一齐离去。下午的情形也是如此。老张也与大家一起走了，很沮丧的样子。其他人是一出门，就直往家的方向奔，让人知道他的肚子一定很饿。老张则步履蹒跚，不像是回家，倒像是往某个很不愿意去的地方去。走出几十米，还回头看了我家门一眼。这一回头，让我顿时觉得这个人很可爱。

暑假里，白天家里闹哄哄，晚上是安静的。吃过晚饭，全家便到校园内的操场上乘凉。老张来的这天晚上，也这样。我躺在一张竹子凉床上，父母坐在矮凳子上，边上放张杌子凳，茶杯放在杌子上，水瓶放在地上。每人一把芭蕉扇。芭蕉扇，既用来扇风取凉，也用来驱赶蚊子。说话是有一搭无一搭，芭蕉扇则在手里动个不停。我躺着，扇几下头部，又在腿脚上拍打几下。父母则扇几下上半身，又拍打几下下半身，不是因为感觉有蚊子叮上身，而是要一直保持对蚊子的驱离态势，根本不给虫孽们可乘之机。我们那里的俗话云："过了七月半，看牛伢子蹲田坎。"过了七月半，天便转凉。一阵风来，野外放牛的孩子，会躲到田埂下，避风。现在已经过了七月半。我赤膊躺在竹子凉床了，夜稍深一点，就有些凉意了。一阵风来，我竟激灵了一下。母亲说："有点冷了，再坐一会儿就回家睡吧。"我也想回去睡了，可别把乘凉变成受凉。但月色很好，又有点舍不得早睡。这时候，半卧在凉床边的狗，突然狂叫着向校园后门冲去。学校有围墙，围墙上有前后门。前门安着铁门，后门则只有门洞，并未安实体的门。我们乘凉的操场，离后门大概五六十米。我们朝后门看去，便见两个人走进校园。我知道是客人而不是歹人，便大声骂着狗，令它闭嘴。狗没闭嘴，只是声音低了下来，缓了下来，也没有往来人身上扑，隔着一段距离，对着来人叫着。那两个人，似乎对这狗毫不介意，看肯定看了狗一眼，但也是不经意的一瞥。狗护送着两人走近，便看清是一老一少两个男人。老的男人与父母打了招呼，说自己是那吴同学的父亲，又说吴同学是小儿子，而与他同来的小伙子是大儿子。父母当然明白了他是为儿子录取的事情来，请他们坐。但只能坐在那凉床上。当他们走近时，我便坐起身了。弄明白了他们的身份，我便低头在地上找自己的拖鞋，却死活只看见左脚一只，那父子则在旁边站着。其实，一张凉床，并排坐三个人，仍然很宽松。但我不起身，那对父子就不坐下。我也觉得，与他们并肩坐着，不大合适，好像我也是与他们一起来的客人。拖鞋只看见一只，不能让客人老站着，我便把左脚胡乱塞进拖鞋，右脚光着，站起了身。他们父子便在凉床上坐下。父亲拿起杌子上的香烟，先抽出一支，递给那个老吴，他伸手接过；轮到儿子，道谢了一声，也接过。这时，母亲从家里泡了两杯茶，父亲见状，两手端着，把杌子凳往这对父子跟前移了移。母亲把两杯茶小心翼翼地放在了杌子凳上，放下茶杯，连忙把右手背放在嘴边吹着，肯定是热茶溅到了手背上。我也从杌子凳上的烟盒里抽出一支烟，点上，然后拿起自己的茶杯，一脚拖鞋一脚光脚，走到边上去。我把自己的杯子拿走，当然因为杌子凳子上太拥挤了，但也因为怕与他们的杯子弄混了。我在这对父子对面站定，抽一口烟，喝一口茶；喝一口茶，抽一口烟。隔着一点距离，我看着他们。家里来了客人，送上香烟后，客人如果接过，会立即自己掏出火来点上。这对父子，接过香烟后并没有点火，没有自己掏出火，也没有拿那杌子上的火。父亲见他们只是把烟拿在手上，便拿起火柴，划着，先给老吴点，老吴把烟送进嘴里，微微低头，吸了一口，便点着了。父亲又把那燃着的小火焰往那儿子嘴边送，儿子已经把烟叨在嘴里，也凑过来，吸了一口，点着了。那根火柴还在烧着，但火焰已经很小，父亲连忙把它扔在地上，也把手指送到嘴边吹了吹。接待这对父子，母亲被水烫了一下，父亲被火烫了一下。老吴父子慢慢抽着烟，一时没有说话，于是局面便呈静默状态。我开始观察老吴。五十来岁的样子，瘦瘦的脸，却留着个背头。我记得，过去在农村，公社干部都留背头；大队干部也有人留背头。到了生产队长，就不好意思留背头了。普通农民留背头，我此前没有见过。老吴白色衬衣外面穿着件深色外套，外套敞着，没有系扣子。外套的式样也毫不老旧。老吴的确是地地道道的农民，但身上分明散放着普通农民没有的气息。总之，这是一个不太像农民的农民。

一根烟快抽完，老吴开口了："老师！他们都说要到县里去送礼。你也是个人，我也是个人，我送东西给你做啥？"语气里有些鄙夷，又有些激昂。父母没有搭腔。我则眼睛一亮。农民而有如此襟怀,农民而有如此豪气,农民而能如此刚直,实在罕见,我对他的敬意油然而生。说完这句话他又沉默了。老吴扔掉烟头,拿起茶杯喝茶,连喝了几口。夜凉如水,那茶应该不热了。我拿起水瓶,说:"加点热水。"老吴没吭声,只是把茶杯伸到水瓶边。我替他把茶杯加满水,又抽出一支烟递上,老吴接过烟,这回自己拿起火柴点着了。老吴抽一口烟,喝几口茶;喝几口茶,抽一口烟。那时候的乡村的夜,很静。月亮到了中天。月光下、操场上,只有老吴父子的喝茶声。一杯茶又喝完了,老吴把茶杯放到凳子上,终于又开口了,但却是重复刚才的话:"你也是个人,我也是个人,我要送东西给你做啥?"他说的"你",当然是指县里的人,但却是零距离地冲着父母说的,我感到父母都有些尴尬。本来父母对这类询问都不做回应。老吴这样使用第二人称,父母就更没法接话了。我正要再给老吴杯中续水,母亲从小凳子上站起身,拿起水瓶,把老吴杯子加了水。我知道,母亲加水的动作,与我意味不同。我的动作里有敬意,母亲则有催他走的意思。我们本来就打算睡了,老吴又只说着那句让父母没法接话的话,再坐下去没有意义。但老吴显然没有领会到母亲的意思,仍然不紧不慢地喝着茶。杯中茶应该很淡了,把这杯淡茶又喝完,老吴又开口了,还是那句话:"你也是个人,我也是个人,我要送东西给你做啥?"父母仍然像并没有听见一样。

父母一直不接老吴的话。老吴父子又静坐了一会儿,终于起身告辞。父母都站起来,我本来就站着。我们没有送老吴父子。半卧着的狗站起身,抖一抖身子,摇着尾巴,把老吴父子送出了校园。

## 四

我目送老吴父子的身影消失,才回过头。虽然觉得老吴的言行有点怪异,但我仍然对他有着敬意。我们那里,把有傲骨、不轻易低头弯腰,叫作"棍气"。我觉得,老吴算得上棍气的人。如果说上午来的老张很可爱,那这晚上来的老吴则有些可敬。但我又想不明白老吴来的目的何在。老吴父子坐在这里的时候,父亲没有动一下茶杯。现在,父亲拿起自己的杯子,把里面已经凉了的茶倒掉,我拿起水瓶,替他加上热水,放下水瓶,我问父亲:"这老吴今夜来的意思是什么?"父亲刚把茶杯送到嘴边,听我这样问，茶杯在嘴边停住，说："我也不知道他来干什么，大概是想让我们到县里替他把事情办成。"我又问："像老张老吴孩子这种情况，真要到县里送礼吗？"父亲连喝了两口茶，又把茶杯停在嘴边，说："如果县招办不特意协调，那是有淘汰的可能。"父亲没有明确回答我的问题，但我听出了那言外之意。便又问："如果送礼，要送多少呢？"父亲把茶杯放到凳子上，说："听说也不用很多，一点烟酒。"我又问："那老吴让学校到县里替他把事情办妥，是想让学校去替他送礼吗？"父亲想了一想，说："这恐怕不至于。"我和父亲都没有想明白老吴父子夜晚来访的目的，母亲则想都懒得想。

　　回家睡觉前，我得把另一只拖鞋找到。举目一望，在操场的边沿处，有个砖块样的黑影，走近一看，果然是那只拖鞋，倒扣在地上。那狗，本来微微蜷曲着斜卧在凉床边，见我往这里来，连忙起身跟过来，像是怕错过了一块骨头。我用脚指头把拖鞋翻过来，再把脚伸进去，那狗则讨好地摇着尾巴，把鼻子贴着拖鞋嗅着，仿佛不认识它刚刚叼过来的东西。我于是顺脚踢了它一下，狗东西"汪"的一声跑开。

　　第二天上午，老张又来了。仍然是一进门，便掏出烟来散。烟盒瘪皱皱，一看就是昨天剩下的那盒烟。一圈没有散完，掏不出东西来了。他右手食指和中指并排着在烟盒里左右掏摸了一下，又把左手握成拳，把那烟盒捏成一团，才把它扔进墙角的簸箕里。左手扔掉那空烟盒的同时，右手又从兜里掏出了一盒，还是"渡江"牌。他可真是有备而来啊！散完一圈烟，仍然在一个角落里坐下。今天人比昨天少几个，父亲能坐在桌边。老张离父亲的距离，只有昨天的一半，但嗓门像昨天一样大："王老师！我昨日下午和夜里，把钱借到了，借了好几家，也不要卖猪了。好多人都来跟我讲，一定要去找人！那鬼伢，这几天饭也不吃，觉也不困，像孬了一样！咋个好啊？""孬"，这里是傻的意思，是精神失常的意思。我给他送上一杯茶。他站起来，双手接住，边喝着边往下坐。我注意到他嘴唇上有了水泡，那肯定是急出来的。喝了几口茶，老张又开口了："王老师！你不知道啊！家屋下人，都很关心我家的事情，不过……"说到这里，他又停住，把茶杯往嘴边送，动作很慢，像电影里的慢镜头。显然在想下面怎么说才好。所谓"屋下"，就是村里的意思。"家屋下"，就是自己村里。老张是要说说一些不太好说的事情。喝了几口茶，终于接着说："不过，家屋下人，心思都不很好啊!他们表面很关心伢的事,其实是望他考不取,等着看笑话呢!"说到这里,他又慢慢地喝起茶来。"望",是盼望的意思。小口小口地慢慢喝了两口茶,老张又开口:"他们劝我去找人,催我去送礼,表面上是在关心我家,实际是想让我为难。他们晓得我不晓得找哪个,他们晓得我不晓得送礼给哪个!"说到这里,声音里有了哭腔。今天,面对老张的近乎哭诉的话语,父亲仍然默不作声,但脸上有了些哀怜之色,有了些不忍之意。

又过些天,暑假便接近尾声了。考取了中专的学生,也开始接到录取通知书。接到通知书的学生家长,通常都要到学校来一趟,有的是家长自己来,更多的家长是带着孩子来。来,一是表示谢意,二是咨询一下入学报到要注意的事项。表示谢意,自然要带些礼物。父母的原则是,如果是花钱买的东西,也就是烟酒之类,则坚决不收。自家出产的东西,芝麻绿豆、花生瓜子、糯米粉、红薯粉之类,实在推脱不掉,就收下。年年暑假,家里收到的这类农产品不少,平时只有父母在家过日子,如何消耗得了,便在开学后拿到学校食堂,老师们一起吃掉。

老张的儿子也接到了录取通知书。老张带着儿子来了。满面春风,笑得合不拢嘴。一进门,把一个破旧的黑皮革包和一个布口袋放在门边,皮革包和布口袋都很饱满。放下这两样东西,便掏出烟来散。散完一圈烟,坐下,用手掌擦擦脑门上的汗珠,问了几句入学报到的事情。给他倒的茶,一口未喝,就站起身,又掏出烟来散。屋子里坐着的人,有的手指间还夹着他进来时散的烟,只好用另一只手接过他的第二支烟。散完第二支烟,便走到门边,拿起皮革包,迅速地从里面掏出一条烟、一瓶酒,往地上一放,便快速出门,儿子跟在他后面。我立即走到门边,左手拿起烟、右手拿起酒,想拿那布口袋,却恨没有第三只手,只得拿着烟酒赶出去。老张已经跑出好远,儿子落在后面。我叫着那孩子的名字,喝令他站住。他只得侧身站住,一会儿扭头向右看看往远处走的他爹,一会儿扭头向左看着往近走来的我。他爹见儿子站住了,也在远处站定。我走到孩子身边,把左手的烟伸向他的右手,把右手的酒伸向他的左手,命令他拿着。孩子两手握起了拳头,像是要与我打架,同时又扭头看他爹,他爹直向他摆手。我说:"拿着!不然取消你的录取资格!"一听这话,孩子两只拳头缓缓松开,终于接过了我手里的东西。但还呆呆地站着。我把他的身子朝他父亲那边一扭，说："走吧！"孩子一手拿烟，一手拿酒，磨磨蹭蹭地往前走，低着头，不敢看他的父亲。回到家，我看看那布口袋，是糯米粉，一大袋。

老吴的儿子也接到了录取通知书。那天，孩子一个人来了，是来问问入学报到要注意的问题。这个问题，父亲不知回答了多少遍，便清楚、细致地对孩子做了说明，孩子便走了。

这天晚上，乘凉时闲聊，我问父亲："老张和老吴都到县里送礼了吗？"父亲说："老张去没去不清楚。那姓吴的去了。"我有点诧异："老吴去送礼了？这么棍气的人！"父亲喝了口茶，说："去下了一跪。"

（选自《钟山》2022年6期）

**评鉴与感悟**

个人史即是社会史，既是时代的镜面，也是历史的缩影。文章虽长，却不枯燥。情真意切，言此及彼。字字入心，句句入怀。

# 不再回来的手

/杨键

### 一样大

有一天我去买菜，看见一个高个子的年轻妇女在卖一篮子鸡蛋，讨价还价以后，十块钱可以买四个，中午做饭，打到碗里的第一个鸡蛋是坏蛋，第二个是坏蛋，第三个是坏蛋，第四个依旧是坏蛋，我当时就在想，这个妇女在拎着一篮子鸡蛋上街卖的时候一定知道她卖的鸡蛋都是坏的，为什么是坏的，她也敢拎到菜市场来卖呢？那些鸡蛋我后来想起来其实都是一样大的。我不知道为什么鸡蛋都是一样大的。

有一天我去买红豆煮稀饭，买回来以后才发现，那红豆也是一样大的，为什么红豆都像是流水线上的东西，都是一般大的。我当时就在想，这个卖红豆的人，一定知道他的红豆为什么是一样大。

有一天我去买黄豆煮豆浆，买回来以后才发现，那黄豆也是一样大的，为什么黄豆都像是流水线上的东西，都是一般大的。我当时就在想，这个卖黄豆的人，一定知道他的黄豆为什么是一样大。

有一天我去买芸豆，买回来以后才发现，那芸豆也是一样大的，为什么芸豆都像是流水线上的东西，都是一般大的。我当时就在想，这个卖芸豆的人，一定知道他的芸豆为什么是一样大。

有一天我去买虾子，买回来以后才发现，那虾子也是一样大的，为什么虾子都像是流水线上的东西，都是一般大的。我当时就在想，这个卖虾子的人，一定知道他的虾子为什么是一样大。

有一天我去买那翘嘴的白鱼，买回来以后才发现，那翘嘴的白鱼也是一样大的，为什么那翘嘴的白鱼都像是流水线上的东西，都是一般大的。我当时就在想，这个卖翘嘴白鱼的人，一定知道他的翘嘴白鱼为什么是一样大。

我后来听说那些卖着一样大的东西的人是不吃这些一样大的东西的，他们吃的黄豆、红豆、白鱼、虾子，都是不一样大的。

我有一个做生意的同学，头发黑黑的，但都是染的；我有一个做官的同学，头发黑黑的，但都是染的；我有一个从美丽的乡下来城里顶替他爸爸职（工人）的同学，头发黑黑的，但都是染的。三人中有两人被失眠苦苦纠缠，怎样治也无效。他们的年龄都不大，四十出头，但在三十来岁的时候就都是白头人了。他们是不是都是吃了这一样大的东西才成了这样？

我听说有许多女性怀不上孩子，我听说有许多人得了怪病，是不是都是吃了这一样大的东西才成了这样？

**汉字的真容**

写作多年之后，我感到我们这一代已经很难再回到汉字的真容里去了。我这样说，是有依据的，我小的时候被妈妈或是爸爸抱在怀里，他们一边看着墙上的大字报，一边教我认字，这个大字报我小时懵懵懂懂地知道不是在讲好话，是在骂一个人，走了许多地方，墙上贴的都是大字报，我因此通过大字报认识了许多字，我的第一口汉字的奶里就有恨，我觉得由那文字所形成的声音很不好听，我们的白话文到今天也没有回到文言文那好听的声音，这其中应该就有着类似于大字报这样的影响，汉字的出生地在我的小时候变了，它不是来自爱，而是来自恨。我上了小学以后情况也没有什么好转，成人以后我读过很多发生在我小学年代的事情，那时候的汉字还有一个作用，就是告密，这告密往往还是发生在父子之间、夫妻之间、邻里之间，那时的汉语侮辱掩埋了汉语，此种情况直到我的中学时代也没有什么可以乐观的转变。有一件事情我至今记得，我的一位同学告诉我，那时候应该是高中毕业以后了，他跟我们班的一个女同学在郊外的某个地方拥抱在一起的时候，忽然间联防大队的电筒光照在他们的身上，随后大声一吼：你们在干什么？这是你们做的事情吗？还不赶快回家去。那个时候的汉语是反对青春的恋情的。

直到二十世纪九十年代汉语也没有回到真正的汉语，它走上了另外一条道路，就是经济之路，汉语是用来谈生意的，前面说的汉语的根源是恨，现在变成贪欲了。我记得那时候有关系的人手上都拿着钢材的批条，逢人就问，要不要螺纹钢？人们语言下面的心思变成钱，不再是我们老祖宗智慧的汉语。汉语的出生地在我们活过的时间里一再地变化，在今天，它的出生地除了生意，就是所谓的科技了。

汉语本来的出生地是天地自然，是智慧与慈悲，如何才能回到这里？如何才能回到汉语的一波三折，回到汉语的阴阳相合，回到汉语的形声义相合，这无疑是一场漫长的修复。由此，我们可以发现，汉语的回归，其实是失散的人心的回归，是失散的自然的回归。

金银财宝会失去，儿女会失去，谁会想到，语言也会失去？

**不再回来的手**

我小时候坐轮船去舅舅家玩，其实只是很近的路，船却要走很久，那是一个离南京特别近的小岛，方圆不过几里地，但小时候觉得那座岛特别大，每年放寒假或是暑假，我们兄弟几个都会去那里，但我们在白天的时候几乎很少看见舅舅，他总是在自家的田地里忙碌，一直要到很晚的时候才会回到家来，第二天又是很早就起来下田去了。现在想想，那还是一个手和泥土不断絮语的年代。

舅舅有三个儿子，大儿子本是种田人，后来成了村里的拖拉机手，再后来又去长江上做起了黄沙生意，再往后，这大儿子更离奇，他去了北京，做起了电脑生意，这几年已经做起了我根本弄不懂的什么云计算，本是在田里劳作的手，忽然间移到了键盘上，开口闭口都是什么软件、云构想、大数据之类。

舅舅的二儿子倒是那种一声不吭的种田人样子，但这二表哥对种田这桩事同样毫无兴致，一门心思只想做生意，只是他不如老大那么顺利，最后成为船只修理厂的电焊工人，他也放弃了田里的手，不再靠泥土来生活。

我的三老表本来是个相当不错的木工，可以做很细致的传统木工活，这种木工活靠的就是手的灵巧、心的细腻，最重要的是，这样的手艺做出来的家具且不说是什么艺术品，至少它是牢固的、无害的，这样牢固而无害的家具时代，三老表做了十来年就结束了，以后的家具用的木头大都不再是木头而是有害的含有甲醛的复合板，木头与木头的连接不再是牢固的榫头而是很不牢固的钉子或是有害的胶。三老表细致的手艺活很快就被他手上不断翻新的机械淘汰了。他后来更是不再做木匠了，而是带了几个工人做起了流水线一般的家装生意。

二十一世纪初的时候，舅舅一家所生活的岛被宣布为危险之岛，因为每年夏天都面临发大水的危险，所以岛上的人都得离开此地去成为城里人。记得当时舅舅还被拍了照，发表在报纸上，一脸茫然不知身在何处的舅舅仿佛在说，他种了一辈子的地，他的手再也不可能跟泥土有关系了。舅舅家只是一例，这样的情况估计还有许多。

手跟泥土的关系的结束，手跟井水的关系的结束，手跟柴火的关系的结束，等等，我们的手早已移到了键盘上、手机上。手正在被我们这个日新月异的科技时代不断淘汰。

### 三个梦

比起妈妈这一代的苦，我们这一代几乎无苦可言。

妈妈白天在新时代里，晚上就在梦里回到了旧时代，在那个时代，她做各种各样的临时工，砸矿石、扛水泥、卸煤炭、拖板车，凡能做过的临工，她几乎都做过。她在梦里都想着从一个临时工转成正式工，可以半年发一次工作服，有一个公家可以依靠。她到今天还经常问我，你这东西是从公家买的，还是私人买的？每回我都笑笑，是公家，是公家。我父母这一代是一九五八年从乡下进城的，他们这一代为放下手中的锄头，为变成工人，变成公家人，几乎付出了一生的代价，仅仅为了这一身份的转换，他们经受了我们难以想象的痛苦。这种苦至今无人去说，而我们这一代又经受了从公家人变成下岗工人的变化，这个时候，农业时代再难回去了，漂泊已经注定，泥土已经很难亲近了。我母亲在夜梦里也有回不了泥土的痛苦，几乎夜夜如此，反过来又把我惊醒。她的梦有很多，我清楚地记得的有三个：

一是常常梦见自己背着个破箩筐去三铁厂那一带卸煤。三铁厂那一带我知道，一年到头阴风惨惨，潮湿里带着沉沉的黑气，很压抑，很吓人。妈妈就在那里与一大帮妇女把煤从火车上卸下来。

二是同样的梦见自己去上班，只是地点、时间早一些，那时候我们家还在矿山，她在蔬菜队里上班，妈妈梦见自己跑着去上班，把鞋子都跑丢了，她害怕极了，鞋子跑丢了怎么去上班啊？

三是她常常把我喊醒，说她手上端着一盆菜或是一团火，叫我赶紧端走。

如果妈妈这一代没有在炼钢铁这一年进城的历史，妈妈就不会做这些梦了，她应该还在乡下，做一个村妇。她小时候就是在村里一个叫汪斋公的木鱼声里入睡，又在他的木鱼声里醒来。后来，汪斋公的庙被拆了，人也去向不明，妈妈已经到城里，梦已经变成了漂泊者的噩梦。

妈妈说，有一次她们一大帮妇女差一点就转成正式工了，就是一个姓王的人不愿意给她们转，她们睡在地上打滚，哭了整整一天。

妈妈终究没有找到公家的依靠。像妈妈这样的人应该很多，她们做苦力做了很多年，但一点结果也没有。

**我的院子**

早在十几年前，每当我扫院子里的落叶时，总会想起古人的一桩事情：当书童去扫落叶的时候，老师说，不要扫，留着它们。每当我扫落叶的时候，这句话就会在我的心里出现。而我母亲是见到落叶就要扫掉的。树叶虽然落地了，但还是树的一部分，母亲将其迅速扫去，等于否定了这一事实。刚落地的叶子，还没有得到安宁，就被她扫走了。我隔壁的邻居也反对我家的落叶，风一吹，树叶落到了她家里，"你家的树叶要落到哪一天啊"，我为此特别向她赔不是，可是我心里想：我怎么能阻挡得了落叶呢。她有时还特别用扫帚将那些还可以挣扎几日的树叶打下来，她因爱着自家院子的水泥地，将这些再自然不过的落叶清除。

我母亲总问，你种这些爬墙虎干什么，它们又不能吃。我说，我不要吃，我只要看。爬墙虎冬天的时候是红色的，满地的爬墙虎好像有光照着我衰老的母亲，而她把这些光都扫走了。

我儿时在江边附近山上还见过大棵大棵的槐树，我在院子里种爬墙虎完全得自于儿时对这些树的荫凉记忆。我希望我的院子和房子整个都在荫凉里，只留下一些必要的空白，而这些空白的存在，也是为了更好地显现荫凉。

我同母亲的另一个冲突来自菜园里的一棵柿子树。柿子熟了，母亲说，去给我全摘回来吧。我说，我不是给你摘了很多了吗？留一些给我看吧，顺便也给那些鸟吃一些。我的这个想法同去年一个来偷柿子的小孩有关，他大摇大摆地来了，爬上树，悠然自得地摘起来，母亲跑出去呵斥，他竟说，你要能在这棵树上找到你家人的名字，我就下来。

一直到深秋的时候，柿子树的叶子还没有落尽，每一片叶子都斜斜的，好像还有风留在上面。我曾在乡下见过很多柿子树，一片叶子也没了，光秃秃的枝干上却挂满了红彤彤的柿子。我家的那些金灿灿的柿子也同样由那些几乎没有叶子的枝干映衬得很美。

第二天早晨，柿子一个也没了。

邻居说，一准是那北方来的捡破烂的人摘的。我还没有看明白的美，就这样消失了，好在那些叶面上似乎还有风的叶子还悬了几片，但很快也会落尽了，只剩下黑黝黝的枝干。

**舅舅家**

三舅妈没有经过任何治疗就草草死了，她家里穷，无力买药。据三舅说，她常偷偷地哭，但家里人实在无计可施，只有等着她死去。

三舅妈最不能让我忘怀的就是每回来我们家吃饭时，她总不上桌子，我母亲说："她就是这样子的，你再怎样劝，她也不会上来的。年轻时，她就这样。"

还有一件事值得一记，一九六〇年，三舅到江西谋生，三舅妈带着三个儿女，先是坐轮船，后来步行了将近三天，算是历尽了千辛万苦，才在庐山找到了在那里混口饭吃的三舅。

这三件事就是三舅妈留给我的全部印象。

三舅妈终于去世了。

有一年秋天，三舅突然出现在我家的院子里，他说他在家里过不下去了，这些年，不孝之风在乡下盛行，三舅在老宅里没法住了，小媳妇不让他住，非得让他住到水边的茅棚里。他本想跳到长江里一死了之，转念一想还是来我们家了。三舅爱喝酒，我买了好些酒备在家里，他有一个特点，不喝酒时基本没有语言，没有活力，半斤酒后口若悬河，天南海北。

　　三舅在我家住了两三个月之后，他大女儿带着她有些智障的儿子来了，要把老父亲接回家去。这大女儿也不幸，丈夫在城里做泥瓦匠摔死了。三舅他们走的那天，这智障的外孙牵着她的手，回头对我母亲说："姑奶奶，到我家来，我让我妈杀只大公鸡给你吃。"

　　我母亲说："我不吃鸡，吃点蔬菜就好了。"

　　不久，冬至到了，我打电话回老家，老表从茅棚叫来气喘吁吁的三舅："我昨天去你三舅妈坟上了，你表侄子说，她正朝外向我们看呢。"三舅的声音里明显喝了烧酒，好像生与死在他喝过酒的心眼里都混为一谈了，他又变得生龙活虎，他的活力是从哪里来的？这奥秘真的难以说清。舅舅的活力同老家的贫穷形成强烈的对比，老家真穷，每次回去我都感叹，为什么他们连一棵枇杷树，连一棵香樟树，连一棵葡萄树也不愿意种啊？

　　门前只有一汪含有农药的水塘，那是从打过农药的田里渗透过来的。三舅依旧住在茅棚里，我问他为什么还这样，他只是沉默不语。

（选自《红岩》2022年1期）

**评鉴与感悟**

　　诗人杨键写的一组回忆文章。既有对幼年记忆的钩沉，也有对当下记忆的笔录，其中涉及的人事，皆可视为瞭望尘世生活的一扇窗口。杨键很少写诗之外的文字，他将自己想要表达的东西，都镌刻进了自己的诗作样本中，诗永远是一个诗人的魂。但若将这组文字跟他的诗作对比起来看，谁又能说，它们不是诗人之魂的意外出逃或飞舞呢？

# 寒冬夜行

/周蓬桦

那方火塘在冬夜里微微燃烧，照亮了夜和土墙，也照亮一张长满胡须的脸。小泥屋外北风刺骨，寒星颤抖，天上挂着一弯冷月。冬天的第三场雪已经落下，上天赐予的银毯铺满了整个河滩。空气中始终散发一种被冻裂的树根儿味道，在深黑的夜里有点刺鼻子。而举目四顾，周围除了积雪，还有大片芦荻花，我忍不住又问了一遍："这是哪儿？"

"这里是黄河口。"汉子低声作答，他的声音像是从一口瓮里发出来的，或者野獾从洞穴里发出来的声音。我站起身来，深吸一口冷气，听见风声顺着河道一路逃窜。我是如何来到这陌生的去处的呢？我竟然一时陷入懵懂了，仿佛置身一个幽深的梦境。

那一年我才十四五岁，还是鲁西平原一个县城的中学生，学校里放了寒假。从夏天到冬天，我都在趁上晚自习的时间"创作"一部电影剧本，虚构了一个残疾青年和一个小城女工的恋爱故事。在小城里，我有几个志同道合的文学朋友，我们经常聚会，互相传阅对方的新作，多少次为提意见争论。剧本完成后经过大家的传阅，开了一个小"研讨会"，又经过几番修改，挂号寄给了东北一家著名的电影制片厂。剧本寄出后，是艰苦的等待——当然，两个多月后，收到退稿，但可资欣慰的是，退稿信并不是传说中打印的冰冷信笺，而是编辑附加了一封热情洋溢的手写体。按理说，事情应该至此为止了，剧本的失败应该是一个文学初学者再平常不过的经历。但在此期间发生的一桩"事件"，却给这桩普通的程序化退稿蒙上了一层鬼魅的意味，使平静的河道里溅起一层涟漪——起因发生在我与文学沙龙团队之间，事情的经过是这样的：在剧本《残爱》完成初稿后，我们的文学沙龙先后进行了三次研讨，然后几经修删方才定稿，看得出大家都对这个剧本抱有很高的期待，有几位极尽溢美之词，甚至设想它拍成电影后的"火爆"反响。在他们的纵容下，我也一度飘飘然找不到北，脑海里幻化出许多不切实际的画面。在收到退稿后，我本人陷入惆怅失落，但倒也没觉得太受打击，因为不久前刚刚读了美国作家杰克•伦敦的长篇小说《马丁•伊登》，并被主人公经受百万余字的退稿而依然锲而不舍地追求写作的精神所鼓舞，心想人家写了一百万字还没有发表一个字，我才写了不过四五万字的习作，这点小小的失败算得了什么！总之，我先把自己劝好了，日子进入惯常的运行中：每天读课外书，黄昏时沿着城中的河流散步，留心观察街道的变化，四季更迭，日出日落……此外，还苦心经营着我们的文学沙龙，但要命的是，我非但没有从半月一次的沙龙活动中得到安慰，而是遭到了一次前所未有火力猛烈的"批判"——原来那几位不吝溢美的文友对剧本的态度竟然来了个大反转，借着被退稿的事实契机，把原本被他们吹嘘得天花乱坠的"佳品""杰作"批得体无完肤。我先是隐忍，默默地听着近乎尖刻的轮番数落，越听越惊讶，感觉他们是私下串通好了的，这才有了高度的一致，批评中夹带着奚落成分，尤其那慢条斯理、笑里藏刀的嘴脸，都让人引发了生理上的反感，终于触到了心理承受底线，记得我当时把手一摆，停在半空，这是一个制止的手势，然后把手掌重重地击向眼前的茶几，随着一声砰响，茶杯仓皇滚落在地，接着发出一声愤怒的咆哮："且慢——"我全身颤抖，毛发竖立，指着某一位唾星四溅的家伙破口大骂："啊，这么天才的意见你们咋不早说?！怎么人人成了事后诸葛？这是什么行为？这是往人伤口上撒盐！一帮势利小人，我他妈……耻于与你们为伍！"我扔下这几句掷地有声的词语，站起身拂袖而去。

这次事件居然促成了我平生的第一次离家出走，它像一个谜语，从此开启了人生令人着迷的流浪——自那时起，我就无可救药地爱上了荒野行旅，黄河岸边的野性之火点燃了潜伏我体内对自由的渴望。

当时，为了宣泄无以名状挥之不去的坏情绪，像一节废电池，我决定离开县城，去一个遥远的地方将负能量释放掉，否则我将被现实压抑的气流窒息而亡。尽管摸摸口袋，我身无分文，衣衫褴褛，头发蓬乱，目光流露怯懦。如今回忆，那真是一个狼狈不堪的狗年月。我向母亲撒了个谎，说是远在胜利油田顶替父亲当了工人的初中同学王鲁滨写信约我去玩儿，现在正好放了寒假，我想去看看他。母亲听了我的话，警觉地问了一句："是你自己一个人还是有同学做伴？"我回答说有同学一起去，母亲似乎放心了，粗心的母亲也没有问是和哪位同学一起出行，最终，她从口袋里掏出两张十元面值的钞票，加起来是二十元钱，并嘱咐我此事一定不要让我父亲知道，这是全家人半个月的生活费。我点头应允，心早已飞向了远方。

从鲁西平原小城车站乘上一辆破旧的大客车，一路向东，寒风顺着车门缝隙钻进车内，车上的乘客似乎不多，但我是如此兴奋，脑海里浮现出一望无际的大荒原、磕头机和高高的井架。随着车轮缓慢吃力地前行，车窗外的行人渐渐稀少，树木和村庄也渐渐稀少。冬季的日光慵懒地照耀着荒凉的田野，蜷缩在车上的我感到双腿已经僵硬麻木，好在行前母亲强制性让我穿上了一件军大衣，否则一路上会被冻成一根冰棍儿。时值中午，大客车终于到达东营车站，我顿时置身于一片陌生的物景和人流之中，仿佛被时光之手扔进了波涛滚滚的黄河。走出车站，人影绰绰，我见人就打听王鲁滨的下落，人们纷纷摇头，没有一个人认识王鲁滨，这让我由兴奋陷入了恐惧，原来想象中的油田只是一家工厂，人们聚集一处采油做工一起在食堂吃饭，就像只有一条街的县城，人们差不多都互相熟悉，万没料到东营像一只打碎的玉盘，散落在茅草瑟瑟的大荒原上，闪闪发亮。我掉进了一个巨大的迷宫，既是地理意义上的迷宫，更是感觉和认知上的迷宫。结果整整一天过去了，我也没有打听到同学王鲁滨的下落，眼看着天色渐黑，只好随便找了一家小旅馆住下，想第二天继续寻找王鲁滨。当天夜里，刮起尖叫的北风，下半夜开始下起了雪，掀开小旅馆的窗户，地上全是白茫茫的晶体，房间里还燃烧着煤炉子取暖，在风向的压迫下，煤烟的味道很重，我开亮灯光，听着沙沙的落雪声，睁大眼睛望着屋顶，枕着散发舌草气味的枕头，数了两千多只羊，好歹到天快亮了才昏昏然睡去。

小旅馆的清晨寂寥而清冷，炉火已经悄然熄灭。我感觉身子沉重得像被捆住了手脚，头部昏沉而恶心，太阳穴在隐隐作痛。我跌跌撞撞地出了小旅馆，整整一天没有吃饭了，肚子竟然没有一丝饿意。好在雪停风住，太阳出来，路面上到处都是积水。后来，我花了一块钱坐上一辆三轮车，来到黄河岸边。阔大的黄河已经结冰，我迎风沿河而行，一边喃喃自语，内心仿佛吹奏一支呜咽的小号，我想起不久前读过的高尔基写的《童年》和《在人间》，其中有一句话这样说托尔斯泰："只要这个人活在世上，我便不是孤儿。"而我已经活到了十五岁，和当年流浪人间的作家高尔基年龄相仿，但我的生命中却没有遇到过一个精神之父。

"孩子，我看你这是煤气中毒了。"夜已经很深，当我醒来时，已经躺在小泥屋的土炕上了。这就有了开头的一幕。眼前的一切像电影一样生动，但比电影真实可感，咬咬手指头生疼。"我在巡河哩！眼看着你躺在黄河边了。孩子，你已经昏睡了整整一天。"这个守望黄河口的大叔，像上天派来的牧羊人，点燃了火塘里的一堆木柴，怀里抱着一根皮鞭。我只是好奇：他脸上的疤痕是怎么留下来的呢？喝过他递过的一碗热腾腾的姜糖水，我的脑子从混沌中渐渐清晰，直觉告诉我，这个人可资信赖。他不是坏人。在深沉的冬夜，在永恒的火塘旁边，一阵委屈从我的内心泛上，泪水涌上眼眶。他安慰着我，用一种不急不躁的方式，而且面部没有表情。我忍不住将事情的经过一五一十地倾吐而出，他听了也不表态，而是继续收拾着屋子里的东西，一会儿往壶里续水，一会儿用毛巾擦拭木桌，却又分明把我的每一句话都听在了心里。当我说到来黄河边两天来的遭遇，寻找同学王鲁滨的不遇等等，他笑了起来，发表了一番让我终生难忘的言论："你不要寻找你的同学了，"他说，"这里很大，是地球的边缘！黄河边是大草滩、大荒原，周边是河口、利津、垦利……好多的地方。当然，这不是重要的，重要的是你的同学根本就没有约你来，是你自己把一个设想当真了，你得从这个设想中走出来。"

"但如果找不到他，我岂不是白来一趟吗？"

他摆摆手，依然语调平和："哎，你应该纠正过来，你的目的是出来走走看看，而不是来找你的同学。"

我当即惊呆，愣了好半天才反过神来：是啊，我的同学王鲁滨根本就不知道我要来，我为什么非要找到他不可呢？即便找到了又怎样？如果他根本不想见我怎么办？守河大叔的一番话，令年幼的我醍醐灌顶如遭雷轰，放下自己虚构的同学之约，顿时感觉眼前一片光明，全身一阵轻松。

夜深人静，月亮照亮黄河滩上的积雪，照亮冬天的芦苇地，也照亮了火塘里的一块木炭，火塘上炖着一盆香喷喷的黄河鲤鱼汤。

第二天，守河人带我看了黄河入海口的日出，看了军马场，看了采油树，还看了野兔隐藏在雪中的洞穴。

如今，三十多年过去了，公元二〇一九年九月，我随作家采风团来到黄河口一带的利津县，当乘坐的丰田考思特中巴车行驶在黄河大堤上时，我的目光投向遥远岁月的深处，那个冬夜小屋的火塘又在黄河上空清晰浮现。车子在平稳向前，四周是果实累累的秋天，大地上飘荡着浓郁的草香和酒香气，人们在说说笑笑，但我脑海的天空一片漆黑，似乎一切都被往事屏蔽了，只有守河人那低哑深沉的嗓音在我耳边钟声一样响起："孩子，等明年的春天你再来吧，春天的黄河口开满了野花。"

还有他唱的民谣："噜噜纺棉花，一纺纺出个大甜瓜，爹一口娘一口，一咬咬了孩子的手。"

（选自《故乡近，山河远》，重庆出版社，2021年12月）

## 评鉴与感悟

文字典雅，意境幽深。写个人的"心灵之旅"，温情而缱绻。

# 不该忘却的纪念

/蓝蓝

**铁匠**

从白塔营的小学校到部队的营房,要路过一个铁匠铺。

铁匠铺不但卖镰刀、锄头、犁,也卖扁担钩子、门搭链、白铁皮桶什么的。但主要是给马、骡子和驴钉铁掌。

豫西一带有很多小煤窑,常常冒顶死人。挖煤的都是家里实在是穷得不得了,才去干这种把脑袋别在腰里的活计。这里因为出煤,便能看到大路上一溜溜的骡马车、驴车队来伏牛山区的观音堂、大营的小煤窑拉煤。这些马车队、驴车队大多是从豫东过来的。来的时候,赶车人一般都是坐在车前头,嘚嘚嘚,轻快地走。半路停下来打尖,自己带着牲口料、米面干粮、铁桶做的简易小炉子,在路边点火做饭。到这里买了煤,装满,开始返程。返程的时候,牲口辛苦,人也辛苦。他们也把自己套上,脖子或者肩膀套上一根宽带子,弓着腰和牲口一起向前拉。

我上小学的时候,经常看到这样的拉煤车队歇在路边,车把用一根木棍支着,人在车下面铺上塑料布、草毡子,黑乎乎的补丁摞补丁的被子盖在身上,真个是风餐露宿。要是遇到雨天,他们就用一大块塑料布、油毡,盖住车和牲口,自己没法睡,挤在路边干店的屋檐下,一边聊天抽旱烟,一边焦急地望着天。

拉煤的车多，来铁匠铺给骡马和驴子钉掌的就多。

铁匠铺的掌柜，是个四十多岁的汉子，矮壮，胡子拉碴，耳朵边永远夹着一根纸烟。胸前戴着一条围裙，油渍麻啦，上面烧出了很多小洞。他的手黑黢黢的，骨节粗大，指甲缝也是黑的。他的徒弟就是他儿子，十六七岁的半大小伙子，给他当下手。要是打犁、锄头等大农具，他抡大锤，儿子掌钳，抡小锤，叮咚——叮当！叮咚——叮当！就这么打。要是打马掌、驴掌，父子俩都会，轮流在一个铁砧上打。

每天早晨去上学，我拿着一块馒头或一块饼路过铁匠铺，总能看到铁匠老婆坐在大炉子前拉风箱。那风箱比一般人家用的都大，也宽，得使劲儿才能拉起来，呼达——呼达，彤红的火把铁匠老婆的脸映得红光发亮。风箱进出风口里有鸡毛，还有个圆石头蛋，我一直很好奇不知道是干什么用的，长大后才知道起一个活塞的作用。

铁匠家有五六个孩子，最小的还在吃奶。有时候他们家的孩子盯着我手里的馒头看，我就掰一半递过去。孩子怯生生拿了就跑，后面跟着的是铁匠并不严厉的呵斥声。他的大儿子，就红了脸，扭过头去。他脸红的时候，我觉得特别好看。

我父亲是军人，我们家住在不远处的军营里，不愁吃的，但我所有的同学似乎都有点吃不饱。铁匠家也是这样。

中午或傍晚放学回家，我总要在铁匠铺旁站一会儿，看他们给驴或马钉掌。

铁匠铺前有四根木柱子，那是拴牲口用的。牲口拴好了，主人和铁匠儿子帮衬着，一边摸拍安慰着牲口，一边把蹄子抬起。先是把快磨平的旧掌取下来——撬个缝，用钳子取钉子；然后拿一把锋利的弯刀，削去牲口的老茧子——就是角质层。这是个技术活，动作要快，削得薄厚准确，还要平，这样才能保证新铁掌能钉得稳当。每当这个时候，我都吓得闭上眼睛，觉得那些牲口都在发抖，疼。

接下来就是按照旧掌的模样，再量蹄子的形状大小，量好了，再修正蹄铁，烧了再打，反复一两次，再根据每个蹄铁上不同的钉眼，打出大小不同的扁扁的铁钉，开始往蹄子上钉。有的牲口老实，钉一下，哆嗦一下，我也跟着哆嗦。遇到脾气暴躁的牲口，活蹦乱跳，尥蹶子挣扎，得好几个人才能把它捆住按住。

"它疼不疼？会钉进肉里吗？"我问铁匠。

"不疼！跟人铰脚指甲一样！"

我却不信，分明看到过牲口疼得浑身发抖。

蹄铁钉好了，骡马或驴子松开了绳子，在地上走几步，就有人叫声"中！"是赞扬的口气。听一个老汉说，钉马掌、驴掌比打其他农具难多了，不是什么人都能干的。

打一副马掌是两块钱，打一副驴掌是一块钱。收拾完一匹马或一头驴子，得费大半个小时的工夫。铁匠削下来驴子或马的角质，他的大儿子会收拾起来，送给孩子们。他也送给过我："拿回家，放花盆里，这个养花最好，肥。"我宝贝一样捧着回家。

冬天，我会在铁匠铺闲下来的时候，趁着他们的炉子烧红薯。红薯都是我的农村小同学送给我的。他的大儿子会帮我翻烤，有时候还多给我烤个土豆什么的。这样的时候不多，因为铁匠老婆后来生病了，家里其他几个孩子闹，要吃的，打架的，在铁匠铺前乱跑，铁匠烦的时候就会破口大骂。

再后来，看到他们家门前挂了白布帘，铁匠老婆死了。亲戚、孩子们哭天抢地，他的大儿子腰里系着一条白布，坐在铁砧上，默默地哭。我远远看着，没敢过去。

过了年，每天只能看见铁匠一个人在忙活了，烧火的换了人，是他十三四岁的女儿。那个长得像小杨树一样好看的大儿子，听说去下煤窑挖煤了。钉几个马掌、驴掌，养不活这一家人。

## 小云

小云，是我家的小阿姨。我从不叫"保姆"，不管人前还是人后，我都会说：这是我家的小阿姨。

小云是孩子满月后来我家的，亲戚的亲戚介绍来的。她十六岁，个子不高，胖乎乎的，俩眼眯眯着，嗓音有些嘶哑。问了，才知道她老家在兰考一个村庄。兰考，出焦裕禄的地方，也出盐碱地和逃荒要饭的，这是我对兰考所有的印象。

小云只上过小学，辍学就跟着草台班子学吹笙，四乡里谁家有红白喜事，就去吹打一番。"没办法，没钱上学。俺娘是个傻子，是俺爹跑到云南买回来的。生了俺姊妹仨，俺是老大，下面有个妹妹、有个弟弟，除了俺，全是傻子，遗传。"她笑嘻嘻地说。

我一下子可怜起这个姑娘。

"唉，这样一家人，怎么活啊？"

她倒没事似的，两手一摊："就那样活呗，俺家就俺娘下地干活，啥都干，跟一头牛差不多。俺爹啥都不干，赌博，家里的粮食都叫他卖了去赌。收麦的时候，俺爹去帮邻居家寡妇割麦，一镰也不给家里割。俺奶奶就在家做饭看孩子，骂他也没用。"

我找了几件衣服，送给小云穿，又给她买了双鞋。她欢天喜地收下了。

家里有一对儿双胞胎，我整日累得够呛。小云还小，她的活儿就是抱抱孩子、洗洗衣裳。看她躺下来就能呼呼大睡，我也不敢把孩子让她搂着睡觉，一张床睡我们娘仨，我每晚起来喂奶、换尿布，几乎只能睡两三个钟头。

我教她做饭，教她怎么按比例冲奶粉。这丫头肯学，不停地问这问那。她有一样好，就是会唱各种流行歌，抱着孩子就开始唱，一会儿孩子就哄睡了。

"这都是俺出去办事的时候学的。"她把草台班子帮人做红白喜事叫"办事"。

一天，她看到家里有口琴，惊喜地问："姐，你会吹口琴？"

我就吹给她听，看得出她很羡慕。我说："口琴送你了，我教你吹。"

我教她认字，她说："俺刚来的时候，还以为恁是卖书开书店的，家里恁多书。"

春节快到时，我给她买了新衣裳，又买些东西，多给她两百块钱，让她回家过年。"奶粉是给你奶奶的，巧克力给你弟弟妹妹。"又找出几件七成新的棉衣、毛衣，弄了一大包，让她捎回去给她妈妈和弟弟妹妹穿。

过了年，小云回来了，给我带了些粉条，说是她奶奶送给我的。

"俺差点回不来，俺爹想给俺说婆家，一个村的，是个瘸子。俺爹赌博欠人家的钱，就想叫俺嫁给他抵债，比俺大快二十岁，打死俺也不愿意。

要不是俺奶帮俺说话，连车票钱俺爹都不给。"

"你这什么破爹啊！这不是卖闺女嘛！"我气愤地说，"以后你的工资给你奶奶一些，你自己留一些，别给你爹。"

小云低了头说："不给他就打俺。"

小云说多亏自己还有个奶奶，照顾着一家老少。"姐，俺家成分不好，俺爷以前是地主，俺奶说人民公社吃大锅饭的时候，俺爷在食堂帮工。后来食堂丢了半袋玉米，有人说是俺爷偷的，俺爷气不忿，回到家，一菜刀把自己的手剁下来……"

我听得汗毛倒竖，"啊?!……后来呢？"

"流了很多血，又化脓，没钱治，后来就死了。"

几天后的一个晚上，我们楼下对面忽然热闹起来。当街挂起了大瓦数灯泡，通亮，人声嘈杂。拉开窗户一看，才知道有家人办丧事，摆上了桌子凳子，请来了两个唢呐班子，晚饭后就开始比着吹唱起来。豫剧，曲剧，李天宝吊孝，还有"让我一次爱个够"。

小云的脚就像被焊在窗口下一样，再也挪不动，伸着脖子往窗外瞅，眯缝眼这会儿更小了，掩饰不住的兴奋。"这曲子俺也会吹。"她说。

看她那么喜欢，我就自己把孩子抱进里屋哄。毕竟她也还是个孩子。

半月后，小云的爹突然来了。穿着脏兮兮的廉价西服，说话什么的，一看就是农村里会来事的人。等他睡下了，小云对我说："姐，俺爹要钱来了。我不敢不给他……"

"不是春节回家把钱都给他了吗？这才一个多月。"

"肯定又是赌输了，人家整天追着要，还打他。"

第二天我拿了一些钱，对她爹说："这钱，是我预支小云的工资，你拿上。孩子出来干活不容易，家里老的老小的小，你省着点儿花。"

"知道了知道了。"拿到钱的小云爹喜笑颜开，站起来就走，跟小云一句话也没说。

到了暑期，小云爹又打来电话，说是她奶奶快不行了。我赶紧给她买车票，收拾东西送她走，又另外塞些钱给她。

这一走，小云再也没有回来。后来听人说，小云回去就嫁了个中年人，生了个儿子。丈夫是酒鬼，整天打她。又过了两年，听说她跟一个会吹唢呐的男人跑了。

不知道她那个傻妈、傻妹妹、傻弟弟以后怎么活下去。

**老歪的老婆**

门缝很窄，但能看见院子不太大，收拾得挺干净。东厢房南边，有一畦青菜辣椒，靠南墙种着几棵月季。正房有小三间，低矮，糊着发黄的窗纸。院门朝西，两扇，闩着。我的脸就在门闩外面紧紧贴着。

院子里的秘密，我看到了。

一个瘦高，花白头发的老妇人。另一个妇人瘦小，头发似乎黑一点。瘦高的那个，穿一件黑布大襟单褂，裤子膝盖那里还缝了块补丁。瘦矮的那个，穿一件旧蓝单褂。她坐在一把木凳上，老妇人手里拿着一把剪子，正在给她剪头发。

悄没声儿的俩老太太。

我觉得阴森森的。悄悄离开那扇门，一溜烟跑了。

这就是老歪的俩老婆啊——他居然有俩老婆！这还不够奇怪吗？

我是从大人说起老歪和他的大婆、小婆时的神态，才感到奇怪的。本来好好的说话，忽然声音就低了，趴在耳朵上，或者弯下腰互相凑近，窃窃私语，我的耳朵忍不住像驴子那样竖起来。

"大婆病了……以前的千金小姐啊。"

"小婆早上挑水，前头水桶里的水留着喝，后面的水浇地，说是后面放屁熏臭了桶里的水，哈哈……"等等。

问我姥姥，别人都一个老婆，老歪为什么俩老婆。姥姥捂住我的嘴，嘘！小声点！那是旧社会的事了……那时候有钱人兴娶俩老婆。新中国成立以后，老歪和小婆打离婚了，现在只有一个大婆了。

"那还不是住在一起？还算俩老婆。"我妈在一旁插嘴。

老歪是地主——这可是个不好的词。和坏人基本是一个意思。大喇叭里整天骂地主，能好吗？

我见过老歪，缩着脖子，扛一把镢头，穿得邋里邋遢，胶鞋破了，露着脚趾，低着头默默地从街门口走过去。是个满脸褶子的老头子。我姥姥跟他打招呼：上山啊？他赶紧堆着笑：上山。他大妈吃了吗？——我们胶东把去农田干活都叫"上山"。

街坊邻居的长舌妇们总在一起叽叽喳喳议论，说大婆小婆如何怎么地。

"不是抓阄，悄悄用黑线拴着，往这边一拉，就倒过来了。那就跟她睡……"

"哈哈，还是大婆有心眼儿。……"

"哎呀，都说年轻时小婆专拔老歪的白头发，大婆就拔黑头发，这不就秃了……"

然后是一阵放肆的大笑声。

我听不懂啥意思，跑回家学给我姥姥听，姥姥捂着嘴一笑，又正了脸色，对我说："别出去说。……那些人也真是，连住的房子都是土改时分给人家老歪的。"

我从没有见过老歪的老婆们，懵懵懂懂，于是就有了跑到他们家偷窥的一幕。结果很失望，既没有看到电影里地主婆绫罗绸缎的打扮，也没有描眉画眼的妖样子。就是俩很一般的老太太，满脸皱纹，一点也不好看。

让我觉得神秘的另一个原因就是总也看不到这俩人出门。她们家的大门永远是紧紧关着，不像其他人家的大院门大白天都敞开着，就越发让我好奇。我从大人那里听到一个词，"鬼鬼祟祟"，我觉得就是像说她们。然后就想起大喇叭里说"地富反坏"的变天账、发报机、驳壳枪什么的，我那小心脏就跟着慌慌跳起来。

我去合作社打酱油、打酒，要路过她们家，脚就不听话地往她们的大门口拐，好像那里面有一大块吸铁石。有一天，门缝里扑进我鼻子一阵阵香味，真好闻。那是她们家墙角种的大月季花开了，碗口那么大，有三两只小蝴蝶在飞。全村都没有这么好看的月季花。

还有一天，看到大婆在院子里抡着一把锤子敲着锅沿，小婆拉着风箱烧一块什么东西。这是在补锅，我在街上见过。她们家的锅破了。她们把发报机藏哪儿了？

过了年，老歪死了。

病死的。早晨咽气，中午火葬场的车就来拉走了。街坊们都围到他家看，有不少人在帮忙。我在人缝里钻，没看见大婆小婆哭天喊地，只是红着眼圈，头上扎着白布，对着邻居战战兢兢地坐下、站起，任由旁人屋里屋外忙活。

两个月后，我又一次趴在她们家门口时，门忽然开了。大婆望着我害怕的样子，居然笑了笑，向我伸出手，手里是两颗糖球。我捏起一颗，连声谢谢也忘了说，撒腿就跑。

到了秋天，她们家又死人了。这回是小婆。她不是比大婆还小吗？怎么就死了？

趁着出丧的时候，我大了胆，溜进她们家，才发现她们家真是太穷了，炕席是破的，面缸是破的，连屋棚纸都破破烂烂挂着。

最后一次见到大婆，她坐在院子里打盹，头发乱糟糟地垂在膝盖上，小腿上的裤腿稀烂，也没有补。只有院子里的月季花，还是那么大，那么香，但小蝴蝶不见了。

四十年过去了。这个院子早就没有了。这个养育了我童年的村庄也没有了，前些年卖给一个什么地产商，全拆光了。

（选自《红岩》2022年1期）

## 评鉴与感悟

蓝蓝极少写诗之外的文字，正如她曾在一则创作谈中言及的那样："诚实地说，令诗人最沉醉的还是写诗。"但她转而又说："散文的平实和自然也是生命的另一种所需。"这组烙满童年记忆的文章，大概就是她的生命所需，倘若不写出来，她兴许会觉得是一种亏欠。文中所写人物，都生活在社会底层，蓝蓝是在借助文字替他们"树碑立传"。

# 帮助南瓜

/格致

　　我的手里握着三种南瓜的种子，来自乌拉街十字街秀兰种子商店。秀兰种子商店只出售并不培育生产，种子来自不同的育种单位。育种单位都给自己的种子起了名字：一种叫珍栗；一种叫甘之味；一种叫极品红缘。从字面上看，珍栗强调的是面，像栗子那么面——南瓜在我们北方也叫面瓜。面是最基本的，否则不成立；甘之味强调的是甜。面是不消说的，不面还能叫面瓜吗？除了面我们还甜，又甜又面，锦上添花；极品红缘，就更高端。也不说面，也不说甜，人家越过这些基础属性说颜色。大部分面瓜不都绿色吗？那么我们是红色的。又面又甜又红，好吃还好看还吉祥呢。直接上升到了审美的高度，有了文化意义。谁能超越呢？三种种子在我手里，我感到手心里又热又痒，三种种子在我手里已经开战了。我打算给予它们公平——每一种种子，都种下相同的数量。

　　你可能不知道，面瓜过去在农作物中一直很受歧视。正经菜地里看不见它们的踪迹，一般在边边角角，不适合其他蔬菜成长的地方，才把面瓜安置在那里。一般是山坡上、果树下面、障子边、柴草堆侧……面瓜被排挤到菜园的边缘地带。面瓜种上之后，生存环境的险恶，自己想办法对付。长与不长，结果不结果，撒下种子的人并不关心。像个弃儿一样，在农田的角落自生自灭。面瓜心里不服，有一颗要强的心。啥恶劣的地方都能生长：爬墙、爬柴草堆、爬山坡……一边努力生长，还要一边开花、结瓜，还要让自己又甜又面，这样就有希望在来年再次被栽种，把生命基因延续下去。南瓜不说话，可它们的行为，跟人类长篇大论之后的做法是一样的，其目的也殊途同归。

包装袋上的图片红瓜绿叶，好看，好吃。面瓜不仅果腹，还是不苦的良药。面对图片和沉默的种子，感到生活太美好了。得病不怕，咱吃南瓜，那医院从此不必去了。把那几十粒种子放手心里左看右看，美好生活就藏在种子里——美好生活已经被我掌握。这种感觉太好了，从小到大，一直被别人掌控，现在，我终于也能掌控一些什么了。

一切都很顺利。在该播种的时候把瓜种子埋到了土里，几天后又下雨了，然后天晴了。乾坤朗朗，暖风醉人，此时阳光、土壤、水、空气，一样都不少。还多出来两双期待的眼睛（诗人樱儿也住在这里）。

近些年，食物营养专家发现了面瓜的特殊营养价值，尤其有能力预防癌症，据说那肆无忌惮的癌细胞遇到了南瓜也有所收敛。癌症已经吓死了多少人？所以，如果要让大众接受什么食物，只要说它抗癌防癌，这个食物不管多难吃，都会成为饭桌上的主角。

现在，不管在啥级别的菜市场，南瓜四季有售。不管在啥样高档餐厅，菜谱里都有以南瓜为食材的菜。所有人都忽然爱吃南瓜了。如果你不吃南瓜，那么你就没有跟上时代的脚步，那你就不懂什么是科学。

我也是惧怕癌症人群中的一员，我想用南瓜做成掩体，而我躲在南瓜的后面，因此我不但要种南瓜，而且要种三个品种。首先我提高了南瓜在我的菜地里的地位——把南瓜种在了土质最好的区域；用竹木材料为南瓜搭好了架子，为它的生长搭好了展现生命过程的舞台。南瓜作为主角，在我的农家院子里即将登场。它站得高看得远，鸟枪换炮，俯视院子里所有的蔬菜。

一周之后，埋下种子的地方的泥土就被拱起一个小包。我顺着泥土裂纹小心翼翼将其揭开，看见绿色的肥厚嫩芽，正弓着腰往上使劲。见它正埋头拱土，料它也没看见我，就像胎儿在子宫里被照了B超。我赶紧把土给它盖上，怕过早见风会受到破坏。第二天一早，就看见南瓜的嫩芽已经趁着夜色把头顶的那块泥土顶翻在脚下，颤巍巍地顶着一个硕大的头，懵懵懂懂站立在了那里，不知所措的样子。头上两片萼护着里面的嫩叶。原来小小的种子来到世界上，一开始是如此小心的——它们竟然戴着头盔！很快，只几个小时，南瓜看清了四周，觉得安全了，里面的两片圆叶子才敢打开，然后展平，最大面积地迎接普照的阳光。有了两片叶子、四片叶子、六片叶子，很快就出现了。一个疏忽，已经有一条瓜茎从一片手掌大的叶子的一侧，忽然蛇一样钻出来。原来那些之前的叶子，都是为了这条茎做掩护而长出的。这条茎是这粒种子的灵魂和真身。从这条瓜茎，你可以看见一粒种子的全部生命计划。植物是有大脑有智慧的。它的生存策略，会让你目瞪口呆。所有的生命都值得尊重。茎在向前进，每隔一尺左右的距离，长出一片叶子。叶子只是雨伞和阳伞，为保护下面的花朵而生。在这片叶子的根部，会一同长出一只花蕾或侧枝。花茎颀长，举到那片叶子的上面，打开碗盏状的黄色花朵，显然它不需要那片叶子的保护。这是雄花，怎肯屈居一片叶子之下？接下来瓜茎再向前一尺，又长出一片叶子和一朵花，这朵也是雄花，也把花朵举得老高。连着四五片、五六片叶子下，开出的都是雄花（谎花）。你不要以为这下完了，都是谎花，这种子不好，这种子就知道骗人。你要耐心等，好戏在后头。这些最早开出的雄花是先锋部队，是死士——它们是出来打天下的。雄花占好了地盘，看方圆之内已是风流云散，海晏河清，雄花把这一消息通知了主茎，主茎把消息通知了埋在泥土中的内心。泥土中的内心立刻启动了生命计划的第二步骤：第七片叶子下又长出了一只花蕾。它的花朵下面，不是颀长的花茎，而是一个圆球形的小瓜（子房）。叶子像伞一样罩住了它，像掩盖一个真相。这只花蕾是需要这片叶子的——这是一只雌性花蕾。它小心翼翼地躲在叶子的下面，不仔细你是看不见的。一只瓜的诞生是如此谨慎，雌花像个怀揣珠宝的夜行人。一粒种子是多么重视自己的果实！为了这粒果实的诞生，做了那么多的准备和铺垫，用了那么多的心思，死了那么多雄花！还有，在开出花朵的同时，在一些叶片下，会长出侧枝，如果主茎意外损伤，侧枝会继续生长，替代主茎，为自己的不测预先留下了替补。可谓前仆后继啊。这么多的事需要考虑周全，且步步为营，在南瓜的根部，一定有个司令部，或操作平台。作为人，你都没有这份理智和策略。你得犯一系列的错误才清醒，而植物不犯错误。

和樱儿发现了雌花的存在后，感叹了一番植物的智慧之后，就放心地等着了。等着那层层保护下的小瓜，长成种子包装图片上的样子：圆润、硕大、好看、好吃。我们几乎每天都蹲在那片叶子下，查看那小瓜的成长。可看着看着，那小瓜在我们热切的目光里，不但没长大，反而越来越小，越来越黄，一周之后终于在我们的目光里融化了。我们不知所措，互相埋怨。我说樱儿的目光有毒，把好好的南瓜毒死了。樱儿说不是他的目光有毒，而是人类的目光有毒。两个人类的目光之毒加在一起，小南瓜受不了这毒的剂量，就被毒死了。小南瓜一定是怕看的，不然它躲到那么大的叶子下干啥呀！我们除了埋怨找不到任何原因。第二天发现另一株瓜藤上又结了小南瓜。这回我们谁都不敢看了。几天后，发现这只没有被人类目光下毒的小瓜，也枯黄干瘪，这证明了人类目光的无辜。那么一定另有原因，我们百思不得其解。花谢了后，瓜也结束生命，不肯继续长大，这是不对的。种子的一系列生长策略要的不是这个结果，我和樱儿要的也不是这个结果。雌花谢了后，小瓜要继续长才对。它为什么不长了呢？而此时，那些叶子浓绿而硕大，生长的力量十分强劲。雄花不断地从叶子下面涌现出来，但这些力量似乎不能进入雌花。感觉植株的力气都用偏了，都用在了叶子上和花朵上了。雄花还是猛烈地开放着，因为土地肥沃，雄花的花茎越来越长，花也越来越大，像个小碗那么大了。可这一切除了好看之外，没有别的意义了。可是我需要观看之外的意义啊。如果看过叶子和花之后还有面瓜可吃，那不是十全十美吗？而从别人的经验看，十全十美并不难，到我这里出了什么差错呢？或者我在哪个环节做错了呢？或者不是我的错，是那粒种子在哪个步骤没计算好，算错了呢？从种子一开始的步步为营，理性智慧的行为，种子出错的可能性很小。结瓜打籽是种子的终极目的，一切都是为了这个目的。它怎么会出如此不可原谅的差错呢？在我这方面，没有给面瓜上化肥，依靠自然力量，瓜能长多大算多大，不要用肥料催生的不自然的大瓜，这也是错误吗？明显这里的泥土肥力无须人为再增加，本身已经够用了。我怀疑现在的种子有问题，是不是不上化肥，雌花就无力结果了呢？想不明白。看来我得请教农民了。

一墙之隔，就是小芹家。小芹是农民，她应该也遇到过这样的怪事。结果她不但知道为什么还告诉了我该怎么办。

她说面瓜得人工授粉，不然果坐不住。我惊讶。我知道这种雌雄同株的植物需要授粉，可我不知道要人工授粉。我妈种南瓜从没见过她人工授粉。我小时候不知人工授粉这个词，却年年能吃到南瓜。

我说不是一直由蜜蜂来授粉吗？

小芹说，你看哪有蜜蜂了？

我说，那蜜蜂都去了哪里？

小芹说，不知道哇，反正蜜蜂没有了，或者太少了。

我四顾，确实没有蜜蜂，别的昆虫也没有。

小芹说，农药太多，蜜蜂被药死了。

看来这确实不是人类目光的错，也不是种子的错，是授粉的媒介缺失。而这个媒介是大自然的组成部分。那么是生物圈出现了缺口。那个生物圈围不成一个圆圈了。小芹说是农药进入大自然后，导致了生物圈的这个缺口。那么种子的智慧就有待进步了。种子不知道蜜蜂已经没有了吗？种子不知道人类在大量使用杀虫剂吗？对这一切，聪明的种子就没有办法了吗？看来种子需要进步，需要跟上时代的脚步。种子一味沉浸在天地玄黄、宇宙洪荒的农业时代是不行的。现在是工业时代，农药时代，是害虫益虫一律被药杀的时代。你种子不跟着进化出铜墙铁壁来，不进化出自己给自己授粉的能耐来，那只有死路一条。对于面瓜来说，在昆虫透明的翅膀发出的催眠音乐下被完成授粉的好日一去不复返了。种子亘古依赖阳光、水、土壤、氧气、昆虫。现在，昆虫这一必要条件断链，导致南瓜无法结瓜。对于南瓜，这就是灭顶之灾，灭种之祸。那么接下来，阳光、水、空气、土壤，说不上哪天，哪个又断链了。那就更完了。现在，断链已经出现，缺口已经打开，更大的缺口就在不远处。这有多可怕啊！

暂时，那昆虫的缺口，可由人类肉体填补。如果哪天缺口除了昆虫还有阳光，那我们要如何努力才能填补？我得有本事摇身变成女娲吗？每天早上，我干着蜜蜂未竟的事业。我把雄花摘下来，把花粉倒进雌花的漏斗里。我担心雌花得到的花粉不够用，就把雄花摘下来，倒扣到雌花上。让它们脸对脸，口对口，像两只扣在一起的黄色茶杯。雄花在早上刚把花开了那么一小会儿，就被我这样弄死了，但它死在了雌花的花蕊上，这应该是雄花求之不得的死亡。雄花开花的目的以及意义是什么呢？在把雄花摘下来之前，我并没有征得雄花的同意，但我深知雄花赶来的终极意义。雄花依赖蜜蜂和风，把花粉带到雌花的漏斗里。现在的现实是，蜜蜂基本没有了，昆虫也很少，只剩下了风。而风的性格与蜜蜂很不同，风不能把花粉准确地丢进雌花的杯盏里去。风把花粉刮得可哪都是——风把花粉都浪费了。这一切，雄花看在眼里，并为此很焦虑。我这么做，雄花是会感谢我的。我做了它想做而无法做到的事。这在我看来是雄花最好的死亡了，因此我在折断雄花的时候毫不手软。

这样过了些天后，那些受过粉的雌花下的小瓜迅速膨胀，像有神灵在不断地给它吹气。我细看我的十根手指，这哪是手指，而是消失了的蜜蜂那黑色小脚。每次受完粉，看着四处是被我丢弃的雄花残破的花瓣、不小心打坏的雌花的碗盏，还有踩坏的茎叶，现场惨不忍睹。我感到那些叶子、那些花，还有那根粗壮的主茎，都很悲愤而又无可奈何。它们嫌弃我的手又离不开我的手。那雌花，像是被强暴了一样，躲在叶子下，瑟瑟发抖，似乎还发出了悲咽之声。它们怀念蜜蜂的黑色小脚，怀念昆虫震动翅膀的高频嗡嗡嘤嘤的歌声。我发现我虽然完成了给雌花授粉的任务，但我完成得不好。我的做法太残暴，对植株、雄花还有雌花的破坏太严重了。我受完粉的地方，几乎都成了犯罪现场。在授粉的过程中，很多雌花都被我碰坏了。我的手指，相对于蜜蜂的小脚，显得粗大而笨拙。我像一头牛进入了瓷器店，我已经加小心了。蜜蜂的授粉过程轻柔而伴着音乐——蜜蜂是一边唱歌一边完成授粉的。雌花没有受伤，雄花也没有受伤。它们甚至在整个过程中毫无察觉。蜜蜂在授粉前，给雄花、雌花都打了麻药，不然还是要疼的。蜜蜂一边打麻药，一边嗡嗡嘤嘤地唱歌。这时候，雄花、雌花就都昏昏欲睡，雌花梦见自己变成一只黄蝴蝶。雄花梦见自己变成一只黄蝴蝶，然后梦见不远处飞来了另一只黄蝴蝶。几天之后，雌花低头一看发觉自己怀孕了——肚子大了起来。雌花莫名其妙，雄花更是一脸无辜的样子。雄花说，你别看我，我也没碰你啊！雌花蹲在一片硕大叶子的下面，赶紧收拢自己的花瓣，紧紧搂抱住了那些从一个梦里获得的珍贵花粉。

然而，等我的十根手指出现，樱儿的十根手指出现，一切都改变了。世界变了。每朵花的命运也变了。在院子里的南瓜眼里，我和樱儿，已经不是两个人，而是两只凶恶的，摧残花朵的变异了的大蜜蜂。

我们俩的恶行是，授粉时斩断雄花的头，动作粗鲁，碰坏了雌花的花蕊，整个过程令雄花雌花很疼痛，不给打麻药，连一句歌也不唱。

　　我一年要离家几次，出门到很远的地方开会。朋友邀请的会，我一般都答应去开，因为我还做不到不见人只种瓜。我还没有忘记我还是人类。我给南瓜授粉，是在扮演昆虫。我扮演昆虫的次数多了，我拿不准我是不是在逐渐变成昆虫。樱儿也在扮演昆虫，因此我们不能成为互相的参照物。我想趁出去开会，见到很多人，想暗暗观察他们，找出自己与别人的不同或相同。我想找到我已经变成一只昆虫的证据。因为如果我变成了昆虫，我自己也许是不知不觉的。我也希望我的朋友们能发现我的变化，并及时地告诉我。如果我变成一只昆虫，我不会吃惊，也不会后悔。我也并不想要变回人类。我想及时调整我的生活目标，做一只合格的好昆虫。在昆虫被大量毒死的时代，变成一只昆虫，堵上生物圈出现的漏洞，那么这么变一下，我匹夫有责。人太多了，人群里没有我可以，但在我家的院子里，我这只蜜蜂是不可或缺的。

　　我不在家的几天，会特别担心樱儿忘了给南瓜授粉。在我看来，他还是一个人，没有出现变成一只昆虫的迹象。他的后背没有长出透明的翅膀；肚子上也没有黑色黄色的横纹；手指距离昆虫的小脚的差距太大，给南瓜授粉还是笨手笨脚的，给予雄花、雌花的伤害比我的还要大。如果他变成了一只蜜蜂，那么给南瓜授粉就成了本能，就不用我千里之外还要操心。每天早上我都要打电话，先问吃早饭了没有。然后问南瓜。第二天我还打电话，还没等我说话，人家就马上说，南瓜受完粉了，今天有十一朵雌花开花。雄花都有点不够用了，用一朵雄花给三朵雌花授粉。那些天，诗人樱儿的主要工作不是作诗而是帮助南瓜。等我回到乌拉街旧街村，看到那些已经长到大碗那么大的南瓜端坐叶子的下面，就对樱儿说，你的作品不错啊！不过你给南瓜授粉的时候，唱歌了吗？

　　樱儿说没唱啊！

　　我说明天再给南瓜授粉，要一边授粉一边唱歌。

　　樱儿说，为啥要唱歌啊？谁这么规定的啊？

　　我说授粉时给南瓜唱歌，南瓜会更好吃的，会又面又甜。

　　真的假的啊？

真的啊!

（选自《作家》2022年1期）

**评鉴与感悟**

扎根大地，回归日常，帮助南瓜，即是帮助自己，帮助自己的人生走向祥和与宁静。更难得的是，全文充溢着一种万物平等的博爱之美。

# 父亲的战争

/程黛眉

我说：我的父亲是一个英雄。

听到的人会觉得我是爱父亲爱过了头，才出此妄语。

那天在医院手术室外，空荡荡的走廊，只有我和我的丈夫，还有妹妹。那是北京最冷的一天，站在走廊里，刺骨的风往袖口里钻，所有的椅子都是空的，但是不能坐，有一阵我实在忍不住，坐了下去，立刻就被弹了起来，那是坐在冰块上的感觉。

大屏幕上显示出一排排准备手术的患者名字，父亲在其中，名字后面显示"术前"，我心里暗暗地希望：总是在"术前"也好，永远不要进入"术中"；但是又希望像排在他前面的人那样显示"术中"，好快点结束这难熬的时刻。

等待充满了不确定性，就像人的一辈子。

这些年一次次在医院的走廊里，心脏一次次提起来摔下去，再坚硬的心脏也摔出了老茧，层层老茧也护不住里面鲜活的血与肉，每一次的摔打，都会疼。

等在外面的人如此焦灼，有谁知道那个躺在手术台上的父亲，他的心又是怎样的熬煎？他身体的疼痛任我怎样体会也无法感同身受，那种看不见摸不着的痛楚，更让人无助，就算我有孙悟空的本事，也不能帮到他一丝一毫，无力和软弱压迫着我，让我感到自己没用，是一个废物。

一直盯着屏幕的眼睛仅仅眨了一下，父亲的名字后面就变成了"术中"。心又被提了起来。术前的签字，几乎是闭着眼睛签的，这么多年，我已经不看那些手术前给病人和家属的"须知"，看与不看，都是要签的，纠结一切没有意义的东西是没有意义的，索性不纠结了。

那些手术可能产生的后果和意外，每一条都足以让人魂飞魄散，谁看见这些可怕的后果都想逃跑，但是，你能选择不签吗？你来医院的目的是什么？在输赢各占百分之五十的选择面前，唯一的选择，就是向死而生。

人生每一步，哪步不是一个赌注？无数个小赌聚成生命的大赌，你只负责殚精竭虑，其余交给老天吧。

术前医生问父亲，能不能平躺四个小时？我脱口说不能，以他平时咳喘的激烈程度，假如平躺两个小时同时还要进行手术，几乎是不可能的，何况四个小时。好多次深夜，母亲打电话来，我都能听到电话那头的剧烈咳嗽，划破夜空的宁静。但是那天，父亲望着主刀医生的眼神分明是微笑的和坚定的，他平静地说：可以。

他的斩钉截铁给了我们信心。想起小时候，家里六口人中只有他一个男人，他每次从上海或者北京出差回来，总会带回好看的花裙子、发卡，还有奶油糖，我和姐姐吵着要和妈妈去火车站接他。冬天的夜，黑黢黢的雪路，去的时候我紧张地夹在妈妈和姐姐中间，一边紧紧拽住妈妈的袖子，一边抓着姐姐的手；但是回来的路上，高高的父亲走在后面，我和姐姐撒欢儿地跑在雪野上，寒冷的北方，黑夜好像有了光。

没想到一个小时刚过，父亲名字后面就出现了"术后"的绿色图标，准确的第六感告诉我，手术是成功的，内心暗暗庆祝。尽管医生说这个手术不好预测，只能边做边看，但是有一种说法，你越希望是什么，结果就越会是什么，这就是我们为什么会祈祷。

电梯门打开，医生招手让我们进去。父亲安静地睡着，医生说：老先生配合得非常好。

出院那天正值中午，他坐在轮椅上，经过护士站，同以往一样，他坚持要去感谢医生，护士告诉他医生都在休息，他双手抱拳，用微弱的声音表达了对护士的感谢。进电梯时，他发现护工已经走了，遗憾地说没有跟护工说再见。

护工对我说，老人家总怕麻烦别人，总要说谢谢，总要穿得干干净净，从来不说疼。我说，这些年，每一个护工他都说"好"。他也从来没有跟我们说过一个"疼"字。

那天又是一个大风天，因为有路障，汽车没办法直接开到医院门前，这一段路是风口，突然狂风大作，父亲没有戴围巾，我赶紧脱下毛衣为父亲围在脖子上。大风掀翻了我的大衣，灌进我空荡荡的胸口，因为父亲又打了一个漂亮的胜仗，我的心被裹在厚厚的喜悦里，从而不觉得寒冷。

他坐在沙发上，长年累月地坐在那里，沙发被坐出一个坑来。

客厅有一面西窗，每天下午，阳光准时照射进来，温黄的暖色，让人生出一种此生何求的心满意足。就想时间这样停下来也挺好，都不要出去赚钱，不要吃饭，不用看外面的世界，甚至，不用去厕所，就这样家里人堆坐在一起。大部分时间是安静的，偶尔说点什么，父亲看着报纸，母亲又在纠结某一种药物的副作用。这样的时日，没有更好的了。

他靠在右边的沙发扶手上，我们三姊妹曾经轮番劝说，让他挪一个地方，但是都没有成功。因为他的身体状况，必须这样靠右倾斜着才感到舒服，母亲就只能坐在靠左边的扶手一侧。这是一个三人沙发，我每次去都坐在他们中间，一句话会翻来覆去说好几遍，对左边说完对右边说。父亲和母亲都是左耳听力更好一点，母亲只好把身体转过来，探过她的左耳，即便这样，我用了最大力气，他们仍然听得似是而非，答非所问。

现在，我就搬一个小墩子，放在他们俩中间的地上。我记得有材料说，失聪的人可以从唇语猜出词句，我也这样面对他们，果然效果很好，他们可以参考我的口型，确切地知道我说的是什么。

很多人都以为对于听力减弱的人要大喊大叫，其实这是完全错误的，你只要慢慢说，吐字清晰，语气平缓，甚至声音很低，他或她也完全可以听懂你的意思，这对说话者的耐心是很大的考验。

这样的下午，坐在小凳子上，对面是年迈的双亲，名副其实的促膝交谈，人世间最平凡的抚慰，就在这两三平方米的空间里了。

我很享受这样的下午，有时候夕阳西下，还能隐隐约约在楼宇的缝隙中看到远山。突然发现，我们家永远都是朝西的房子，从故乡红岸到北京，我们都偏爱西边的太阳。

他坐在下午的阳光里，像一个战场上归来的将军，气定神闲，在看一本书，完全不像几天前命悬一线的病人。这些年他每年都要住进医院，记不清一年几次了，各种各样的大小手术，将他的身体百炼成钢。

小时候我在父亲工厂的炼钢车间看过炼钢过程，一块块钢锭被放在熔炉里，在极度高温下化成钢水，再锻造成透明的金红色固体，钢花四溅，像焰火一样，绽放出奇异的光芒，再经过淬火的洗礼，冷却成型。

我的父亲，就是在他人生大熔炉的锻造中，一点一点成为我心目中的英雄。

英雄是什么？

词典上说：英雄是指才能勇武过人的人；是具有英勇品质的人；是无私忘我、不辞艰险、为人民利益而英勇奋斗的令人敬佩的人。

杜甫《蜀相》诗："出师未捷身先死，长使英雄泪满襟。"这里的英雄，令人仰天长叹，潸然泪下；毛泽东《冬云》诗："独有英雄驱虎豹，更无豪杰怕熊罴。"这里的英雄，更令人五体投地，敬佩云霄。

"聪明秀出，谓之英；胆力过人，谓之雄。"

"英雄者，有凌云之壮志，气吞山河之势，腹纳九州之量，包藏四海之胸襟！肩扛正义，救黎民于水火，解百姓于倒悬；英雄者，拥有藐视一切之能力，傲视群雄之气势。"

如果在一个夜晚，邀各方仁人志士，煮一壶老酒，坐而论英雄，比比看看，我不知道怎么还能说出我的父亲是一个英雄。

可是，我依然认为我的父亲，他就是一个英雄。

如果说他是一个英雄，那么他的身体就是他的战场，他的敌人就是各种疾病。他的战场比任何人都大，因为他的敌人比别人多出一个又一个，因此他就需要比别人多用好几倍的战斗力；他的战场形势复杂，是因为他经常生出一些与众不同的病来。甚至有一个医生说，他其中的一种病，是"小众病"，并不是最有名的医院才可以看明白。最离奇的一次，我的丈夫拿着父亲的片子在一天的时间内跑了北京五家著名的医院。父亲的那个"小众病"，最后是在一家名不见经传的医院得到了最正确的治疗。

每次检查报告出来，他都是第一个要看结果的人，他从不讳疾忌医，他会冷静研究自己的病情并做出判断；他能看懂心电图，我的心电图他冷眼一看就告诉我：左前分支阻滞，跟检查报告上的一字不差。他自己的心电图，每次看完都要跟我的妹夫探讨一下。我的妹夫是心脏病专家，每次父亲向他求证，妹夫都会给他竖大拇指。

十二年前，他的肾出了问题，需要进行一个大手术，这个手术的结果就是需要常年透析。我们三对姐妹夫妻开了几次电话会议，商讨如何对父亲解释，当我带着兄弟姐妹的重托小心翼翼地跟父亲谈这件事时，没想到父亲非常理智，他反过来安慰我说："爸爸是个经历过风浪的人……"

他开始了每隔一天做一次透析的生涯，这一透，就是十几年。

对于"透析"，我原本只有一个概念：就是把身体里的血过滤一遍。这几个字写起来很轻松，说起来更是上嘴唇碰下嘴唇那么容易。有一天因为一些紧急情况，我破天荒地来到他的透析病床旁，我觉得我的心被震疼了，血液仿佛要胀破心脏奔流出来，如果可以，那些鲜血我都想换给他——

他躺在那里，旁边是一台大机器，好几根粗管子连接着他的身体，那些鲜红的血从他的胳膊里抽出来，在那个透明的机器里转动，那么多的血，鲜红的血，水一样流动的血，是我从来没有见过的，那透明的机器在清洗他的血液，然后再将血送回到他的血管里。

他安静地躺在那里，手里举着一本书，另一只胳膊因为抽血而不能动。这样要躺四五个小时，他不能换手，所以他每次到医院都带一本薄薄的书或者杂志，因为他长时间举着这只手，已经承载不住哪怕稍微重一点点的重量。

从透析室出来，强烈的心悸让我无法平静下来，我的心被忧伤和疼痛填满，甚至没有缝隙可以让我的心脏多跳动几下。走出医院的大门，看到一个男人站在门口，我无所顾忌地向他要了一支烟。

就这样，我的父亲，一个普通人，一个耄耋老人，在他的战场上，他一个仗接一个仗地打，不能懈怠，不能姑息，他必须把敌人都打败，才能胜利。常言道，"一将功成万骨枯"，但是他没有一兵一卒，出生入死，完全是单打独斗，没有战友，没有援军，甚至没有炮弹，没有军情，他在进行一个人的战争。

他每天都在战斗，他不能倒下，如果倒下，他的战场就会化为一片灰烬，他必须打到地老天荒。

　　他还有一个武器，就是他的笔，或者说是他的电脑。这些年，在与久积沉疴的搏斗中，他依然坚持写作。他每隔一天需要透析一次，透析当天回来，疲惫的他一下子瘫坐在沙发上，就像刚刚打完一场艰苦卓绝的战役，他甚至没有力气挪一下位置。但是在两次透析之间的那一天，他又会坐到电脑前，将布满针眼的胳膊架在写字台上，写下一篇又一篇文章。他已经不能像从前，二十二岁写下《大学时代》，二十五岁写下《钢铁巨人》，人到中年写出《遥远的北方》那样的长篇巨著。现在他只能写一些短小的散文，他写故乡，写他工作过的地方，写亲情，写他眼中的世界，写他八十多年的风风雨雨，但是，他从来没有写过他的病痛。他经历过世事的狰狞与温良，却一直以最朴素、最平常的真诚面对他不平凡的人生。

　　他每天坐在那里，在我心里，他俨然坐成了一个英雄。

　　古今中外，地上的人生生不息，但是可以称之为英雄的却寥若晨星。"天下英雄谁敌手？曹刘。生子当如孙仲谋。"英雄者，有枭雄曹操之铁腕，有诸葛孔明之谋略，有战神拿破仑之叱咤威武，而巴顿将军，就是为战争而生的英雄。

　　但是在我的认知里，一个普通人，当他的勇敢、他的坚韧、他的风骨足以震撼我的灵魂时，他就是我的英雄。英雄不问出处，英雄更不问去处。孔子云："不知生，焉知死？"当我们能够勇敢地面对生命中的各种不测，却依然云淡风轻，看尽朝霞和夕阳，我们就是自己的英雄。

　　所以，我说父亲是一个英雄，不需要别人的认可，也不需要跟那些叱咤风云的英雄类比，因为他是我心目中独有的英雄，不是别人的。所以这个英雄，只有我爱戴就足矣。

　　每当看到我们的孩子围绕在他的身旁，我都明白，这些孩子就是上天给他的最好馈赠，是他作为英雄获颁的勋章；他写下的几百万字著作，就是他艰苦卓绝的战利品。每当我被病痛缠身，想到他，我就不会抱怨。他的善良影响了我们三姊妹的处事之道，他的智慧是下一代精神的来源，他的努力是孩子们的光和盐，孩子们会为他们的外祖父而感到荣耀。

　　他即便一直坐在那里，一动不动，也有着他的体面与尊严。八十八圈年轮，我的父亲，经历了他大风大浪的一生，历经沧桑，不曾放弃。

"但使龙城飞将在，不教胡马度阴山。"他将战无不胜。

阳光越过他的肩膀，照在墙上，那是一张他年轻时的照片，西装革履，头发乌黑，风度翩翩，他在开怀大笑。

现在的他，满头银发，世事洞明，一米八四的身高，却只有六十八公斤的体重。当我把手搭在他的后背，能够清晰地触摸到他嶙峋的脊骨，像刀削一般尖锐。

他形销骨立，却腰背笔直，眼神闪闪发光。

夕阳中，他头脑清晰地回顾他的一生，光荣与梦想，得与失，坎坷与收获。

他挥手一笑，云淡风轻。

（选自《雨花》2022年3期）

## 评鉴与感悟

父女之情，充溢着一种人性之美。一个人要历经怎样的劫难，才能圆满自我的人生。况且，这劫难，还不只是疾病所致，更有疾病之外的一切。

# 70年代・往事

# 致 你

/李静

一

亲爱的你：

我是在一块晃动开裂的土地上给你写信。我本想在孤单恐惧中呼求你，但现在，却迫不及待要把一个好消息告诉你——它借着一些眼泪传递给我，我却要用它赞美你。

这事发生在昨天。芬姐正擦洗我家厨房时，接到一个老太太的电话。她是芬姐的老主顾，一个八十来岁的孤独老妇——她有儿子、儿媳和孙子，但她不爱他们，不想他们，他们也很少看望她。对，她就是这样的人：谁也不爱，谁也不想，不缺钱，不快乐，肥胖、高血压、腿脚不便。一年多来，她总在夜里听到隔壁有小男孩哭泣的声音，喊"饿"的声音，这哭叫令她痛彻心扉，急于把好吃的送给他，只是碍于半夜三更，不好意思敲人家的门——对儿子和孙子，她也不曾这样柔肠百转。一个白天，芬姐正好在，老太太又听见小男孩哭了，要她去看看。芬姐就去隔壁看，发现那是个正在装修的空房子。她到楼上楼下相应位置看，也没有什么小男孩。芬姐毛骨悚然。后来她偷偷给老太太的儿子打电话，含蓄地告诉他，去照顾一下自己的妈妈。儿子给妈妈雇了个保姆。不到一个月，保姆被老太太打发走了，理由是"嫌她吃得太多"。但老太太依赖芬姐，每周要她去两次。

芬姐把她搀到轮椅上，推着她出去遛弯、买菜，回来打扫房间，给她洗脚。我问芬姐为何对这乖僻的老太太如此耐心，她说："不得对得起人家的钱？"哦，要对得起钱——顶靠谱的商业伦理。

昨天，芬姐擦洗我家厨房时，接到老太太的电话，声音很大："芬啊，我摔在地上了，你在哪呢？你能不能过来一趟，扶我起来？"

芬姐说："我这儿离你家三公里，我可以过去，可我没带替换电池，我怕电动车去了你家再去别处，回家电就不够用啊！"

老太太失望地说："啊，那我问问物业能不能过来，物业有我房门钥匙。"芬姐挂了电话，继续默默擦洗。我说："要是需要，你去照顾老太太吧，我这儿不要紧。"

芬姐摇头："我怕我的车，电不够用。"

过了会儿，电话又响，是老太太："物业的人把我扶起来了，没事了啊。"

芬姐工作完，穿上鞋子，背好背包，对我说："好了啊，我走了。"我的近视眼觉得她脸上的表情似乎不对。我走近她时，果然发现她紧绷着脸，正试图阻止自己的眼泪，但泪还是簌簌落下。"啊，你哭了？"我抚摸她的肩膀，不知如何安慰。实际上，是惊诧多过抚慰。她为什么哭？使她产生如此激情的原因是什么？是真心惦念那个老太太——一个本来冷漠乖僻的老雇主、有钱也不幸福的天罚者，此刻却楚楚可怜如婴儿？是老太太第一时间不向儿子、物业而向她求助，这一行为所暗示的跨越阶层、血缘、金钱和性情的信赖？是常受怜悯俯视的她终于获得了怜悯俯视他人的机会——这被怜悯者从物质和社会层面都比她优越，此刻这优越却终于坍塌成脆弱无助的惨相？……

我容易激动的心和惯于分析的头脑快速地运转着，找不到合适的解释。

"她儿子怎么这样！"终于，芬姐哭出声来，"他老妈多可怜，他也不多来看看！也不说陪老妈住一宿……我的车，我的破车！我偏偏今天没带替换电池！我要是去她那，我就回不了家……回不了家啦！"啜泣、喘息、眼泪。气闷、急切、绝望。我忽然明白了老太太电话的真实用意。她孤独，需要芬姐，只相信芬姐，她在找借口让芬姐过去，多给她一点儿踏实的安慰。显然，不是只有芬姐能扶她起来，物业也可以做到。这看起来多事的电话，其实是一个坚硬乖僻的老人在茫茫人世所能发出的最信靠的交托、最软弱的呼求，芬姐领会了，却没能回应这交托和呼求，她为此而自责，而苦痛。她貌似在生主顾儿子和电动车的气，其实是在生自己的气。这是一次忘我的生气，这是出于舍己又自恨不能舍己的生气。她说不出这感受，但是她的眼泪替她说出来了。她的眼泪和愤郁一瞬之间穿透我，让我蓦然看见你的光亮。

没错，那是你的光亮，在她的眼泪里。此刻，我依然坐在你的光中，我的石头心在融化，软得像一颗果冻。这颗果冻想要拥抱更多的石头和果冻。

这就是好消息。你一定早已知道，可我还是忍不住告诉你。在这讲述里，得安慰的是我，不是你。

感谢你，我爱你。

想念你的 我
2021 年 9 月 1 日

## 二

你好呀。

我好吗？不，我不好。

最近又被抑郁侵蚀。我似乎走进一个没有窗户的房间，里面只有我自己。我看不见别人，别人也看不见我。我听不见别人，别人也听不见我。我像死了一般。即使走在街上，走在单位，坐在剧场，坐在聚会的家人中，依然如此。我已和他人隔绝。

——你需要别人吗？

——我不想承认我需要，但实际上，我需要。

——你爱别人吗？

——我以为我爱，但实际上，并不真的爱。

——你需要别人什么呢？

——我需要……人的爱。

——你需要他们的爱，却不爱他们？

——呃，如果他们爱我，那我也可以爱一爱他们的。

——你认为，爱是一种交换？

——理论上不应该，实际上却是的。

——很好，你是个明白人。按照交换法则，总得有一方先付出，另一方再回报。你愿意先付出吗？

——不，我不愿意。凭什么呀。

——那你得有东西吸引人先对你付出，那东西一定是你优于别人的。那是什么呢？美貌？

——不，我没有美貌。

——年轻？

——不，我已不年轻。

——金钱？

——不，我没什么钱。有钱太俗。

——权力？

——不，我是个无权之人。权力是罪恶的渊薮。

——名声？你这么清高的人，一定有令人景仰的名声喽？

——不，我没有名声。我又不是明星，不是有天才会搞事的艺术家，不是烈士，更不是网红，哪能有什么名声？

——那么，你拿什么吸引人家迈出爱的第一步呢？

——呃，不知道。

——那就先不考虑别人，想想你自己吧，爱自己有时也挺管用。你爱自己的什么呢？

——谁都会有一点头脑、一点个性、一点才华、一点良心，所以，这些不足以令我爱自己。

——据说，每个人都可以做自己的太阳，自己发光，你也试试？

——我试过，并且知道：这是一句最虚妄的口号。尼采是老实人，试过之后，他疯了。

——那你还有什么办法呢？

——没有了。

——那……你就无怨无悔地死了吧。

这声音循循善诱，逻辑严谨，我差点着了它的道儿。这时，你的好朋友S来了。他深深看了我一眼，就知道我心里很不安，但也不问为什么，只是跟我缓缓讲述一只狗给他的启示。

那是一只他在小区里散步时遇见的狗，当时他心里正焦躁烦忧。你知道，他因为爱你的缘故，创办了一个心理援助公号，集结几位志同道合的心理咨询师，每周日为一些特殊人群提供免费的心理咨询。一个月前，一个咨询者给他发去一条愤怒的微信：你们中心的某某咨询师竟向我收取费用！你们不是免费援助吗？怎么能挂羊头卖狗肉，当婊子又立牌坊，以公益之名，行买卖之实？！我要告你们诈骗性收费，让监管部门取缔你们的营业资格！

S说，他们这个纯公益的合作小组，无非是想给一些有经济困难的人士提供免费的心理援助，若因为这个人的投诉，背上非法牟利的罪名，那可真是冤枉透顶。S问那位受指责的心理师——他的团队伙伴，究竟发生了什么？此人对那投诉者也是一肚子火："他不管外面好几个预约等候的，跟我说个没完，已经超了半小时，我就提醒他，该结束了，外面还有人等呢，咱下次再说。他说，我的问题没聊透，你别想让我走。我火了，说，你要这样，就得收费另约了哈。他问，怎么收费？我说，一小时八百。他就骂我，说公益援助是假，招揽生意是真。我不争辩，只是不再给他提供咨询。想不到他怀恨在心，竟要对咱们全体小组成员下手。"

S在投诉者和小伙伴之间奔走调停，谋求相互谅解。但投诉者不依不饶，要求小伙伴道歉赔偿；小伙伴说对方无理取闹，拒绝低头服软。投诉者发出最后通牒：给你们三天时间，不按我的要求办，就去告你们非法牟利，反正我闲着也是闲着。看他不达目的不罢休的做派，S知道，他必说到做到。

在最后期限的前一天，S在小区里垂头丧气地散步，他为人性的狰狞感到沮丧。本想和小伙伴一起，为有需要的人群提供力所能及的服务，接受服务的不感激也就罢了，居然反咬一口。同伴也真是的，你为何不能宽容一个穷乏人呢？我们原本不就是为了让他们知道，这世界并非完全冷酷无情吗？非弄得反目成仇、违背初衷才罢休。他真是心灰意冷，那曾经沸腾的爱，已像一丝若断若续的轻烟，即将飘散了。这时，他看见一只和主人一起溜达的小狗。

　　S说，那是一只温顺沉默的黄毛柴犬，被一个心事重重的女孩牵着。它一边满脸关心地仰望自己的主人，一边颠颠地走着，忽前忽后，忽左忽右，偶尔舔一下女孩的脚。它的眼神和整张脸上的表情满是专注、热切、担心，恨不得要说出安慰的话来。几个分别牵着泰迪、博美、吉娃娃的男女从女孩身边走过。那些小狗或欢快，或天真，或懵懂，也一心一意地跟着它们的主人。女孩坐在台阶上，抱住柴犬的脖颈。柴犬激动得呼哧呼哧，拼命舔着女孩的脸、肩、背。此情此景，让四十多岁的S悄悄流下泪来。他说，他刹那间从小柴犬的身上得到了安慰。因为那时他看见了你，确切地说，看见了你的美意：连一只小狗和另一只小狗都是不同的——不同的样子、不同的性格、不同的眼神和表情、不同的回应主人的方式……每一只小狗，都是唯一的小狗。他抬眼望向四周：每一朵花，都是唯一的花；每一只鸟，都是唯一的鸟。何况最像你、分得你灵性的人。每一个人，都是既陷在罪中又时有光辉的人。都是不可替代的人，都是至为宝贵的人，都是可能奔向你的人，都是唯一的人。你绝不强迫任何一个人听从你。你只是照着他们的个性，怀着无法测度的爱和忍耐，启示他们，等待他们，直到他们突然领受启示，认识了你，然后急不可待地奔向你。这是你爱人的方式。"我当效法你的方式。"S望着那只由你差遣的小狗，恍然大悟。

　　于是，他拿出手机，打给投诉者和他的伙伴，邀请他们来咖啡馆坐坐。这个正在失业、婚姻有危机的投诉者，这个父亲刚刚罹患癌症的小伙伴，不都是我的弟兄吗？不都是经历了独属于他自己的人生，受了我所没有经历过的苦楚，既不信又渴望某种永不朽坏、永不暗淡、永不变冷的爱吗？啊，我凭什么恼怒他们呢？我凭什么忘记了自己一直葆有从你而来的这种爱，却不把它传递出去呢？S默默对你说道。

　　S没有告诉我，他和那两位弟兄都说了什么，以至于他俩握手和解。"一切只因为，爱的源头在工作。"他只简单地说了这么一句，就请我注意你借着那只小狗，带给他的启示——他要借着这件事，扑灭我的孤单、沮丧，以及不时冒出来的对死的渴望。

　　"这只小狗提醒我，要爱别人。"S对我说，"但是它也提醒你，要爱自己。"

亲爱的你，是否和我一样嗅到了鸡汤的味道？前面他的叙述，已让我隐隐感到这危险，当他说到"爱自己"，我实在忍不住了："啊，我可不像你那两位冲动的兄弟。我是个心智成熟的人，不需要精神按摩。我的病，话疗法没法治，有药可以吃一点。"我说。

"吃药没用。"S斩钉截铁地说，"你的病在于，你和TA之间的通道被堵塞了，我来帮你疏通一下。

"咱们还是回到那只小狗。当我想到'每一只小狗都是独一无二不可替代的小狗，每一个人更是不可替代至为宝贵的人'，这个判断里既包括他人，也包括自己。这意思是：我要在造物主赐予我的爱里，既爱别人，也爱自己。

"这'爱自己'的意思是，我欣然接纳TA给我的一切没有被'罪'玷污的特质，即使它们在世人眼中是不好的。比方说，我生来肥胖，或脑瘫，或貌丑，我生在贫民之家，没机会受好的教育，没有威风凛凛的社会资源，没有卓越骄人的天赋才干，没挣来许多钱，没握有许多权……没有任何在世人眼中看作优胜和成功的东西。相反，我就是个不折不扣的普通人、失败者、倒霉蛋。但在造物主眼中，这样的我和世人眼中的任何卓越者有着同等的道德地位，同样被TA所爱。甚至，我若受苦更多，却仍葆有洁净热情的心，TA对我的爱会多过那些世间的幸运儿。因为TA知道，我的心比那幸运儿更谦卑，更宽广，更如炼净的精金。"

"TA更爱受苦之人？证据是什么？"

"我不说这证据在天上，在将来，只说现时。这证据也不在现时TA回报TA以苦尽甘来的安逸尊荣和'经济自由'，而在这儿：TA此时此刻虽处于物质和社会资源的匮乏之中，却仍葆有良心的平安、生命的成熟、感受力的丰沛、爱人之心的炽盛，并有脱离罪恶捆绑、不为生存忧虑的心灵自由。这是祝福万物同时祝福自己的自由，是类似诗人之眼的那种自由——随时随地发现、赞美、歆享世间每个事物那令人惊奇的唯一性。TA格外爱TA的证据，就在于TA格外受到光照而拥有的灵性自由。这自由不从金钱堆积的闲暇而来，而从负重之际对TA的仰望而来。这自由不来自'仓廪实而知礼节，衣食足然后知荣辱'，相反，将'物质丰裕'作为追求自由的前提，作为衡量文明程度和个人素质的标准，正是魔鬼的诡计：它知道唯有如此，人才能老老实实典当头脑、良心、身体和时间，供它驱使，并在仓廪衣食和真理自由之间出现张力时，理直气壮地站在前者一边，迅速遗忘和抛弃后者。真理中的自由不接受任何物质限定，因为TA不从地上来，而从天上来，从TA超越于万物的爱和公义而来。当然，地上还有另一种抄袭神性的魔鬼：它也反对'仓廪实而知礼节'，也声称人要'狠斗私字一闪念'，也号召人不要追求利益，只去献身真理。但它的意思是：你不要为自己追求利益，你要把追求它的利益作为你献身的真理……我是不是跑题了？"

"貌似跑题了，但却帮我看清了我的问题。一切都可归于一个问题。一切都是老问题。谢谢你提醒我。你不必担心我的求生意志不足了。"

经验丰富的心理师S深深看了我一眼，就放心地走了。

亲爱的你，感谢你差遣他来启示我，就像你差遣那只小狗去启示他一样，哈哈。

突然想通的 我
2021年9月10日

## 三

你好：

想念你。

最近和一个三十来岁的朋友谈起你，无论如何都很难让他明白你，我感到沮丧。想起去年发生的一件小事，那时的我几乎和现在的他一样。现在，我要向你讲讲那件事，好恢复我容易受挫的信心。

那是一个周末的傍晚，我开车，带着女友N和我们共同的朋友S来我家坐。其时我们三人在合著一本书，名叫《共同体的生活》，快收尾了，总觉得缺一个既日常又引人共鸣的案例，于是碰头一起商量。车快开到地下车库时，不得不停下——入口处新安装的自动起降闸关着。前头的司机纷纷下车，第一辆车的车主是个精干的少妇，正跟闸门前的物管员理论：

"你给我开开，让我进去，免得拦住后面的车。"

"不行，你这车牌扫描通不过，不能让你进。"

"我是业主，我早晨离开还没事呢，晚上回来就进不去自己的车位了？

我花物业费是为了让你拦着我的?"

"不是我不让你进,你的车扫描通不过怪谁?谁知道你是不是业主?你不是业主怎么能随便进车库?万一丢车谁负责?"

"嚯,我在这儿住了十年,突然连业主都不是了?就因为我没去物业重新上报车牌号?"

"对啊,谁让你不按规定上报车牌号?"

"没人通知我呀,你们物业干吗吃的,这么重要的事,不挨家上门通知?"

"我们在微信群里通知了!你问问后边的业主,是不是都在群里知道了?"

此时我后面的车已排成长龙。焦急的车主们站出来,纷纷响应物管员:"没错,我们都知道!你不看微信怪谁呀?赶紧把车挪一边,先让我们进去!"

女子怒了,索性把车熄了火:"还有没有天理了?我们家没人在业主群里,也没人拉我们进去!怪就怪你们物业通知不到位,后果凭什么要我承担?!"

一个留寸头的车主:"这算什么了不得的后果?无非是你先把车挪一边儿,现在去物业报一下车牌号,就这么点小事,你非横这儿耽误大伙儿时间,还有没有公德呀?"

女子对那车主:"你少来道德绑架!不公平的事没落到你头上,你才随口说便宜话!就你这素质,将来你家失火都没人救你信不信?!"

寸头车主:"你咒谁呢?你要不是女的我抽你信不信?闭上臭嘴,赶紧挪车!"

物管员看着业主的内讧,嘴角露出一丝笑。

我就看不得他这副心机得逞的样子,走过去对他说:"你们啊,有责任通知到每个业主去物业重报车牌号,她没收到通知,是物业失责吧?你就该赶紧弥补,放她进去。"

物管员:"那不行!咋能一开始就坏了规矩?我放她进去,还放不放其他不守规矩的?都放,新规定还咋执行?业主的车辆安全谁保障?"

戴眼镜的车主:"起草规定之前,你们征求业主同意了吗?我们没同意，就用这规定限制我们?"

物管员:"这也是为了业主的车辆安全呀!"

留寸头的车主:"有规矩总比没规矩好。有了规矩就得执行!"

穿唐装的车主（对女车主）:"您看看，就因为您一个人在这儿较劲，院儿外马路都堵了，耽误多少人办事儿？有必要吗？您还是讲点儿大局观，把车挪开，给大家伙儿行个方便，啊?"

女车主:"事情到了这一步，更不能挪车了。这一挪等于承认拥堵都是我的责任了！这罪过我不能担！（指着物管员，对所有人）谁的责任谁来负！你们找他说!"

此时物业负责人带着五个保安威风凛凛地来到现场。

负责人:"有话好好说！为了大家方便，您先把车挪一边儿，咱先解决拥堵问题，好吧?"

女车主:"挪车可以，你们物业先在这儿对大家承认，是你们工作失误导致我的车开不进去，导致交通拥堵，不是我的问题。"

负责人:"这我们不能认。是您的车牌没通过扫描，您要违反规定强行进入车库，造成了交通拥堵。"

女车主倚着车门:"既然你们这么不讲理，那就怪不着我了。"

……

车轱辘式的争论愈演愈烈：女车主要她的公道，物业公司要体现权威。还有一个宏大主题若隐若现：为了咱整个小区的生活质量和安全秩序，是不是得制定一个基于业主利益而非物管员方便的物业设施管理条例？这条例应由谁授权和起草？由谁表决通过？由谁保障其运行？物业公司有权不经业主同意，就将这一切程序大包大揽，强制业主服从吗？……这时我们才发现：住了十年的小区，业主委员会成员竟然是物业公司指定的！而物业公司是开发商指定的，这一点我们买房的时候就知道而且同意——不同意就不能买房，而以我们当时的经济条件，这个小区的房子只能是我们的不二选择……

当我们讨论得毫无头绪的时候，院外的汽车喇叭声响成一片。两名交警拨开人群，来到女车主和物业负责人面前。后者将交警拉到一边，低声嘀咕片刻，交警走向女车主，说:"麻烦您把车挪到右边，先让别的车过去。"

女车主迟疑了一下,声音尽量坚决:"物业不认错,我不能挪车。"

交警:"您和物业之间的矛盾,不在我们的调解范围。我们的职责是维护交通秩序。您的车堵在车库入口,已经影响了小区外的道路交通。怎么着,要不我帮您挪车?"

警帽下不怒自威的眼神,加上周围的寸头车主、唐装车主和众业主的催促,终于击垮了女车主。她默默打开车门,坐进去,启动车,挪到右车道。

围拢的车主们回到自己的车里。

"傻×!"

"还得来硬的。"

"给脸不要脸。"

"瞎较劲有什么好?"

……

交警站在女子的车边。车闸开启。物业胜利了。我是第八个开进车库的。我看着女车主被人竖中指隔窗而啐的情景,不禁叹了口气,对N和S说:"瞧瞧,先天不足的小区,不合理的规章制度,搞得业主遇事就内讧,物业越来越膨胀——简直不是物业为业主服务,反倒是业主为物业服务了。不成立真正的业主委员会监督物业,不把小区的各项制度健全了,施行了,这问题永远解决不了。可业主心不齐呀,这事根本做不成……"突然,一个主意涌上心头:"你们觉不觉得,这事还挺适合做咱们书里案例的?"

S大为赞成:"既日常又典型,我看可以!"

上楼,进家门,泡了茶,N说:"好是好,可我们要借它说什么?"

我:"这还不明显吗?我们小区——一个小小的'地缘共同体';业主和物业公司——以雇佣契约维系共同体运转的权利双方;物业胜利,业主失败——表明权利关系颠倒,主人的权力和权利被窃取,原有契约因不合理而失效;出路:小区必须革新制度,重订公平契约,业主委员会必须重新选举,物业公司必须更换,只有这样,业主才能成为有尊严、有自由的业主,这个小共同体才能成为我们真正的家园。"

N:"你的结论是:必须先有好制度,才能有好的共同体,才能有好的人。"

我:"对。"N:"可是,好制度从哪来呢?"我:"人建立的呀。"

N:"什么样的人建立的呢?"

我:"当然是,既洞察人性恶,又晓得如何限制这种恶的好人啦。"

N:"这种好人从哪来呢?拿你们小区来说,你们的业主是这样的人吗?"

我:"你刚才看到了,多数不是,他们的素质跟物管员差不多。"

N:"所以,他们怎能给小区建立什么好制度呢?"

我:"那……就注定没戏了呗。鸡生蛋,蛋生鸡。坏环境催生坏人,坏人使环境更坏,就这样坏坏循环,彻底腐烂。我们小区的未来就是这样。等将来我有钱了,就搬到优质社区去,眼不见为净。"

N:"哈哈,你想用'制度决定论'开药方,自己却都觉得行不通,对读者又有什么益处呢?"

我:"启发他们思考啊!我们也就是谈谈而已,实践的事,留给别人吧。"

S:"我们主张的东西,应当是我们自己能够做到并对人有益的,否则没有说服力。写这个案例,可以先不考虑'社区共同体未来往何处去'这种大命题,只对读者提个小问题:今天的这场拥堵,怎么避免?换作你是那位女车主,你会怎么做?"

我:"换成我,可能会出于从众心理,不等交警来就怂了,拥堵不会那么严重。但我会自恨软弱,会呼吁读者:不要像案例中的寸头车主和唐装车主一样,跟物业一唱一和;要站在女车主一边,帮她摇旗呐喊,战胜物业,这样,业主的权利才不会被僭取。因为我们每个人都是自己生命、财产、权利的'业主',我们随时可能遭遇侵害我们权益的'物业'。你说呢?你会怎么做?"

S:"我啊,我会立刻主动把车挪到右车道,避免这场拥堵。因为这不仅事关我个人的权利和面子,还牵连到后面及院外的车,多少人急着赶路,要办各自的急事啊。"

我:"你这是在倡导一种'凡事屈从'的行动观,只会纵容物业挟持群众,在业主头上作威作福。我为什么主张写这个案例?我是要请读者思考:

我们这些普通人面对随时可能侵犯我们的强悍者——'物业'时，该怎么做，才能既保存自己，又能让这世界更好一点？或者用一句时髦话吧：我们该怎么做，才算在过一种'正当生活'？你该回答的是这个问题。"

S："我就在回答这个问题呀。在我挪车之后，我要去物业公司重报车牌号，温和地提醒他们的疏失，建议他们未来工作当有的方式。即使他们听不进，我也既不敌视他们，也不惧怕他们，而是日复一日，把他们当作成长不够、但会继续成长的邻居来和睦相处，慢慢彼此了解，彼此相爱。

"推而广之，我认为这就是生命和良心更成熟的普通人、'弱势者'，面对生命和良心尚不成熟的'对立面'——那些试图将不合理之事硬加给我们的强悍者时，所当采取的态度。这与弱者出于恐惧而屈从强力不同。这是精神自由的人，不再偶像化地看待制度、权力和权利，而采取的积极行动——爱，和睦，忍耐，影响，改变，以善胜恶。人若将制度、权力和权利偶像化，就会产生一些虚妄的意识。

"比如，握有权柄的一方会认为，我是你所有权利的源泉，我可以把它恩赐给你，也可以将它收回归我，无论怎样你都该顺从。承受治理的一方则认为，你既然统御了所有的资源和权柄，你就当负一切责任，而我没有任何责任；所有的罪过和败坏都是你的，而我没有任何罪过和败坏；我存在的意义就在于现世的公平和权利（自己的和他人的），如若从你那里得不到，那么我存在的意义就在于公开声讨和谴责你；如若公开不可以，那么我存在的意义就在于私下声讨和谴责你；除此之外，不存在其他领域的清理和拯救，若以为有，那是逃避真相的自欺欺人。此时也会出现一个意识的分岔，一部分承受治理者认为：或许存在其他领域的清理和拯救，但它未必能得到权力者的赞许——那可就太危险了，它不会成功，所以努力也没用，我更愿意平静度日，以私下的声讨和谴责来彰显我清醒高贵、绝不同流合污的道德价值。

"总之，我们倾向于认为，自己与他人权利的公正获取、能达成这获取的制度建构，以及与此相关的道德言说，才是生命意义唯一的起点，也是唯一的归宿。无数的道德故事和训诫塑造了我们这一信念。我们没想过，这权利（无论自己的还是别人的）、制度和道德如若成为人奋斗的终点，它就会成为被膜拜的偶像，我们就会成为这偶像的奴隶，只定睛于此，只以此为义,昏蒙了自由的眼睛。

"实际上,个人权利及其争取过程若不能在公共领域里实现和彰显,则私人领域里对它的主张、憧憬和谈论就没有意义,因这谈论不能建造生命,也不能滋润灵魂,它只映射物质领域的斗争痕迹。即便它在公共领域得以实现和彰显,也没有终极的价值,只有起点的意义。人是如此高贵的存在,以至于任何相对、有限之物被认作终极价值时,都会败坏人。所以,圣化这种权力斗争(现实的或想象的),其实是把相对性的事物绝对化和偶像化,它的结局只能是虚无主义。即便这虚无有其道德的初衷,秉有悲剧的美感,依然改变不了它结不出果子的本质。什么样的存在才应当被绝对、神圣地看待,并能结出精神的果子?只有那绝对、超越而无限的'真理本体'才可以,相对性的事物只可安放在相对性的领域。"

我感到这话蛮有道理,听起来却有些刺痛。许多年来,我都坚信自己毫无问题,问题只存在于我的外面——强悍者、说谎者、又蠢又坏者,以及他们联手建造的坏机制。我认为得救的唯一途径,就在于机制、环境、外部世界的改良,而我写作的意义,就在于为这改良加添自己精神的砖瓦。但S却告诉我,这个立足点错了,我只是个虚无的偶像崇拜者,真是情何以堪。我闷闷地说道:"既然得救的途径不在外部世界的改变,那在哪里呢?你言之凿凿地暗示还有'其他领域的清理和拯救',请明示,那是什么?"

S:"哈哈,别急呀。既然我们不是权力和资源的支配者,就不要装作他们,只从制度、权力和权利的角度来思考。我们应当在我们的自由意志能够奏效的领域——生命和良心的领域,去思考和行动。刚才的拥堵事件,其实是所有当事人——无论物业还是业主——在这领域里生病的表征。我们现在要想的是,如何在生命和良心的领域里医治自己。只有先医治自己,才能医治环境。"

我有点生气:"比我良心坏的人多的是,凭什么要我先医治自己?应该先治最坏的人才对!"

S:"你若以为只有先追究大恶的责任,才能改正你自己的小恶,你就不比大恶更好。你若因为世界是个大垃圾场,你就不清理自己家里的纸屑和烂菜叶,你就是个假装干净的人。不是吗?你为什么不可以先把自己家里打扫干净,布置鲜花,成为大垃圾场里的第一块净土呢?你为何不先让自己良心无亏呢？

"问题在于我们并不真的知道何为'良心无亏'。我们对自己良心状况的评估，只是来自与他人的比较。总有比我们坏得多的人，让我们先给他们上一课。我们对自己的道德无能并不真正知晓。相反，我们认为自己完全知道何为正义，且把这'知道'混同于'做到'，并自以为义。我们并不认为'知道'而不'做到'是一种良心的疾病，因为所有人都是这样。我们还以自己'知道'而别人'不知道'，或自己'做到的多'而别人'做到的少'，而睥睨他们。这同样是良心的变质，因为泯灭了爱和谦卑。我们把知识变成凌虐的刀剑，去砍削和蔑视别人的尊严；把义举变成放债的资本，去催取和享用别人的感激。一旦我们觉得自己是如此高尚、完美、智慧、正直，以至于可以傲视芸芸众生，值得被人顶礼膜拜，我们的良心就被虫蛀了。

"所以，最需要医治的首先不是我们自己的良心吗？但如何医治呢？我们须先知道何为'无亏的良心'，才能医治自己的亏欠。如何知道呢？答案不在我们自己的身上，也不在世上的任何道德楷模那里。一切相对、有限的存在都不能提供答案。只有那绝对、超越的不可名状者，那颗无限的心灵，真理的本体，才可以。"

我："你前面说的我都懂，最后这句听得很懵——太抽象太神秘了吧。"

S："如果把'不可名状者''无限的心灵''真理的本体'这些语词换成'你'，是不是好一点？"

我感到需要表现一下自己的哲学素养："就是马丁·布伯《我与你》中的那个'你'，'永恒之你'？"

S："回答正确。"

我可不是好糊弄的，于是接着问："'你'指的是创造者、启示者、拯救者，超越了一切相对性人格的'绝对人格'？"

S："加十分。"

我："可，这到底是啥意思？我就没想明白过。"

S："靠想是想不明白的，任何间接、繁复、理论化的思维和知识都无法帮你明白。你只有直接和TA建立人格对人格、生命对生命、真切鲜活的'我—你'关系，无限地领受，无限地得救，无限地被宽恕、被爱、被更新，你才能明白。这个咱就先不纸上谈兵了，你以后定会体验得到。我只想说，当'我—你'真正相遇时，你才会幡然醒悟何为'无亏的良心'，并明白自己根本做不到——尽管你一直被人看作挺好的人。你会感到一种愧疚、急切而喜悦的动力催促你，竭力纠正和避免自己的过错，看见他人的需要，爱、拥抱、原谅你遇见的所有人，包括自己的'对立面'。于是你开始卸掉你心中的怒气、怨气和戾气，甚至你以前所珍视的'批判性'都会变成末位的选项。你只带着肯定性的渴望，不计较自己在他人眼中的大小、尊卑、先后，只要是建造生命和滋润灵魂的事，于人有爱、有益、公正的事，无论言语还是行为，你都乐意做。所有人都是你的兄弟姐妹，即使他在所谓的'敌对阵营'中，即使他得罪过你或可能得罪你，你仍旧看他是可以得救的人。这就是我说的'其他领域的清理和拯救'。这是一场旷日持久的'爱的工程'，可能你活着时看不到有些事的完工，但它绝不会烂尾。"

我："'你将黄金世界预约给我们的子孙了，可是有什么给我们自己呢？'鲁迅这句话是引用阿尔志跋绥夫的，我改动一下问问你。"

S："和虚无主义者理解的'牺牲'不同，'爱的工程'不剥夺我们什么，反而给予我们一切——付出即是受益，建造即是居住，迈出了第一步即是抵达了永恒的终极。这一切都发生在灵魂里。也许你需要逆着自己的性子，忍耐艰难、困苦、欺压、凌辱、剧痛、丧失，但尾随而至的良心的甘甜，会让你感到自己得到了一步到位的拯救，现在就已置身天堂。"

我用怀疑的眼光看着他。

S回应我的怀疑："我的过去你是知道的。我没有唱高调，没有说谎。"

是的，他的过去我知道。他没有唱高调，没有说谎。

但是，我还有一个问题："你说你'原谅了所有遇见的人'，但是有些人，你是没有权利原谅的。你明白我说的是什么。"

S："明白。对于这些人，'原谅'的意思是，我决定不去自己申冤。我决定此生，我的手上，不沾任何血。也许有些人真心悔罪，那他就应当被原谅。也许有些人至死不悔，那么他良心溃烂的本身，就是他此生遭受的惩罚。在意义的终极处，世界的末了，还有更高的惩罚。"

在原理上，我同意他的观点。但是，还有最后一个问题："你的这些理念是动人的，可做了又能怎样呢？如果只是行动者自己心理感觉良好，世界却没有任何变化，那和心灵鸡汤有什么两样呢？"

在旁边一直埋头翻书、撸猫的N，突然打破了沉默："不，静，你别轻看生命和良心本身那种轻柔的力量。我出于好奇，正在水培一枚牛油果核。它的壳又滑又硬又厚实，直径三厘米。我按着指点，给它接了一玻璃杯水，在它略软的底部扎进去四根牙签，竖立着放进水杯里，让水没过果核的三分之一。最初一周没有什么动静，我只是两天换一次水，保持那个水位。第二周，薄薄的果核皮开始裂出比发丝还细的纹路，并且裂纹越来越多。第三周，果壳本身开始有裂缝，似乎每天的缝隙都大一点，又似乎没什么变化，我怀疑它死了。第四周，给它换水时，发现整个果壳竟彻底裂开，露出一抹绿芽！我才知壳是那么硬，那么厚，如同一块石头的切面，那柔弱的绿芽就站在'石头'中央，胖胖的短根怯生生地伸出果壳底部。我看着这绿芽和根的奇迹，震撼得不敢喘息——生命那伟大的奥秘，竟以如此平凡的面目静悄悄地降临到我身边：恒久忍耐的柔弱之力无所不能！这力量来自哪儿？怎么发生的？她究竟是一种怎样不可思议的微波，以机械物理学无法解释的能量，持之以恒地轻轻摇撼，缓缓推挤，慢慢生长，终于洞穿牛油果壳那石头般厚硬的铠甲？！

"这不是孤立的植物学奥秘，而是'永恒之你'赐予生命的普遍法则，是这伟大的法则构造了宇宙的秩序。它与趋向封闭、死亡和毁灭的熵增过程截然相反，并总是最终战胜后者。

"人只要愿意，也能这样。我一个朋友的朋友，本是一个打架斗殴、强横无理的精壮青年，听不进任何良言相劝——就像那枚果壳厚硬的牛油果核；他当兵时因为一个偶然的事故，成为高位截瘫——就像那牛油果核略软的地方被扎进了牙签；他在医院躺了两年，离不开呼吸机，一动不能动，也不能说话，只能对着汉语拼音表眨眼，由妈妈拼写出他想说的每个字，总算是有了点希望之光——如同果核皮裂出了细细的纹理；慢慢地，他能说话了，朋友送他一台微型呼吸机，他出院了，躺在床上，鼻子插着氧气管，嘴巴能叼着细棍在电脑上触屏写字了，能在B站发视频了，网友们发现了他，和他交流了——如同牛油果壳有了细细的裂纹；一位心理医师找到他，给他做心理辅导，带他学习心理学，他的良心复苏，开始爱这世界，不再想自杀——如同牛油果壳彻底破裂，长出了嫩芽和根；他自学了心理学，考取心理师资格，一些家长从网络上找到他，带着十几岁的孩子（就像当年打架斗殴年纪的他）到他家，做面对面的心理辅导，他帮到了孩子们，他由此得了真正的安慰、自由和释放——就像那牛油果的嫩芽已长成幼苗；我知道，他将来必能帮助更多人，必能得更大的自由和释放——就像那幼苗长成大树，结出更多美味的牛油果。

"就是这样。每个人，无论他多么刚硬多么'坏'，都埋藏着得救的可能，就像牛油果核里隐藏着持久而柔弱的能量。但需要有人去扎牙签，换水，把它放在阳光下，这样，嫩芽才能破壳而出，长成大树，结出果子来。对这个青年而言，他的妈妈、朋友和突然出现的心理师，以及后来找他做心理咨询的家长和孩子们，就是那阳光、牙签和水。就是这样，人和人，只有处在灵魂'相遇'的关系中，才能真的活过来。就是这样，生命和良心的领域能发生所有的奇迹。"

亲爱的你，我的记忆可能变形，但去年的那件事、那场谈话，却是真的。啊，真希望我和这位三十来岁的朋友也能进行类似的谈话。那谈话之所以能发生，是因为S和N不用言辞而用活出来的生命，在我不知道的时候，就默默说服了我。但愿我对这位朋友，也能这样。

谢谢你倾听我。

爱你的　我<br>2021年12月17日

（选自"天涯杂志"公众号2022年5月16日）

## 评鉴与感悟

是散文，是随笔，是剧本，是哲思……，生活与存在杂糅，感性与理性结合，人心与人性互呈，文本新颖，新开一格。

# 超现实之地

/黎戈

　　因为嗜好安静，多年来一直住在山下的房子里，这个居民区几无人声，静谧到可以分辨出冬天北风的呼啸和开春野风的失序感……这些年来，我总是在风声中感应到季节流转。至于邻居，我几乎没有见过她们，也无意交往，我想象自己，是一杯气泡酒，封闭在巨大的孤独之中，偶尔被摇晃，吐出存活依据的气泡。

　　但自从九月开始，我觉得空气发生了变化，走到楼下时，就感觉到空中有巨大的光柱，黑暗被强光刺破，这片黑暗的天空一角，是我初冬的最爱，月亮总是像一块果冻一样，挂在马褂木的枝丫上，静静地照亮山峦，星星们也被冻住了，一动不动，回家前，我总是要立在树下看半天。现在这夜空被刺破了，让人不安，而这强光来自我楼下的邻居，他们是新来的租客。

　　渐渐开始有穿破厚厚楼板的大声喧哗、吐痰声、凌晨摔门的巨响，我惊醒，披衣坐起，久久不能重新入睡。有时，入夜了，一大群男男女女喝高了，在房内窜动奔走，酒醉的低泣和打架声惊醒了我。

　　本来想贴张纸条，但不知何故，那些年轻雄性的脸孔，让我害怕。搬到阁楼上睡，隔了两层楼，还是有声音顽强地追过来。只好在网上下单，买了隔音耳塞。

因为长年睡眠不稳,很多年前,我用过耳塞,但是效果并不好,声音是随空气传播的,耳塞是无法阻绝空气的。这次也没抱太大希望。没想到这些年来,海绵耳塞已经有所改良,变成了记忆海绵,先用手指慢慢捻细它,捻成一条细柱,塞进耳道,它慢慢膨胀,胀满耳朵……形容声音好听,是让耳朵怀孕,就是戳到了耳朵的敏感点,这个应该算是直接受孕了吧,孕出的,是一个异次元空间。

这个耳塞缓解了我的受扰,并不是因为隔音,而是它生出了另外一个世界,当耳道被胀满之后,外界声音会被微妙地过滤,远处的人声变得很微淼,像隔水而来,车辆喧嚣也成了冥河那边的遥远淡声。

有时,我会听到自己的心跳声,有时是血液流动的声音,有时是稀释过的夜行货车,带来远方的风声,有时像在病中听到床边低低的耳语,有时是秋夜渐凉的蝉鸣,我是到了……爱斯基摩?远远近近,下着声音的雪,大雪一片又一片,没有远景、特写、中近景,万物的重量和体积都被抹去了,变成了超现实的所在。不是因为安静,而是因为逃到了异地,是这种安全感,让我舒缓了。

十二月中旬,晚上等皮皮放学,顺便散步。迷你圣诞树,一棵棵都装好了电蜡烛,摆在花店门口,闪着光,身体默念着节气,我突然很想吃煲仔饭这样油香四溢的饭,老板娘端上佐餐的例汤,啊!从海带汤变成了冬天的萝卜汤了。

那几天,是寒潮来临前,最后一个晴朗的日子。我去湖边散步,池杉的叶子落了厚厚一地,铁锈红的腐殖土,滋养着来年的黄菖蒲。我好像已经听到了春天的耳语。耳畔传来巨大的拍翅声,让人悚然一惊,一只硕大的黑天鹅,像骑着摩托车的特警一样,飞快地掠水而去,帅气得很。捡了小白卵石一样的乌桕子,回家时看到平时喂的那只玳瑁猫,它正在晒太阳,它看着我,犹豫了下,没有像往常一样,追着我求喂食,它又回头继续晒太阳了。

大家都贪恋这最后的温暖,接着,隆冬来了。

奥密克戎以迅雷不及掩耳之势席卷中国全境,几乎是一夜之间,老百姓在茫然无措之中,被抛进奥密克戎的大海里,到处都是耳语,"这个药一定要囤,网上说很管用""吃点葱白和大蒜,能杀菌""朝北窗户不能开,病毒会飘进来""阳一次就好了，先阳先好"……满世界像在下大雪，到处都是各种信息的碎末雪花：对的，错的，半对半错的，最初的信息球，裹着一层层传递中加上的各人的主观色彩，异样纷呈。加速度的恐慌，让药店前面排起长队，很快，各家店都贴出告示"无退烧药、无止咳药、抗原断货，请勿排队"。

对，又是大雪，像我耳塞里的世界。

我在渺渺的恐惧中，静静等待奥密克戎的收割。我备好了各类退烧药、咳嗽药、止泻药、维生素，还有我妈的基础病对抗药。很快，皮皮从学校带回了简版的奥密克戎——这个病真是丰俭由人，我们家基本上没啥动静，我妈的症状是长时间发冷无力，每天裹着被子蜷在沙发里，皮皮是短时高烧后咳嗽。都不妨碍正常生活和网课。

我每天看着网上的"刀片嗓""水泥鼻"，转阴后的气喘乏力，然而，这些症状在我身上通通没有，我几乎不咳不烧不乏力，体力充沛，健步如飞，看着所有朋友都在那讨论怎么熬蜂蜜柠檬酱、蒸雪梨银耳，缓解嗓子疼，我也插不上嘴。并且我胃口很好，但美食店都因为店员生病关门了，快递的运力也很弱，三点定的外卖六点才到，我只能天天在家喝稀饭。

然而，身体从最微小的裂缝上，开始崩溃。我的耳朵彻夜发热，红痒，我没法观察耳道，只能用手机举在耳边，盲拍了几张，可见红色斑疹，用棉签拈了一圈，有渗液，我想应该是耳塞引发了过敏，调出商品详情页，发现上面确实标着"聚酯纤维"。带上罪证耳塞，去皮肤病医院，核酸岗、健康码、行程码扫码处，通通在一夜之间消失了。异常畅快地直入无人的医院，挂号台前，没有一个排队的病人，我茫然地立在那里，这家医院是中国皮肤病方面的明星医院，还有若干网红护肤药品，常有外地病人跨省市就诊，门口停满挂苏北安徽牌照的车。这样荒凉的场景，我从未见过。太超现实了，会不会有只猴子拉拉我的衣角，端着一只"天地会分舵"的牌子给我引路呢？（没看过星爷版《鹿鼎记》的小朋友，请自行百度）。医生查看了我带去的耳塞，确认是接触性皮炎。

应该是病毒攻击了我的免疫系统，扫到了我的缺口，并在此处登陆。我算是健壮，但神经比一般人敏感，有时，一紧张就会过敏，事过放松了就消失……我终于领到了奥密克戎的礼物，还是为我私家定制的。

星星之疹，可以燎原。从耳朵开始，四肢、躯干陆续过敏。每天晚上，一边听着楼下邻居咳咳咳，丈夫咳完了妻子咳，一边抓我自己的痒处，慨叹人类的痛苦不能共通。所有人都在咳咳咳、喘喘喘，只有我在抓抓抓、挠挠挠。大家都是红人但不同，人家是咳喘着憋红了脸，我是抓挠得红了耳朵，这兔年还没到呢，我已经带着一双红耳朵游走在寂静无人的街头。我感到彻骨的孤单。过敏源的实物耳塞没法用了，两只上了药、凉飕飕的耳朵，又让我塞上了无形的耳塞，漂流在人群之外。

两个星期之后，大多数人熬过最艰难的修复阶段之后，我的过敏也放缓了攻势，只余零星。如果不是看着那些抓痕和结疤，我很难想象我真的经历过那些彻夜的瘙痒辗转。唯有空气中还飘着皮炎平的薄荷余味，这是二〇二二年的岁末之味，以后，只要一闻到这个气味，我一定会想起这个全民同病的冬日。圣诞节来了，街上的人仍是寥寥，只有高频路过的救护车发出刺耳的尖叫，有多少家庭失去了亲人？那些一闪一闪的小圣诞树呢？被关在闭门歇业的花店里吗？

我从未见过如此清冷凋敝的圣诞，像一个阴惨的梦魇，挣扎着醒不过来。

圣诞过后，感觉街上的行人稍微多了些，店门也多开了几家，虽然到处都是咳咳咳，但是城市在慢慢地复原。到了月底，一反往年的岁末，太阳极煦好，街上人也逐渐增多，路过面包店，发现他们烤了很多新鲜麦包，架上满满的，我高高兴兴地选了半天，那些熟悉的椰丝、肉松、红豆馅面包，在我失去它们若干天之后，都焕发出异样的香气。隔壁没开业的店，小哥正在擦洗门板，准备开张。又经过我喜欢的汤包店，这家店非常有人情味，如果有小朋友想吃热汤包，早晨上学又赶时间，可以提前打电话，她们给蒸好，顺路吃完就上学。我就爱皮皮喜欢吃她们家的桂花糖芋苗，但是这个甜点是限量供应的，老板娘让我留个言，她给我预留一份。店里因为疫情，已经关了好几天，我很落寞。

那天，我看见店门开了，老板娘又端坐在明亮的灯下裹馄饨，工工整整的元宝馄饨，垒在她左手边的大汤盘里，整整齐齐，一盘肉馅在她右手边，手机里放着韩剧，我觉得生活已经重新开始按照旧日的秩序运作了！是的，地球又转起来了！（我这样一个吝于感叹号的人，豪奢地抛出两个感叹号，可见激动之情）这转动声如此美妙，带着甜蜜小插曲：她老公忙里忙外，还给她端来一碗雪梨汤——我爱这些日常的嘈嘈切切。

到了一月，街上的人越来越多，世界的转速已经正常了。接近农历新年，满街都是拎着大红礼品盒的人。我反正是如常看书写字，趁快递没停赶紧囤书，买了研究南京石刻、日本和宋代漆艺（多句嘴，我觉得看各类艺术研究书之前，可以先找个入门书铺垫，搭建一个知识框架，再找感兴趣的方向独步幽径，有些高校教材就挺平实可读，比如《中国古代建筑史（五卷本）》、《中国古典园林史》、乔十光的《漆艺》，有机会的话，多看一些实物，漆艺这块，常州博物馆常设展品里应该有，我去过，但记忆模糊了）、明清饮食的书。

收到的一叠书里，某套书的装帧，确是精美。文库版小巧趁手的开本，纸张质感高级，摩挲把玩着，很是惬意，三本书的红色，第一本接近柿子红，第二本隐含豆沙色的陶棕，第三本像夜色下的朱樱，这些优雅克制的红，构成了美妙的乐句，错落相和（口红控的本人，感觉很兴奋，简直是一排打开的迪奥丝绒）——书籍本身以实物形式诠释了美。让这套书和一套中国红封面的红楼梦研究专辑并排而立，装饰出搁板上红色一角的喧闹风景，看着颇有过年的喜气。这就是书生的新年了。

平淡真切的世界，欢迎你回归。

（选自"黎戈"公众号2023年2月1日）

**评鉴与感悟**

日记式的随笔，自由而本真。去伪饰，去雕琢，还生存以原貌，还心灵以真实。共同的经验，群体的感受。文笔清丽而隽永，收放自如。

# 孤　窗

/沙爽

　　那扇窗很小，开在接近天花板的地方。是那种上悬窗，铰链装在窗框的上方，向外推开到最大限度时，可以勉强容一个成人钻过去。

　　我踩着凳子爬上去。窗外是一座狭小的庭院，三四米宽的样子，还堆了些杂物。旁边是另一幢房子。我到那幢房子里洗漱，再翻窗回来，整理背包准备上班。但是有一件东西被我落在了对面的房子里，需要再次翻窗去取。几次三番下来，我心头焦躁，钻过窗扇时的感觉也越来越糟。既然全家人都要这样辛苦地攀上爬下，为什么不干脆在这面墙上开一扇门呢？

　　一念及此，我对我父亲说了这个想法。这是我父母的家。在墙上开一扇门，首先要征得一家之长的同意。

　　但是话一出口我就知道错了——我父亲锁紧眉头。他酝酿中的怒火还未迸发，我已胆战心惊，惶然无措。正当此时，有一物破空而至，沉重地击中我的肋骨。

　　是我的猫，和它花样百出的叫醒服务。

　　我把这段梦境讲给沙琳听。沙琳发过来一个捂脸的表情，说："就是这样。一句话不合心意，爸就要发火。"

　　但我的心神还盘绕在梦中的窗扇上。那窗和那院子，一切都恍如旧识。连同穿过窗扇的瞬间油然而生的幽闭恐惧，以及肺部遭受挤压时强烈的窒息感，它们穿越梦境，将我裹挟。

那扇窗，开阖于我的童年与少年。如今想来，在整个二十世纪八十年代，几乎所有的北方城市，那些如火柴盒般簇拥在一条条巷弄里的简陋平房，大抵都砌有这样的一扇北窗。它不可能开得太大——北国的冬天寒冷漫长，当朔风呼啸，天地间亿万支冷箭齐发，钉在窗扉里的那一块半透明的塑料布哗啦作响，仿佛里面藏有活物一般。对一个胆小的孩子来说，这块悬在半空中的塑料布，是整个冬天的噩梦之源。

这扇窗开得很高，很可能高过我的头顶——九岁时，我的身高有没有超过一米二？我对此竟然全无印象。只记得有一次，我曾经非常努力地尝试穿过南窗上的铁栅，但没有成功。那天是六一儿童节，一大早，我们全班在学校操场上集合，列队进入人民公园。我的上衣口袋里揣着母亲给我的五角钱，虽然算不上一笔巨款，但至少囊括了十几个选项的节日套餐。公园大门口处的套圈游戏，玩一场只需要五分钱。坐一次"宇宙飞船"，一角钱。滑梯、跷跷板、秋千都是免费玩。一根足以作为午餐的大麻花也只要两角钱。刚出锅的玻璃牛五分钱一茶碗。我一定抵挡了无数诱惑，才留住了那五角钱。快到中午的时候，和几个同学在公园门口分了手，我走到卖麻花的小摊前，一摸衣兜，才发现里面的钱已不翼而飞。这时我想起来，同时不见的还有我的钥匙。其实钥匙就躺在家里的高低柜上面，早上出门时，我忘了把它挂到脖子上。

真是一个悲伤的儿童节。而童年的悲伤在于，无力解决的事情实在太多了。比如这一刻，我既无法穿越窗户上的那一排铁栅，也没有办法让家里的猫咪帮忙把高低柜上的钥匙叼出来。我的肩膀嵌入了铁栅里，但是我的头太大了，无论如何也挤不进去。人为什么要长这样大的一颗头呢？既然他们总是这样丢三落四，忘东忘西。我感到自己被世界遗弃了，我无处可去，还饿着肚子。我祈祷这只是一个梦，只要睁开眼睛，这无从索解的噩梦就消失了。这种失真的感觉难以描述，它是一个死结，是一团越缠越大的虚无。直到如今，每当生活向我展露出它锋利的牙齿，我就会身不由己地退回到那个午后，回到那个九岁的孩童的体内，重温她无边无际的惶恐与孤独——初夏的大太阳明晃晃的，照彻了这人间的苦恼和荒凉。

那个儿童节剩下的半天时光，我是怎样度过的？我是否曾步行二十分钟，前往我母亲的单位求助？其实这本该是最佳选项，为什么我却选择了漫长而徒劳的尝试？有一次，好友说起她小学二年级时的经历：整整一个月，每天下午放学，她被一个高年级女生追打辱骂。她不知何以如此，或许原因仅仅是，对方享受这种欺凌他人的乐趣……她在恐惧中煎熬了一个月，却从未想过可以向母亲求助。而直到如今，与我的相处仍然是母亲生活中的最大困扰——作为至亲，是什么始终横亘在我们与父母之间？即使在梦中，那扇理应存在的门，仅仅是提及它，也已经触犯了某种禁忌。

关于儿童节，后续的经历模糊成一团，清晰的是那些铁条——在反复尝试越窗入室的时间里，我第一次仔细地观察了我家这道铁栅的形制：一根根铁条紧紧嵌入钉死在窗框上的木槽里。我想不出有什么办法可以撼动它们中的任何一根。如果我是个贼，面对这样一道严防死守的铁栅，大约也要绝望的吧。

是不是就在那一天，灵光乍现，我绕到屋后，翻越北窗进入了家中？家里可能并没有我需要的午餐，但它提供了某种屏障，某种回到出发之地的安全感。

我家的这扇北窗，外面是别人家的庭院。在这庭院与巷弄之间，隔着一人多高的水泥院墙，因此站在巷子里，很难发现我家的这扇后窗。这就是北窗没有安装铁栅的原因——虽然邻居也不见得百分之百值得信任，但相对于数量上趋近无限的陌生人来说，邻居们毕竟屈指可数，在感觉上更为可控。

我家搬过来的时候，住在后院的这户人家，男主人姓耿。耿叔只比我父亲小七八岁，看上去却像是两代人。而且，即使是在一个孩子的眼中，耿叔与别的邻居也大有不同。据说耿叔的父亲是哪个大厂的厂长，家境好，一家人吃穿用度都很讲究。平日里耿叔不大与别的邻居来往走动，但我们两家的房子，原来住的是两兄弟，所以院子中间虽然隔了一道木栅，中间却又开了一扇小门。那一年夏天天气奇热，我弟弟与耿叔的儿子小震光着膀子在院子里玩，我也脱掉汗湿的背心，和他们疯成一团。这时耿叔推开小门，喊小震回家吃饭，迎面撞见我，耿叔显然吃了一惊，下意识地，他扫了一眼我的胸脯。

那一年我十一岁，刚刚考完小升初，无论在生理还是心理上，仍是一个懵懂的顽童。有好几次，出于这样那样的缘故，我经由耿家的庭院，从我家狭小的后窗翻进翻出，活脱脱的一个野丫头。

但是经由这诧异的一眼，我的童年，意外宣告了结束。

（选自《星火》2022 年 5 期）

**评鉴与感悟**

一扇窗，开启童年记忆。如今回忆，扑面而来的，除却往事，还有丝丝的人世炎凉。语言绵密，质感如瓷。

# 马影远去

/南子

到了夏季,哈桑牧场就是一个马的世界。当哈萨克族牧人把他们的游牧使命延续到这片牧场时,我们就可以看到一幅游牧民族日常的生活景象。

每周六上午,当地的哈萨克族牧民们都会在牧场上自发举行赛马会。这个赛马会不知是从哪年开始举办的,总之,到了那天清晨,成年的哈萨克族男人还有参加赛马的少年,都会不约而同地牵着马,相继出现在哈桑牧场上。

那一匹匹马有枣红色、白色、黑色以及棕色的,在这个人声鼎沸的赛马场上,人们像找到了一个乐园,一片驰骋的天地。牧人们牵着一匹匹马,就像牵着河流、群山和草原的岁月——在哈桑牧场的任一角落,人与马的气味都会扑面而来。

那天,我在哈桑草原的赛马场看到了一个奇特的现象,那就是牧人们牵着的马的屁股后面,长而厚重的马尾巴均用一根布带子绑成了一束,看上去很滑稽。一问身边的牧人才知道,之所以绑上马尾,是因为马主人希望自己的马在今天的赛事中能够夺得第一名。

在赛马场上,我被一群哈萨克族孩子围了起来。他们的脸挤在一起,拳头一样紧缩着,显得那么小,年龄小点的孩子都挂着鼻涕。

我注意到一个哈萨克族少年,他只有十五岁,却已有了三年的赛马史。

他头戴一顶毡帽，皮肤有着核桃一样的颜色，手持一根马鞭子。我被人簇拥着来到他的身边，他骑在高高的马背上，低下头来看着我，目光中有好奇。然后，他笑了一下。

在这里，你遇见过的任何一个陌生人都会用微笑回应你的目光。

我看着他远去，想着无数次激动人心的时刻，马从牧场而来，紧紧跟随牧马少年走过的路、蹚过的河流、走过的山道，像所有生物一样，它们在人欢马嘶中，同样期待着一幕幕精巧游戏的开始。马背上的追风少年在这片牧场上展开了欢快的角逐，以速度和激情展现了生命之美。

很难忘记那些草原小骑手们，草原小骑手是牧场里的一种独特形象。当他们低下头，发丛里的干草屑便清晰地显现了出来。也许长大以后，这些孩子们会变得像他们的父辈一样，把对生活沉重的忧虑放在心里，整天闷头干活，开粗鲁的玩笑，抽烟，喝酒，还喝得醉醺醺的——这是可能的。

现在，我正站在一群赛马的对面，看见一群马与少年相依。它们弯下身子，凭着少年的一阵呼哨，就会仰起头来。

赛马会开始了。

在赛马场上，马的竞技天性最容易被激发，一声哨起，所有的赛马都开始狂奔，想止住都不可能了，每匹马都变得激情四溢。在这壮大的奇观中，人完全沸腾了。

突然，赛马场上那匹最俊的红马像竖蜻蜓一样倒立，扬起后蹄，小骑手居然没有以最惊险的姿势飞出马背，马的疾驰使逆行的草原增加了数倍的流速。它这样跑着，周围的景致什么也看不清楚，因为两侧的景致已完全融入风里，于是风有了颜色，有了形状。这个小骑手收紧缰绳，可马仍不减速——这真是一匹不随和的、任性的马呀。

马无声无影地跑，奔，飞。它年轻的韧带使四蹄绷到了极限，也超过了极限，腿和腹部绷得平直，谁也没见过哪匹马能跑成这样，似乎要把自己撕成两半。

人们在一旁哇哇直叫：好马，神了。每次赛马会上都有几个令人兴奋的沸点，这次也一样。我看着欢乐的人群，看所有的嘴都在马蹄扬起的尘土中大张着，突然悟到：真正的欢乐从来就不是孤立存在的，它必定掺杂着冒险。

赛马会结束后，我很轻易地找到了这匹马，还有小骑手。他们俩在人群中太引人注目了，不少牧人围在他们身边，其中一个中年男人身形彪悍，他是蒙古族人，是这个少年的马术师傅，人们叫他金格斯。

金格斯告诉我，这个得了第一名的小骑手叫吐尔巴依尔，今年才刚满十四岁。

吐尔巴依尔长着一双单眼皮的细长眼睛。我们说话的时候，金格斯很怜爱地轻抚着吐尔巴依尔的脑袋。

这匹赛马是金格斯家的，是真正的英纯血马，是他家的宝贝，名字叫"四蹄踏雪"。

"四蹄踏雪"高大健壮，体型比普通的马更趋完美。更特别的是，它浑身的毛色红得奇异，但是它的四蹄却是雪白的。随着朝晖夕阳，阴晴雨雪，这马的红色也会不断变化，有时艳丽，有时庄重，时浓时淡，时而红得如同浴血，让人在一刹那间看到了它的青春。

我提出要到金格斯家里看看别的马，他答应了。

这是暮春的一天，中午的阳光很明澈，隔着车窗，我看见一只狗从油菜花地旁匆匆跑过。车子在道路上留下了一道深深的辙印，这辙印，正通向下一个村庄。路上没什么人在走动，到处是一片宁静，就像田野本身的宁静一样，把许多有声有色的情节都掩埋掉了。道路两旁是一望无尽的农作物，它的周围是尘土、狗、羊以及它们的粪便。公路旁有几个小孩在嬉戏。

金格斯是昭苏哈桑牧场为数不多的蒙古族人之一，能说一口流利的汉语。他已近中年，一个饱圆的"哈萨克式的肚子"直直地从腹部挺了出去，令我印象深刻。

金格斯说话的时候，吐尔巴依尔就一直在身边，专注地坐在地上，用手指一下一下地扯着草根，有些孤僻的眼神不时地朝我们张望。他性格安静，并不像金格斯说的那般"机敏好动"。

吐尔巴依尔从小胆子大，五岁骑马，到了八岁就开始在赛马场上赛马了——在新疆生活这么多年，我当然知道这种美好的习俗。当哈萨克族小孩长到五岁时，家里人要为他举行骑马礼，就是为小孩第一次上马举行仪式。

到了这一天,父母要专门为小孩庆祝。首先把小孩打扮一新,帽子插上猫头鹰的羽毛,骑着马四处拜望众亲戚。而亲戚们在这个时候要为孩子准备奶疙瘩、包尔沙克、糖果等喜食,还要赠送马鞍、肚带、前后配套、马镫带、马鞭等礼物。从此,小孩便有了自己专用的骑具,开始乘骑两到三岁的马驹。

金格斯说吐尔巴依尔骑马的速度很快,用他自己的话来说,骑在马背上,马跑起来速度快得好像把眼睛也刮疼了。

我问金格斯,如果想成为一个合格的小骑手,要进行怎样的必要训练呢?他说,要想成为一个优秀的骑手,首先个子不能太高,体重也不能过重。吐尔巴依尔的体重就正好,四十公斤,这个数字却是他每天晚上不吃饭的成果。

还有,最开始在训练马和小骑手的时候,他让吐尔巴依尔先骑,自己在一旁观察他一会儿,再纠正他,让他重新体会,再去骑。要知道,一个未经过训练的骑手,在马背上是坐不住的。至于骑马的姿势,随着训练时间的积累,骑手肌肉的力量会增大。学习骑马到了一定的程度,马就会变成第一位的。因为影响马的因素很多,年龄、雌雄、血统、能力和健康水平等。好马可以教给骑手很多东西——看到我惊奇的神情,金格斯微微一笑:比如,马会在比你高的地方等你,你只要专心提高自己的骑术就行了。还有,他大部分时间是带着马去寻找山景野趣,寻找驾驭马的感觉。

我们来到金格斯家附近的草场上,这也是金格斯与小骑手每天训练的场地。这匹马在小水塘中饮水,我在一旁入迷地看了很长时间。马饮水的姿势是很美的,纤长柔韧的脖颈给人一种静止的舞蹈感,似乎浑身的线条都拉长了,松弛了。

吐尔巴依尔不爱说话,可是,当他的头紧紧地斜靠在马背上,手掌插进马背上浓密的鬃毛里时,我发现,他与马对视时的眼神,十分的温柔和信赖。

这一天,我在金格斯的引领下,来到哈桑草原的毡房世界中,一扇扇剥落了漆的彩色木门带着哈萨克族人抒情浪漫的天性,向我这个路人敞开。

我走近一顶毡房,毡房的主人在家门口喝奶茶,他神情淡泊、悠然。暮春正午酷烈的阳光散发出暑气,阵风吹着他破烂衣衫的一角,再顺便吹一下他黧黑的、瘦骨伶仃的胸脯。他的眼角积满了发黄的眼屎——但他毫不在乎！他歪着瘦弱的身子，坐在毡房前的花毡上，身下的花毡略显陈旧，交织着好似传说中才有的动物、植物图案。我仔细辨读着毡壁上那些早已失去色彩的毡毯，毡顶上交错的木柱，以及勾连在毡壁上残破花窗的木格纹样。一线正午的阳光穿过敞开的窗户，斜斜地打在上面，光柱中的尘埃浮动，像花毡上奇异的生命正倏忽而逝。

此时，山间隐隐传来一声闷雷，阴云重叠，将雨未雨。

一只脏兮兮的小羊羔踱到他的身边嗅了嗅，又满不在乎地走了。当有人经过他身边时，他的眼神直勾勾的，喉咙里像呛着古老的哽咽，发出一阵咕噜咕噜的声音。

在毡房里的一角，脸色黝黑的女主人不声不响地在烧奶茶。在皮质醇厚的奶碗里放上一小坨酥油和一点盐，再倒上滚烫的清茶，用一根插在饼状木座上的木棒反复上下抽动，毡房里立刻香气四溢。

他叫恰拜，是一位哈萨克族牧人，今年六十七岁，瘦削的身体，背微驼，大而深陷的双目，他不止一次对我形容他的如岩雕般的鼻子："你看，它像不像雪天里嗅到了猎物的鹰？"

恰拜一家十几年前就过上了定居生活。在这之前，他们冬天住在拉套山的冬窝子里，夏天就转场到哈桑牧场。他像牧场其他哈萨克族人一样，祖上留下的习俗仍犹如一种召唤，令他们沿袭古老的游牧生活方式，在每年的五月初，赶着羊群去转场。他家有五十多只当地的土羊和美利诺羊，这些羊只在当地的哈萨克族人里面算是少的。

我环视了他毡房里的装饰，毡房里光线灰暗，呈现出一些简单事物的轮廓，一条长长的羊毛地毡上放着一张木桌，毡壁上挂着几条褪去颜色的毛巾，几缕丝线从布的残破处开始垂挂，使得下面一个大水缸里漂着的葫芦十分显眼。

他告诉我，自己有两个儿子，还有一个丫头。小儿子在本周的赛马会上得了第二名。说到这里，他笑了起来，露出一口白牙："我年轻的时候也是一个不错的骑手呢，比赛中得过不少的名次。"

那时候，牧区生活是多么枯燥，就像包围草原的空气。好在有夏天。每天牧人们忙完了放牧的活计，剩下的时间真是太闲了，钱是那么少，时间是那么多，快乐不是现成的，得自己去找。

牧场上，到处聚集着赛马的哈萨克族人，他们每天被一场又一场紧张而有趣的游戏吸引着，抵达竞技的现场，期待在竞技中显示出自己的力量。他们黑红的脸上淌着汗珠儿，赤裸着胳膊，用巨大的热情看着对手。时间在某一个瞬间被无限拉长，循环往复。

也许，当男孩们成年后，就会在身边寻找可以激发自己欲望的竞技场。似乎只有男孩才会寻找他们共同的竞技场，竞技，就意味着会有失败等着你。所谓失败就是自己被别人击倒，这似乎是生活中常见的事。当他们中有人在一场游戏性质的竞技中成为败者之后，他们才会逐渐明白，在竞技场上除了勇气之外，还需要智慧。

"我那时年轻，才二十多岁吧，和牧区里的小伙子一样好胜，发疯了一样地迷上了赛马活动，反正日子长得很，有数不完的闲散时间要去打发。"恰拜对我说，"我十二岁的时候最喜欢骑马，也是当地一个有名的小骑手。这大概来源于家传吧，我的爷爷叫哈尼提，曾是当地非常有名的驯马师。"

的确，与那些以农耕为主的农民相比，这些以放牧为主的哈萨克族人更像是一种难得的景观。据说，在这片哈桑草原上，男人们在少年时爱赛马，成年后都爱喝烈性酒，而烈酒和马恰恰是哈萨克族男人真正的精神会餐。

恰拜告诉我说，他的两个儿子长大后，都没有去城里继续念书，而是留在了他的身边，像当地大多数的哈萨克族牧民一样，过着放牧的生活。

"我年轻的时候，最大的愿望是当一个真正的骑手。我的儿子们也一样，长大后也想成为骑手。"恰拜对我说。但是，他却不愿更多地吐露他的愿望为什么没能实现。

在哈桑牧场上，哈萨克族少年的生活永远是草地上的根须，随时光流逝，一些孩子长大后离开了，去了城市里念书，但是，更多牧区的孩子仍留在了牧场上，留在他们的家人身边。

那不过是些普普通通的日子，他们经受住了时光的磨炼之后，已经像真正的牧人那样难以离开草原的日常生活。从清晨到黄昏，他们跟随着羊群在牧场上放牧，然后长大，在这块草原上恋爱，生子，重复着父辈们的生活。

如今，机械化的普及，正毫无情面地把马挤出农田阡陌，以及牧场。马退出了他们作为牧人日常骑行工具的生活，牧区的年轻人，更向往有一辆神气的、散发金属光泽的摩托车。

那是一种区别于马的新的速度，也是一种新的生活。

临走的时候，在充满臊腥味的羊圈里，我见到了恰拜的大儿子哈尼那尔，他正在剪羊毛，几个亲戚朋友在一旁给他帮忙。他们把羊群拢到一块，羊"咩咩"轻唤着，十分温顺。现在是五月底，牧民们最重要的工作就是剪羊毛。羊毛作为家畜的可利用部分，与乳品一样，也很重要。除了留小部分自家用以外，大部分要拿到市场上去卖。

哈尼那尔将一块塑料布围成一个圈以防剪下的羊毛被山风吹走，一只只聚集在空地上的羊被拉了过来，其中一个男人抓住山羊的胡须，让它老老实实地倒在地上，另外一个人手里拿着一把长剪刀开始剪毛。首先从尾巴开始，剪到羊脊背直到脖子上的毛，然后再剪身体的两侧，躺倒在地上的羊半眯起眼睛，喉咙里发出舒服的咩咩声。

一般说来，在牧区剪羊毛的工作都是在亲戚及近邻的帮助下进行的，彼此互相帮助而不提酬劳。

黄昏降临了。哈桑草原坡道忽高忽低，每一户牧民帐房的光线忽暗忽明。哈桑草原沉入到逝水般的宁静中。

在恰拜家毡房后面的马厩里，两匹老马将嘴伸到布满草料的马槽里，默默嚼食着一天中最后的晚餐。一天的劳累使它们变得漫不经心，甚至衰老无力。我默默地看着它们——马曾经是人类历史的参与者和见证者，凝聚着来自远古的骄傲和苦痛，存留于人类的记忆当中。

不远处，一顶顶昏暗的毡房在夕光下明暗交错，其每一道纹理都显示出优美的秩序，似乎在向帐顶下生活的人们暗示更高的存在。每一盏夜晚的灯光下，每一扇残破的雕花木窗里，一些平凡人的平凡生活隐藏其中，他们在屋顶上做梦，在屋顶下劳动、欢爱、生老病死，不为外人所知。

而在马厩中饮食的老马的轮廓，那古老的"马"字也大大地被简化，昔日复杂生动的形象似乎已从文字的意义上死掉了。但是现在，我在心里咀嚼着这几个名字的美妙音节，好像看见了它们代表着生机的眼睛和鬃毛消失在风中,正四蹄飘逸,渐行渐远……在夕光中,变为单薄的几具骨架。

(选自《雨花》2022年7期)

**评鉴与感悟**

南子的散文语言灵动,如马鬃飞扬,美得飘逸,又透着力量。该文极富画面感,读之,如赏画,如观影,给人心灵的愉悦。写草原牧民生活,宁静而光亮。

80年代·体验

# 疾病及其记忆

/吴佳燕

一

当我们开始回忆的时候就变老了。年轻的时候被这句有些用滥的话蛊惑,喜欢什么事情都朝前看,有点一往无前的意思。是从什么时候开始忆念我的童年经历与乡村生活呢?是因为父亲生病、中年压力,还是因为这场席卷全球、影响到我们每一个人的新冠肺炎疫情?那些具体的日常细节如同漂浮物悬在记忆的天空中,一不留神就被定格照亮,不时想起,依稀入梦。

好吧,我得承认,真正对人生的检索从中年开始。中年生活是什么,为什么要去强化自己的中年感?负重前行是肯定的,会有各种生活的突袭、身体的预警,面临更多的消耗和分解,但又可能是最有创造力、影响人生格局的重要阶段。两者之间相互拉锯支撑,构成了与之相爱相杀、令人百感交集的中年生活。那就不要犹疑,想回忆就回忆、想记录就记录吧。回忆与记录本身就是意义,把过去作为一种方法,映照此时的现实,安慰芜杂的内心,或许还可以生长出一份勇气与力量,让过去为现实解困。就像项飙与吴琦在《把自己作为方法》里面所谈到的,"个人经验本身并不是那么重要,把个人经验问题化是一个重要方法","是一个了解世界的具体的开始",并最终指向更大的存在。在新时代的城市社会里,我们的时间与空间皆被压缩、脱域化,悬浮在信息里、文化里,悬浮在异乡、都市,有什么比家乡的风物、风土,有什么比童年的草木、人事,更能安慰我们的呢?

只不过这次我想说的,是与疾病有关的往事。在这里,疾病就是疾病本身,没有任何隐喻,就像苏珊·桑塔格在《疾病的隐喻》里说的:"使词重新返回物,使现象重新返回本质。"

古语云"人食五谷杂粮,孰能无疾",但病也有小病大病之分。如果说小病是生活的常客,那大病就是隐藏在生活里的刺客了,在你完全没有准备的时刻突然现身、图穷匕见,可能会让个体生命或整个家庭陷入困境。随着现代医学技术的发展,让人闻之色变的疾病似乎没那么多也没那么可怕了。或许是因为知识经验的有限,如果不是与医患有关,谁愿意主动去了解那些五花八门、让人平添恐惧的疾病呢?医学的进步与疾病的演化就是一场永无止境的马拉松赛跑,就像人类所遭逢的这场绵延不绝的新冠肺炎疫情,越来越常态化、复杂化。漫长的角逐消耗背后,必然会带来认识的改观和心理的考量。人与疾病、病菌之间越来越不像是你死我活的关系,而是一种共生与和平。

疾病让人变得深刻,并重新认识血肉之身与日常生活。苏珊·桑塔格正是在经受持续数年的癌症治疗后,才对疾病隐喻产生兴趣而有了去魅的行动:"她不仅得忍受疾病本身带来的痛苦,而且更得承受加诸疾病之上的那些象征意义的重压。"生病的时候是人最虚弱无力的时候,把身体交付给专业的医生,同时交付的还有根本没有选择的信任。医者父母心,他们是人间的天使,更是上帝的信使,给病痛者、苦熬者与感同身受者传递信心、安全与希望,让人感到折磨有尽、未来可期。就像刘慈欣的小说《信使》里那个来自未来的翩翩少年所说:"我是信使,我们的时代不想看到您太忧虑,所以派我来。"如果说人间疾苦是上帝派来的刺客或随意掷下的骰子,那么那些疾病与苦难之下的医护人员、亲朋友爱就是让人安心温暖、可以看到未来的信使。刺客与信使是一个人世间遭逢的两面,当人被生活的刺客刺伤、命运的石头砸中,饱受身心煎熬的时候,多么希望有位信使能够带来光明的信息,让人可以穿越时间,拨开迷雾,看到最终想要的答案或结局。这多么像这危机与转机并存的中年,像这让人又爱又恨的生活本身。

## 二

找一个癌症病人去谈论有关疾病的往事似乎是一件有点残忍的事情。但是在跟母亲唠嗑了一阵后,我还是让她把电话递给了父亲。父亲一段时间不愿意跟我讲电话,沉浸在自己的身体感受和情绪里。说自己生病后听力下降,老是听不到我的声音,喂喂两句后便不耐烦地把电话重递回母亲手中。还说自己脑子也不太好使了,一些事情搞不明白。但是这次我没有就此作罢,而是再打父亲的手机,接通后大声说话。

这下他可以听到了。

是妈的老人机声音太小,你看这次不就可以了?!我赶忙说道,脑子也不糊涂,你不是还可以打扑克斗斗地主吗?

父亲的声音多了丝笑意,说起我小时候的事情让他变得安心而健谈,而且不时会流露出一些情感——生病之后,这个退伍军人变得感性多了。这次他跟母亲换了位置,主要是他在讲而母亲在一旁搭腔。我也从来没有想到,跟父母的日常通话会变成一次次有仪式感的忆旧,他们竟然是我第一个具有文本意义的采访对象。

我和妹妹小时候都多病多灾,很不好养。现在回想起来,母亲会感慨当年的穷苦,而父亲还会感到内疚,觉得对我们疏于照顾,而且二十世纪八十年代初一个偏僻小城的医疗水平,也是可以想见的。母亲说妹妹一两岁的时候得过一次急性支气管炎,肚子里像拉风箱,喘得几乎不能出气。她和父亲一边把妹妹送到县里住院,一边联系把家里的一头猪卖了准备医疗费。卖了六十元,这个数字他们现在还记得很清楚。当时从重庆市下来的一个军医正好在县医院,是他救治了妹妹,保住了她的小命。无独有偶的是,多年以后,母亲因为突发脊髓炎在县城住院的时候,也是从重庆市下来的两个年轻医生,为她找到了病因对症治疗。前一个军医应该是西南医院的医生,后两个医生父亲说是从重庆医科大学毕业的学生到巫溪县医院实习。他们都是在性命攸关之际从天而降的天使。而西南医院与重医一院,正是现在父亲频频往返进行治疗的地方,我们都再熟悉不过。

疾病于我而言不是一个概念,而是刻进潜意识的童年创伤。我从小就很怕臀部打针,尤其是青霉素。我宁愿吃药,再苦的都无所谓。多年后的一个夏天，父亲到武汉小住的时候，我无意间发现他的两肋腰间有醒目的白色疤痕。问其原因，父亲说，你不知道吗？这就是你小时候屁股因为打针溃烂，抱着你做手术的时候你抓的呀，指甲都嵌到我肉里去了。我恍然大悟的时候也悚然一惊，原来我怕打针的原因在这！这么深的记忆，这么久的抓痕，当时的我，该有多痛！难怪我耐痛力一直都比较差，原来是小时候痛怕了。

我一岁多的时候，一不小心右眼磕到板凳角，开始感染发炎。当时正碰上曾祖母去世，父母忙着张罗丧事，耽误了我的治疗，导致病情加重，眼睛肿得像桃子。漫长的痛苦由此开始。母亲隔一天便背着我到县医院去看医生，从家里步行过去大概有十多里路，要走一个多小时，中间还要翻很长一段坡路。我记得上坡的路边有一口小水潭，泉水幽凉，每每到了那里，母亲会把我放下来歇一会儿，两人再喝点泉水解渴。母亲说有一次回去的时候给我扯了一块的确良布准备做裤子，到家的时候却发现布丢了，只有折回去找，还好问到公社门口的一户人家给捡着了，又拿了回来。

我的右眼病情后来发展成角膜炎，治疗得绵绵无绝期。我记得都上小学了，还在治眼睛，不时发炎，视力也受影响。这成为父母的漫长心结，在我看书的时候不断提醒我要注意眼睛，要多看远处看绿色，不要在黄昏的时候看书，容易看成"鸡毛眼"。然后就突然决定要带我再去医院。对此我心里无比抵触，也在同学面前觉得丢人，隐隐有了所谓的"病耻感"。知道了大人的意思，我飞快地吃完早饭，撇下父亲一个人向学校奔去。跑到中途还不时回头，看父亲是否骑着那辆飞鸽牌二八自行车追上来。到了学校也不见父亲踪影，我心里长长松了一口气，于是和同学们一块到操场出操。然而队列还没站多久，班主任就走过来了。我马上变得垂头丧气，出队跟着他走，远远地，就看见那个推着自行车的身影正站在校门口等着。

## 三

我母亲年轻的时候是名乡村赤脚医生，上过正规的赤医学校，在乡邻行医四五年，口碑颇为不错。我跟着她回外婆家的时候，看到还有人亲切地喊她"张医生"。那是母亲的芳华，她最风光的时候。后来因为嫁给父亲，从一个公社到了另一个公社，就没有再当赤脚医生了。偶尔会在自家孩子身上练练手。我患角膜炎的时候，因为疲于家里医院两头跑，母亲便把药拿回来自己给我打针。不知是因为消毒不彻底还是别的原因，我的两边屁股全部发炎溃烂，直至后面要做手术剜去烂肉，让我无比受罪。父亲一怒之下便把她全部的行医行头都丢了。后来的母亲，成了地地道道勤扒苦做的农妇，只偶尔从她对人的每一块骨头的命名和位置的准确指出，以及对各种草药知识及辨别的如数家珍，我们才想起原来她也是一名乡村医生。这几年国家开始实施赤脚医生补助政策，母亲雀跃了好一段时间，仿佛重新焕发风采。联系上了当年的同学同行，去查档案找证明走申请程序，然而折腾好几回母亲至今还未能获得足够的身份认证。二十世纪七十年代，人们既没有强烈的建档意识更没有规范的甚至电子化的档案管理系统，能找到留下来的符合要求的只言片语何其艰难？只能找各种理由尽量宽她的心了。

　　母亲的赤脚医生身份还在寻找合法性论证，周大清这个曾经家喻户晓的乡村神医名字却浮出历史水面，再次进入我的视野。因为我小时候那次痛彻心扉的眼疾正是找他看过。在老家巫溪，他是一个神迹一样的人物，四野八荒流传着关于他治病救人的传奇故事。我初中的时候听老师讲过，说他接骨斗榫特别厉害并且擅用奇招怪招。传说有一个陈旧性骨折的病人，需要把脚拉脱臼后重新接上。周大清把病人的脚捆好拴在树上，一人抱住他往后扯，自己则抡起斧头，作势要朝脚部砍去。病人急怕之间，"咔嚓"一声骨头扯脱，周大清再顺势重新接上。还有个年轻女子腰被跌断了直不起来，周大清叫家属帮她换上两根号称附有"法术"的稻草做的裤带，在女子的后腰揉捏推按一番后突然将腰间的稻草扯断，女子情急之下猛然弯腰捉裤。只听见后腰一声轻响，骨节错动，断腰居然就此被接好。这样的段子不胜枚举，连父亲现在都还记得一个，说周大清在国民党时期被抓去给士兵治伤，取子弹的时候根本不做手术，而是直接用手指一按，子弹就被按出来了。这样的故事有很多版本，但核心大同小异，都指向周医生神奇的正骨医术。

　　我们家跟周大清有过一丝交集。母亲上赤医学校的时候，曾和几十个同学一起被老师领着去深山采药，晚上住农户家里，在山里转悠了半个月。周大清家就在他们上山必经的公路边。一群年轻的医校学生，带着朝圣的心情去周大清家参观。母亲只记得他的家里院子到处摆晒着各种中草药，那次并没有见到神医真身。父亲带我去见周大清的时候，他已经是百岁有余的老人了，依然神清气朗，给我诊完眼病后，对我父亲说："我已经老啦，就让我儿子看吧。"我因打针溃烂的屁股，好像就是他儿子周盛辅做的手术，并给我们抓了三十多副中药，还留我们在他家吃饭。父亲至今还记得我吃的是蒸鸡蛋，而他因为客气没有吃饭。由于路途遥远，当天不能赶回家，要住宿的话周家也可以安排。不过父亲说，因为附近有一个本家可以留宿，就辞掉了周家的好意。

近来查阅资料，我才对家乡这个历史人物有了较为全面的了解。首先惊讶的是周大清的高寿，他生于一八七四年，直到一九八七年去世，活了一百一十三岁，人生跨越清末、近现代和新中国几个时期，这么算来，我母亲二十世纪七十年代见到他的时候，就已经是人中之瑞了。他是中医世家，尤擅正骨、眼科，手法独特，妙手回春。对疑难杂症也很有研究，而且善用心理疗法于手术，使患者减少痛苦，在川陕鄂边区一带都享有盛名。他的命运起伏跌宕，"土改""文革"期间都受到冲击、几次入狱，一九八一年被平反昭雪，决心将医术传授后代，造福于民。自办家学和家庭医院，带徒子徒孙一百多人，遍布县内外。父亲说，周大清的孙子现在还在县医院附近开办诊所，继承家族衣钵，继续行医济世。

现在看来，名医周大清的乡村神话与他的家学渊源有关，更与他的经历和时代有关。生逢乱世，经历坎坷，前现代社会，偏僻的山区，物质的匮乏，医疗的落后，贫病交加、走投无路的人们的内心恐惧以及对某个强有力的人物的信赖寄托，这些共同成就了周大清的人生传奇。他英雄般地承接了人们的病苦与信任，是个人独特医术医德的彰显，也是传统文化的承传，还及时为公共医疗补缺，有悬壶济世的情怀，收获了口碑和人心，并在口口相传中被神化。归根结底，他是中国乡绅文化的集大成者、耕读传家，行医积德，泽被桑梓，稳定人心，是乡村伦理秩序的守护者，永久活在人们的传说与怀念中。

一个与疾病相关、命运大起大落的人，经历了兵荒马乱、贫寒饥饿的年代仍能如此长寿，本身就是一个奇迹并且意味深长。听说他的长寿秘诀是早睡早起，生活极有规律，起床头一事便是正襟危坐，凝神静气，默诵他的莲花歌，演练他的正骨手法和指法，百多年如一日。他的高明医术不按常理出牌，却也灵活直接，尤其注重安抚病人心理，与现代医疗依靠各种检测手段、对病患动辄告之最坏结果大相径庭。

## 四

我上小学三四年级的时候，突然一天放学回家，发现父母都不在家了。母亲因为突发脊髓炎被送去医院。一住就是一两周。父亲现在回想起来还有些余怒未消，说都是村里的庸医给耽搁的，吃药打针一周了不但没见好反而加重，不能治就早点说嘛。给我们的教训就是有病不能拖，而且只要觉得不对劲就应该马上送到好医院去。

母亲怎么就病倒了呢？年少的我不太理解。因为在我的印象中，她一直是一个身体强悍、性情豪放的人，标准的劳动人民，女汉子。父亲说年轻时跟她在山坡干农活的时候，还嫌他磨磨唧唧不够利落。直到现在都觉得自己"廉颇未老"，喜欢在外面找事情做来体现自己的劳动价值。母亲喜欢主外，让父亲主内。父亲因为当过兵还是炊事班长，做的饭菜确实更为可口。而且很爱收拾，洒扫庭除，内外整洁，可以把被子叠成豆腐块，衣服折得有棱有角。相比之下，母亲干细活就手脚粗笨多了。扎头发永远只会给我们扎马尾辫，而且梳头时因为上学要赶时间常常扯得我直叫唤，还要顺便唬上一句："你不好好读书的话，以后就把你嫁到万古寺去！"于是"万古寺"便成为我小时候的梦魇，以为那是深山老林里又偏远又穷苦的存在。现在每次跟母亲提起，她都乐得哈哈大笑。万古寺现在成为巫溪的一个佛教文化旅游胜地，很多人会在过年的时候去那里爬山和烧香。但是至今，我还一次都没去过。

小时候父亲曾教过我叠衬衣，怎么把衣领叠好放在最前面，就像专卖店包装好的衬衣那样。后来父亲就放弃了，感叹母亲基因的强大，转而独善其身——他的衣物永远方方正正地放在单独的一口立柜里。而我，至今也只会给孩子扎马尾辫，偶尔盘个歪歪扭扭的丸子头，而不会像时下流行的那样编各种小脏辫。

母亲住院，我和妹妹成了野孩子。还不止一次，后来有回是被车撞了，还有次是去医院引产。反正那一两年，母亲时不时就从我们的生活缺席，以致我把几次住院混淆，一些细节错附。那段时期，我们是没妈的孩子，还是有些浑浑噩噩、没心没肺的孩子，不懂大人忧苦，似乎没什么难过的心情，也没想着去关心或看望一下母亲。除了正常上学，生活上的不便是怎么解决的呢？好像是在奶奶家吃饭，晚上是外婆住在我们家招呼。只记得一个星期天（那时候都是一周六天上学制），我和妹妹在院坝的木盆里洗澡，村里的一个姐姐路过，发现我们脱在一旁的衣服上竟然有虱子，再看，头上也有。父亲回来得知后心痛不已，把地上所有的衣物都扔了，第一次带我们去理发店洗头剪发，还给我们买了新衣服。我和妹妹"因祸得福"，因虱子带来的烦恼和恐惧一扫而光。

所谓"祸不单行，福无双至"，母亲生病那几年家里特别不顺。先是父亲的二八自行车被偷了，就放在路边去找人的一个当儿，转身就不见了。爸爸到县城打短工，送我和妹妹上学，都是靠这辆自行车。而且八十年代的一辆飞鸽牌自行车，应该算是家里的一个大件。要知道，那时候我们家连一台黑白电视机都买不起的，只能天一擦黑就赶紧扒完饭，跟小伙伴挤到村长家去看心心念念的《封神演义》《杨家将》之类的电视剧。后来姑姑过年回老家，很慷慨地给父亲买了一辆自行车，一家人眉眼才舒展开来。

还有一个冬天的半夜，一家人正在酣睡之时，突然听到死命的捶门和呼喊声。我们睡眼惺忪被拉到门外，才知道家里失火了。因为电线短路，放在屋檐阁楼上的稻草木料全被点燃，大火熊熊烧了起来。和我们共一堵土墙的邻居阿姨首先闻到焦煳味惊醒，一家子逃出门外再使劲喊我们。不是因为她，我们一家四口已然葬身火海。那个冬夜让我永难忘却。待我意识清醒过来已经趴在幺婶的背上了。大火燃烧，人头攒动，寒意从我光着的双脚一直上升，凛冽入骨。电工断了电，村里人排着长队从路边的溪沟里用水桶取水传递着灭火，路过的汽车停在路边开着大灯为大家照明。青烟袅袅，一片狼藉，火灭了，天也亮了。

## 五

母亲住院期间，还有一件事情让我印象深刻。那正是四五月份的插秧时节，育好的秧苗已经在母田里郁郁葱葱、挨挨挤挤，急等着人把它们一束束扯起来分散开去；而另一边，空空的水田里亮汪汪一片。

时节不等人。我的幺外婆此时挺身而出,在我的记忆里笼上一层光环。她是我外公弟弟的妻子,是个有主见和魄力之人,不像我外婆一辈子温顺隐忍。幺外婆把我父母两边的青壮年亲戚集合起来,要在一天之内完成插秧。她不仅亲力亲为,还充当起协调、分工和督促的角色,谁在家做饭,谁负责扯秧运送,哪几个在水田绷线插秧,一一分配落实。有干活偷工磨蹭的,她还会毫不客气地训斥几句。

　　幺外婆的组织分工、雷厉风行让这一场春耕抢种得以高效有序地完成,也让两边的亲戚心服口服。对于他们那一代老辈人而言,她算得上是一个新式女性,独立、执着,有强烈的自我意识。幺外婆现在正安享着晚年,走路、跳舞是她的主要健身方式,还经常一个人出去旅游——因为幺外公年纪大了,身体不好,也不喜出游。前段时间,幺外公出门不留神摔一大跤住在医院,当时幺外婆正在湖南韶山瞻仰圣地。

　　但是幺外婆又"新式"得没那么彻底,"成也萧何,败也萧何",或者说,她身上正体现了两个时代的新旧交替和人性的复杂纠结。听母亲讲,一九六四年,幺外公跟幺外婆刚一结婚就去当了兵,当兵走的那天,正碰上外婆生下了大舅,所以大舅的小名就叫"送军"。幺外公当的兵种是坦克兵,比我父亲的炊事兵要高级得多,也应该更有前途。当兵的部队在辽宁,那时候从山区巫溪到长江边的奉节还没有通公路,幺外公是和同村一起当兵的战友翻山越岭走到奉节,再坐轮船、火车辗转半个多月到的驻地。幺外公一去就是五年,幺外婆也足足等了他五年。也正是这漫长的等待坚定了幺外婆的意志或者说改变了她的想法,让她把一家子团圆放在人生最重要的位置,从而影响到幺外公以及整个家庭的命运走向。当时幺外公转业回来先是要调到万县六机部。六机部是新中国国防工业发展史上主管造船的一个机部,另外还有分散各地、闻名全国的八个机部主管机械、核工业、航空、航天、电子、兵器等业务。听说当时接幺外公的小车都开到家门口来接他了,幺外婆硬是没让他走成。

　　后来组织上又要把幺外公调到一个比较偏远的公社当武装部长,幺外婆还是没答应。再后来的后来,幺外公就泯然众矣,只接替外公当了本地的大队书记。两兄弟都是老老实实当了一辈子村干部,从来没有利用职权为子女谋半点私利。长兄如父,外公年幼失怙,后来他们的母亲去世时,幺外公才五岁。外公一个人拉扯着下面五六个台阶式的弟弟妹妹，从我有记忆开始，他就已经是驼背了。兄弟俩的人生际遇殊途同归，最后都以大队书记的身份当了一辈子老农民。如今，外公早已作古多年，而高高大大的幺外公也被岁月压弯了腰，走路的样子，竟然跟他的兄长有些神似了。

  母亲终于出院回家了。我不记得再次见到她的欣喜以及她病愈后的脸色，却只记得一样东西：塑料金鱼。是用输液的塑料管子编织而成的，金鱼眼睛明亮、尾巴柔软，身上的鱼鳞处还涂上了颜色。有好几只，漂亮形象而有手感，装在一个塑料袋子里。我和妹妹大喜过望，像是孩童不期然收到了礼物，或者终于拥有了心爱的玩具。心粗手笨的母亲怎么会做这么有创意的手工呢？定然是在她住院期间，有护士或病友的教助。这几条塑料金鱼便一直在我的记忆之河里游动，波光粼粼，让我的童年有了美好的颜色与光泽。

  还有观念的转变。父亲现在还对母亲引产的事情颇有感触，记忆犹新。他跟我的祖辈一样，是很想要一个男孩的，而且他们弟兄三个，就我们家没有儿子。母亲说生我的那天，年迈的曾祖母拄着拐棍颤巍巍走到门口，听到是个女孩，已经跨过门槛的一只脚又收了回来。所以当母亲又怀上第三胎的时候，就躲到山那边的亲戚家里去了。后来熬不过，母亲自己跑了回来，和父亲去了医院。引产下来的是个女孩，父亲说他亲手把她掩埋在乡镇医院后面的岩洞里，从此断了念头，一心一意抚养我和妹妹成人。还好我们姐妹俩并没有辜负他，而且随着我们学习成绩的优异，让越来越多的村里人看到读书的出路以及女孩的出息。重男轻女的香火观念对于他们来说已经无所谓了。

## 六

  而兜兜转转这么久，只有父亲生病，我对疾病才有了真正的理解和承担。在我的记忆中，父亲还没有被生活刺中、生病住院的时候。没想到一生就是大病。"少时夫妻老来伴"，多亏有母亲的陪护，就像母亲年轻时住院父亲对她的悉心照顾一样。疾病让父亲变得感性，他很依赖母亲，在医院散步的时候，几次拉着母亲的手。但我对此不想多说，只想怀旧。我不认为这是一种逃避，因为过去是用来言说的，而现实只需要一步步去做就行了。更何况童年、乡村、前现代社会的很多东西在久远的隔空打量中都可以用来复魅抒情，而现代城市生活的快捷理性让我更愿意期待科技的飞跃与医药的更新。几年来的就医经历让父母不再惧怕，也让我沉稳持重。就当作一种慢性病、一场漫长的马拉松，稳住就好，可控就好，与那看不见的肿瘤为敌为友，只要你不让我的世界崩塌，怎么样都行。而那些往事不期然纷至沓来，在我愁云密布的中年生活中挖开一道裂缝，让我可以大口出气，也慢慢认清了来处。我忍不住拉着双亲一起过来，我们在裂口呼吸、窥探，也在往事的谈论中不时发出轻松愉悦的笑声，仿佛时间静止。过去的经历成为我和父母共同的安心之法，这多么奇妙而美好。

而只要谈起当兵的经历，病中的父亲要舒朗开心得多。那是他的青春如歌。我记得他一直喜欢看军旅题材的电视电影，那张随身携带的红色退伍军人证，还可以让他就医时走绿色通道，重温一个军人的荣耀。原来他也当了五年兵，而不是我一直以为的三年，从一九七六年到一九八〇年。父亲当兵的时候巫溪到奉节已经通车，他们坐汽车抵达奉节时，当地还为这批新兵举行了欢送演出。再坐船顺江而下，到宜昌乘主要运货的"闷罐"火车去往山西，全程需要四五天，比当年幺外公的行程时间要短得多。那么父亲当了五年兵为什么没能提干呢？他说还是当时年轻，不懂人情世故。当了两年炊事班长，司务长让父亲退伍。可是因为他所在的连队比较红火，作为炊事班长的父亲又享有好名声，被营长和教导员看中，让父亲留下到营里的炊事班继续工作。于是父亲又当了三年兵，并且在这期间表现突出，为营里省下了粮食和经费，立了个人三等功——那枚装在红色丝绒盒子里的奖章我小时候见过，被父亲和他的一本军旅黑白相册放在一起小心收藏。然而当兵第五年，赏识他的连长和教导员又调到别处，他仍然没能转成志愿兵，只好复员回家。现在回想起来，父亲仍然觉得有些遗憾，人生的种种机缘无法预测，而他和家里人的贫穷、淳朴，不懂关系人情，也让他和改变命运的机遇早早失之交臂。然而无论有心地追求还是无奈地放手，父亲和幺外公两代当兵的人就这样又回到农村，与崭新的可能与更大的世界擦肩而过。

父亲说他当兵第三年的时候，收到姑父和大伯的家书，称经济拮据，希望可以得到父亲的帮衬。那时父亲每月的津贴只有六元，一年下来也攒不到二三十元。那次他给家里寄回三十元,并作如此分配:爷爷十元,姑父和大伯家各八元,还有四元给年事已高的曾祖母。父亲的孝顺与细心可见一斑。当兵第四年,父亲又收到正在读书的姑姑家的表姐来信,说自己上学时连条像样的裤子都没有。于是父亲又找班上的战友借了二十元给表姐寄回去。父亲一九七九年回家探亲,跟母亲定亲并准备结婚,然而外公却没有答应。不是因为他反对这门亲事,而是因为父亲还没满二十二岁法定婚龄。由此可见这位老支书的原则性。一九八〇年,父亲复员回家和母亲成婚,他一百五十元的退伍补贴成为这对新人全部的结婚资金和经济基础。这样才有了后来的我们。

往事并不如烟。生活中有让人心惊的刺客倏忽而至,也必然会有给人带来好运的信使从天而降。我们无从躲闪,唯有与刺客正面迎战,再活着去寻找未来之光。疾病是人生的隐藏刺客,而死亡才是生命的终极杀手。只要死神还未降临,就要全力以赴去活好每一天。现代医学破除了疾病带来的各种迷信和道德人格绑架,舒缓了病患及亲属的各种病痛和恐惧。重要的不是你承受了什么,而是你对待这些承受的态度和准备。

艰难困苦,玉汝于成。人们喜欢把苦难的意义拔高,分享艰难的同时也热衷于赞美苦难,却往往把疾病视作一种羞耻。这是为何?过去的苦难或可成为一种资历,为现在的成功或幸福注解,为什么疾病就不能让人坦然面对或者成为勇气的象征?或许与我们的文化传统有关。中国文化向来讲究的是"天将降大任于是人也,必先苦其心志,劳其筋骨,饿其体肤,空乏其身";而对待疾病的集体无意识却是齐桓公在扁鹊面前的讳疾忌医,让疾病从腠理到骨髓,由表及里一步步侵入,直至病入膏肓不治而亡。一边是病人的病耻感,一边是家人的"善意的谎言"。这些说明在中国人的血液中,我们饱经沧桑饱受苦难的同时,也增加了苦难的承受力和"穷而后工"的斗志,但是我们从来就没有做好面对和接受疾病和死亡的心理准备。病魔和死神会在人生的哪个路口潜伏偷袭,想想就令人胆战心惊。人们恐惧的不是已经经历的苦难,而是那不可预料或控制的未知和意外。

往者不可谏,来者犹可追。由疾病串起的人事记忆,因为孩童的视角和时间的长河,留下的美好似乎大过痛苦,并从一个侧面见证了乡村时代的变迁和人的各种成长。新与旧,老与少,保守与现代,传奇与现实,乡村的秩序与人心的变化在这几者之间交织、碰撞与撕扯，最终跌跌撞撞融入现代社会的洪流。如今，我的家乡旧貌换新颜，已经通了高速公路，连高铁站也规划立项了。而那些过去岁月里灾难面前的救济与帮衬，疾病缠身后的反抗与合力，功利实用背后的审美与心意，以及古老文化的坚韧与神奇，现代文明之风吹来的清新与活力，都让这片偏僻贫瘠的土地永久铭刻与重新激活，和土地上的人们一样，信念不灭，情义绵延，生生不息。

（选自《红岩》2022 年 4 期）

**评鉴与感悟**

谈论疾病，也不仅仅谈论疾病，还谈论家族史、命运史。有个体，有群体，读之，悲痛难抑。

# 陌生的至亲

/欧阳娟

一

头一次听人谈论母亲，是在她的葬礼上。

与母亲共同生活的十五年，我和哥哥一直跟着她住在外婆家，按乡下的说法，是客居。我也就打小只将自己当个过客，无心留意村上的人事。十六岁离开村子到学校去寄宿时，我统共只认识房前屋后的几个同龄人。孩子们在一起，自然不会去谈论对方的父母。此后我寒暑假常在外面打工，回村的日子屈指可数，工作后就更不跟村民来往了。因而母亲在世时，我从未听人谈起过她。

又或许，只有新鲜的人事才能引起村民的兴趣。一百多户人家的村子，算不上大，娶亲、生子、建房、换地的事却也络绎不绝。母亲生在这里长在这里，早已丧失了谈论的价值。更何况，村里还常有奇闻轶事。一个老实巴交的婆婆突然通了灵，做了神婆；一个十八九岁的后生突然被人砍掉了一根手指，不知得罪了谁；一个接连生了四个女儿的男子负气外出了两三年，开着豪车回来……这些事，添油加醋足够讲上一年半载。母亲从未有过超出常规的言行，无人谈论也是正常的事。这场葬礼，作为一件新鲜事，才重新激起了村民的兴致。

乡村的葬礼，每家每户都会派人到灵前祭拜。做儿女的，有人下一跪，就要跟着回一拜。明明是无甚交情的人，却互相行着恩深义重的大礼，久居城市的人恐怕多少都会有些不适。村民们却见惯了这样的场面，大大方方拜完了，还走上前来牵着我和哥哥的手，把我们扶起来。长情些的顺势就把手心停在我手背上，紧紧捂着，说些贴心暖肺的话。我感受得到当中的好意，却难以产生情感上的共鸣。对方陌生的脸，像堵在下水道里的纸浆，将我阻隔在他们的世界之外。在他们的世界里，村里每一个人都是亲人，时而和睦时而反目的亲人。操刀子打过生死架的人，一旦故去，仍然待以亲人之礼。他们一脸真挚，泛着泪影，安抚我这个被称之为"我们村的外孙女"的人。

我借着烧纸的掩饰，撇开这些难以承受的盛情。有个老妇人见我一声不吭，靠过来说："你跟你娘一样，要强。"

这话让我有些意外。说我要强，我认。在我假装文静的外表下，确是藏着一颗好强的心。就在前一天，村上有人说客居的人不准在祠堂前停灵，我说谁敢拦着我就拿灵牌砸破他的脑袋。说出过这种话，被人钉在要强的十字架上也是活该。可母亲，活了六十年就养了六十年的病，从未跟人红过脸，多说两句话都嫌累，怎么能跟要强扯上关系？

唢呐声呜呜咽咽，像一场赶着一场的号啕声。鼓点和铜锣却时断时续，嘀嘀笃笃一阵，而后又咣啷一声，有种莫名的欢腾劲儿。围在灵堂前的村民也跟这哀乐一样，一会儿悲容毕现，一会儿又跟近旁的人聊得火热。我手足无措地置身于拥挤的人群和翻滚的声浪里，难以调整出恰如其分的情绪。

这样的场合，凡事都不可过于当真吧，那位老妇人的话或许也只是应个景，随口一说而已。

## 二

母亲的病，跟她出生的年代有关。那是中国人民刚刚站起来的时代，是百废待新的时代，外婆从"百废"当中爬过来，身体早已秋草般枯涩。母亲以胎儿的形式伏在这堆枯草的腹地，拼尽全力也吸收不了多少营养，刚一出生就被判定为先天性不足，带着一身病痛。

为了活下去，母亲不知用过多少奇方怪药。什么油炸蟑螂、尿浸鸡蛋、炭煨肉蛆，都吃过。只要听得对身体有好处，再恶心的东西她都吞得下去。

不知是那些乱七八糟的东西确有效用，还是母亲原本就一时死不了，她活下来了，只是身体仍然不好。体力活儿一重，她心脏就受不了，常常砍着柴、割着稻子就在地上躺下来，一动不动闭着眼，喘上老半天。

这样的身体在农村是极难生存的，好在父亲是工人，不依赖田地里的收成活命。他像照顾幼女一样照顾母亲，唯恐她冷着、热着、累着、气着。母亲也自自然然接受着家人的照顾，连赶趟集、逛次街，都要大姨或是表姐陪着，只怕发起头晕来认不得回来的路。

我和哥哥才七八岁就主动接替了为母亲引路的任务。一到县城或是集镇，母亲就像个懵懂的孩子，我们走到哪儿她便跟到哪儿。

连七八岁的孩子都不如，在我眼里，母亲就是个弱者。

我跟母亲是截然相反的，小时候常常操着压水井上的铁棍跟哥哥打架，长大后天南海北四处乱跑。而母亲除了必要的劳作之外几乎足不出户，连串门闲聊都少。偶有闲聊，也是顺着别人的话说。

一个人，什么想做的事都做不了，什么想说的话都不敢说，生命有何意义？我以一个强者的姿态怜悯着母亲的羸弱和无能，每每想到她空度的一生，便有一种难以释怀的遗憾。

母亲去世时，我刚刚二十九岁，虚妄的自信膨胀在饱满的身体里，只有一己之见，却自认为是真理。

我背负着这个自以为是的真理缅怀着母亲，有那么一两年，总是买些印制的豪车、名表去给她老人家上坟。儿子说，火就是一扇门，穿过这扇门，烧化的东西将变成另一个世界的真实。我希望母亲在那个世界花天酒地，填补她在这个世界空度的生命。我甚至给她烧过一张万梓良的照片。万梓良是她唯一知道名字的男明星。我九岁时听她说过一回，这个男的长得蛮好看。

我花样翻新地做着各色可笑的事，明知是徒劳，却也慰藉了自己。母亲是想要这些东西的，她只是要不到而已。我三十年的阅历，得出的是这样的结论。

清明节，我又去给母亲上坟，一个背着柴火的老爷爷叫住我说："你是珍梅的女儿吧？我一看就晓得你是她女儿。"

我长得像父亲。那位爷爷老得眼睛都快睁不开了，才打了个照面，怎么一下就认定我是母亲的女儿？

血脉相连，难免有些相像之处吧。自己人看不出来，外人却是一望便知的。在我身上，一定有哪些跟母亲如出一辙的东西。

"我是你外婆的朋友。"老爷爷望着我，驼得跟只虾似的。

这个虾一样的身体，至少活了八九十年了。在这八九十年里，他不仅见过我母亲和外婆，还见过老外婆和老外公。在我身上，兴许不仅有一些跟母亲如出一辙的东西，还有跟外婆、外公、老外婆、老外公如出一辙的东西，跟列祖列宗如出一辙的东西。他望着我，眼里何止是我一人？在我平淡的面容上，叠印着祖祖辈辈的脸。

老爷爷说："你娘年轻时吃得苦，公社里开工，她从来不落后。春插、双抢，别人栽一排禾她也栽一排禾，别人割一排禾她也割一排禾。她身体不好，做多了体力活儿就流鼻血。这山下的田地里，块块都流过她的鼻血。"

我顺着老爷爷的目光看了看山下的田地。四月，田地里绿葱葱的，一望无际。要流多少次鼻血，才能让老爷爷觉着，这铺展于天地间的每一方土地都曾流下过母亲的血汗？

我想起葬礼上那个老妇人的话来，才意识到她兴许并不是随口一说，按年龄来算，她也是跟母亲一起开过工的。或许她跟这位老爷爷一样，亲见过母亲某些要强的时刻。

老爷爷的片言只语，让我隐约窥见了一个略微不一样的母亲。

## 三

母亲去世时，我没掉一滴眼泪，眼泪早在求医的过程中流干了。送葬的人说女儿要哭灵，哭得越大声越好。我无意哭给人看，一味冷着脸。亲戚朋友都怨我没良心。

有位友人在料理完母亲的丧事之后一夜白头，在我看来，他每一根泛白的发丝都是无效的自伤。逝者已矣，伤有何益？保重自己，才是对逝者最大的安慰。我时常警醒着，以防落入友人那样的心境。

然而我对母亲的感情未必比友人更浅。我跟父亲共同生活的时间不多，他在外地上班，只有逢年过节才到外婆家与我们团聚。外公在我出生前就没了，外婆也走得早，母亲几乎是我唯一的至亲。母亲的离去，像是从我心上凭空割去了一块极其重要的东西，我拼命用工作和娱乐来填补那块空缺，将丧母之痛挤压在一个看不见的角落里。

有那么两三年时间，我确乎不甚伤心。一个冬日的上午，我睡完一场长长的懒觉醒来，打开手机看到一个陌生号码来电。回拨过去，那头传来一个喑哑的声音："你是珍梅的女儿吗？我是她的朋友。她的身体还好吗？"

冬阳洒在窗帘上，像儿时二十四瓦灯泡发出的亮光，透着泛黄的温暖，我的眼泪唰地一下涌了出来。欠了两三年的伤痛，一瞬间全部还了回来。我搂着被子号啕大哭，隔着虚无的电磁波，把眼泪都流给了一个素不相识的老人听。

不知哭了多久，听得那头还在问："珍梅怎么了？得了什么重病吗？"

老人说她是我母亲的朋友，参加工作后再没见过，这几年年纪大了，不知哪天就没了，想起年轻时的玩伴来，想跟我母亲说说话。

是什么样的情感让一个想到生命即将终结的老人，隔着数十年的光阴，辗转打听另一个人的联系方式，只为跟她说说话而已？再贫乏的一生，认识的人没有成千也有上百，她为何独独选中了母亲？

"憨狗多叫，憨人多话"，母亲多次拿这个话教育过我。她并不喜欢说话，外婆在世时，还偶尔议论村上的人事。许是从小生活在隔墙有耳的环境里，最热烈的议论，她也只是欲言又止说上一句半句，辅以只可意会不可言传的眼色和手势。外婆走后，她连半句议论都没有了，只剩无思无虑的恬静。静得听得见针线抽出鞋垫的声音。我做作业时，母亲通常坐在门口纳鞋垫，一张试卷做完，她还是那个样子，不曾嘀咕一声，也不曾挪动一寸位置。

在与电话那头的那位老人交往时，不喜言辞的母亲究竟说过什么话，让她回溯往事时，仍想重温当日的语境？

## 四

不久之后，又有另一位老人跟我谈起了母亲，仿似对那通电话所做的一个注释。

那天是冬至，我忘了换鞋，急匆匆从单位赶往墓地。

山路泥泞，钢钉样的鞋跟一下一下钉进软滑的泥巴里，我走得极慢。一群群村民赶超上来，热情地跟我打招呼。他们都认得我，我不认得他们。当中有个笑得尤为亲善的老人说："穿着高跟鞋，不好走吧？"我笑笑地说："没事。"老人说："你娘也总是喜欢说没事、没事。有一回，我们一起搭伴去街上玩，差点送了命，你娘也是这样笑着说没事。"

在通往墓地的山路上，老人跟我讲述了她和母亲那次搭伴去玩的经历。

从外婆村走到县城约莫要四五个小时，她和母亲原计划走着去。没走多久，她犯起懒来，怂恿母亲去搭便车。母亲招停了一辆拖拉机。开拖拉机的师傅也答应得爽快，让她们赶快上车，上车后说一声。母亲率先爬进了车斗里，这位老人刚刚跨进半条腿去，不知为何，那位师傅却突然把车子发动了起来。那年，这位老人和母亲都只有十二三岁，缺吃少穿，发育得晚，身板儿比现在十岁的孩子还要瘦小些。她手上没劲，虽然已经悬吊在车斗上了，却怎么也爬不进去。车子开动起来，她一只脚在里一只脚在外，骑马样地横跨在硬实的铁板上，下身像是顶着一把钝刀。母亲死死地拖住她的脚。五六十年前的马路，到处都是深坑、厚泥，拖拉机颠得跳起来，蹿天入海似的。母亲被甩得前俯后仰，噼里噗噜撞在车斗上。

那时的拖拉机从外婆村里开到县城要跑半个小时。车子跑了半个小时，母亲就摔了半个小时。摔得鼻青脸肿，额头上都流血了，还是双手紧紧抱着那车斗上的半条腿，不曾松开一只手来护一护自己。

母亲的手，我是看过的。那是一双鸡脚爪一样干瘦的手，皮下青筋暴起，一两肉都没有。紧窄的袖口从手腕处往上捋，能一直捋到肩头上，手臂和手腕一般粗细。这样的一双手长在一个十岁孩童般瘦小的身板上时，我不知它要怎样在一次次的摔撞中拖住一个悬吊在车斗上剧烈下坠的身体。

老人说她全身都震得麻木了，一两力气都使不上，全靠母亲拖着。母亲一松手，她就掉下去了，说不定就摔死了。

那样的一双手，拖住了一个人的命。母亲真如我以为的那般无能，如何撑得过这半个小时？

老人挂着根棍子，一瘸一拐的，让我有种错觉，仿佛她如今的腿疾就是那时落下的病根儿。这当然是毫无根据的。可是作为母亲的女儿，我总忍不住要把眼前的病腿与那时的母亲联系在一起。在毫无根据的联想里，搜寻着果不其然的证据。

"这一世，我真是幸亏有你娘，到死都不会忘记她的好。"

那位想到生命即将终结还要跟母亲说说话的老人，是不是也曾有过类似这样令她不能忘怀的时刻？

## 五

一个甫一出生就随时会死的女人，活了六十岁，还交了几个终生惦念她的好友，在我看来已算幸运。况且母亲是伴着"雄赳赳、气昂昂，跨过鸭绿江"的歌声出生的，吃长饭时正好碰上了三年困难时期，在那样的年月里拖着一身病体，不被千人嫌万人厌也就罢了，居然还收获了那样深的友情和那么多的照顾，让人不能不为她感到庆幸。

一个年轻时以风流著称的寡居老人似乎为我揭开了这幸运后面的某些原因。这位老人，是我住在村里时唯一留意观察过的成人。她那时还不是太老，留着齐耳卷发，虽说上了年纪，面容还是白白净净的。她喜欢把手绢掖在玉镯里，走起路来一弹一弹的。村里人都说，那个寡妇把房前屋后的男人都睡遍了。我不知道她的名字，村里人都叫她"那个寡妇"。那个寡妇在年少的我心里，就跟《画皮》里的女鬼一样，一不留神，娇艳的脸上就会露出暴戾的鬼气。我那时没看过多少电影，《画皮》还是看过的，每个风流的女人在我心里因而都有了些阴森森的鬼气。长到二十多岁，才把她们当人。

祛除了鬼气的寡居老人坐在黑洞洞的老房子里，像个讳莫如深的秘密。她一开口，当真就给我抛出了个秘密。

"你外婆是千金小姐呢，你姆妈就是小姐的千金。我小时候见过你老外公，是个大财主。"

我从未听母亲提起过这样的家世，村里其他人也从未提过。当然，我也不曾跟几个同村的长辈说过话，没人在我面前提，也不定不在背后说。

"那时候，村口一大莽田都是你们家的，只有中间一小块是别人家的。你老外公想把那块田买下来，连成一整片。那家人不肯卖，你老外公就把现洋密密挤挤排满了那块水田，硬是买了下来。"

说得跟放电影样的，我疑心这老人寡居久了，故意编出话来逗我。

那老人又说："好在你老外公赌得厉害，钱都输光了，划成分时，你们家是贫农。"

我仍是疑心她在逗我，一个风流得四里八乡尽人皆知的女人，老了也未必老实。

"家产是败光了，行止见识是败不光的，你外婆年轻时就跟别个不同，教得你姆妈也跟别个不同，这村上老老少少男男女女都敬着她。"

许是人都爱听好话，她把这话一说，我倒有几分当真了，继而又暗笑自己虚荣，听得好话便信了。

闲聊时，我拿这话问过父亲。父亲只说我爷爷、奶奶是吊死的，老外公、老外婆都是病死的，到外公、外婆手上，是贫农。

怎么吊死的？为什么吊死？

父亲不说，我也不问。母亲教过我："人家不直说的话，就是不愿说。人家不愿说，就不要再去问了。"

这是母亲的涵养。这涵养从何而来？自小跟在她身边，她的涵养早已浸入我的血脉。

父亲不愿说，我便不再问了，更不会再问别人。

寡居老人的话跟她黑洞洞的老房子样的，我将永远不会踏入进去一探究竟。是真是假，是虚是实，都留给过去。

老人对母亲的敬重却是实实在在的。回回返乡挂清、挂冬，她见了我便要从门后探出头来喊："回来看你娘啊？你娘说话最是柔软，不造口业。"

一个风流成性的女人，年轻时定然遭过不少恶口吧，母亲的柔言软语，也许是她活在这村里难得的善意。这善意稀薄之极，才能让她念念不忘。

母亲在世时，她是从未跟我说过话的。母亲走后，回回返乡能得她招呼两句，托的还是母亲在世时积的德。

## 六

母亲生下我时已三十多岁了，哥哥只比我大一岁，是头胎。在农村，是典型的晚育。我想当然地以为母亲身体不好，寻不着合适的人家，嫁得晚，因而也生得晚。从未想过当中或许还有别的缘故。

南方多雨，尤其是清明、冬至时节，每回扫完墓回来，鞋底总是跟沾满了千张糕样的，泥浆、草屑一层一层。我坐在外婆家门口刮鞋，一辆锃亮的轿车在前头屋场里停了下来。车门打开，一位西装革履的老人钻了出来。

站在我身后的大姨嘀咕了一声："那个人来了。"那人向大姨招了招手。大姨也招了招手。

那人一招手，我就不禁多看了两眼。那是一条修长的手臂，在合体的西服下显得匀称有力，不像古稀之年的老人。他精神矍铄，身材清瘦，手臂恰到好处地轻轻一摆，显得极有风度。

那人含着笑走了过来，看着我说："这是珍梅的女儿吧？"大姨点了点头。那人说："像。"

大姨招呼说："进屋吃口茶吗？"我有些奇怪，以大姨的为人，见了熟人都是上赶着往屋子里拉的，怎会这样问？

那人笑笑说："下次吧。"大姨点了点头，不再挽留。这就更奇怪了。以老家的待客之道来说，这样的态度堪称冷淡。

一个特地停下车来打招呼的老人，大姨为何对他如此冷淡？那冷淡中，又似乎并没有疏离感，反倒有些彼此体谅的默契。一个知道不便留，一个知道不想留。

那是一种有故事的冷淡。

那人走后，大姨擦了擦眼角说："人家看上去还这样年轻，你娘却走了。"

我才知道这人是我母亲的初恋情人。大姨当然不会使用"初恋情人"这样的字眼。大姨说："那人年轻时跟你娘好过。老一辈的人都晓得，他上过我们家的门。"

上过门，就是公开恋爱关系的意思。大姨和母亲做姑娘时，男方到女方家里上一次门，就相当于现代人望亲朋好友周知："这个女人，我要娶回家去。"

那人没能把母亲娶回家去。母亲主动跟他断了联系。他那时在部队当兵，母亲生怕误了他的前程。

"你娘说，人家往后是要出人头地的，她一个病人，跟不来。"

跟不来，便不拖累。这跟母亲惯于享受他人照顾的形象完全不同。一个惯于享受他人照顾的人，知道对方终将出人头地，不是更要拖着不放吗？

　　"那个人倒是长情，还写过好多信，你娘不肯回。"

　　不仅不曾拖着，还断得这样决绝。将心比心，一个初涉爱河的女子，难得有这份坚定。

　　一个泡在中药里长大的女人，有人娶就不错了，母亲居然还有过另一个男人。那男人七十多岁还能让我眼前一亮，年轻时又该是怎样的精神气韵？这样的男人，怎么会看上母亲？母亲究竟有什么特别之处？

　　我猛然想到父亲也是五官周正、身强体健的，作为一个吃商品粮的工人，有这样的外形条件，要娶农村女子，多的是挑选的余地。母亲相貌平平，无甚特长，还是个病人，凭什么嫁给父亲？我从小生活在这样的家庭，习惯成自然，从未想过这个问题。跳出来站在旁观者的角度，才发现母亲是配不上父亲的。可父亲事事尊重母亲的意愿，嘘寒问暖伺候了她一生一世。

　　母亲走后，父亲常常坐在母亲弥留时住过的房间里，一坐就是好几个小时。他是想她的。这种想念，也常常流溢在语言里。

　　"你娘还在的话，肯定会这样说……"

　　"你娘还在的话，肯定会这样做……"

　　"你娘还在的话"成了父亲的口头禅。

　　每年清明、冬至，父亲总是生怕我和哥哥忘了去给母亲烧纸，虽然我们从未忘过。前些年，我总是恼恨这些老规矩。什么时候想念母亲了就什么时候去送束花、敬壶酒不好吗？为什么非要清明、冬至？人挤人的，麻烦得很。成了规矩，反倒显不出真心了，好像只是为着遵规守矩才去祭拜似的。然而这些年，我渐渐发现，幸而有清明、冬至。如果没有清明、冬至，父亲恨不得我和哥哥每个月都到母亲坟上走一回。随着年岁增长，他老人家对母亲的思念只会越来越深，到时恐怕半个月就会催着我们去一回。

　　我还发现，人挤人的，才能在人群中遇见那些貌似陌生，实则与一己之生命密切相关的人。比如那个背着柴火的老爷爷、那个跟母亲一起搭便车的老妇人、那个以风流著称的寡居老人、那个风度翩翩的七旬老者。他们一点点帮我拼凑起一个不一样的母亲，一点点填补着我心上那块被凭空割去的极其重要的内容。他们让我看到母亲流着鼻血在田地间劳作，母亲紧拖着半条腿在拖拉机里摔滚，母亲柔言软语安抚一个寡妇，母亲挥别一个身着军装的小伙子。母亲活得饱满而丰富。

面对一个逝去的亲人，能够告慰我的，唯有这份饱满和丰富。

## 七

今年冬至，我照例去看母亲。十年生死两茫茫，虽未隔千里，我亦是无处话凄凉。母亲在时，碰上格外过不去的事，我心里承受不住了就会跟她说上一句半句。她轻描淡写几句话，过不去的事就过去了。死生之外无大事，所谓过不去，无非是心量不够而已。母亲的话，总能帮我打开心量，将眼光放得更长，格局撑得更大。她走后，我这些话就无处可说了。

现实中的渴盼往往投射在梦里，我常常梦见母亲。梦里仍然记得她已故去。老人家还是老样子，坐在门口纳鞋垫，或是从厨房里端了菜出来。我走过去抱着她，心里想着，只能在梦里抱一抱了，醒来后就抱不到了。她在梦里开解我，不紧不慢说着话，我的心事就放下了。梦醒后并不记得她说过什么，放下的心事却当真放下了。潜意识里，母亲一直以梦境的形式跟我生活在一起。

心情格外松弛时，潜意识就会溜出来左右一个人的言行。有一年大年初二，我起了个大早，兴冲冲跟儿子说："换件齐整衣裳，给你外婆拜年去。"依外婆村里的风俗，大年初二是外孙拜年的日子。儿子古怪地看了我一眼。我才记起，母亲已经不在了。

挂冬的路上，我想起这些事来，一时难以自抑，拍了几张山上的照片，附上全家福，发了一条微信朋友圈。

吃饭时打开手机一看，里面有一条评论："这是你妈妈？叫珍梅还是春梅？她是我的学生。"

我瞪大了眼看着留言的微信名，那是一位在写作上与我多有交流的前辈。这位前辈将近八十岁了，我不记得他什么时候加过我的微信，甚而早已忘了他有微信。

"难怪看着你总有一种熟悉感，你妈妈当年是我最得意的学生。"

原来母亲也深得这位前辈的赏识。不是最得意的学生，怎么能记得几十年？而且我发的是母亲年近六十的照片。

"你妈妈个子不高，胆子却大得很，人也精灵，是真聪明。那时候闹'文革'，班上的同学都想去串联，我不想让他们去，却不敢说。只有你妈妈一个人跟我的想法是一样的，她是班长，爬到讲桌上对着全班人喊，学生的首要任务是读书，串联会耽误大家的学业。"

看过无数有关"文革"的资料，我当然知道这通喊话的风险。连多说两句话都嫌累的母亲，竟敢在这件事上喊叫起来。

她并非因无知而无畏。许是一出生就随时可能死去吧，母亲对生死看得很淡，过世时，也是一脸平静。

一人难敌众口，母亲还是被同学们裹挟着，一起去了北京。

我以为她从未离开过村里，她却去了北京见了毛主席。

这些事，她只字未提，跟她一身的病痛一样，从不向人展示。

"不是闹运动，你妈妈肯定是个大学生。"

不是大学生，母亲似乎也没什么遗憾。她安之若素地走完了一生，对着波诡云谲的社会，从未有过一丝怨气。

她恬淡的面容背后，埋藏着多少故事？她宽容温顺的性情，历经过多少血泪的锻造？

她有过难言的痛苦吗？她无言，那痛苦便仿若不曾存在。


## 八

十年来，从他们嘴里听到的母亲，跟我看到的母亲判若两人。

一张张别人的嘴，向我描述着别样的母亲。那是一个勇敢、智慧、丰盈的生命，与我认为的羸弱无能、空度一生毫无关系。

他们给我的三言两语，并没有一波三折的故事。置身于一个女儿对母亲的深情里，我才能触摸得到当中繁复的纹理。别人听来，只不过是一声叹息吧。而我在阔别十年的光阴里，遥想着母亲与命运的一次次短兵相接，满脑袋都是马嘶车鸣。

与母亲分开得越久，我看到的母亲便越加模糊，他们嘴里的母亲越加鲜明。我看到的母亲，是留着齐耳短发的中老年妇女。他们告诉我的母亲，是二八年华的青春少女。母亲恍惚越活越小，时空倒转起来，六十年前的岁月拉到眼前。

六十年前，村口的野蔷薇定然比如今开得更盛，乌桕树招展着心形的绿叶，蓼子花热辣辣的，母亲背着书包去上学，扎着两只羊角辫子。

后来的母亲，蹦蹦跳跳跑进刚刚打开的人生里。

（选自《人民文学》2022年4期）

**评鉴与感悟** 舐犊情深，饱含热泪。字里行间充斥着一种人性之美。

# 我们和阿甲

/阿微木依萝

大雨过后山林像水洗一样绿。这说的是夏季。在我们这个地方夏天比春天更让人期待,夏天开花的植物多,云朵肥大,山风清凉。

有人整个夏天都骑着摩托车在公路上兜风。这说的是青年人。

现在不一样了,现在六十岁的人也在公路上兜风。

阿甲恐怕也快五十岁了。我们都跟他说,你现在不去干活的话到了六十岁只能喝西北风。他不愿意听这样的话,他粗着嗓子说:我有更好的打算。

他这是在说鬼话了,这话说了不下二十年。二十年前我们还是少年,眼下我们都比那时候大了二十岁他还在坚持这种鬼话。

"这可不是鬼扯。"阿甲仍然坚持他的说法。他说他是有想法的人,整个村子他扫一眼就知道谁的脑子活络谁的脑子僵化。很显然这儿没有脑子活络的人。包括我们的脑子,虽然年轻但也没什么用。"没啥大用!"他是这么断定的。他告诉我们他在等待时机,像他这么聪明的人不会白白浪费心思,必须等待好的机遇,就好比钓鱼,往石头上一坐就是从早到晚,这种功夫是聪明人应该有的,他又不是莽夫。等时机成熟会干一番事业给我们看。"看着吧,我会让你们惊掉大牙!"他这种语气真是骄傲得要死。

有一天我们看见他和老婆吵嘴,他仰着脖子对她吼:"我可不是吃闲饭的人！"

我们一边看一边往后站。他老婆手里的斧头好吓人。

他说，自己不吃闲饭有什么用？他老婆说他不吃闲饭才行。我们的耳朵都被吵聋了。而且我们也确实看到那倒霉妇人将自己吃得胖胖的，"我要是瘦一点根本没有办法抡起斧头！"她从前是这么和我们解释她发胖的原因。

我们相信她的话。她家的斧头是她亲自打磨，如果她不动手劈柴，阿甲是完全靠不住的。

阿甲这样的人适合干什么，我们也摸不准。倒是他老婆一口咬定他适合当二流子。"二流子去哪儿了？看见我家那个二流子男人了吗？"这是她遇见村里人问的话。

她是个纯朴的女人，地里和家里的活一人负担，她跟我们说，她上辈子一定是杀了阿甲，她熟练地比画着手里的斧头：是这样的，大卸八块！这样她才落下罪过来还债。每次她一抱怨完就仿佛找到了自己劳苦的原因，淡淡地扛着锄头去干活。她看上去比阿甲老十岁。我们都知道她其实很关心阿甲，她是永远不可能用斧头对付阿甲，只是我们害怕得要死，见她劈柴就躲得远远的。

谁也不敢当着阿甲的面喊他二流子。毕竟他上了一定的岁数，毕竟在我们这个村，像他一样经常拖着自己的屁股东跑西跑十天半月不在家的人多了去。

只是他不应该总是拿那句话跟我们吹牛——"我有自己的打算！"

那时候我们倒是相信他。曾经许多个晚上，我们跟着这位大了许多岁的"老哥哥"，听他跟我们讲县城里的稀罕事。那时候公路还没有修好，出山需要一路趴着跪着摔着出去，也顶多去到小镇上买个什么东西，再摔着跪着趴着回来。那时候的阿甲就对我们说，他总有一天会踩着县城大路出去见世面，外面的世界都是神仙居住，他要去当神仙，要在那些神仙的关注下干一番事业。像我们这个村子他已经住够了，这个锅底大的地方能成什么大事，大事在这儿会被石头卡坏的，他住得心里发毛，每当睡梦中忽然想起还身在村子中就立刻吓醒。他再也不要待在这个鬼地方。

"鬼地方！"这三个字我们现在想起来还觉得耳疼。他差不多是对着我们耳朵吼的。

后来他就结婚了。到了我们现在这个年岁的时候他"突突突"生了三个孩子。最小的孩子如今也上小学。他每日扛着烟杆吧嗒吧嗒抽一管旱烟，再骑着车子在公路上跑一趟。

"这个人算是废了。"我们几个一起长大的人互相说。但是我们当中也有一两个不齐心的人，他们觉得阿甲不出山是对的，他们说，一个人能一直骑着摩托车在故乡的公路上跑来跑去是幸福的。

幸福个鬼。我们说。

我们觉得一个人一直骑着摩托车在故乡的公路上跑来跑去是不幸的。这跟饿慌了的土狗没有区别。

当然啦，阿甲看上去也没有我们说的这么惨，他脸上没有土狗那种悲伤，他每次骑着车子在我们眼前飘过脸上都蛮喜庆的。

阿甲有一次跟我们说，外面的世界就是县城放大了的样子，看多了你们就知道。听他这话的意思，好像曾经偷偷出去过，只是回来对外面的世界只字不提。"人是可怜的。"他这么说的时候脸上很悲伤。他觉得世界就是个鸡蛋，不，是被人改造过的鸡蛋壳，圆的，乳白的，脆弱的，一头大一点一头小一点而已的。

我们也很悲伤。如果世界是个蛋，那走在路上的人还当什么神仙，每一步都得注意脚下，身心都要保持平衡，来一场大风就全都毁了。

整个少年期，我们都很担忧也很期待，我们决定去闯一闯阿甲不愿去闯的世界，直到我们真的去了那些地方，真正懂得和理解阿甲所说的"鸡蛋壳"的奥秘，也哗啦哗啦跑回山里，几乎是别人觉得我们在外面混得很好的时候突然跑回来。土狗就是土狗，土狗离不了它的土窝，我们给那些人的感觉就是这样。刚回来的七八天那些人还抱着期待，问我们有什么打算，就像我们曾经担心阿甲老了会不会喝西北风。后来他们就不这么问了，我们住在村子里已经很长一段时间，脸上有了与他们一样的晒斑，脚上套一双十五块钱的军绿色胶鞋，他们看我们的眼神里也涌现出我们曾经看阿甲的那种神色——这个人算是废了。

阿甲现在很愿意跟我们说话了。不过他也只是偶尔有机会跟我们说话。他住在县城。那应该就是他曾经所说的"更好的打算"。

县城模仿外面那些地方的样子建了高楼，建了度假区，建了公园，建了越来越多洋气的玩意儿。在县城农贸市场买根葱，老农民也会递一张二维码，问付现金还是扫码。

有一天，阿甲和我们在公路上相遇。"没啥意思，"阿甲停下摩托车，张口就跟我们说，"买只鸡都是饲料喂出来的，没啥意思。"

他话刚说完，我们点头点得跟猪吃食一样欢快。

"我也不是说吃鸡的事情。我说的是别的，懂吗？别的东西。我在县城过不惯。不是我以前想象的那种样子了。"阿甲说。

我们赶紧抢了话，"是的是的"，我们说，"说句不要脸的话，我们就是为了能吃到纯正的食物才跑回来的。"

"不是你们说的这个意思。我说的不是吃的东西。"阿甲对我们的理解力感到失望，视线扭到别处，想骑车走。

"我们懂啊。"我们又着急点头，伸手抓住他的车子。我们想表示他在县城的这种"住不惯"和我们在遥远地方那种住不惯是一样的。我们这样的人精神上都有土狗的特质，忧伤，敏感，念旧，看上去不成大器，故土就像屁股上的尾巴。

阿甲看出我们想表达的意思，又坐下来和我们说了很多话。

之后，我们经常在路上遇见阿甲，尤其山里夏季百花齐放，雨水一来，山风清凉，在公路上必定见到阿甲。

（选自《理性主义者》，百花文艺出版社，2022年6月）

评鉴与感悟

小说化散文，语言浑然天成，轻松诙谐，有一种"野生"质地。文中的主人公阿甲看似"乐天安命"，读后却给人一种无奈的苍凉之感。

# 黑来的时候

/雍措

我总觉得这个村子变得越来越轻了。

那天,我从地里割了一整天的青稞往家的方向走,全身的累拖着我,我一下走不动了。天从四面八方朝我黑过来,我心里急急的,怕自己落在黑中,被夜的黑染了色。四周都是人割剩了的青稞,有的高,有的矮,在风的吹动下,发出哗啦啦的声响,像一条大河在夜的黑中朝我奔来。整片土地上没有一个人的声音,很多人都在黑没来之前,赶着早上陪自己下地的几匹马或者几头牦牛驮着青稞回到了家中。他们都是能提前洞察黑来临的人,哪怕有一天,黑因为某种原因提前落向大地,这些人也能像往常一样闻出黑的来。

我遇见过几次这样的事,太阳还在半空中挂着,几个人停下手中正挥舞着的镰刀,慌手慌脚地把割倒在地上的青稞往自己家的牦牛背上放,牛背上的青稞还没有捆绑好,他们就着急地吆喝着牦牛往回家的路上赶。我搞不懂他们。秋收时节,每家每户最大的事情就是把满地的青稞收回家,以免遭遇高原说变就变的坏天气。这种时候,人恨不得把自己吃饭的时间、说话的时间、走路的时间都挤出来,用在收割一片自己家的青稞上,没一件事比这个更重要。我没空走过去问他们发生了什么,我只是站在自家的青稞地里朝这些人喊过两声,我的喊耽搁不了割青稞的太长时间。风不急不忙地把我的喊捎向他们。这几个人把自己的整个脑袋陷在正抱着的一捆捆青稞里不回答我，哪怕他们驱赶着牦牛从我身边走过，他们也假装低着头或整理悬挂在牛背上的几株青稞避开我。我嘴里嘀咕着一些难听的话，我安慰自己不理我也没什么了不起的。阳光把大地照得亮白白的，大地仿佛是一块亮闪闪的金子，在我眼睛里发光。

  这几人走后，我的心里始终不踏实，脑袋里全是这几个人离开青稞地时轻手轻脚的脚步声。他们不想让更多割青稞的人知道自己的离开。我的脑袋乱乱的，仿佛他们走在小路上的脚步声全部走进了我的脑袋里。我弯腰加快割青稞的速度，我想用我的快赶走脑袋里乱糟糟的东西。可我越快，长在我面前的青稞越却不规矩起来。它们一会儿朝前歪，一会儿朝左歪，它们东倒西歪的样子像极了西措喝酒醉的样子。我气这些前面还很听话，现在却不听话的青稞。我想用几句重话骂它们，话到嘴边又不忍心了，我知道为我长了一个季节青稞的累。那几句想被我骂出的重话在喉咙里翻滚，它们被我从心里打发出来，就不想再回到我的体内。我被那几句重话弄得满脸通红，如果不把它们说出我的口，我明白我的结果是什么，于是最终钻出我嘴巴的骂话是：狗日的西措。这句话是我刚才想骂出的几句话的一个临时结合体，带着那几句话的重。我想我在骂西措时，离我远远的西措会感觉到自己身体上的异样，不过西措会用他整天东倒西歪在风中的身体化解掉它。青稞知道我是在骂一个叫西措的人，和它们无关，依然在我面前歪。

  青稞是在那几个人走了之后开始不听话的，也许青稞和我一样，也在好奇那几个早早丢下一地没有割完的青稞轻手轻脚离开的人。想到这里，我从一片青稞地里直起腰看那几个离开的人。比起脑袋里的乱，我不再急于这个季节的秋收。我看见那几个人被一条回家的小路牵着往前走，小路弯下去的地方，他们也跟着弯下去，小路在某个拐角藏起自己时，他们也跟着藏起自己。他们是几个没有自己路可走的人。这几个人在一处小路拐角处，突然加快了速度。他们驱赶牦牛的俄尔多高高挥舞在头顶，远远看去他们像是在驱赶一片自己头上的天。不一会儿，这几个人走进了村子，我看见他们的前脚刚跨进家门，黑就来了，我仿佛听见那几个刚跨进家门的人长长的叹气声，如释重负。这几个人躲过了一场落向自己的黑。一种从天而降的重压向大地，树被黑压弯了，人被黑压矮了。四周安静得出奇，野风像被种进了黄土里，刚才还在冲我乱叫的几只小虫也没有了声响。黑突然落向我的时候，也绕不过弯地落向几只小虫。

我埋怨这几个人不把黑突然来临的事情提前透露给我，后来路上遇见他们，我故意给他们摆着一张臭脸，故意不把他们见面的问话装进耳朵里。他们一脸无辜地在背地里议论我，那细里细气的议论声，像几只树上度过余生的老蝉，残弱且让人同情。他们似乎根本不知道在哪儿得罪了我，他们已经忘记了那件事。我更加恼怒，我转过身把那天我喊他们，他们不理我的事情一口气说了出来。他们矢口否认，憋急了的眼眶红红的，他们说他们绝不会做那样的事情，他们把祖坟里的死人拿出来发誓。我不敢说什么了，他们提那些死人名字的时候，那些死人似乎一个个站在我的面前和我对峙。我胆小，害怕死人，虽然有时活人比死人更可怕，我还是怕。再想到他们委屈得眼泪都要流出来的样子，我原谅了他们，我想或许他们真的是不曾经历过我口中提及的事，那时，在我眼中的他们都是在一场自己不知道的梦里。再或者，那次他们没有告诉我的黑，是只落向他们的黑，与旁人无关。

我站在原地，等着那天的黑落向我。那天的黑是我躲不过的一场黑。很多黑需要自己独自面对。

在这个收获的季节，我没有一匹马和一头牦牛帮我的忙，我的马去年因为大暴雨掉下了崖，牛场上的牦牛我专抽了一天的时间去赶它们，怎么也赶不下场。这个忙碌的季节，它们都不想帮我的忙。在还没有收割青稞之前，我早知道在这个秋天，我要把一匹马或一头牦牛没有帮我使出来的劲儿得帮它们全部使出来。这个秋天只要我一下地，就把自己埋在一片高高的青稞丛中，难得抽身。整个一天，我没有感觉到时间从我周边那么快流走。

中间我停过两次，第一次停下来，我朝天上看，我不知道为什么要看天，可能只是觉得应该看看天。天空空的，一朵云也没有。四周空空的，看不见一个人影。在我看的那一会儿时间里，很多割青稞的声音从一大片一大片的青稞地里传出来，像有千万只蝗虫藏在暗地里吃着青稞。我朝左喊了一个人的名字，我知道我喊出名字的那个人就在我不远的左边割青稞，我喊出的声音从无数的麦尖上传过去，左边某个地方的青稞丛停止晃动了一会儿，接着又晃动起来，像是有股风刚好藏在青稞地里睡觉，突然被我唤醒。我死死地盯着那个地方看，我希望听见那个我喊出去名字的人回答我一声，好让我喊出去的喊不会落空。我等了好久，等来的是一场空。我又向右边、前边、后边喊出一些人的名字，同样等来的也是一场空。我没兴趣再朝一大片一大片的青稞地喊了，我继续埋下身子割青稞。第二次停下来，是我的肚子骨碌碌的叫。我一屁股坐在青稞地里，吃早上带来的火烧子馍馍。我在吃馍馍时，听见离我不远的前边后边左边右边的人也在吃早上从家里带来的干粮，他们干粮的香味被风吹散在青稞地的上空，像整片饿慌了的青稞地也在狼吐虎咽地吃一顿香喷喷的饭。我不想站起来看他们，也不想对他们喊了，我知道即使我喊出去，我的喊还是会等来一场空。

　　停了这两次后，我就再没有把自己空下来过。我一直忙着割青稞的事，直到四周慢慢静下来，我才直起身子，黑已经离我很近了。我急忙把镰刀插在腰上，放下一地的青稞往家的方向走。那天，我身体里的力气都被自己用完了，再没有多余的力气背几捆自己割掉的青稞回家。我放心一地的青稞被自己堆放在地里，这个季节凹村的人都累得不行，不会有人在自己累得不行的时候，半夜去地里背别人的青稞。我走出地不远，又回头看了看被我扔在地里的青稞，它们静静地躺在快要黑下去的暗里，跟正在睡一场好久没有睡足的好觉一样。我默默地对它们说：睡吧，什么也别想，今年你们也把自己长累了，该休息休息了。

　　我的累在往家走的时候，在身体里多起来。我走过桑珠家的地，走到尼玛家的地，就再不能往前走了，白天的累在我走过他们两家地时，一下朝我扑过来。我满头大汗，大口喘气，耳朵里轰隆隆地响。我试着再往前挪了挪双脚，脚僵硬得像节木头。我的脑袋热烘烘的，似乎在被一场火烤。突然，我的身体垮塌下去，我听见自己的身体和一块土地碰撞发出的声响，既厚重又带着一块地接纳我身体的柔软。我倒在了尼玛家的青稞地里，我的眼睛鼓鼓地盯着天。除了一轮小小的月亮挂在越来越暗的天上，天黑得死死的。尼玛家没有被割掉的青稞穗低着头黑黑地看我，我的脸滚烫起来，像自己成了尼玛家青稞的一个笑话。我想逃离这一切，我努力地动了动手，动了动脚，虽然我的手和脚在我的努力中微微动弹了一下，但那种动仿佛是别人身体的动,和自己一点关系也没有。轰隆隆的声音又在我的耳朵里响起,我好像进入到另外一个空间,就在那时我感到村子变得越来越轻了。

我似乎躺在一朵花上,鼻子里全是花香的味道。那种味道我很多年以前在哪里闻到过,那么熟悉,正当我伸着鼻子一次又一次贪婪地闻那种香味时,香味慢慢消失了。我身体下的花朵变成了一片树叶,树叶在我身体下面晃动,我生怕自己从一片树叶上掉落下来。我听见"吱吱"的声响。就在去年,我从一棵树下经过时,也听见过这种声音,一声比一声紧,抬头看时,一枝大树杈在我面前撕裂,那种碎了自己的声音从那以后久久响在我的耳朵里。很多日子我都担心自己像那天看见的大树杈一样碎掉自己,无数次梦里,我都梦见一棵大树杈撕裂之前的"吱吱"声,那种撕裂之前的疼痛感时时折磨我的梦,让我的梦也带着巨大的疼痛。我知道我的身子动弹不了,我把眼珠到处转,这时我才发现我在慢慢往上升,身下的"吱吱"声在我往上升时,渐渐变得细弱了。接下来,我似乎又躺在一把大大的青稞穗上,又躺在了一粒尘土上,又躺在了一个人说出去的话里,一个人的呼吸里……整个我变得轻起来,仿佛随时可以被一滴雨带走、一朵雪花带走、一只蚂蚁带走。我急得满头是汗,在这之前,我从来没有想到过自己会以这种方式被带走,我甚至从来没有考虑过我会离开凹村。

正在这时,我听见有人在耳边喊我的名字。我想动动身体,我的身体还是不能动弹。我努力转动眼珠朝喊我的方向看,就在我感觉我的眼珠子都快被我看出眼眶时,我看见了桑珠。他正在挖去年在门口种下的圆根萝卜。他笑着和我打招呼,似乎完全没有意识到我是躺在他面前的。他说他今年的收成很好,看着一地圆根萝卜简直喜人得很。我问桑珠,我是不是躺着飘在他面前。他哈哈地笑,他说你是不是又在做梦了。我给桑珠说过很多我的梦,我喜欢给桑珠讲我的梦。我说这次不是梦,是真的。桑珠过来摸我的手,揪我的脸,过后他问我,痛吗?我说痛。他说,那你没有做梦。我说,可明明我是躺着的呀?桑珠从上到下地看了我一遍,只说你这不是好好站在我面前吗?我被桑珠的话弄糊涂了。我说桑珠,扶我一把,我的身子僵硬着。桑珠不可思议地打量我,一副无从下手的样子。我又说,不管怎样,你拉我一把或推我一把都可以。桑珠骂我是疯子,我说我不是疯子。他气得要走,我又把刚才说的话重新说了一遍,桑珠这才狠狠推了我一把，然后离开我挖他的圆根萝卜去了。我从桑珠的推中站了起来，虽然我的上身还是僵硬，但是能慢慢走路了。我说桑珠你看看我，桑珠边挖圆根萝卜边歪着头望我，他把那句疯子的话又骂出了口。我不在乎桑珠的骂，我正在为自己能站起来感到高兴。我还想给桑珠说话，却看见桑珠的脚没有挨着地面，桑珠每挖下去的一锄，其实都没在泥土里，他向一块地使出的全部力气其实都使在半空中。桑珠还在挖他的圆根萝卜，我不敢告诉桑珠我看见的，现在他的眼里装着一季丰收的圆根萝卜。我给桑珠说我走了，桑珠懒得理我，在那一会儿的时间里，我还是桑珠眼里的疯子。

　　我踏着凹村的小路往前走，凹村的小路软软的，脚一踩下去就陷进了泥土里，不过泥土不吃脚，反而把我踏下去的每一脚往上推。一条小路不想要一个踏向它的人。我从来没有走过一条这样的小路，我盯着它边走边看，我忘记自己向前走了多远，当我意识到已经走了很长一节时，转身回头看，我身后走过的小路像被一场风吹动了一样，轻飘飘地在我身后晃动着，忽高忽低，忽左忽右。我吓出一身冷汗，我怕自己从这条晃动的小路上掉下去。我转过头看自己脚下的路，只有我脚踏着的地方像路，前面的路也轻飘飘地晃动着。我一下不知道该怎么走了，我在原地站了很久，可这样站着总不是办法，我试着提起一只脚往前走了一步，我往前走的那个步子和前面走过的每一个步子一样陷进泥土里，然后又被脚下的泥土往上推。我又往前走，依然是这样。我不怕一条像绳子的路在风中飘了，我知道我不会掉下一条自己正踏着的路。

　　我边走边往四周看。一条狗在菜地里追着另外一条狗跑，那跑出的步子轻飘飘的，仿佛可以马上从菜地里飞起来。一只大公鸡站在一堆柴垛子上有一声没一声地叫着，那叫出的声音一节一节地飘在它的头上，仿佛被什么东西在中间分开了。跛子拉康跛着脚在院坝里收豌豆，那拖在他身后的一只残脚晃动着，仿佛就快离开他的身体。我听见一个男人粗粗的喘息声和一个女人娇滴滴的呻吟从一棵长着茂密枝叶的大树上传出来，那声音离地很遥远，被一棵茂密枝叶的大树直直地送上了天。我还看见几个老人坐在一块大石头上说闲话，他们已经老来不行了，他们的老相像一个深冬的冰凉，透彻而又凛冽。他们的老突然让这个村子变得更加轻飘起来。

　　我终于看见了我的房子，它就在不远的前方等着我。那一刻，我是多么期望回到它那里。我盯着它一步步往前走，我已经不想往四周看了，四周在我的眼睛里变得模糊起来。我一遍遍在心里喊着我家房子的名字，这个名字跟随了我家好几代人，这个房名也渗透在我家几代人的名字前面，我家好几代人有时为了节省喊我们一长串名字的麻烦，常常把一个人的名字喊成这座房子的名字。我不知道这座房子在我家几代人的喊中答应过我们多少次，但它已经早早地扎根到我们几代人中了。我加快步子，我离它越来越近，就在这时，它从地上飘起来，我走得越快，它离我越远。我就快哭出了声，我喊着它的名字，我听见了它的答应声，那样陌生，仿佛从墙缝里冒出来的。我让它等等我，它说它也想等我，不过它等不了我，有样东西正把它往远处推。我眼泪唰唰地流，内心的疼痛无法用话语表达。我还想继续和它对话，我想让它告诉我为什么，还没等我问出口，它已经飘向很远很远的地方了。我哭出了声，这辈子我从来没有这样绝望过。我的眼泪止不住地流，我流出的眼泪不是往地上掉，而是在往空中飘。这时村子里的很多东西都飘起来了。

一匹马跑在路上在飘，一片青稞摇摆着脑袋在阳光下飘，一个人在看另一个人时眼神在飘，一条河流向一座山时在飘，一些话在遇见一些话时在飘。很多东西飘起来时，凹村显得越来越轻。原来的凹村像被一场大风刮过一样干干净净的，地上只剩下一片死气沉沉的黄土贴着地。

很多东西在飘中相互遇见。一棵树和一棵树相互遇见，没有一棵树和一棵树的亲。一座房子和一座房子相互遇见，没有一座房子和一座房子几十年的问候。那些飘在空中的牲畜，自从它们飘起来，叫出的声音怪怪的，让人感觉带着一种说不出的远在里面。还有那些飘起来在路上遇见的人，即使擦肩而过，望望对方，互不说话，就朝各自要走的方向走开了。路在往外推人，这次路是真不想让人往自己身上踩了。

我飘在空中，整个脑袋空空的，心空空的，我想知道凹村到底发生了什么。这种念头起，我身体的某个地方像针扎一样疼痛，我叫出了声。我叫出的声音不像我叫出的声音，更像是一头驴或者一头牛叫出的声音。我分不清楚自己到底是人还是其他的什么了。我不敢再叫出声，更不敢想此时的凹村到底在发生什么。我混迹在一切飘起来的事物中，变成一切事物中的一分子。

我又看见了桑珠，他还在用那把挥在空中的锄头挖一地的圆根萝卜，他没有发现他正在挖的圆根萝卜已经早早离开了他。只有他给我说了一句话，他说：你看，今年的圆根萝卜够我家几头牛一个冬天的口粮了。

　　一阵轰隆隆的声音突然在半空响起，我惊醒过来，那时黑已从四面八方朝我挤来，我落在黑中，黑染了我的身体，染了我头上的整片天，我像黑播种在大地上的一粒无名种子，静默期待一个最好的春天来临。

（选自《青海湖》2022年3期）

## 评鉴与感悟

　　读雍措笔下的凹村，让人想起刘亮程笔下的黄沙梁。他们都是以文字替村庄立传的人。而且，他们都将现实的村庄抽象化、审美化，力求在地域文化之上，建构起一种"村庄哲学。"

# 疾病回忆录

/草白

一

就是那种给娃娃打针的游戏，很多女童都玩过，虚拟的针筒、听诊器，五颜六色的药丸，瓶瓶罐罐……所有照顾一个生病娃娃的必备物品她都有。这也是她小时候除了过家家外唯一热衷的游戏。成为一个孩子的妈妈或一名打针的护士，去照顾比她还小的人，给她们一条暖烘烘的绒布毯子，去拥抱或抚摸她们的身体，让她们停止哭泣。

而她自己第一次生病是在哪年，早已记不清了。某天夜里，她从睡梦中醒来发现自己的身体正在变烫，越来越烫，好像炉子里的水翻滚沸腾，通过眼角不断漫溢出来。她感到奇怪，自己并没有哭啊，怎么会有那么多眼泪。她不仅流眼泪，还感到疼。头疼，嗓子疼，浑身上下都疼。她的爸爸妈妈都不在那个房间里，离她不远的床上躺着年迈的祖父母，他们睡着了，正以呼噜和梦话与另一个世界相连。她发现自己发烧了。这是她第一次发烧。她想从那张床上爬起来，最好是自己飘起来，就像一个游泳的人漂在水面上。她试图转头，踢腿，伸胳膊肘子，但没有用，身体就像被牢牢地摁在床板上，动弹不了。

全身每个毛孔都缺水，她想到冰棍、冰汽水，想象那个卖冰棍的男人此刻正站在电线杆下，从装满棉絮、冒着冷气的木匣子里掏出白糖棒冰、绿豆棒冰、赤豆棒冰。所有能想到的冒冷气的东西在她脑海里轮番出现，它们相遇、碰撞，发出滋滋的声响，却无法让她的身体快速冷却下来。它越来越烫，热气延烧至喉咙口，把还没来得及喊出的话硬生生地吞噬掉了。

她的身体变得轻飘，晃悠，没有重量。嗅觉却异常灵敏，她闻到隐秘角落里的气味，尘灰密布的坛子罐子里散逸出的气味，鼠类排泄物的气味，篦子上人体头发的气味……她的鼻子告诉她这个世界正在下沉，屋梁倾斜、橡木移位、大船倾覆，她滚烫的身体向着另一世界快速滑落而去。

第二天清晨，当睁开眼睛，一切都变好了。太阳出来了，身体里的河水流速平缓，发出清脆哗啦的声响。热力抓住她，又放了她，悄无声息地溜走了。健康的日子回来了，她蹦跳着从床上爬起来，走到房子外面。上学路上，一切都那么新鲜，柠檬黄的光线在树枝上闪耀，湖上水波潋滟，天空流光溢彩。她变好了。没有人知道她当过一个夜里的病人，身体在云端飘过，意志在烈焰里烤炙过。

此后很多年里，她的体表温度都维持在正常刻度。别的症状会忽然袭击她，将她撂倒在床上，几天之内不能动弹，但不是发烧。她的身体变得恒温，任何时候都没有一点发热的迹象。当为了逃避什么事情不得不请假时，她永远不能像别人那样说，我发烧了，我的身体正在变烫。这样的谎言很容易戳穿，用一柄标准水银温度计就能做到。她总是羡慕那些能发烧的人，特别是当得知发烧是因为体内有两股势力在交战，呈如火如荼状态，心底的困惑便更加强烈了，难道自己的身体里就没有战场，永远平静无事？

许多年前，那个夜里的风暴又如何解释？

漫长的上学路上，一个手持弹弓的白脸少年躲在一堵矮墙后面，反复地瞄准她与她的同龄人，就像一个复仇者在做着长久的、确保万无一失的准备。少年始终没有将弹弓里的石子射出，他只是瞄准，反复地瞄准，恶狠狠地瞄准。

后来，她才知道少年因病辍学在家。黄疸肝炎，他的眼睛和皮肤会变得像路灯那样黄，像橘子皮那样黄，而身体会越来越没力气。谁都知道那是一种传染病，传播途径有食物、唾液、血液以及亲密接触。在健康者眼里，少年的眼神及举止让人望而却步；而他的家人，也忽然变得行踪可疑。他的祖母偷偷跑去寺庙里烧香，他的母亲趁着夜色遮掩将黑乎乎的药渣倾倒在路旁，他的父亲则低垂着头从人群中快速走过。他自己呢，干脆拿起那架用老柳木做的、绑着黑色胶皮的弹弓,开始瞄准人,瞄准他们的书包、红领巾和水壶,要不就是他们飞奔时带出的空气。

每当她战战兢兢地路过那堵矮墙,与墙头的瞄准器相撞,便一路狂奔,心脏好像要从胸腔中蹦跳而出。她对一具患病的身体之惧怕如此强烈,几乎丧失了基本理性,匪夷所思。

大概是那苍白的脸、橘子皮一样的瞳孔所代表的肉身,与绑着黑色胶皮的弹弓构成一种巨大反差。好像肉身越是孱弱的人,越具有破坏力,越容易制造暴力场景。随着时间流逝,少年病中的日子在窥探和瞄准中一点点成形,最终孤立无援,溃不成军。

那时候,她并不明白隔绝对少年来说意味着什么。学习的队伍中没有他,玩耍和游戏的人群中也不会有他,他只有中药、矮墙和手中的弹弓,只能一日日地观望、等待、咒骂,并做出吓人的动作。直到有一天,她也成为那样的人,对着旋涡形的飞镖盘通宵达旦地扔掷,把墙体和镖盘戳得伤痕累累,把所有病中的日子戳得遍体鳞伤、不忍卒视。

二

病人们住在白色病房里,穿着蓝白条纹的病号服,有医生们嘘寒问暖和护士们精心看护。那是一些名正言顺的病人,疾病对他们来说是示弱的资本,而不是羞于谈论的话题。她和那个生黄疸病的少年不在此列。少年的领地是那堵快要倒塌的矮墙,手中的弹弓是他与世界唯一的沟通武器。而她的领地是一间出租房,上一名租户留下的飞镖盘和十一枚梭镖成为她锻炼与消遣的工具。每天黄昏时分,她都要去医生的诊所里打上一针。她路过面包房、超市、快要倒闭的租书店,她会在书店里驻留片刻,花上十块钱押金借回一大堆书,从扉页翻到最后一页,一个字都不放过。不同阅读者留下的痕迹让她感到自己的命运也被囊括其中。无聊时,她也会倚床想象下一个借阅者的模样,是不是与她处于同样的处境,或干脆就没有下一个,她是这批书籍的最后一名读者;从此之后,再没有任何人会去翻阅它们。

除了飞镖盘、书籍,房间里还有一扇锈迹斑斑的小窗。窗户对着一条笔直的小路,通往烈士陵园。带着荣耀死去的人安静地躺在那里,松树和柏树环伺左右，还有江南雨季特有的连绵细雨共同构成庄严肃穆的气氛，好像令人生畏的死亡还在进行之中，并不断进行下去。

  陵园入口处有一个大广场，小贩们在此来来往往，兜售各种稀奇古怪的东西，被日常生活所淘汰的东西。她津津有味地看着那些东西，猜测着它们曾经的用处。某个雨天过后，商贩们忽然消失了踪影，唯有算命摊子和卖旧书的摊子常年驻扎在那里，好像在执行生活交给它们的隐秘任务。有一天，她从书摊上淘到一本封面泛黄的医学书，如电线般密集排布的血管、肌腱、神经丛，比世上最错综复杂的小路还要难以辨认。人体心脏、胃囊、左右肺叶、蚕豆般的双肾就像是五颜六色的塑料制品，看起来毫无生机。她仍然搞不清楚自身疾病的源起，医生的说法模棱两可，让她困惑。她的身体再无发烧症状。那股神秘的力量始终没有来袭。她等待着再经历一次那种感觉，或许一切都会迎刃而解。但什么也没有发生，没有眩晕、呕吐，没有死去活来的疼痛，甚至没有任何可称得上是"症状"的表现。好像致病因子只是潜伏在那里，准备着，伺机发作。也有可能永远不会发作。医生的原话是"问题肯定有的，但还在发展演变中"，现阶段，她能做的只有等待，等待疾病显山露水，露出狰狞面目，或者就此被扼杀在萌芽状态也未可知。

  烈士陵园所对的出租房既是临时病房，也是庇护所。每天黄昏时分，她从出租房出发前往医生家的诊所，沿途看到电线杆、广告牌、店铺橱窗、玻璃外墙，直到看见诊所门口的红色十字，好似看到一种微茫的希望。她真希望自己能一直待在那里，以此获取一种合法身份。她想成为一名货真价实的病人，住在一间苍白、肮脏的病室里，接受输液、喂药、测量体温，接受护士的问询、亲友的探望，而不是像个无业游民那样徘徊在城市的街巷里，无处可去。

  她经常光顾的只有那座林木森然的烈士陵园，无聊时反复查看大理石碑身上的姓名，并通过生卒年月来计算他们在世的光阴。那大多是一些短促的生命，生年与卒年之间只隔着一层薄纸。有些甚至连生年也不详，只留下问号和茫然不知。她双脚踩在松与柏的落叶上，好像踩在支离破碎的时间里，脑海里一片空白。无从想象这些从未见过面的人拥有怎样仓促的一生，除了石碑上注定会被遗忘的名字，什么也没留下。唯一值得庆幸的是他们在身强力壮之时便迎来了生命的毁灭，根本不知衰老和病痛为何物。墓园里行走时，她经常遇见东张西望的闲逛者，他们或许是路过此地，因好奇而闯入，当看到松柏掩映下的墓碑又慌乱地退出。只有她自在地漫步其中，视死者为遥远而未曾谋面的朋友，或彼此命运的见证者。她出入自由，无须接受任何盘问，宛如在城市的公园里行走。看门人躲在一扇肮脏的玻璃窗后面打盹儿，在他身边放着一只打开的棕色酒瓶子，一天到晚从未有清醒的时刻。

在陵园寂静、湿滑的台阶上，她的脑海忽然浮现矮墙后面的白脸。时隔多年，她才感到病中少年的脸上不是写着顽劣和挑衅，而是彻头彻尾的恐惧。少年的恐惧通过手里的弹弓传达出来，弹弓是他的语言，就像诗歌是诗人的语言。没有人读懂弹弓所代表的语言，那是绝望者的语言。作为一名传染病患者，一个可能给人群带来致命危险的人，他的表达充满少年人的天真、决绝，与不合时宜。

那段日子里，她逐字逐句地研读纸张发脆、字迹泛黄的医学书，想着身体里埋藏的引爆器——那看不见的疾病，正一日日使她陷入慌乱与郁郁寡欢之中。扔掷飞镖的技艺越来越娴熟，正中靶心的概率也逐日递增。身体里的疾病仍处于沉睡状态。她既畏惧那一天的到来，又为这无限延长的病期而焦灼不堪。她渴望解脱，就像少年渴望再次奔跑在上学途中。

墓园、出租房和诊所之间的路，她独自走了好几个月。期间，有人来出租房探望她，她因走在去往墓园或诊所的路上而错过。他们留下纸条、苹果、书籍，还有电话号码，但她没有拨打过其中任何一个数字。她对错过表示庆幸，无须在锈迹斑斑的窗户前接待这些好奇的访客。她无法解释自己的行为，离群索居，让自己在墓园和诊所之间游荡——所有这些，都将成为她羞耻感的来源。此后很多年里，她固执地想要把它们从记忆的板壁里删除，宁愿那是一段空白的、无所依靠的岁月，最终被遗忘，也好过照镜子时所见的一切。

苍白的脸所对应的往往是一段不能被解释的岁月，这世上没有比不能被解释更糟糕的事。她的痛苦因无法找到公开的共鸣者而旷日持久地持续着，没有消停的那一天。

## 三

许多年后，因某种机缘，她接触到一些支离破碎的身体。那些身体的存在让她痛苦、慌乱，感同身受。在她实习的康复科病区里，来了一个叫慧慧的女病人，十八岁，颅脑挫裂伤。由外科病房治疗大半年后转入。纺织女工，长发被卷进旋转的机器里，血流如注。抢救过来后，女孩的眼睛和嘴角歪斜，面部肌肉抽紧，双腿站立不稳，话也说不利索。女孩的母亲常年陪伴左右，女孩的父亲很少露面，亲戚们更是踪影全无。有男女治疗师轮流给她做功能训练。女孩喜欢那个笑眯眯的男治疗师，对同样笑眯眯的女治疗师却视而不见。男治疗师不上班的日子，女孩会冲着她的母亲皱眉、跺脚，发出"啊啊啊"的声音。歪斜的嘴角淌出一长串口水。见到的人都说可怜，破损的身体再也无法卖萌、撒娇，却依然记得自己是个女性的事实；恋慕异性的本能、喜欢唱歌的天性，还存储在女孩残损的身体里。

实习期结束前，她和同学凑钱给女孩买了一台收音机，远方的人在里面唱歌、跳舞，发出欢乐的声响。听着收音机发出的声音，女孩无法控制地大笑，笑声很是吓人。此后，她再也没有回去探望过女孩。在她的脑海里，永远保留着那声惨叫。机器轰鸣的厂房里，女孩发出最后的叫声。从此之后，一切都结束了。过去消失了，未来不会再来。女孩永远不能再像正常人那样说话、唱歌，发出欢乐的叫声。

在医院里，还有更多摇摇晃晃的身体，功能受损的身体，毫无意识的身体，这些拜意外所赐的身体躺在白色病床上，或许要在那里躺上一辈子。医护人员只是将此视为工作对象和永远无法彻底康复的病例，早已司空见惯了。

这些身体的遭遇让人揪心，让她想起那枚埋藏已久的引爆器。很多年里，她以为自己已经忘却了。那次，她主动放弃治疗，置医生的规劝于不顾。她想最好是忘却，不能被一场还未到来的疾病折磨殆尽。当宿醉或一夜狂欢后，某个身体器官的微妙反应让她警觉，医生的话言犹在耳，以为疾病正找上门来，尽管最后被证明只是虚惊一场。

某年春天即将来临时，一个消息从天而降，她的朋友得了肺结核。这种只在小说里出现的疾病居然卷土重来，袭击了她身边的人。她无法质疑这个消息的真实性，谁也不会无聊到给自己虚构一场莫须有的疾病，况且还是让人退避三舍的肺结核。它们让她想起更古老也更可怕的属于中世纪的病菌——鼠疫、天花和霍乱，但这些或灭绝或得到控制的疾病早已成为历史。在此之前，她以为肺结核也属于此类。低烧、咳血、颧部潮红等症状之所以耳熟能详，不是来自医学知识的广泛传播，而是文学作品的渲染。很多文学家死于此病，小说里的人物也有因感染此疫而丧命的。结核分枝杆菌从何处来，怎样在她朋友的身体里潜伏下来，安家落户，并一点点吞噬肺脏和其他身体器官，她一无所知。如今，它早已不是致命绝症，但疗程漫长而复杂，不容许丝毫懈怠。处于煎熬中的患病者又无法将此告知身边亲友，那无异于一场地震。人们可以接受普通疾病、重症疾病，甚至绝症，但对于传染病，尤其是通过呼吸道传播的肺结核，他们只会避而远之。她明白朋友之所以坦然相告，完全是因为两人并不需要共用同一片空气。

疾病给人群划分了界限，这丝毫不比阶层、种族、肤色带来的界限更容易逾越。在脑海里想象一个患病的人与一个健康的人，就像对阳光与阴影的想象。疾病天生地与负面、阴暗、羞耻、角落等事物联系在一起，世人的偏见和歧视更是将此推至无以复加的地步。因此，带菌或患病的人成了特定空间里的人，他们被隔绝或自我隔绝。那些空间叫病室、岛屿、船、旅店、或隔离点。世界正被划分为一个个隔离点，因为疾病，因为某种过于喧嚣的孤独。

那一年多时间里，她患病的朋友不仅让自己在微信朋友圈中消失，还在人群出入的场所里隐匿。一个人可以与他人分享美食、旅行、购物及生活中的各种小确幸，但疾病不在此列。她等待朋友以健康者的身份归来，就像远航的人离开大海，回到人群之中。而所有患病期间发生的事被人们小心翼翼地装进漂流瓶，扔进大海，直到有一天被相同境遇者从遥远的海滩里打捞上来，被泥沙和海水所包裹的往事由欢闹变得沉静，并逐渐冷却下来，如果还有微光闪烁，那只能来自对往昔病痛的回忆与确认。

## 四

某个春天的黄昏，她走进住处附近一家拳馆。昏暗的灯光下，有一男一女正在练习推手。两人相对而立，沟通有无，音乐宛如林间晨雾在身体与身体之间缓慢升起。她伫立角落，观看良久，入迷。身体的弧形运动，圆活舒松,粘连伴随,比舞者的动作更为缓慢、柔和、轻灵,好像出自同一身体的往来相随。被他人肢体的运动所感染,内心深处涌现无法言说的欢喜、震撼和愧疚。好几天过去,脑海里仍浮现出那对练习者的身影,一招一式的动作不再是简单的肢体活动,而是身体与身体之间的起承转合,如有光芒照临。

被意识关照的身体回来了,被一根无形的绳索拉回来,种子破土而出,光芒照进暗旧的匣子里,万物被照亮。那种感觉如此新奇,好似黑暗中行走的人,走到一面镜子前,慢慢看清自己和周围人的脸。她逐渐感到身体的存在,就像植物感知饱蘸雨水的根须、蓬勃生长的枝叶以及与土壤的粘连关系。当再次进入风和雨水中,那种感觉变得尤为强烈。她成了一个拥有身体的人,有一具敏锐的、处于万物包围之中的身体,她伸出胳膊,伸展四肢,抬起头颅,深呼吸,做下蹲动作,如此循环往复,腹部温热绵软的气息源源不断地释放出来。

一个太极拳爱好者对身体的态度,让她忽然领悟到什么。身体不单单是食物、胆汁与空气的容纳器,还负责交换、吞吐和净化。它既制造麻木和瘫痪,也生产疾病、眼泪和欢笑。而疾病是永久的谜。人们从遗传基因、病毒感染、饮食作息中孜孜以求,找寻线索,但始终存在难以被阐释的病例。

她朋友的肺结核便是其中之一。用当事者的话说,整个患病过程就像一场梦魇。恋爱受挫的同时疾病降临,宛如当头棒喝。她果断地为这场无望的爱恋画上休止符,转而为疾病奔走。疾病替她做出选择,从前以为绝难办到之事,当意外发生时,所有的抉择和当机立断都是出乎本能的行为,毫不纠结。药物和配合治疗成了唯一重要的事。除此之外,她开始了十字绣和编织生涯。在丝线的纵横交错中,她感受到日子由平淡织就的美。她花许多时间烹饪简单的食物,并在一种安宁平和的环境中进食,而不是像从前那样狼吞虎咽、慌不择路。她的时间变得缓慢,可有可无,得以听见饥饿时肠壁加速蠕动的声响,心脏怦怦的跳动声,以及血管里的奔流声。她敏感地意识到自己的身体宛如大地之上的丘陵和山壑,无时无刻不在发出动静,发出存在的信号。

一场疾病解放了被情欲所困的身体。溪流落回峡谷,朋友的生活也落到平静而隐蔽的低处。没有爱恨情仇，没有怨怼、执迷。浮花浪蕊褪尽，除了身体，别无他物。对生命来说，爱情也不过是附丽，是华丽的花朵和飘逸的香气。

很多时候，她不知道自己身体里正在发生的事，迟钝的肉体无法感知它，只好本能地忽视它。一旦被仪器检测出，通常也到了它的暴动期。肉体消瘦、暗淡无光，生命之光随时可能熄灭。她曾在临终之人的床榻前短暂站立过，向其表示过无法表达的哀伤与同情，想象躺在床上的人正是自己，被疾病所折磨的肉身所发出的绝望呼喊让她感同身受。

她有过的最好时光，无非是身边亲人都在世，他们身强力壮，活力四射。当那些身体开始倦怠、疼痛、患病，便是下坡路的开始，一坠到底，再无挽回的余地。身体与身体之间的症状何其相似，总是病来如山倒，那么强壮、威猛的一个人，瞬间黑了脸，脱了形，目不忍睹。

她终于明白身体上的事才是普通人可能面临的最大困境。没有什么比生命的消失更让人绝望。那意味着彻底的无。而在此之前，她总以为精神上的颓丧和荒芜才是致命的。

## 五

她一直在想身体是什么，仅仅是肌肉、血管和脏器的连接体吗？那身体与生命之间又存在着怎样的关系？这种关系的缔造，其核心又是什么？她想不清楚。时间可以将一个活蹦乱跳的人瞬间带走，也能够将垂垂老矣者继续留在人世。一切不过是随机。谁也不知道正确的做法是什么。她的亲人中，有人早早离开人世，无论怎样不舍或不甘，都逃不过那一天。她无法想象自己也有离开的一天。任何人都无法提前想象那一天的到来，时间忽然中断，身体坠入没有尽头的深渊或悬崖之中。她无法想象自己有一天会失去身体，失去眼睛、鼻子、双手、行走的脚、负责记忆的大脑和跳动的心脏，无法动弹和呼吸。问题就在这里，所有活着的人都无法想象那一天的到来。他们对死有一种本能的回避，那是身体的尽头，更是个人时间的终点。

她近距离地观察过一具尸体，头巾滑落的刹那，死者的上颌骨已然发黑，黑斑正向着身体其他部位蔓延。像云翳，像黑夜，像深度腐烂的苹果。

惨不忍睹。那具尸体属于她的亲人，也是亲人留在她记忆中的最后模样。多年来，她想忘掉那个模样，忘掉苍白的唇、僵硬发黑的手指，但记忆从来没有放过她。

有时候，她会在心里发出惨叫，她和那些提前离开的人才是真真切切、不可更改的一家人！现在，她不得不和另外的人生活在一起，一起聊天、吃饭，发出欢乐的笑声，好似世界完好无损，什么事都没有发生。她不会把死去的身体介绍给这些人，更不会诉说与死人有关的影影绰绰的往事。但在文字里，她更加频繁地提及他们，从来没有忘记过他们。似乎只有消散之物才有存在的意义。消失的身体是不灭的信号，提醒她深渊与悬崖无处不在。

她照料过病中母亲的身体，它岌岌可危，呈破碎状态，被切除的子宫、断裂的骨头、磨损的半月板。母亲年轻的时候从来没有住过医院，连生孩子都在家中进行。医院就像一条传输带，形形色色的人在里面进进出出，还好她的母亲由医院被传送到家中，并快速恢复了健康。她的父亲就没有那么幸运。干脆，他连进医院的资格都没有。检查结果出来后，医生直接告知家人，给他准备一点止痛片吧，不要再浪费钱了。言谈中毫无挽回的余地。家人只好把他弄回去，让他躺在那张硬木板床上。他自己拿着CT片对着飘散的阳光照啊照，试图从中发现什么破绽，以此实现自我拯救之目的。很快，他连拿CT片的力气都丧失了，死神在一个月后找上门，将他直接迎到那个世界里去。

她常常以父亲的临终之眼打量这个世界，打量身边的人。她后来认识的人与她死去的亲人从未照过面，自然毫无关系。可她相信，他们之间肯定存在着某种不为人知的联系。这个联系就是她自己。一个人的成长取决于在往事与现实之间所开辟的道路。她的身体里充斥着对逝去之人的回忆，因回忆而致的"变形"常常到了惊心动魄的地步。这么多年，尽管她在不同场合里讲述了很多故事，其源头却只有一个。它们来自她的父亲，来自父亲的疾病和死亡，而不是他的欢声笑语。生前，他是一个乐观的男人，喜欢看闲书，并把其中有趣的事讲给遇见的人听。他的听众中最多的是村里的孩童。他们的天真感染了他，让他找到了自己的讲述方式。即使在病中，他也没有忘记自己的使命。

后来，她发现自己在讲述往事时明显遗传了父亲的语气。好像只有如此，她才能尽最大可能复原记忆中的场景，才能接近那个她以为的真实。

这就是她的故事，一个普普通通、独一无二的故事。曾经，它们属于她的父亲，如今转移到她这里。她只有抓住身体和痛不放，抓住疾病和死亡不松手，才能找到通往过去岁月的捷径。那是属于她的道路。她没有别的道路。它们伴随她每一次心跳和脉搏的跃动，伴随她书写和爱的一生。

（选自《湖南文学》2021年9期）

## 评鉴与感悟

疾病史也是身体史。作者从自身经验出发，抽丝剥茧，剔肉刮骨，文字看似轻描淡写，内里却血丝满布。也许，对疾病的反抗，即是对生命的捍卫。

90年代・印象

# 点　火（外一篇）

/玉珍

　　孩子们不点火了，也不怎么认识火柴，当他们青春了，站在街头或校园外某个地方，偷偷点烟，打火机火光一闪。我想起二十年前擦亮一根火柴，点着了一片猛火。

　　点火通常发生在秋天，那个时代的秋天跟现在不一样，当水稻已经收割，田野就沉默了，灰蒙蒙，色泽也不够美，剩下稻茬和枯草呈现一种遗弃的错觉，河流慢了一些，洁白，发光，迷雾中的荒原像一幅画，几只鸟掠过它们的胸膛。田埂上的草垫足足有半米，偶尔在金黄中炸开一些小小的红色花朵。只要一小根火柴它就能剧烈绽放，烧起来噼里啪啦。

　　我那时常带着火柴去地里玩，见到茂密的干草就拢到一堆，伸手一点，大火蔓延。

　　那是二十年前的秋天了，我几乎每天下午放学后都带着火柴，不一定玩火，在那些老旧的墙壁上防火宣传标语随处可见，但是光带着火柴就让我觉得激动。因为点火是很有意思的事情，擦亮时像在做什么激动的实验。

　　点燃之前要做准备，把枯草拔下来放在一堆，或在很长的一个田埂的两边清理隔断，将中间的厚草全部烧光。确保田野里的火不会蔓延到山上去。当我激动地将打火机伸入枯草或干柴叶下，世上最迅速盛放的花朵即将绽开，像一个机关，决定着眼前的视觉盛宴。

嚓的一划，火焰大笑一样迅速展开。草根草茎的燃烧噼里啪啦，产生一种香气，伴随那撕扯着摇摆的火焰，它的燃烧使我剧烈地激动，仿佛那红色是我体内的血。

火焰太美了，你怎么形容那令人叫好的摇晃与燃烧？生命力顶级的体现。

大家围着火舞蹈、歌唱、奔跑与大笑，有时候在草堆下埋地瓜、花生与芋头，香气旺盛地溢出，随风在原野上四蹿。

我在一个秋天的午后，看到了雨中的火。那时一个老人正点燃田埂上的荒草，火盛开得很美，突然雨就降临了，火与雨同时降临在田野上，朦胧的，又带着那激情的鲜艳的火色，就像两个相爱而终将分离的人，相互毁灭，相互折磨。雨在火中火在雨中，相互间发出细微的哀叹声，同时能闻到雨中草叶的气味，在最后它们谁也没有赢。它们相互融合，彼此毁灭。火没有烧掉水水也没有扑灭火，它们一起死亡。

在秋天的午后，那灰烬不是属于火的，也不是属于雨的，灰烬是黄色的，属于秋天，属于死亡。

这是个火的时代，有天我走在路上，突然这么觉得。

火这个字经常出现在人们嘴中，用来形容大部分流行和走俏的东西，这个字让我厌烦，因为与童年的火相反，那时的火是纯真的、热烈的，像那些天才的东西，直接、剧烈、优美而冲动，但又晦涩、神秘。火曾是我们聚在一起时的朋友，它的声音是种难以察觉的旋律。从我们长大，沉默，各奔东西，火就散了，熄了，有时有重燃的苗头，但最后只冒出一些白烟。我们甚至连炊烟都没有了。科技、电子、智能产品和由此构成的虚拟世界，碰撞出激烈凶猛的电光石火，冷兵器时代和农耕时代的柔情乡愁与侠义江湖已远去，成为疯狂与一日千里的智商大爆炸。

从另一个方面讲，柔软的火的时代结束了，那种火，摇曳的、温柔的火结束了。孩子们不能做幼稚的点火者，火仍带来灾难，火的脸变了，某种火离我们越来越远。

高中后我没怎么点过火，有一回父亲抽烟，我给他点烟，手指擦过打火机时居然产生恍惚的小时候点火的幻觉，好像那点火苗会突然炸开巨大的哧哧的火花。

借个光，借个火……借个火柴的时代结束了。

有一回假日回到老家，到小时候常去的山坡上散步，野地已全部荒芜，只有离我两百米远的几十亩地还有人耕种，孤独的一小块。

我的伯伯在田里面割草，全是枯黄的干草，厚的足有一米。他将田埂两边割空，站在田地中央，一部分枯草堆起来，像座灰色的山。他在口袋里掏着什么，我知道他要做什么，像个豹飞快跑下山坡去。

能不能让我来点。我问。

他把火柴给我，我蹲下去，擦亮了一根火柴。只是一秒，中间隔了十几年。

它很快被点起来，烧得越来越旺，在风中荡漾流动，气浪很高很热，带点儿热烈与快乐，后来他变成了一大片像海浪那样凶猛地涌动，蔓延，扩张范围，燎着了旁边的草，田野的边缘已被割尽，如果没有在之前割开一个隔离断，它会烧到天边去。

我坐在大火不远的地方，对着它们，火升起很高的火焰，大概有两米或三米，看上去就像要淹没我，我听到它的呼吸，风中拼命往上蹿的那种猎猎的激动声，那种抛开一切的极致，我想象得到下一秒的美，后来我背过身去，看着面前那片巨大的田野和丛林，听火在背后哭泣的声音，或者说是欢笑也可以。

它还在生长，扭动，撕扯，升起，疯狂地自焚，我像粒蚂蚁被照亮。火的燃烧使我剧烈地激动，仿佛那红色是我体内的血。我只要坐在这样的火边，就能够感受到一种回忆带来的温柔注视，火正在身后凝视我，带着从前那些孩子的眼睛。火或许还记得我的声音。但现在它就像火柴一样急速湮灭于一种时代的唾沫，现在是煽风点火的时代。坚硬的火的时代。

我们都知道它燃烧得足够热烈，足够盛大，足够极端甚至美如神话，有时也足够耐心，一点一点剧烈地焚毁，如痴如醉如幻如真，我们盯着火看了很长时间，无论它燃烧得怎么样，无论它燃烧了多久，总觉得一下就殆尽了，总觉得好像瞬间就熄灭，它永远是那样"嚓"一下就过去了。

很快火就熄灭了，我们都知道它会熄灭。

它真是嚓一下就过去了。

**路的尽头**

往前不是往山的高处走，而是往山的深处走，越往里越寂静，肥沃，神秘，茂盛，仿佛要走到别的世界去。

这里是母亲的出生地，我每次来都要沿着潭与河往群山深处走去，群山几乎像个结界，而渊潭发出空无的声响，那声响只有我能听到。它的宁静加剧了，加深了，像在用呼吸反抗不属于俗世的永恒气息。那种静，我没有办法告诉你们听，那是一种最伟大的声音与气味，没有动静的声音与气味。

除了地质勘探员和隐士，没有人需要到达那么深的地方，我通常走到水电站那儿就停下。

我在道路的中间站着，不由得凝神静气，我望着前面，树林、河流、枝叶和鸟鸣下的小路安宁极了，好像它完全就只属于神性和宁静，只属于它自己，只属于造物和自然，而人应该抱着虔诚远离它的幽静自得，去别的地方找一条路满足他们的探索。我好像不属于这个宁静世界的人，它没有声音，但是极其丰富、茂密、深刻、复杂，你不知道它当中蕴藏多少力量和生命，从那幽静中不断涌出生命的气息，仿佛生灵和植物的呼吸都能被感知出来，甚至你能感到有眼睛躲在枝叶后偷看，望着你，带着好奇，烂漫或不以为然。

这是它们的地方，这里只有它们。

我站在那儿，感觉树冠与枝叶散漫间会突然冒出一个野兽，精灵般的亮眼睛望着我，好奇，纯真，无邪极了，它带我往前走，再往前，到了另一个王国，它们不知道外面的世界，不知道如今是何年代。当你在荫翳的丛林中慢慢走，骄阳下的白光和绿叶的绿光在你眼前闪烁，一种梦幻感好像托举你去一个神秘的地方。虽然它荒莽得有些凶猛，宁静得过于威严，但这是我童年常来的地方，不至于觉得冷清可怕，甚至能从那伸向远方的道路中看到一种神秘之气，光消失在视线无法穷尽的地方，那儿仍然是树、山、河流、莽林。

你没法想象在那种环境下慢走是什么心情，有时我真想就这么一直走下去，甚至忘记自己的脚在往前迈。这儿隐秘、遗失、高贵、静默。无人踏足，与世无争。大概神也在这儿散步过。

女人们明白这种自然的温柔，她们曾将勤劳美好的双手往水里洗萝卜缨，曾在这山中耕种采摘劳作砍柴，日子凄苦，也有恬静，都已随风而去。我迷恋的正是这个，将群峦和野性远远相隔的高调争吵的世界。

美愈合伤口，灵魂的麻药。美制造幻念，精神的涌泉。

到了饭点我的外公外婆姨父姨母会喊我回去，轮流喊，但我听不到，山太深了，水流和树叶的旋律干扰了我的听力，我把全部的注意力放在了这种优美的独处中。他们的声音在大门口根本传不了那样远。于是我的姨母便会爬到家门口最高的坡上往下喊我，珍啊，珍牯！——回家吃饭啦！隐隐约约，在山中回荡。

后来我们有了手机，他们用手机打给我，让我回去吃饭，自那之后我再没听到过我的乳名出现在群山之中，手机的出现带来便利，也剥夺了一种亲自付出的美好，原始又真切的美好，亲近，粗粝，耐心，缓慢，动人的亲情，那傍晚或雨前飘荡于自然上空的人类的嗓音与呼告，再没有了。

我总要从那儿走出来，像从很远的地方回到这儿，像从别的世界回到这儿，带不来什么，也带不走什么，不需要我带来什么，也不会被我拿走什么。

（选自"散文与人"公众号 2022 年 5 月 7 日）

## 评鉴与感悟

一个青年诗人对存在的领悟与洞察，文辞诗性，表达智性，有大地和野草气息，是两则意境幽深的散文。

# 春　潮

/范墩子

　　我在河畔的石头上铺草而坐，太阳刚刚升起，荒草和树木尽披了一层薄薄的金光，下游处的河床尚未解冻，冰面被映得白光闪闪。但我面前，流水淙淙，冰面已消融过半，只有河岸处还盖着一尺厚的冰层，冰层宽阔，上头满是弯弯的裂缝，踩在上面，就会传来咯吱咯吱的刺耳声响，部分冰层已经融化，露出了下面的青苔和草根。真没想到，几日不到，冰雪竟消得这般厉害，上个礼拜来时，河面还完全被冰层封锁，村人为避免绕路，就在冰面上来回穿行。

　　暖阳连晒了几日，立春已过，漆水河似乎更宽阔了些，青黄色的河水朝着羊毛湾急急涌去，立在河岸，河底的草鱼和青石，依稀可辨，哗哗的水声中似乎正在酝酿着一场春天的圆舞曲。枯草铺满了对面的河岸，不知什么原因，不少灌木倒在斜坡上，树根裸露在外，但多数树枝尽刺向清澄的寒空，树皮或褐或白，在风中微微摇曳。向远处望去，鸦群飞来，山野晕染在浓厚的黄褐色中，已从雪层中露出来的土地正在暖阳里大口呼吸着初春的新鲜空气。

　　芒草、小蓬草、芦苇、狗尾巴草、香附子和蒿草被雪压了一个冬天，现在全都无精打采地盘在一起，沐浴着清晨柔润的朝阳，草丛深处，晨露瀼瀼，依稀留着残雪。河岸两侧，白杨林立，也有洋槐、柿树等别的杂木，树杈上点缀着不少喜鹊巢，远处土原蜿蜒，像游蛇在盘绕，原顶上的树木和窑洞清晰可见。近处有块土原盖满黑灰，显然是燃烧的痕迹，但周边的几棵杨树均未被烧死，草木也不甘愿就这般向命运低头呀。阳光下，暗青色的雾霭渐渐散去。

令我感动的是那些露出冰面的枯草。像沙柳、酸枣树这些灌木，枝干本就坚硬，露出冰面也在常理之中，但我发现不少蒿草、狼把草竟也冲出了冰面，窥探着冰层外面的寒冬。它们东倒西歪地长在冰面上，却都没有被冻死，都扛过了冬日凛冽的寒风，暖阳下，它们正摆出一副胜利者的面容，看着严冬节节败退。随着冰层的融化，越来越多的杂草挤出了冰面，尽管现在的它们满身尘垢，色泽暗淡，但在原野上，没有谁会轻视它们顽强的生命力。

在这阒无一人的清晨，草木萧萧，漆水湍急，下游被晨光笼罩的河面上，金光闪闪，涟漪层层，映得人睁不开眼睛，河岸上边的平原上，不时传来羊群咩咩的叫声。谁能想得到，这般荒凉的原野，再暖和上一些日子，枯黄的草木就会抽出绿芽来，尤其是崖头或者荒冢上垂吊着的野迎春，会先开出金黄的花朵来，那花瓣娇嫩得很，似乎一夜之间就开放了，让正在缓慢苏醒的大地充满了趣味和生机。同柳条相比，野迎春的枝条更为繁密，更有韧性，它的叶子小且少，枝条上嫩黄的小花簇成一团，向原野散放着春天来临的消息。

水边的樱树也在暖阳里舒展开了腰肢，繁密的枝条上挂满了晶莹的露珠，见我走近，枝头上的两只喜鹊落到了旁边的草地上，它们的眼睛圆溜溜的，盯着我的一举一动，并不走远。立春后的第一股风果真就吹醒了樱树，尽管樱花还得些时日才会盛开，但从树枝上粉红而又饱满的花蕾上，就能真切地感受到春天的气息。透过那微微发红的枝条，似乎能看到春潮正在树身里涌动，所有的花蕾都在等待着，谁也不知道哪一夜的春风会率先吹开这些花蕾。

这片樱园是前些年移栽过来的，花开时节，四面八方的人都会涌到水边来赏花景。去年春上，我来过两次，一次是花开得最盛的时候，一次是花瓣凋落的时候。樱花盛开时，满树繁密的或粉或红的小花，几乎看不见樱树的叶子，地上也落满了花瓣，蜂声嗡嗡，香气扑鼻，枝上的樱花就像一串串的糖葫芦，红得有些发腻。朝着远处望去，水面碧绿清澈，白鹭飞上青天，对岸山岭上的樱花也尽已开放，粉色的花瓣将褐黄的土原装扮得生机勃勃，有几位垂钓者正坐水边钓鱼，这时，树木尚未长出嫩叶，柿子树还穿着暗褐色的冬装。

只有被水淹没的柳树刚刚抽出绿芽，枝条在风中微微摇摆，鸭群朝着对岸游去，嘎嘎的叫声引来了更多的水鸟，被我看见的就有七八只白鹭。樱园里的樱花全是鲜红色，山岭上散落着的大多是些白色或粉色的樱花，猛然看去，还以为是红霞落在了原野上。相比樱园的樱花，我更喜欢山岭上的樱花，不那般浓烈，不那般繁密，零零散散地开在初春的荒原上，尽管少有人来欣赏，但它们并不感到孤寂，鸟雀和尚未发绿的草木在注视并守护着它们。

桃花和杏花纷纷开放时，原野上的草木也渐渐发绿了。一进入三月，河岸两侧的冰层已完全消融，草木纷纷昂起疲惫的脑袋，饱吸春天柔润之气，春雨也多了起来，春风却止息了，似乎已完成了唤醒大地和草木的使命。到夜里，小雨疏疏，雾气浮动，拂晓到原野上来，山谷幽静，晨露滴滴，原上的桃花和杏花灿若晚霞，被春雨浸润过的花瓣更加洁净妩媚，春风拂过，暗香飘散。桃花和杏花开放的时间并不长，当枝头的树叶舒展开来时，花朵也就要凋落了。

我喜欢那些灌木丛里的桃树和杏树，和那些野草杂木相比，它们有着灿烂骄傲的花朵，但它们却表现得极其平易近人，没有一点架子，毕竟它们的生命大多来自一次偶然。放羊的少年将吃剩的桃核乱丢进草丛中，到来年的春天，那颗不起眼的桃核竟发出了嫩芽，抽出五六片的叶片，数年过去，当初被丢的那颗桃核早已长成一棵粗壮的桃树。放羊的青年人斜靠在坡上，不时从旁边的桃树上摘下毛桃吃，他困惑不解，这里怎么就会长出一棵桃树呢？莎草还未完全变绿，枯黄的长叶依稀在回忆着冬日的故事，麦苗已经长得很高了，许多野兔就藏在麦田深处。一个暖得有点烦躁的午后，在一块向阳的山地上，我见到了许多金黄的蒲公英花，那可真叫我感到惊喜，我趴在地上仔细观察起来。眼前的这株蒲公英长得有点像荠菜，拢共有十四个锯齿状的叶片，最中间的叶柄可能是被羊吃掉了，只留下短短的一小截，花葶朝四围展开，三根上面开出了黄色的小花，一根未开，顶部呈红紫色，估计也快要开放。

这株蒲公英就长在一块土层裸露的地方，周围没有一株植物。它那条状的花瓣黄得发亮，似乎要将吸收了一整个冬天的阳光一股脑儿地释放出来，它的香气并不浓郁，也不像樱花那般娇嫩，它经得起风雨的折腾，就算来上一场倒春寒，也未必能够击倒那圆圆的小黄花。蒲公英生命力强，随处都能见到它的身影。蒲公英开花时，预示着更多的野草就要进入花期了，这个时候，摘些蒲公英叶子泡成茶喝，舌尖上便会涌满春天新鲜而又苦涩的味道。

紫花地丁也是苏醒较早的一种野花，四月以后，到处就能见到这种野花了，不过在三月，部分紫花地丁就会提前开放。有时想专门去找这种野花，走了一个上午也没有发现，可就在你失望时，忽然在旁边的石缝里见到了它的身影。紫花地丁的叶片像茶叶，不过要比茶叶更宽更长一些，两侧呈椭圆状，它的花像扁豆的花，中部深紫，周围泛白。羊比较喜欢吃紫花地丁的嫩叶，不过我观察过，羊极少吃紫花地丁的花朵，想必那野花的味道并不怎么样。

将紫花地丁凉拌着吃，也是非常可口的。不过在初春时节，我最爱吃的野菜是荠菜、曲曲菜和面条菜，这几种野菜在原野上有很多，但原野上的树木和杂草太密，很难发现，对我而言，采摘这几种野菜的最佳地方是在平坦的麦田里。站在山岭的高处往下看，四处辽阔的麦田如海浪般涌动着，青青麦苗，淡淡野花，天空碧蓝，羊群如同一团团的棉花点缀在山坡上，风声阵阵，唯能听见羊叫和牧羊人的歌声，那舒缓绵长的歌声，衬得天地更加旷远。

太阳升起后，就能看到许多少年的身影了，他们或背着布袋或提着粪笼，正蹲在浓绿的麦田里剜野菜。清晨时分，春阳尚未晒干夜里的露水，空气洁净，草叶肥嫩，正是剜野菜的好时候。一般而言，麦苗都是一溜一溜生长的，像荠菜、曲曲菜和面条菜就生长在麦苗中间的空隙处，初春时，麦苗尚不密厚，顺着空隙走，很容易就能发现这些野菜，这时的麦苗也是经得起踩踏的。麦田里还常能见到马齿苋，不过这时的马齿苋刚刚长出，尚不能食用。

野菜是春天赐给乡人的第一道美味。荠菜抗寒，冬雪天气，将覆盖在麦苗上面的雪拨开，依然能见到荠菜的身影，不过雪天的荠菜没有春上的荠菜新鲜。单个看荠菜的叶片，就像挺拔的松树，叶片贴着地面，向四围生长，整体去看，如同牡丹。最鲜嫩的荠菜，叶片并不繁密，中部尚未长出叶柄，等时日久了，叶柄顶部就会开出很小的白花，开过花的荠菜依然可以食用。将采摘的荠菜晒干，熬成汤喝，健胃消食，止血明目，可医治某些疑难杂症。

　　乡人们最喜欢将荠菜蒸成菜疙瘩吃。先将剜回来的荠菜洗干净，将根和黄叶切掉，再将荠菜剁碎，和着面粉揉成团状，然后将菜团擀平展，做成花卷状。小火蒸半个钟头，菜疙瘩就出锅了。还需调好蘸汁，放点香油，油泼辣子要多。这时，就可以蘸着辣子汁饱餐一顿了。荠菜之所以受到乡人的欢迎，主要原因在于它没有苦味和别的怪味，清爽可口，容易消化。当然，荠菜也不止这一种吃法，还可以做饺子馅，可同鸡蛋一块炒着吃，也可凉调着吃。

　　面条菜学名叫麦瓶草，之所以被乡人叫面条菜，有两方面的原因，一来它的叶片厚软，略长，形似面条，二来将它和面条煮在一起，味道鲜美，芳香四溢。春季吃面条菜，可润肺止咳，提高免疫力。同面条菜、荠菜不同的是，曲曲菜味道略苦，很多人会将它认成苦菜，毕竟它们的叶片周围有点锯齿，但区别二者最好的办法就是折断它们的叶片，曲曲菜的叶片会往外流乳状汁液，且距根部较近的叶片微微发紫。曲曲菜会开黄花，样貌与野菊相似。

　　除了上面提到的野菜以外，仅我吃过的，还有灰菜、香椿芽、白蒿、刺笕、野葱、苜蓿、花椒叶和洋槐花等，刺笕俗名人旱菜，野葱又叫小蒜。四月前后，采摘一些略发红的香椿芽，同鸡蛋炒在一起吃，香嫩可口，令人难忘。但还有一种椿树，散发着难闻的臭味，极少有人食用其嫩芽。家里若摊了煎饼，就少不了野葱，将其切碎，和成辣子汁，蘸着吃，味道极佳，不过那是秋季的事情了。四月中旬，洋槐花盛开，几乎家家户户都会蒸着菜疙瘩吃。

　　灰菜的味道不亚于荠菜，但也仅限于晚春和初夏时期的灰菜，到了夏末，灰菜就会结籽，茎干坚硬发干，难以下咽。三年前在杨凌工作时，我常吃蘸水面，蘸水面是杨凌的特色面食，颇有名气，比面和蘸汁更重要的是面里的野菜，很多人吃面都是为了能吃到一口原汁原味的野菜。灰菜的茎干较粗，枝条和叶片繁密，顶部叶片上常有白色粉末，灰菜味道略苦，吃前需用沸水除掉苦味。和荠菜不同的是，麦田里很少能见到灰菜的身影，苹果园里倒有很多。

　　春天自然是从立春开始萌动的，但实际上，立春过后，天气依然很冷，只不过立春过后，日光就暖了，亮得晃眼睛，被拧紧了一个冬天的发条总算松动了一点。立春是春天的序曲，是简洁朴素的开幕式，草木依然保持着寒冬时的样貌，原野萧瑟，天地昏暗，万物都处于懵懂的状态。草木虽枯黄颓败，但其根茎却感知到了春的一丝气息，在逐渐解冻的土壤里积攒起力量和希望，宋人张栻有诗云："律回岁晚冰霜少，春到人间草木知。"说的就是这个意思。

　　但这个时段的草木尚不能抽出嫩芽来，毕竟气温很低，夜间往往还会迎来雨雪，落霜更是常有的事，因而说，这个时期的草木正是蛰伏蓄力的阶段。雨水是一个重要的分水岭，在农历中，雨水多出现在正月十五前后，雨水的出现，意味着雨露的降临，意味着解冻的土地将得到雨水的滋润。这个时段的雨水往往会在夜间降落，雨丝轻转飘洒，细密无声，如纱如棉，清晨起来，见褐黄色的叶片上落满晶莹的水滴，颓靡许久的精神也会重新振作起来。

　　有时也会有一些意外出现，雨水过后，接连多日都不见春雨到来，反而迎来了霜雪。对庄稼和果树而言，这个时段的雨水是极为重要的，根茎得到滋润，方能在暖阳下发出嫩芽来。油菜、小麦等作物渐渐返青，乡人开始忙碌起来，修剪果树，松耧农田，不敢停歇。尽管人们都感受到了春意，但这时若言说春已来临的话，还为时过早，等惊蛰过后，春天才真真切切地坐实了。这时，若站在原野上向四处望去，已能看到连成一片的青青草色，可朝着近处的草丛望去，枯草仍占领了大半个山野，刚抽出不久的嫩芽和草叶，依旧稀疏零星。

　　春潮已经在大地上涌动起来，山谷间不时传来黄鹂那优雅的啼鸣，田野里随处可见乡人们的身影，天气是一天比一天暖和起来，暖得人身上痒酥酥的。乡下的午后，人们总会聚集在村口，斜靠在墙根处，晒着暖阳，杂七杂八地闲聊着。果树已修剪完毕，麦苗长势良好，乡人们只需耐心等上几场春雨，将干了一个冬天的农田下透。这个时段的春雨可决定着一年的收成，若遇上春旱，可就得采取人工灌溉等措施，春旱和夏旱是两码事情，可马虎不得。

惊蛰一过，草木全部吐绿，就到了桃花、杏花登场的时间。但秦岭的桃花要开得早一些，大概在雨水前后就已纷纷开放了，渭北的桃花要等到惊蛰过后。多数低矮的灌木均已返绿，山坡上和石缝间，都有了绿意。惊蛰意味着春雷，意味着苏醒，多数在地下越冬的蛰虫均被春雷震醒，正挣扎着从地里爬出来，春雷不像夏雷那般猛烈，而只是老远听到远处低沉的响动。春雷是春天在惊蛰敲响的锣鼓。苇岸写过："到了惊蛰，春天总算坐稳了它的江山。"

我每年都会到原野上去看野桃花和杏花，它们就夹杂在茂密的灌木丛间，其时灌木尚未被绿叶覆盖，老远就能看到密匝匝的粉红色花瓣，沿着弯弯绕绕的沟路走到跟前，蜂蝶飞舞，清香四溢，肥嫩的花瓣落了一地，如同落了一层斑斓飘香的雪片。在渐浓的春色里，野桃花和杏花独自守着清幽的原野，没有游人前来践踏，也不用担心羊会啃掉花蕾。它们的灿烂只由这块苍老的原野欣赏，开了，败了，完全是它们自己的事儿，它们并不感到寂寥和落寞。

雨水到惊蛰这个时段的春色，春雷滚滚，万物萌动，是最令我欢喜的。这个时段的草木及时地捕捉到了春的讯息，并将其四处扩散开来，几乎所有的植物和动物都做好了登上春之舞台的准备。几场春雨过后，大地濡湿，空气潮润，草木在暖阳下舒展着筋骨，弹落一身的水滴。牧羊人甩了一连串的响鞭后，吆着羊群朝着山谷深处走去，天空澄澈，白云稀疏，已能看到许多归来的候鸟。躺在开始吐绿的杂草丛间，能够清晰地感知到春天那平稳的心跳。

（选自《飞天》2022年4期）

## 评鉴与感悟

读这样的文字，让人想到亨利·梭罗，想到谢尔古年科夫，想到苇岸……天地大美，人间草木，在作者笔下一一裸呈。好散文，并不都是激烈的，也可以是安静的，极静极静的那种，静到孤独和思考，直至静到忘我为止。

# 巷子的哲学

/葛小明

一

韵达快递是这段路上最繁忙的坐标点，一个只有二十平方米的屋子，却装下了世上最多的人。不同身份的人，从不同的方向踏进这个屋子，用形形色色的神情来认领自己的物品。手机尾号相同的物品会被排列在一起，一般是两个格子，大的在上面，小的在下面。它有一个响亮的名字，快递超市。

贩卖情绪的人，喜欢出现在快递超市。虽然这里被称为超市，实际上早已完成了买卖，屋子里不会发生明显的交易。这里贩卖的最多的是情绪。下单时，他们是精挑细选的，浏览了十几分钟甚至几十分钟后才决定拍下，此时此刻这个陌生的盒子里的东西，已少了很多神秘感。有人会在快递超市门口拆盒，抱着东西直接离开，不冷不热，面无表情。有的会仔细检查一下包装有没有破损才决定签收与否，过程小心谨慎，好像里面有重要的线索，这将直接影响着接下来几天的心情。有的反复看一下盒子，确定不是自己下单的，拒绝支付"到付"的费用后，跟快递小哥"声明"一下，拒签。不知道是哪个商家，又在进行一轮新的套路，这并不太重要，结局无非是双方在电话里争执一番，互吐脏字，挂断电话的瞬间，还在反刍刚刚的不快与愤怒。多数人选择把盒子带回家再拆，保留一点开盒的惊喜，究竟是哪一单呢？一下子买了这么多，大部分是自己需要的，拆开就能获得不小的满足感。这时候的情绪，在气息上几乎是与卖家寄件时保持一致的，完整而顺畅。卖家发货时，不知道对方是何许人，甚至不知道拆开盒子的手，是用了怎样的动作与工具。可能是一把精致的小刀，轻轻一划即开。也可能是一把用旧的剪刀，两个指头反复按压才把那圈密封的胶带一分为二。可能性更大的是，那双手随便找了一件略显锋利的金属，用力划了不知多少下。远处的那双手，是神秘的，让人捉摸不透的，不可知的。

玲玲是在韵达工作时间最久的人，中间快递员换了一批又一批，大都待不上几天便辞职了，只有玲玲悟到了快递行业的生存哲学。她无须八点就早早开门营业，因为那个时间点，她还在另一个摊位做着自己的营生。老板依赖她，信任她，尊重她。她有两个优点是其他人员不具备的。一是记性好，她可以准确地记住大部分人的手机尾号，甚至连谁和谁是夫妻都一清二楚。二是她能吃苦，哪怕中午只用一碗泡面对付一下，也绝不耽误一个包裹的寄送。

两扇玻璃门，有一扇坏了很久了，裂缝极长，几乎从最上面绵延到了地面。几张厚厚的黄色胶带，做起了缝补工作，就像人脸上贴满了创可贴，破坏美感。但是门一直没换，它也在进进出出的人流中悟到了生存哲学：我虽然不美，有裂缝，但是坚决不断，不掉，不堕落。我依旧可以为里面的人挡风遮雨，依旧能够起到防盗防偷的作用。我虽然受伤了，但是我还有用，如果换掉我，早晚还会破，并且要花费一笔不太小的费用。老板那么抠，他不舍得。

换了谁，不是推开，关上，锁上。换了谁，不是送进来一个包裹，拿出去一个包裹。换了谁，不是在这条人来人往的巷子里，走上几步，停留一阵，然后匆匆离开。换了谁，不是为了生计，奔波于一个又一个场地，看见一副又一副脸色。推门的人，小心翼翼，好像是要见重要的领导，这种情绪的延续需要三到五秒，直到从快递柜上发现自己的物品，才换上一种如释重负的获得之感。离开的时候，推门明显自信了许多，好似完成了重要的使命，抑或是在那间狭小的屋子里获得了莫名的自信。

当你从巷子走进一家快递超市，你便重新获得了一个身份，这身份是临时性的，但是它的标签性很明显。你要紧紧握住这张标签，告诉里面的人，你的目的性明确，你就是来贩卖情绪的。你的标签也具有专一性，只要推开扇门，就意味着你选择了它，只为它而来。你不是一个滥情的人，你能够在林林总总的情绪中，很快找到属于自己的。你很少会被柜子上其他的情绪所感染，因为你知道，它们不属于你，不会为你买单。

你会邂逅形形色色的人，你们的交集仅限于那间屋子，甚至连一个眼神都没有。你无须拿出一丝一毫的心思去揣摩他们是什么身份，买的什么东西，经历了什么起伏与波折。存放药品的包裹，情绪低沉，但不是你的，你身体康健，不担心这些。存放卫生纸的包裹，情绪柔和而平淡，但不是你的，你家里有的是纸，不需要也不屑一顾。存放方便面的包裹，情绪激动、血脉偾张，仿佛要把一路的憋屈释放出来，它急需一碗热水，沸浪滚滚，但不是你的，你的日子富足，基本上不在意东西的价格，更不会在网上买食品。你只能看到一部分外包装明显的物品的情绪，对于许多看不出是何方神圣的快递，你尽可以大胆地猜测。面对同一个人，你看到的，与玲玲看到的，有很大区别。在这间屋子里，你只是你，物件只是物件，玲玲一直都是玲玲。

当你拿着包裹再次推一下那扇门，你便失去了那张标签，你要寻找新的身份。你走进巷子，就像走进了另一家快递超市，继续贩卖着什么。

## 二

御景园门诊是附近最大的一家社区诊所，早上八点开门，晚上九点关门，中午无休，这里几乎接纳过周围小区的所有家庭。进门的时候，人们心情略显沉重，拿到药后心里轻松了许多，仿佛从这一刻开始便已得到了解脱与救赎。药柜上陈列着各种功用的药盒，它们分类明确，归肾，归肝，归肺，归心脑血管，一目了然。一盒盒药肃穆地立在玻璃柜上，就像一个个警惕的战士，等待着庄严的时刻，丝毫马虎不得。这与快递不同，快递包裹是流水式的，说没就没，而许多药品可能需要长时间的驻守。

对于卖药的人来说，还有一种不同于购药者的排列方式，就是类似的药物，从左到右，价格依次变高。如果你不点名要某个明确的品牌，她会取最右侧也就是最贵的那盒给你。她有可能会说，这个药力更好一些，副作用也小。这套说辞对很多人有用，尤其那些急匆匆的求药者。

另一位女同志则有一套颇为走心的推荐方式。她首先问你,要好点的?一半左右的人,会说,一般的就行。这样,她就从中间稍微偏右的位置取药,久而久之,人们便更喜欢找她买药。还有少部分的人,是直接问价的,比如我。对于一些非必要的情况,我不会接受她俩任何一人的推荐,我会选择比较靠左位置的药。而对于一些维生素类、软膏类和地黄丸等,我会直接告诉她,要最便宜的。基于此,我在那个屋子里并不太受待见。

从开门那一刻起,几乎就一直有人进进出出。里面有几个大夫轮流坐班,但是他们比卖药的人清闲,买药的人几乎都是直奔主题。拿点治感冒的药,胃疼快给我拿点药,我肚子不舒服,有没有治头疼的药……大夫坐在角落,养生茶在壶里沸腾,香气比玻璃柜的药物还要浓郁。他长时间把手机捧在掌心,刷着抖音,不时有网红的配音从里面传了出来。对于看不明白病情的患者,他直接说,去医院检查检查吧。要么就说,情况比较复杂,建议你不要随便开药。他做得最多的诊断是测量血压,简简单单,无病无灾。

他与卖药的几位也处得不错,过不多久便聊会儿天,说说菜价,说说孩子的学习,说说今天来了多少位患者。他写在处方单上的字迹工整,生怕抓药的同事辨认不出。这几年,我也曾找他几次,他的诊断往往难遂我意,后来便只找他量量血压了。就这样,人和药,找到了自己合适的位置和处事方式,在有限的空间里,彼此处得甚好。

有些药因为价格过高或过低,或者需求不足,长期闲置在玻璃柜的上层,灰尘落了一层又一层。店员懒得打理,任由盒子变色,亮白变为暗黄,暗黄变为浅黑。它们跟人一样,也在经历生老病死。它们时常透过无色的玻璃,眺望一下外面,多么遥不可及。它们想跟那些畅销药,比如999感冒灵、二甲双胍、消渴丸、连花清瘟一样,第一时间走出这间屋子,看看外面的世界。

它们看到,马路上每天有一辆校车停在对面,不同音色的小学生从车上跑了下来。他们的步伐跟进入药店的人大不相同,轻盈,欢快,灵动,每一个脚印里都有一打兴奋。

每周一,门诊搞活动,满三十八元送十个鸡蛋,有时候还有一瓶84消毒液。这天,人很多,车很多,人们一手提着药,一手拎着鸡蛋和84消毒液，欢快地出现在巷子里。这天的巷子，药味十足，你会看到不同用途的药，不安分地站在一个个白色的塑料袋子里。它们重获自由，它们幸得归处，它们妙手回春，仿佛真能治愈世界上所有的伤心人。

三

"你反映的事情，是在哪个地方，我怎么没有找到？"

"我写得很清楚了啊，附件还有清楚的位置截图。"

"你说的30号楼、31号楼、32号楼西是芙蓉小区？这个小区没有这三栋楼啊。"

"你能不能仔细看一下啊，我写得非常清楚，明明是御景园小区。"

"那你说的扰民车，确定是洒水车吗？"

"我不能确定，我不是你们系统的，我感觉它更像清扫垃圾的车。它的下方有四个滚动的清扫轮子，没有大范围的洒水，但是噪声极大。每天清晨五点多，来回在路上走动，严重影响了我以及周边的居民。"

"那是环卫车，不是我们部门的问题了，我给你转到环卫处吧。"他挂断了电话，不到五分钟，群众服务热线反馈电话便打过来了。

"您对住建部门的处理意见是否满意？"

"暂时没法说满不满意，因为他们还没有解决我的问题，他们说不归他们管，给我转到其他相关的部门了。"

"是的，我们这边显示您的诉求确实转到环卫部门去了，您对住建部门的处理意见是否满意？"

"谈不上满意还是不满意。"

"那您对住建部门的处理意见，是否满意？"

"那就满意吧。"

"好的，谢谢。再见！"

两个多小时后，我又接到了职能部门的回访电话，说可以调整一下清洁车的工作时间，问我七点是否可以，我爽快地答应了。事实上，我希望能再晚一些，因为我周末的时候习惯睡懒觉，但是对方态度诚恳，我实在不好意思得寸进尺。

我的睡眠质量一向不好，苦于巷子里的垃圾清扫车每天发出刺耳的噪声，我忍无可忍，在当地政府的门户网站上发起了网上问政，于是发生上面的对话。

果然，从第二天开始，我的烦恼彻底解决了。我在心里自我安慰，受困扰的肯定不止我一个，我是在为集体发声，而唯一受害方的是清洁车司机。他之前起那么早，是因为这条巷子比较狭窄，白天人车众多，清扫不便。他总会有办法解决的，我再次自我安慰了一下。

我反映过的事情不止这一件。比如这段路尽头的交通镜，也是在我的要求下安装的。这个小区，住户有近两千人，有一半的人会从这条巷子走出去。第一个路口便是丁字路，加上是下坡，这个路口常有小交通事故发生。我觉得这不是在为自己做事，作为社区的一员，这是我应尽的职责，不算给政府添麻烦。每次网上问政后，我都这样说服自己。

每条巷子都有自己的行为准则，在经过很短时间的适应后，便能成为大家共识的东西。比如，晚上的时候，车子可以临时停靠在白色实线的外侧，停好后的车子后视镜往往被收起来。比如蛋糕店门口空闲的位置，允许邻居把多余的盆栽小辣椒放过去，相得益彰，甚是和谐。比如橙黄色的校车停过来的时候，前后的车子都自主降低了车速，它们小心翼翼，好像在守护着自家的主人。比如早晨倾倒垃圾的时候，人们会把垃圾桶的盖子合上，如果旁边正好有在收集废纸盒的老人，他们会把里面的有用的废纸盒递到她手里。能举例子的事情很多，巷子里每天都在既定的"准则"下发生着各种各样的故事。很少有人会去打破它，这毕竟不是一件容易的事。

二○一九年，轰动全网的教育事件的主角，五莲二中教师杨守梅就住在这条巷子里。她因体罚逃课学生而被处罚，这事后来好像出现了反转。杨老师的现状如何，她有没有像我一样进行"网上问政"，我不得而知，但她一定也无数次出现在这条巷子。她从这条巷子上下班，买菜买药买面食，取快递寄快递，在这条巷子里开心也在这条巷子里难过。她所在的小区叫学苑，门口有一排蔷薇，一种很文艺又长满刺的花。这花个头不大，枝条蜿蜒细长，一开花就能保持绽放很多天。它们的根扎在水泥地以下，花开在枝条的末端，不会因为一场风雨便东倒西歪。但是少数情况下，它们会因为某个路人的手，缺枝少叶，改变生长路径。它们也会因为一些事情，陷进自己制造的迷宫里，难以自拔。

## 四

御景园门诊斜对面有一个十字路口，是人流最为密集之地。韵达快递的玲玲在早上九点以前长时间"占据"路口的拐角位置，一辆粉红色的小推车，一个三十多岁的中年妇女，一屋子香气逼人的肉夹馍和里脊肉饼，很快便新鲜出炉了。

小推车身下的地上，坐满了周边菜园的自产蔬菜，应有尽有，比如有西红柿、豆角、茄子、小白菜、丝瓜、倭瓜，等等。它们棵棵精神抖擞，仿佛身体还没有离开大地，仍旧以大地主人的面貌示人。它们躺着，就像站着，不用时时洒水保持光泽，因为它们心底没有过悲伤。这些蔬菜没有超市的好看，多数还带有新鲜的泥土，但很快便能销售一空。一是因为价格便宜，那些卖菜的人并不是贩子，只是把吃不了的部分卖掉，所以只是偶尔出现在巷子里，并不会对周边的蔬菜超市产生太大的冲击。另一个原因是，这些蔬菜干净，通常只用农家肥或者少量化肥，农药几乎是不用的，吃着放心。

对面的地上，则有几筐水果，安静地躺在露天的篮子里，这是它们首次离开枝头，走向陌生的世界。对于巷子里来来往往的人群和一双双摸来摸去的手，它们既有不小的好奇又有一些羞涩。毕竟，从小到大，没有见过这么多人。嘈杂的车声时常入耳，带有各色香味的女人晃来晃去，不变的是那个养育自己的男人，那双粗糙的手，还一直守在身边。它们渴望被挑走，迎接新世界。有时候，它们也有些不舍，不想离开这个看着自己长大的人。

下午六点三十分以后，无论是菜还是水果，都要折价售出，因为天快黑了。没有人愿意提着卖不完的果蔬回家，第二天吃不了也卖不掉，还得忍受一番抱怨。年纪大的人，没有微信，更喜欢收现金。他的收款码是孩子的，钱转过去的时候，我会让他仔细看一下付款情况。他嘴里嘟囔一句，这钱到不了自己手里，转进去就要不出来了。遇到这样的情况，我只好做无奈状，帮不了他什么。

玲玲的斜对面还有一处贩卖猪肉的，是个四十多岁的光头男人，他不抽烟，这一点让买肉的人觉得干净。我无法确知他几点出摊，因为六点五十分起床铃响起来的时候,他的车上已经传来阵阵绞肉机的嗡嗡之声。他比玲玲的流动性强,用一辆敞篷大头车作为主阵地,肉、秤、绞肉机、挡风雨的大伞,一家人的大部分收入都来自于此。他卖的肉新鲜,当天现宰杀的,但在此停留的时间有限,往往七点二十分后就去别的地方了。所以能买到他的猪肉的人,都是习惯早起的人。我路过的时候,多数情况他已离开,不知道走进了哪一条巷子、哪一片人间烟火里,继续新的生活了。

二〇二一年五月份的早晨,买肉夹馍的时候,我发现玲玲旁边新设了一个流动摊位。她是卖汉堡的,只有一张简单的桌子,上面有个泡沫箱子,里面有几十个汉堡和一点调味品。我想她是难以躲避风雨的,天气稍微不好,就没法出摊。面对走过的人群,她甚至有些羞涩,不知道怎么打招呼,或者主动叫卖一声。我有些为她的生意担忧,因为早餐出来买汉堡的人不多,她的位置也没有玲玲显眼。因为早餐而早早出现在这条巷子的我,也没有买过她的汉堡,不只是因为我不喜欢汉堡。我担心当着玲玲的面儿,买她的汉堡而不买肉夹馍,两人会渐生嫌隙。

事实上,我的担忧完全是多余的。约半月后,买肉夹馍的时候,我发现那个卖汉堡的人已经主动帮玲玲撑起了袋子。玲玲也会在闲的时候,帮她叫卖。人家处得好着呢。

## 五

蚊子具有极强的虐杀性,在这条巷子里,不用等到天黑,就会看到蚊子在远大于人的活动空间里横行霸道。它不挑性别和年龄,也不管你是什么职业,有没有素质与品位,只要你出现在附近,它便能第一时间落到你的皮肤上。如果你穿的是一件很浅薄的衣服,它甚至能长嘴直入,不用五秒就能吸吮到鲜血。你感受不到疼,但是你一定能感受到蚊子玷污你毛细血管后的侮辱感,你忍不住要挠,快速地、反复地挠,直到你的伤口处留下很深的抓痕。蚊子早已远去,它甚至忘了刚刚叮咬的是什么,是哪一个人。

这是一条地势较高的巷子,林立其间的高楼此起彼伏,要想走上这条巷子,势必要经历一段不短的上坡。人和车子的上坡状态,几乎相同,总得在开始的时候积蓄一点力量。爬上去的时候,深喘一口气,甚至还要拿出一两秒的时间，回味一下刚才的"艰苦"岁月。下坡的时候就大不一样了，尤其是电动车，表现得格外矫情。它用力地发出一声刺耳且长久的刹车声，这个声音比小汽车的喇叭都管用，附近楼里的人，即使关着窗户，仍旧能够听得到。这些人们习以为常，不做任何表态。

蚊子是没有办法在人下坡的时候痛下杀"口"的，因为下坡时速度快，且有虎虎生风的反击之势。上坡就不一样了，经过一两分钟的气喘吁吁，人的胳膊上、小腿上，以及脖颈处有细小的汗粒渗出，这是蚊子喜爱的。趁你在回味之际，蚊子快准狠地叮住你了。不用走上几次，上坡的人就已获得了这样一个真理：上坡的时候要格外警惕，尤其快要到达胜利的终点之时，危险往往已经开始初露端倪。

蚊子教会人们的远远不止这些。比如不能过分贪婪，否则可能还没有好好享受成果，便被一巴掌拍死。比如要审时度势，对那些动作迟缓、粗枝大叶的人下手，更容易获得自己想要的东西。比如做事不能越界，每只蚊子都有自己的领地，人家在啃了，周围五厘米处最好不要再去下口。嫉妒心，大家都有的。蚊子也教会了人们，要心怀警惕，居安思危，不可过分享受安逸。那些看似对你友好的信号，往往隐藏着更深的恶意，那些早早扬起的巴掌，等到你吸吮正酣时才会狠狠地落下来。

有两个地方，蚊子的密集度最高。一个是小饭馆的门口，那里有两个下水道井盖。无论炒制什么菜品，下水道的味道都是类似的，这会让蚊子欣喜万分。它们甚至会把家安在下水道的井壁上，有人路过时，顺便咬上一口。另一个地方是北侧路口处，这里地势较低，常年有树荫。有一群人，整个夏天都聚集于此，打扑克到晚上十一点方止。他们不太在意周围的人是否要休息，也不太在意楼上时常扔出来的不满之声。当然，他们也会经常把痰随意吐在地上，把啤酒肚裸露在众目睽睽之下，毫不在意。蚊子就喜欢这样的人。

相反，垃圾桶周围，几乎没有一只蚊子出现。这不仅仅因为环卫部门每天清理两次，稍有常识的蚊子都不会把家放在这样一个随时可能遭遇流离之苦的地方。人们把不同的废弃之物放到那个地方，里面有数不清的嫌弃和遗憾、腐烂与霉变、残缺与死亡，人都不要的东西，蚊子这种高贵血统的生物更不会要。

蚊子出现在巷子里，有时候出于某种场合的需求，不只是为了一口吃的。比如需要应酬，调情，需要重新划分领地，需要讨论一下今年的气候变化以及应对最近新出现的蚊香和药物。有时候，它们聚集在一起，什么血也不吸，什么事情也不做，只是因为无聊。

## 六

赵家巷子是一家饭馆的名字，但它所处的位置并不是某个巷子，而是热闹的大街一侧。这个名字的来源估计是蹭了某些网红店名的热度，如果老板姓刘，可能就叫刘家巷子了。因其价格实惠，饭菜好吃，使得造访者络绎不绝。还有一个重要的原因，这里离大部分单位都不远，开车或步行，不用多久就能到。尤其周五晚上，人格外多。人们选择在下班后，不回家换衣服径直走进赵家巷子，这时候便能看到各色的工作装和各种身份的人，出现在了巷子里。有些过去相识的偶尔撞见，还能在饭馆门口寒暄上几句，好久不见啊。

人们根据不同的场合和身份，在屋子里确定了位置，饭菜根据冷热、荤素以及价格高低确定了出场顺序。厨师和上菜的人，根据客人来的早晚安排着饭食。酒是比较早出现的，汤和面食有时候不用出现。众人围着一张桌子，七嘴八舌，一双双碗筷相互碰撞，传递着各式各样的信息与情绪。你能看到千人千面和众口一词，看到谄媚坏笑和阿谀奉承，看到虚情假意和感恩戴德，看到众人不同于在工作场地时的样子。许多信誓旦旦的话随意出口，平时难以解决的问题，在酒水面前迎刃而解。人们喝着，吃着，说着，承诺着，感恩涕零着。

两到三个小时后，众人退场，他们会扶一扶饭馆门口的栾树，拍一拍共同饮酒者的肩，做醉酒状，做不省人事状，做依依不舍状。最后，他们再次出现在了巷子里，回归到进门前的样子。他们开始独自面对空旷的、酒散人去后的巷子，可能会安静地站几分钟，总结一下今晚发生的一切。天彻底黑了，人们的表情在夜色的掩护下变得模糊，这跟在屋子里的样子完全不同。黑有黑的好处，只要不做过分的表达，就可以无声无息地立足在此，不争宠，不强势，不秀于林。

巷子是个巨大的容器，不论什么样的世界都可以装进去，无论什么人、什么事，都可以出现在巷子里。如果你愿意，你可以把情绪自由释放出来，痛哭或者莞尔一笑，歇斯底里或者大喜大悲，无一不可。在这个容器里，你终会选择一种大家都能接受的方式，与之融为一体，相安无事。风吹进来，雨落进来，温暖的阳光照进来，庸俗的、高雅的、不堪的，一一出现在巷子里。人和事有序地出现，按部就班地组织着自己的生活，如果说有什么变故，往往也只是个人的，独立的，鲜与他人有染。

有人尝试走出这个容器，想拔高它，贬低它，甚至破坏它，打碎它。这样的人是少数，但不可或缺。我们不能拒绝美好的事物在巷子里发生，比如韵达快递门口摆放的多彩小辣椒，比如御景园门诊旁边的栾树上画眉筑起了简单的巢穴，比如刚排到自己的买肉夹馍的男人，把机会让给了匆匆准备上校车的学生。我们也无法拒绝不情愿与不喜欢的事情发生，比如赵家巷子门口有两个下水道井盖，不远处另一个饭馆门口也有两个写有"污"字的井盖，时有恶臭传来。比如门诊的个别卖药者会把最贵的药推荐给你，赚取一点提成。比如猪肉价格从二十五元降到十元时，玲玲的肉夹馍还是一直卖五元。比如为了阻止栾树上的"植物油"弄脏马路，物业把所有树的头顶都锯了下来，它们很长一段时间才能长回原来的样子。比如小区里结婚的人撑起拱门时要用到路边超市的电源，老板狠狠地要了九十九元，实际上九块钱都未必用得了。

人们在巷子里生，在巷子里死，在一条又一条的巷子里变换着角色与身份，人们期待能够获得一个时刻，可以彻底安静下来，重新审视一下自己。这个时刻是短暂的，但它那么珍贵。但它不会出现在巷子里。

（选自《青年文学》2022年3期）

## 评鉴与感悟

围绕一条巷子，书写世间百态，种种情状跃然纸上。作者采取"散点透视"法，又以快递员为主线，贯穿叙事，有创新，有省思，有情怀。

# 00年代·观察

# 思绪在风中

/孙思佳

**1. 夏日之限**

蛐蛐在低声歌唱,便利店贩卖起了冰棍,炽热的太阳逐渐变得热烈,它晒软了柏油马路,晒红了行人的脸颊,晒得大树不敢丝毫摆动,更晒裂了大地,在你不经意间,夏天已悄然来到我们的身边……

从小时候就开始疑问了,夏天是什么颜色的呢?

自行车轱辘吱呀呀转着,一点点红色的铁锈掉落在地上,在石子铺成的小路上留下了几滴的色彩。脚轻快地蹬着踏板,烈日下的少年,你的夏天是什么颜色的呢?初夏的清风从耳边吹过,你的夏天就是这个青春的彩色。

几个老人,几把凳子,懒散地铺开,淡淡木纹色泽的桌子上,摆着的是冒着热气的观音和乌龙,缠绕的几丝灰白胡须和棋盘上的黑白棋子,敲打木板的慵懒,它也是你们夏天的颜色?

我的夏天是什么颜色的呢?是春天还残留的稚嫩,秋天还没来的深沉,还有一阵正吹过的年少轻狂的风。

夏天属于散文和柠檬,属于裸露和慵懒,属于五彩缤纷的鲜花,属于赤裸的双足,还有夏日虫儿的鸣叫。

夏日的风像是割不断手的钝刀,来势汹汹却又出乎意料的温柔,街市井然，蝉和雀都在树枝上不住地乱叫，远处邻居家说说笑笑，你推我搡，无非还是聊些家长里短、鸡毛蒜皮的小事儿，却处处泛着好闻的烟火气。

路过那个篮球场，看十六七岁的男孩子，眉梢绵延万里，额角潮湿，嘴边哼着不知名的小曲儿，满身精力，撒野在这片篮球场上，背后是一整个夏天的夕阳，这一刻对于那些少年来说，夏天是风起，风止。

似乎所有热烈的事情都发生在夏天，蓝天白云，和煦的风和远方，还有正值年少的我们。不知道是哪个"小淘气"打翻了一杯柠檬汁，害得身侧满是青涩的柠檬味，可把我馋坏了。

这些可能都是我喜爱夏天的证明，说不出什么原因，也许，夏天的日子总是暖色调的吧，它叮叮当当发出声响；远处河边疯长的杂草，迎面扑来的暖风，都在对我释放一种愉快的信号，像是一种由衷的自由和幻想。

### 2.记忆，栖息在晚秋的树梢上

山川平野的谷穗，青瓦屋顶的白鸽，被猫儿踩乱的线团，床边放了几本微微泛黄的书籍，阳光透过轻盈的薄纱，倾洒在整个房间里。它们沐浴着熹微的晨光，老电视机上播放着二十世纪八十年代的影集，牛奶的清香充斥在空气中，那半日浮生，让人忍不住想把它藏匿起来，独自拥抱忙碌生活里的慢时光。

一直喜欢午后的阳光，平静又淡然，带着它的故事，或又书写着新的故事。

剪一段时光，搁在晚秋的下午，光透过老榆树，在浮动的叶子间，留下细碎的光阴。河里游几只鸭子，在飞鸟掠过处附和几声不成调的音律；暮归的黄牛蹚过清浅的溪涧，带回一群孩子的欢笑；乡间孩子清脆的笑声，穿过风，穿过高墙，穿过开着花的石榴树，荡进我心。

十月之初，凉风萦袖，树下的微霜渐渐凝露，不知风或是什么将灌木丛的蝶惊飞，毫无留意融入了夕阳里，只留孩子郁郁独归，带着惆怅，却又在袅袅炊烟中莫名欢笑起来。此时此刻，我与万丈天光、无边的云影相遇，与萧萧落木、静静流云相守。

回眸从前，素色光阴里总有如许的场景，带着绵绵的秋意。像那时总要挣开爷爷的手去追飞在手边又碰不到的蝶；像那时蹦蹦跳跳去够院子里的小沙果却总会摔倒，姥姥边吱吱笑着边扶起我；又好像是爷爷在摇椅上喝茶给我讲着他这一生的经历而我总在似懂非懂地听着。这些点点滴滴的小事都随着时间缓缓流去，却不曾想那样的场景，会跟着新的生活再次出现在记忆里。

人会按时长大，也会按时老去，曾以为溜走的光阴会沉默在浩瀚的宇宙中，了无痕迹，于是哀伤。殊不知，所有的过往都还在，只是换了模样。

原来，过往的所有不知在何时与时光相融，藏在转动的星月中、遍野的秋草里，和朦胧夜色下的虫鸣中，而后栖息在那个叫回忆的树梢上，等我在夜色中伴着月光用心找寻。

不惧长大，只是因为一路的跋涉里悲喜交汇，苦乐相逢，与时光中总能化成温柔的花开在每个暖心的日子。

一直喜欢午后的阳光，耀眼的光慢慢归于和缓，猫儿惬意地偎在怀里，手中的笔，记录着当下，一直喜欢午后的阳光，自知记忆，栖息在深秋的树梢上，我可以去张望，带着不悲不怯的心。

### 3. 雪迹

今早醒来，便看见雪在北方小城纷纷扬扬地下着。似乎每下一场雪，总有人欢呼雀跃，尽管雪下得不大，却仍不知被哪个班的小孩儿称作奇迹。

清晨的雪，洋洋洒洒，在白日阳光的照耀下，落满了大地。这白若棉絮般轻柔绵密，蓬蓬松松，轻吐口气，白雾氤氲视线。飞雪扑簌，疑是玉桂落花。晨光中的微雪被一层薄雾遮掩，有些朦胧，宛若一场旧日的梦，旖旎而落寞，叙述着无数曾在这寒冷的北方发生的陈年往事。在那流水般的时光中，无数人来了，也有无数人离去了，扰乱了波纹，又平复了。这古老的白山黑水，银碗盛雪，明月藏鹭，如梦似幻，不似人间。

北方的雪数来也不过只下了几次罢，雪停了，柔情的温光系透纱帘，在书桌上跃动，我沉沦在这细碎的温柔中，若有若无的烟火气氤氲着，空气中携着妈妈做的鸡蛋面的香气，我看着窗外的雪，偶尔回首往事，更多憧憬未来。种种离合欢愁交织在一起，浮漾心头。

在如此浪漫的人间，日复一日，一缕清风，一场白雪。世间百态变化莫测，所有的悲喜亘古不变，草木亦是草木，眼下仍是人间。即使岁月流逝，那千百寻求的风景从未消逝，而此间，只叫世间清醒，只叫我与万物同醉。比起夏天的永昼，更吸引我的是对暖阳的期待。

**4.风吹慢慢又漫漫**

六月，校园树上的层层绿叶，晚自习嗡嗡作响的风扇，一杯冰凉的清水，独一无二的傍晚，足以撑起整个夏天。

日落从凝练的星野那千里迢迢赶来，夕阳的余晖把在蓝天里漫无目的游荡的白云裹上金色。春生秋实，一晃两年，匆匆又盛夏，诗酒斑驳年华，四季落地听无声。共度两年寒窗，剩一年共度冬春夏，晚霞落身旁，辞别会有再见日。

儿时的记忆与现在的场景重叠。偶尔路过林荫道时的一抬头，路灯与交错的树影斑驳陆离，像水中浮动的荇菜。路越走越黑，夜也愈深了，街上只有月光啦。

月光照着半边街，还有半边街浸在黑暗里。

眼前的一片月色溶溶，让我忆起儿时在月下与父亲漫步的场景。那时我喜欢骑他的脖子揪着耳朵走，从熙攘的人群中游街式耀武扬威地路过，绕过夜晚寂静的人民公园，总会撞到一片树影幽深灯光稀落处。那时我滔滔不绝的话匣子就因为畏缩而打不开了，总要杞人忧天地担心惠意窄窄的草丛会不会钻出什么隐藏的怪物。一面催促父亲走快点，一面担心他脚下踩空陷入无边黑暗。

细碎的星光，在六月的夜里，化作一场雪，铺满人间，泛着凉意，转瞬重奔天上，而我，在其间静默。庚子年于烦冗六月，遇见一地星辉，此时黑夜残喘昏昏，十二点的花开至最久，无限悲凉。光是遇见就已经很美好了，此般种种，皆为成长，多希望我可以抓住那一抹暖阳，藏进我的流年，独自为我一个人照亮，可到最后，终究是我执笔写下流年，把你，把你们写在似水年华中，成就了我的青春。遇见你们，在我最好的年华，甚感有幸，悄悄地坐一会儿，看看人间烟火风月满天，看看花开花落云卷云舒，再好好整理自己的行囊，继续上路，去追诗和远方"来路无可眷念，值得期待的只有诗和远方"。我希望有一个如你一般的人，如这山间清晨一般清爽的风，如古城温柔的光，温暖而不炽热，覆盖我所有肌肤。由起点到夜晚，由山野到书房，一切问题都很简单；唯愿世间美好与你，与我，环环相扣。

起风了啊，此时莺飞草长，一切都已经在路上。

**5.夏日有蝉声**

揽一抹湿热的夏风，写进夜里的蝉鸣。捧一湾清流，把它放在夏夜的怀里。弥漫在小巷里的花香，女孩轻扬的短裙，嘴角的那道弧，带着宇宙的温柔。我在云朵里种下自己的花，爱着自己的宇宙。偶尔看看天，看看云，心里干净得很，也没有太多的心事。

夏日的凉风吹散着燥热，点着一盏青灯，推开眼前的窗，窗外繁星可溢出水来。捧着脸，展开日记本，我把夏季写进日记里，慢慢地写作，昏黄的灯光照落在夏日的手账本上，它被微风徐徐吹动。走时满身月，归时满天星。坐在这寂静的房间里，冥思着，妄想着，开始进入星河的梦里，去看那山间温暖的风。

若不是雷声在安静的环境里不可或缺地存在着，我也不会发现窗外的世界早已是另一番风景，与我而言，在雨天总是忆起一滴滴雨堆积成的水坑，最喜爱的事便是在四下无人的地方一脚踩下，让雨水四溅在屋檐下；有时也会仰头望天，看坠落的雨滴纷纷落下；和喜欢的人去踩一次水坑真的很棒，世界好像只有我们吵吵闹闹的嬉笑声，所有的故事都随着时间留在了那个夏天。

推开窗子，一阵风急不可待地冲进屋中，扑了满面，使人全身都能感到清爽的凉意。随后嗅见雨中翻新泥土的气息。这气味不算好闻，却埋藏在每一个人的记忆深处，固执得令人难以忘怀。闲来无事时，总是喜爱在脑海中一遍一遍地想起以前的日子，或许是梦中听到的老式电风扇摆来摆去的"呼哧"声，或许是炎热中拧开冰镇汽水刹那的"扑哧"一声。

夏天会告诉我们很多，无论是安静的小巷还是喧嚣的城市，匆匆路过的晚风一定很温暖，如果可以在下午和你牵着狗狗看晚霞，那一切都刚刚好，我们在这个夏季唱着剩下的歌，做着剩下的梦。那时眼里有光，有自己的星星。日光明媚且张扬，风搭在我们身上，感受着夏天的热情。

有人和我说过这样的话，有什么事趁着夏天去做吧，因为夏天的树梢有着温柔的光，也许就在哪个拐角，你会遇见这个世界的温暖。揽着清风入怀，涓涓缠绵，这个夏天遇见云落的灯，带着温润的梦，把温柔写进蝉鸣的故事里……

### 6.小城夏日

倘若三月有"日晚菱歌唱，风烟满夕阳"的寂静；九月有刺耳热烈的狂欢与尖叫；十二月有蝉鸣聒噪的热潮云涌；想必世人也会愿意抛下世俗的骇浪，将这份热烈留予春、秋、冬罢，可这颠簸而来的季节，是夏。

我极其喜欢北方小城缱绻和醉醺醺的夏天，无数次打开四季的窗户，看到卧花踩草的残春，轻狂烂漫的漫秋，乃至斟酌松柏的冬的雪窗，竟无端觉得不及一帧一帧薄雨的，轻瓷似的暖夏几分。

小城的夏天随着橘红色的温柔，约上一二好友一起去找寻青涩年华叮叮当当敲响的迟暮，蝉鸣嘈杂点燃整个盛夏的动人乐章。去品尝带着水珠的奶茶，被烤得大声尖叫的肉串，各式各样的炒酸奶和冰激凌，还有安安静静冒着泡泡的橘子汽水。在枝繁叶茂的夏季有挥汗如雨的少年，三三两两骑着自行车准备回家，自行车追着光的脚步在疾驰。他们在人声鼎沸中穿梭，在喧嚣沸腾中越过，在光阴流转中飞行。我远远地看着他们一头扎进人群，与形形色色的人群擦肩而过，最终融入人潮，消失不见。我突然好想吃一个抹茶味的冰激凌，像少女发梢的清香，像少年青涩的明朗。嘈杂一片填补着夏季的空白。这种生动而自由的美好，恰似傍晚温热的风和独特的夏日梦境，时光慢悠悠的，你看，又是一年盛夏……

夏季有我们夜夜欢愉顶礼狂欢的孤阳，有我们肆意张扬不知颓废的万顷风光，有我们小城上方蔚蓝色的天空，有少年意气风发的热爱，那就让爱意随风起舞吧。蝉鸣轻响，日子慢慢，时光漫漫，夏天的故事，也会长久地燃烧在心间，夏天蕴含的故事，跨过无数岁月和命运的阴霾，终将在我的青春里熠熠生辉，这力量使我在不断与生活做抗争的同时，也能怀着坚韧与爱勇敢地成长。

### 7.有舟奔向远方

摁掉台灯，撕下日程卡勾画的最后一项待办，走到窗前深吸一口寂静的夜，我才察觉雨已停了。月光扯着乌云不甚通透，与雨水堆积的湿地相比生出了几分朦胧。我在朦胧里站立了两分钟，只这两分钟，我便想起了最近的日子，还有从前与小伙伴们在下雨的日子里玩水的热闹，可是如今逢人只说畏寒，怕花了妆，怕迎面撞上喜欢的男孩。

夏季的风吹过了四季，带着一丝丝的温柔。阳光悄悄躺在手中，什么东西停下了，心却漏了半拍。回想起来，是笑起来的你，拨动了我的心弦。

夏天也像桃子汽水一样让人心动，空调的风吹得人头脑发昏，冰镇西瓜入口的那一刹，轻叩了舌尖的门。将被子团成一团，不顾母亲的劝告，斜靠在软软的枕头上寻摸到了躺在棉花糖上的感觉，眼镜框上栖息着黄昏的第一束光。

这是夏天，所以心安理得地从冰箱里拿出一瓶桃子汽水，粉粉的透过杯壁模糊了视线，耳边是老电影的台词，除了上升的气泡什么也看不见了，微眯着眼学着港片里那些赌徒纸醉金迷的模样。

以前在书上瞧见觉得俗气的词，确确实实照耀了我一场又一场的春秋暑冬。诸如平凡、善良、快乐这类，还有那数不清的人间烟火，走街串巷，在裙边辗转一会儿就随夏风去了又回。

一瓶又一瓶喝不完的桃子汽水，一年又一年没有尽头的夏季，大抵就是我热爱这个世界的理由。

风很轻，和三五好友手握饮料，慢悠悠地走着，把烦恼暂时放下，看灯火通明，看月亮、看星星眨着眼睛，星子的尾巴长长地划破夜色，坠入人间。街上行人肩碰着肩，欢声笑语随着风承载着星子，慢慢地，迷醉在花的盎然香气里。朋友的可贵，就在于自由，你想诉说时有人在静静地听，清香徐来，细水长流。

潇潇洒洒写下自己的悲痛，勤勤恳恳浇灌它们成长，让悲伤和难过成为过眼云烟。天黑了，不知星星亮了，你看见乌云密布，却没注意天空绘制了彩虹。感受初夏的和风细雨，雨丝很轻，微风细腻，雨丝搭乘着微风走街串巷，在屋顶，在伞尖，它们缓缓降落。

当你觉得眼睛一阵湿润，眼前的景色陷入朦胧，道路两侧的路灯变成了一串光点，那是雨丝误闯了你的瞳孔，它告诉你，这个世界柔情似水，你也不用坚如磐石；听过流水，走过小桥，跨过千山万水，有舟奔赴远方。

**8.笔笔有真意**

月亮嚼碎了变成星星，你就藏在那漫天星光里。温柔要留给重要的人，十里清风，万顷星河。你们和它们一样，都是小宝藏。

我根本就不会因为你们好，才对你们有好感；而是因为对你有好感，才觉得你们哪哪都好。所以你们不用觉得自己不好，你是被我安安稳稳喜欢着的人，就可以放心大胆地去做任何事情了。

你知道吗？你会遇见这样一个人，她走十里路，翻五座山，蹚两条河，来到你的面前，笑着对你说："我不会让你一个人独自孤单"。天空高了又高，日子淡了又淡，春天来了夏已至，花已开，愿山河无恙，人间皆安。

夏日的凉风吹走炙热的焦虑，橙色的黄昏相拥薄荷的黎明，好像所有的美好都发生在昨日，期待夏日橘子汽水如你一样的心动。

脑子里突然蹦出一句话，你想要的人山人海要去书山题海里寻找。疏疏落落几下后，在纸间留下浅浅的印记，似是证明着我曾经来过；我带着我的小礼物，敲响好友的房门；你在吗?我来看看你，我带了小酒，温一壶，话几许，我们再与月亮共枕。你满目笑意，与我一同把星星看到犯困，月亮化船，把所有的不开心都装进空空的酒瓶里，掺上水，再倒掉，就像扔掉冰箱里过期的食物一样；再把所有的开心，织进云里，晴天看云，雨天也看云。不会面面相觑，只有会心一笑，一切便都值得。

很幸运遇到好多灵魂有趣的人，不认识的时候，偷偷觉得她们应该是个灵魂相契合的人。于是安放那些平日里珍藏的字句，小心翼翼地试探，满怀欣喜地期待。时光荏苒，认识你们五六个夏天了，早已没了当初的腼腆，更多的是肆无忌惮地摊开一纸过往，抚去几点浮沉，把心底的旧梦重温，把梦想轻喃；把日子打理，把过往淡去；把蹉跎赶跑，把时光镌刻，度成某个模样；把未来期待，把迷茫消融。

有且只有这一个青春，遇且可遇见这一些人；不要等待，不要悲伤，不要忘记，青春是我给匆匆岁月邮寄的心愿；世界会有恶意，但总有人真心待你。

## 9.十六岁的旅程

灯光温柔地淌在书桌上，翻开泛黄的纸页，我见文字跃动于行间，寄托这一路奔波一路成长的悲喜。

儿时的话总是过于简单幼稚，以至于后来的我们不知为何忘记了那份纯真。日记本上歪歪斜斜地写着一行字，凑在一起的生硬笔画使它显得臃肿"天很蓝，出去玩了，开心"。

不知是何时写下如此稚嫩的文字，但我的思绪也由此乘上了记忆的火车，它载着我穿过时间隧道，回到记忆的那一年，充沛丰盈的日光总是萦绕着这座北方小镇，风中带着冰镇汽水的味道，偶有鸟儿睁开它琥珀色的双眼，展翅飞向湛蓝的天空。水光潋滟，隐隐约约可见鱼儿摆动双尾游向远处。年幼的我总爱和伙伴脱了缰似的疯玩，我们爬上山坡，踮着脚尖瞭望着远处，这样能看到更远的地方，就像是能看到自己光明坦荡的未来。

升起的炊烟和母亲的叫唤声把我引回家中，见我这样，又难免一顿数落。我嬉皮笑脸地呷着热汤，看那升起的水雾氤氲了天空，天空此时已经换了面容，橘色的果汁把黄昏浸泡得缱绻温柔起来。月亮与太阳换了班，昏黄的灯光与黑暗交织着，有风吹过，它便摇曳着，像在抖落星光。

我躺在摇椅上常常睡着，母亲把我抱进房间，我沉沉地睡去。但我的梦里仍旧有星空，有远方；当夜晚安静地舔舐着每一个失眠者的伤口，少年人躲进被窝，也开始有了心事。

等我足够努力，等我足够优秀，我们的故事再开始也不迟。我想，我们始终年轻，也将永远热泪盈眶。

曾经的少女剪了短短的头发，成绩的竞赛让她不再是形单影只，成长的路上也伴着欢声笑语。出生在盛夏，有聒噪的蝉鸣，有淋漓的暴雨，专属于夏日的燥热空气中，也萦绕着冰激凌的甜蜜，而我，将马不停蹄地奔向下一场山海。

"你会忘记曾经吗？"我摇头，我不会。

它们都镌刻在我心里，都将在我往后的岁月里熠熠生辉，遗忘与记住，其实是一体的，我遗忘了你，我也曾记住你。

无论多少岁，我还会记得你的许多事；无论多少日月，你回头我都在。

（选自"围场作家"公众号2022年8月13日）

**评鉴与感悟**

2005年出生的孙思佳,还是个高中学生,单看此组文章,文笔清朗,观察细致,涌动着阳光般的朝气,颇有潜质。假以时日,随着其生活阅历的丰富,也许将是一颗值得期待的文学新星。

阅读·述忆

# 巴别尔的敖德萨与保罗·策兰的乌克兰

/狄青

**巴别尔的敖德萨**

伊萨克·巴别尔的身份"复杂",他是苏联作家,却出生并成长于乌克兰的敖德萨;他是世界范围内最重要的短篇小说大师之一,却因了犹太人的身份从降生那日起便受尽屈辱和煎熬,这种命运一直与他如影随形到一九四〇年,那一年他被当局秘密处死。他是学霸,有阅读各种文学书籍过目不忘的本领,却因为犹太人身份而被心仪的学校拒之门外;一九一一年,同样是因为犹太人身份而未被家乡的敖德萨大学所录取。他十几岁就向俄罗斯和乌克兰的各个文学期刊投稿,却屡遭退稿,他的犹太人身份依旧是被频繁退稿的一个因素,直到他遇到了作家高尔基。高尔基实在是太欣赏巴别尔的文学才华了,不仅在自己主编的《编年史》杂志一九一六年十一月号上发表了巴别尔的两篇短篇小说,而且还利用自己的关系为这个小伙子提供文学机会。正是因为高尔基以及爱伦堡这些作家不遗余力提携与扶掖,一九三六年六月,巴别尔成为苏联作家协会首席作家之一,与另一位同样身为犹太裔的作家帕斯捷尔纳克同样获赠了一幢别墅,巴别尔似乎也迎来了自己短暂的"人生巅峰"?

事实证明,那的确是巴别尔一生中短暂的"辉煌"。更多的时候,他都在与命运拼死较劲儿。为了糊口也为了理想,他在酒馆做帮佣,在罗马尼亚作战,在契卡做外事翻译,在征粮队做征粮员,在通讯社做记者。一九二〇年，巴别尔化名柳托夫（因为巴别尔太像一个犹太人的名字了），随哥萨克第一骑兵军参加了苏波战争。他根据在此期间的所见所闻陆续写出了一批优秀的短篇小说作品，这就是后来给他带来世界声誉的《骑兵军》。

许多人知道巴别尔都源于《骑兵军》，不知为什么，我从《骑兵军》中似乎找到了雷蒙德·卡佛作品风格的真正源头。但我更喜欢的还是巴别尔的另一部代表作——《敖德萨故事》，并由此认识了敖德萨这座城市。这部以黑海岸边的重要港口城市敖德萨为背景的小说，严格意义上来讲似乎并不是一部长篇小说（有人甚至认为这是一部散文作品），而是一本系列故事集，当然，说它是短篇小说集也许更恰当一些。在众多的故事里，人物是互相穿插和纠缠的，但却让读者得以更直观地了解到敖德萨这座城市所发生的那些令人难忘的故事。我一直以为是这本《敖德萨故事》启发了欧美某些作家以及当下中国文学创作中各式各样的以城市命名的小说"故事集"的泛滥。

巴别尔是苏联人，也是乌克兰人，但无论是作为苏联人的身份还是乌克兰人的背景，都不能真正"说明"他，他永远都有另外一个抹不去的身份——犹太人。在《我的鸽子窝的故事》中，巴别尔讲述了自己童年为了得到一个鸽子窝所经历的悲惨故事。巴别尔九岁那年，父亲告诉他，如果他能考入当地的中学预备班，就送他三对鸽子；而巴别尔的堂祖父还为他做了一个鸽子窝。可是敖德萨的学校把对犹太孩子的录取率定得很低——一个四十个名额的班，犹太孩子的名额仅能给两个。虽然巴别尔的考试成绩很优异（没错，他的成绩总是很优异），但另一个富商因向学校"捐赠"了五百卢布，便让他的儿子顶替了巴别尔的名额。巴别尔没办法，只能直接报考中学一年级。在一年之内，他背熟了三本书，直接考上了中学一年级，可当他兴高采烈地把这一消息告诉母亲时，母亲的脸色却难看如死灰，巴别尔写道："她痛苦而怜惜地看着我，就像在看一个残疾人，因为只有她一个人知道我们家有多么不顺。"这一幕生动地告诉读者，犹太人当年在欧洲所遭受的侮辱、迫害与歧视。

灾难果然随之而来，给巴别尔做鸽子窝的堂祖父被打死了。巴别尔写道："绍伊尔卧在锯木屑中，胸脯被打烂了……他两腿岔开，很脏，肤色发紫，而且已经僵硬。"

当然，巴别尔所讲述的敖德萨故事并不是只有上述沉重的底色。与生下来就离开敖德萨的阿赫马托娃，以及曾在敖德萨短暂生活过的普希金、契诃夫、蒲宁、高尔基等人不同，巴别尔与敖德萨是撕扯不开的关系。在他死后五十年，意大利《欧罗巴人》杂志评选出一百位世界最佳小说家，伊萨克·巴别尔名列第一。

爱伦堡说："巴别尔不与任何人类似，因为任何人也无法类似于他。他永远按自己的方式在写自己的东西。"海明威认为巴别尔的作品比自己的更凝练。而博尔赫斯则认为巴别尔的每段文字都如诗歌一样优美。约翰·厄普代克对巴别尔的评价则简短而有力："他是一颗耀眼的明星！"

敖德萨始建于一七九四年五月，是当时的俄国女皇叶卡捷琳娜二世从奥斯曼帝国手中夺取后重新建造的，她是想在乌克兰大草原南端再造一座圣彼得堡。叶卡捷琳娜二世是德国人，敖德萨的前两任总督分别是身经百战的法国军人黎塞留和兰热龙，这令敖德萨成为一座名副其实的"国际化城市"，敖德萨从一开始就沾染了"混血"的气息。这在《敖德萨故事》一书中有所呈现。

说实话，我不觉得巴别尔的小说（故事）好读，一个个短篇之间的组合，读来也并非十分顺畅。许多时候其结构甚至是矛盾和"匪夷所思"的，但却又是被作家精心设计的。以《金蔷薇》一书而成名的作家帕乌斯托夫斯基在读到巴别尔的作品后，就认为"一位俄语的魔术师诞生了"。这个评价是中肯和专业的，面对巴别尔这个文学"魔术师"，读者的阅读智力，其实是需要经受一番考验的。

敖德萨人在二〇一〇年，也即作家辞世七十周年之际，在敖德萨为伊萨克·巴别尔竖立了一尊雕像。雕像就位于离巴别尔故居不远的地方，虽然看上去并不雄伟，但巴别尔终于与他热爱和描摹的这座城市融为了一体。也是在二〇一〇年，敖德萨又特别设立了"伊萨克·巴别尔文学奖"。

一九九〇年，克格勃档案解禁。有关巴别尔的审讯和死亡细节被曝光。一九三九年五月十三日，巴别尔被诬为西方间谍被捕。在最后的陈述中，他说："我完全无罪，从没做过间谍，也从没进行过任何反对苏维埃的活动。在审问时我做的证词是诽谤我自己。我只有一个请求，那就是允许我完成我最后的作品。"

**保罗·策兰的乌克兰**

之前,人们普遍认为保罗·策兰是德国人,抑或说他是德国的犹太人。这当然是因为他一生都在用德语创作,并且他的诗歌在德语国家受到热烈追捧。其成名作《死亡赋格》曾震撼整个德国,令他先后获得了德国不莱梅文学奖以及德语国家最高文学奖——毕希纳奖。当然,保罗·策兰被认作是德国人也与其作品始终受到德国哲学家、思想家、作家们的一致推崇有关,这些人中就包括了海德格尔、伽达默尔、阿多诺、哈贝马斯等堪称世界级的德国文化巨匠。而在保罗·策兰之前,受到如此推崇的德语文人大约也只有卡夫卡、里尔克以及托马斯·曼了。

但是,保罗·策兰却并没有在德国真正生活过,也没有证据表明他曾经代表过德国参与过任何文学活动。而保罗·策兰的父亲以及他无比深爱的母亲却都是死于德国人之手。他的母亲是在乌克兰的米哈伊洛夫集中营被纳粹军官开枪打穿了脖子,他自己也曾在二战中为逃避纳粹的迫害而流离失所。

于是,又有许多人把保罗·策兰的"国籍"划归到了乌克兰,尤其是在乌克兰被全世界目光所聚焦的当下。保罗·策兰这个名字已然被大量线上线下的媒体纳入了乌克兰著名作家诗人行列,我想这当然与他的那首著名的诗作《冬》有关——

  下雪了,妈妈,雪落在乌克兰:
  救世主的光环是万千颗粒的愁苦。
  在这里,我的泪水够不到你。
  往日的招手只留下那默默傲世的一别……

  我们就要死去:棚屋你何不眠?
  这风,也像被驱赶着那样逃散……
  是他们吗,那些在炉渣中冰凉的人——
  心旌飘飘,臂是烛台?

我在黑暗中依然故我：
柔能解愁，刚则断肠？
我的星辰中有一架洪亮的竖琴，
琴弦生风，直到根根扯断……

弦上偶尔悬着一朵时光玫瑰。
正在熄灭。一朵。永远的一朵……
那会是什么呢，妈妈：成长还是创伤——
是否我也陷进了乌克兰的积雪？

是的，保罗·策兰在他的作品里曾经不止一次地提到过乌克兰，但是，就像他没有在德国真正生活过一样，他实际上也并没有在他笔下的乌克兰真正生活过，抑或说保罗·策兰并没有在作为国家概念的乌克兰生活过。严格来说，保罗·策兰的"祖国"是罗马尼亚——这倒很像是另一位用德语写作的罗马尼亚人——二〇〇九年诺贝尔文学奖获得者赫塔·米勒。赫塔·米勒出生于罗马尼亚西部的蒂米什瓦拉，而保罗·策兰则出生于原属罗马尼亚北部的切尔诺维茨。切尔诺维茨作为地名最早是出现在奥匈帝国的版图之上的，一九一八年，奥匈帝国因在第一次世界大战中战败而土崩瓦解，切尔诺维茨遂成了罗马尼亚的一部分。两年后，也就是一九二〇年，保罗·策兰出生，换句话说，保罗·策兰出生的时候是在罗马尼亚。一九三八年，保罗·策兰离开家乡前往法国巴黎上医学院预科，又是在两年后的一九四〇年，苏联军队占领了他的家乡切尔诺维茨；一九四一年，纳粹德国又攻占了切尔诺维茨；再之后，切尔诺维茨便被划归到了乌克兰，一直到今天。

一九三八年，当保罗·策兰乘火车途径柏林时，正赶上纳粹德国开始对犹太人进行第一轮大屠杀。后来他承认，那次的经历令他终生难忘。作为一名犹太裔诗人，他的文字从此就再没有脱离过苦难与死亡。

流亡美国的德国犹太裔哲学家阿多诺认为："奥斯威辛之后写诗是野蛮的，也是不可能的"。但保罗·策兰一九四五年在罗马尼亚首都布加勒斯特出版的《死亡赋格》一诗，以对纳粹邪恶本质的强力控诉和深刻独创的艺术感染力震动了战后西方文坛，《死亡赋格》在二战后的德语国家可谓家喻户晓，成为德语"废墟文学"中的重要代表作品。阿多诺因此收回了他的那句话，又说了另外一段著名的话："长期受苦的人更有权表达，就像被折磨者要叫喊。因此关于奥斯威辛之后不能写诗的说法或许是错的。"

人们普遍认为是在一九七〇年四月二十日的那一天，保罗·策兰从巴黎塞纳河上的米拉波桥上投河自尽的，直到十天后的五月一日，一名垂钓者才在塞纳河下游七英里处发现了保罗·策兰的尸体。

据说最后摆放在保罗·策兰书桌上的，是一本打开的荷尔德林传记。他在其中的一段上面画线："有时这天才走向黑暗，沉入他的心的苦井中"，而这一段余下的部分则未画线，余下的部分是："但最主要的是，他的启示之星奇异地闪光。"

二战之后，保罗·策兰与乌克兰变得再也撕扯不开。因为他的父母、亲人，包括他童年、少年时候的朋友，都死在了纳粹在乌克兰建造的集中营里。

乌克兰在《冬》这首诗的第一行里出现，负载了保罗·策兰复杂的情绪，既有对其父母惨死于乌克兰的剜心之痛，亦有对冬季雪落在故乡的向往与怅惘。他最后问他心爱妈妈的那句话——是否我也陷进了乌克兰的积雪？令无数读者动容；而这句话，在我看来，恰是保罗·策兰对于自身破碎命运的比附，因为他的命运就像不断见证着这世间苦难的乌克兰冬天的积雪一般。

保罗·策兰的后期作品多半阴暗晦涩，表现了对世事百态的极度失望和厌倦。母亲的死是他的诗歌起点，也是他的诗歌终点。离世前，保罗·策兰已患上精神分裂症，而他喜欢的诗人荷尔德林，同样也患有精神分裂症。

如今，在我们周遭，有那么多大学里的博导硕导、研究院里的这家那家，文坛上的大腕二腕，活得花团锦簇风生水起，却是张嘴保罗·策兰，闭嘴伊萨克·巴别尔。他们因为"研究"抑或消费着保罗·策兰们而赚得盆满钵满，而享受着各种无比优厚的待遇和高不可攀的名分，却既不愿经受保罗·策兰悲痛生活之万一，更不愿感受保罗·策兰内心痛苦之一厘。

保罗·策兰当初其实是诗人自己"制造"出来的一个名字，说是他的笔名似乎也未尝不可,"策兰"在拉丁文里的意思是"隐藏或保密了什么"的意思,保罗·策兰要隐藏抑或保密的事情是什么呢?或许它们就埋藏在乌克兰冬季厚厚的积雪之下。

(选自《文学自由谈》2022年2期)

**评鉴与感悟**

无论是巴别尔,还是保罗·策兰,他们的文字,都是他们的"精神自传"。狄青无疑是深刻理解他们的。我们之所以要去反复阅读这类作家的文字,不只是要试图获取某种经验或教训,而是借以获得启示和反省。狄青是在替自己解读,也是在替所有人解读。

# 飞越天穹回故乡

/夏榆

## 一

昔日我不顾一切出走,而今频繁地返回,故乡的面貌和我的容颜都被时间改变,只有在远离故乡后才认识它。我走得越远,看得越清楚。走的地方愈多,回望故乡时愈真切。对我来说故乡就是一个寓言,充满象征意味。甚至它就是一部我随身携带的词典,我的身世、生命的源头、存在的真相,都能从这词典里找到来处。我与故乡的关系如同光谱与物体形影共存。

C城机场候机厅,旅行皮箱放在脚边。我坐在天蓝色橡胶座椅上,等候前往故乡的航班。

从落地钢化玻璃窗照射进来的阳光,在候机厅切开明暗两个区域。

我坐在暗的区域。离登机还有一个小时,我从随身的双肩背包取出珍妮特·温特森的书阅读,那是本黑色封面的自传。在两天前我读完她的另一本书。我很少会以这样的速度阅读一位作家的书。事实上这两本我在旅途随身携带的书曾经被我丢弃过,最初它们激发过我的阅读的热忱,那是受推广语的蛊惑。然而买回来又热情消退,书的流行化装帧,译文的失准是我疏离它们的缘由。直到我看到《巴黎评论:女作家访谈》,读到珍妮特·温特森的部分,印象被改变。我信任《巴黎评论》,信任他们的职业判断力,我对她在访谈中的言说深感契合。

珍妮特·温特森呈现的是别样的个人生活。一九五九年八月出生,自小由笃信基督教的家庭收养,十六岁时出走,依靠在殡仪馆、精神病院等地的兼职完成在牛津大学的学业。她的虚构体文本呈现出更为奇异的叙事景观,圣灵附身,跟随教友团体四处浪迹传道,奇异的精神生活,从事写作之后远离圈子,偏僻独行,这都是我喜欢的。

比如以下的对话——

《巴黎评论》:你加入过任何作家群体吗?

温特森:更多时候我是个独来独往的人。当然我认识一些作家,但是我不是个混任何群体的人。我不喜欢文学派对、文学聚会或者文学圈内人的身份认同。不管多么松散的组织我都不乐意加入……我从一开始就认为自己是个局外人,很大程度上,我现在依旧留在圈子外面。我不会改变这一点。我对任何所谓内部人士的圈内活动都抱有质疑。

眺望故乡,这是我经常做的事情。无论到哪里都会想到故乡。
近两年我频繁回到故乡。乘坐飞机穿越天穹,从我居住的C城回老家。
天空总是瞬息万变。白云像海浪涌流,天空幽蓝,让我想起某年乘坐哥斯达号邮轮在太平洋之上航行的震撼。"那里天国清浅/犹如此刻海洋深邃。"其时,伊丽莎白·毕肖普的诗句在心里自然映照。我不是任何宗教的信仰者,然而生命的灵性之光是懂的。

"就座后扣紧安全带,使用座椅坐垫作救生浮物。救生衣在您座椅下,在滑行、起飞及降落时扣好桌板。"中英文字体印在椭圆形白色便笺纸上,贴在座椅后的桌板上。飞机在天穹之上航行,我透过舷窗所见的云层每一分钟、每一秒都有不同的形态。

二

现在我回到矿区,回到母亲独居的老屋时就会将阳台当作临时工作间。
六月的季节,阳台是可以作为工作间的。首先是天气凉爽,在阳台可以待得住。太冷或太热都不行。乳白色大理石窗台是我的写字桌，宽约三尺，长一尺盈余。我将随身带回的书摆到窗台边缘。珍妮特·温特森的自传《我要快乐，不必正常》《橘子不是唯一的水果》。母亲找出此前我从仓房里找出来却没有带走的书，美国作家约翰·巴思的《路的尽头》、法国作家柯莱特的《锁链》、朱利安·格拉夫的《林中阳台》，还有我的笔记本、眼镜盒。电脑没有摆出来，放在屋里床头的枕边。回故乡这段时间，我不准备使用电脑，也断绝网络，将自己与外部世界隔离几天。我应该更多倾听自己的内心，倾听自己的灵魂之音，将自己从庸常的生活中解脱出来，放置到清寂的时间之岸，在全然的沉静中观看、沉思、冥想。

阳台有一把旧电镀座椅，黑羊皮坐垫，可以是我的座椅。阳台的尽头是久已弃用的灶台，母亲用这个位置摆放我从仓房里拣出来的旧书。很多年前，我在矿上花六千元钱买的第一幢楼房留给岳父居住，岳父去世后房屋出售他人。房屋易手时，母亲雇了一辆平板三轮车，将我放在旧屋书架的书全搬运回来，存放到阳台外的仓房里。那是我一九九六年离家前留在矿上的读物，我离家时认为再不会阅读。然而在二〇一〇年我辞去新闻工作，决心成就自己小说家的志业，每次我回到矿上都会到仓房里翻找一通。

仓房是父亲和我盖起来的。父亲做大工，我做帮手，这是我在少年时的事情。砖与沙土都是父亲用手推平板车从附近的工地运来的。与我家一墙之隔的医院也是刚刚投入修建，那里堆满建筑材料，成垛的灰砖、成堆的沙土。父亲就是用从那里拉回来的砖石沙土盖起仓房，家里不用的杂物都会放到里边。这仓房在父亲去世之后我就很少再进去。然而有一年我突然想进去，想看看我丢弃又被母亲拉回来的旧书有哪些是可用的。

打开小仓房门上生锈的铁锁进去前，我还怕有老鼠乱窜。

母亲说："妈经常清扫仓房，哪儿还有老鼠呢。"

这些年我陆续翻拣出来的旧书，最先被我带走的有福克纳的《喧哗与骚动》《我弥留之际》，罗曼·罗兰的《约翰·克里斯多夫》，卢梭的《忏悔录》，索尔仁尼琴的《古拉格群岛》，普鲁斯特的《追忆似水年华》，詹姆斯·乔伊斯的《一个青年艺术家的肖像》，这是我少年时用积攒的零用钱在城里的书店买的，当时未必看得懂。时隔多年我重新认识也深感精神契合的作家，他们被我重新供奉到个人的万神殿。最近一次我带走的是尼采的

《悲剧的诞生》，它与我在C城居所的《瓦格纳》《海德格尔》《存在与时间》《尼采思想评传》一起成为我构建个人精神维度和疆域的新基石。尼采的《查拉图斯特拉如是说》受潮后污损严重，纸页粘连一起不能再看，但是我愿意留下它以纪念我的青春时光。

我的青春时光，应为青春之殇。二十世纪八十年代，国家的创伤与个人的哀痛交织在一起。

我准备在老屋过这几天，陪母亲和姐姐，同时也沉思我的青春之殇。

尽管我将这沉思的果实，已经化为一部四十万字的虚构文本。

然而未尽之意还可以再写两部长篇小说。

## 三

六月的季节，没有蚊蝇的飞翔和叮咬，这是令我安适的。

阳台之外的院落长满埋过膝的荒草。这些荒草在楼房后连成一片，因为这后置的院落已少有人行走，通常这里的住户都走前院，无人行走的后院荒草丛生。还有野猫的出没。我偶尔抬眼望向阳台窗外的灰色屋顶，就看见卧在砖石间的野猫。如果在春天的夜晚，野猫叫春的声音听来瘆人如同婴儿的啼哭，我就会想这猫与婴儿的灵魂是否同体。

如果这院落只有荒草与野猫也就罢了，怕的是荒草中的幽灵，母亲从不让我从后院进出。

没有蚊蝇飞动的声音，但是有风声，风掀动铁皮的声音，风自身携带的呼啸声。透过阳台的玻璃窗也可以看到摇曳的绿树的形影。见过塞北黄沙漫卷昏天黑地的狂风，这样的风势已无碍。然而在寂静的阳台，我听到从远处传来的唢呐之声。这是扩音器放出来的声音，响彻矿区的上空。必定是谁家又有丧葬之事，我回故乡的时候，总听到丧葬之声。不是在眼前，就是在远处。只要不在眼前出现，我的心境也会如常。发生在眼前的死亡总是令人黯然。

爆竹炸响的声音响起。按照仪规，丧亡者的亲人要沿街为亡者招魂。

这是我回故乡经常遇到的队伍。死亡已成人间的日常景象，如同生命的诞生是日常景象。

"每个活着的人都是与幽灵共存的人。"这是博尔赫斯说过的话。

回到老屋，我总能看见贴在衣柜壁上的照片。最重要的是我的灵性师父，证悟于喜马拉雅山的圣者是令我获救的力量。还有就是缔造我生命的源头，我的父亲。这些年来我总是让父亲出现在我的文字海洋。然而依然感觉不够，或者我远没有触及父亲真正的人生。我写到的只是我看见的，他的个人生命史，我是看不见的。父亲的大部分生活场景是我看不见的。能看见的物品似乎是他存在的证据，比如旧相册里的老照片，父亲头戴中国人民解放军的军帽，身穿军服骑着高头大马的影像，他跟军中战友的合影。复转军人证件，军队授予他的嘉奖令也是父亲戎马生涯的证据。然而更具体翔实的叙事我是未知的。

我也无处去求证，这世上已经没有熟悉他的人。

只有母亲的记忆和讲述。这是接近父亲的人生和我家族叙事的唯一路径。

从前父亲与我是疏远的。我们从来没有交流的习惯。他的人生是我忽视的。

这忽视是一种无知。让我意识到父亲个人史的重要性的，是保罗·奥斯特的《孤独及其创造的》，以及库切的《幽暗之地》，那里有充满奇遇和奥义的父亲的形象。加缪的《第一个人》也写了他的父亲。这些作家都帮助过我。只有在更为广阔的视野下才能认识清楚父亲的生命史。不仅是我个人需要这种来自他者的文化与智识的映照，我们所在国度与所在的社会和周遭的人群也需要。让一种现代的文明映照我们，看清楚我们存在的真相和境况。

## 四

电视里正实况直播在韩国交接中国人民志愿军遗灵的仪式。我坐在老屋的沙发上看着电视。解放军仪仗队的年轻士兵手持军刀，神情肃穆列队正步走，在停着的飞机的机翼之下摆放着数十位志愿军烈士的灵柩。时光倒流回一九五三年，我的父亲也是中国人民志愿军的一员。

现在父亲辞世多年。当然不是作为功勋获得者，而是普通平民。

父亲十五岁参加抗日游击队，后来改编为八路军，再后来是解放军与志愿军。

他参加过各种小型战斗和大型战役，在战火和硝烟里出生入死也从死里逃生。结束军旅生涯的父亲贪念安定人生，只想守着老婆孩子热炕头安度生活。这是"世界反法西斯战争"背景之下的个人命运史。

母亲说她的心脏炸裂过。一九八五年二姐罹患伤寒不治而逝。母亲在医院的病房里看到二姐停止呼吸，她的心脏被悲伤击穿。哀恸之时她疯狂到想要抓破胸膛放出在哀伤中冲撞的心。

当然那不是母亲唯一一次炸裂。在她的后半生里，母亲不断地体验着心脏炸裂的情态。

一九九五年，父亲的去世。一九九七年，姥姥的去世。一九九八年，姥爷的去世。一九九九年，舅舅的去世。

每一次亲人的生离死别都令她心脏炸裂。现在母亲所经受的心脏的疼痛就是来自不断炸裂带给她的后遗症。母亲的床头和组合柜的几个盒子里摆满了药物，那是她平时服用的。出生于一九三七年的母亲，经历过战乱、社会动荡、大饥荒，经历过二十世纪六十年代纷繁的政治运动，经历过一九七六年之后的社会变革，这些经历都在她身上留下遗迹，成为她独特的生命史。

老人的记忆也是精神遗存。然而这记忆不会是永存的，也因此而珍贵。

书写是最持久的纪念方式。"生活不是我们活过的日子，而是我们记住的日子。"这是马尔克斯说的话，我铭记于心。用刻记的方式写下我对家族的追忆，这是我在某个时刻的工作。

母子连心。母亲心脏疼痛袭来时，我的心脏会抽搐。

我是看见过那样的时刻，一个老人与痛苦的鏖战。母亲要静卧下来，蜷缩着身体等待席卷她的疼痛狂潮的过去。面对这痛苦我们都无能为力，这痛苦难以治愈也不可替代。

无力是必然的，无能也是必然的。而痛楚就是开在我们心头的隐秘之花。

我会写下我体验到的人的存在之无力和无能感，写下我隐秘或公开的痛楚。

从这个角度说，写作就是治愈。它使我获得心灵和精神的平衡。

在人世间生活，悲欣交集。精神的平衡感是必需的。

（选自《广州文艺》2021年12期）

## 评鉴与感悟

夏榆曾在《南方周末》担任文化记者多年,因其身份的特殊性,他见多识广,加之以往经历的坎坷,使其笔下的文字厚重而锐利,深具悲悯情怀。此文写回故乡的感受,更多的却是写因故乡而引发的理性思索,直击人心。每个人都在寻找故乡、肉身的、精神的、灵魂的、文字的……寻找本身即是一种回归。

域外·镜面

# 祭父书

/若泽·路易斯·佩肖托　郎思达　游雨频　译

　　今天，我回到这片已然残酷的土地。我们的土地，父亲。一切仿佛仍在继续。眼前是扫净的街道，灰调子的阳光冲刷着房屋，漂洗着白墙；是过度悲伤的时间，是停滞的时间。时间的悲伤远胜于你离去时的眼睛。你的双眼清澈如雾霭，清新如远方的潮汐，把如今这已然残酷的光亮尽数淹没；你的双眼高声呼喊，好像整个世界只想活下去，别无所求。然而，一切仿佛仍在继续。沉默汩汩流淌，生活是残酷的，只因它是生活。就像在医院的时候。我说过永远不忘，我依然记得。我在绝望中绝望着，知道你注定离我而去，眼前所有的面容变得陌生而扭曲。就像在医院的时候。你肯定也没有忘记。我等待着母亲和姐姐，人们在我身旁走来走去——仿佛我这满腔的悲痛还不及海浪汹涌，还不够将他们也吞没。女人们在低声交谈，男人们吞云吐雾。和我一样，他们也在等待；等待的，不是死亡。我们多么天真啊，总在死亡来临时闭上眼睛，想当然地认为，只要我们看不见它，它便也看不见我们。他们还在等待。一辆汽车开得飞快，里面坐着我的母亲，痛失所爱的重量压得她直不起身，还有我的姐姐。我们上楼时，男人女人们依旧抽着烟，说着话。某个房间的某张床上，躺着你的身体；可那不是你的睡床，父亲。你像在很遥远的地方，目光凝滞在失去血色半睁半合的眼里，艰难地呼吸着。你在争取更多的氧气，它与你缠斗着，仍然缠斗着,在你嘶哑的喉咙里叫嚣。软管插在你的鼻腔里,维持着你的生命。母亲在床尾,沉默无言,痛失一切。姐姐和我,在床头。塑胶隔帘和折叠屏风把我们与其他病床隔开。我把双手放在你虚弱的肩膀上。所有力气都已从你的手臂和依然温热的皮肤褪尽。我骗了你。我说了那些连自己都不相信的话。迎着你苍白、恳切的目光,我说,你会好的,一切都会好的。我骗了你。我说,我们会回家的,爸;我们回家,小货车让我来开,爸;只是现在还不行,爸;现在你还没好,等以后,爸,等你……我骗了你。而你,笃信不疑,只有恳切的目光在说话,那目光让我一辈子都忘不了。父亲。时间到了,我们被请出了病房。离去时,我们好像沉船上死命挣扎的人,却最终被汹涌的白炽灯光淹没。

　　此刻,黄昏落在这片已然残酷的土地。我们的街道,我们的家。院门紧锁,似乎正在叫我打开它。我说过永远不忘,此刻我依然记得。我学着你,从衣兜里拿出那串钥匙,学着你,全神贯注地拣出对的那把。我抚摸着每一把钥匙,每一把都让我无比骄傲。然后,我们打开门锁,大获全胜。一切顺理成章。生锈的铰链发出刺耳的摩擦声,像一声长叹,又像临终的呜咽。铝门擦着大理石地面转开,将桃树厚实的落叶扫出规整的白色圆弧。这是我儿时的庭院,你亲手搭建的庭院,父亲,它荒废了一整个冬天。郁郁寡欢的树枝上添了新花嫩叶,花圃里满是锦葵、苜蓿和野草,野草青青,一如儿时。那时,你走到我身边,教我做大人的活儿。你自己来吧,儿子。我自己来,爸。别担心。我知道怎么做,我也可以。我自己来,爸。别担心。这活儿难不倒我。爸,你歇着吧。树枝上添了新花嫩叶,花圃里满是锦葵、苜蓿和野草。野草青青,春色郁郁。

　　如果可以,我一定保护好你。你总是唤我的名字,唤我"儿子"。能听见你的声音唤我的名字,听见你那声炽热深情的"儿子",对我而言已是莫大的触动。如果可以,我一定保护好你。总还有希望吧,父亲。你去医院接受治疗,三周一次,一连五个早上;我,你的儿子,每每看你去接受治疗,便会开始痛恨生命,痛恨这生命竟不愿在你身体里留驻;生命百般消磨着你,而你依然热爱它,生命无情摧残着你,而你依然热爱它。看病。你总说起它,嘴边挂着这个词,说我要去看病了。其实我们都心知肚明,难以磨灭的苦楚将我们淹没,烙刻在我们的骨肉深处。因为不愿意,你从没有迟到过。你总说，我要去医院看病了，总是催促着我，催促着母亲，好像真有什么东西可以把你治愈，好像真有什么东西可以带你回到从前的日子。在医院，候诊室僵滞在无用的时间里；母亲孤身一人坐着，离我们这儿远远的，离家远远的，局促不安，像个内向的小女孩。而你，慢慢走远了，像个胸有成竹的年轻人，像你希望我成为的样子；你慢慢走远了，穿着崭新的衬衫和长裤，还有你过生日时姐姐送你的毛衫，你慢慢走远了；沿着灯光惨淡的铅灰色走廊；你慢慢走远了，我战栗地感觉到，你再也不会回来了。

　　我走进家门。壁炉只余冰冷的灰烬，紧闭的窗户在暗处投下薄影。在寂然无声中，在光影交叠中，似乎有魂灵出没，那是回忆吗？不，那是还不愿成为回忆的人影，或是身躯与光影的混合体。我看见了你，我想到了你，我记起了你，还是坐在饭桌旁，坐在你常坐的那张椅子上。你还是坐在那张椅子上，我、母亲、姐姐，也都坐在你身旁。就像过去一样。很久以前，我们就在那里了。突然有一天，我们被遗忘，被抛弃，在我们简单纯粹的幸福中，周围的时间停住了。我们曾经那么满足，像是刚吃过饭，又像是等着上菜，像是家常便饭，又像是饕餮盛宴。那么幸福。哪怕没有任何旁白，我只是看一眼就全明白了，好像一切都显而易见，好像一切都理所当然。你自然是刚下班回家，今天一切都很顺利，你很高兴，工资都按时发了，挺好。姐姐在上中学，很聪明，成绩不是"优"就是"良"，总是开开心心的。我还在上一年级，心思根本没放在学习上，刚踢了球回来，赢了，不过就算输了也没什么。还有母亲，我们都是她的孩子，她看着我们笑，自己也笑得很开心。多么幸福。这张饭桌好像很远，远得听不见那个黑色冬天里的滂沱大雨，远得看不见你冰冷的身体。在烛光明灭中，你面色青灰，梳洗干净，衣装整洁，身上穿着参加姐姐婚礼时穿的西装——可你的身体是冰冷的。圣彼得教堂里挤满了人，他们走上来拥抱我，他们对我说可怜的孩子逝者已去节哀顺变，他们来找我，拉住我拦下我和我说可怜的孩子逝者已去节哀顺变。父亲。我失去了你。我仿佛又听到了你嘴唇缄封的死寂。我们的影子融进黑暗，仿佛只是在等待这些回忆自生自灭。无人居住的时间，会被灰尘占据。灰尘覆上家具，填满家具之间的空隙。墙壁将这屋子与世隔绝，墙内是永恒的冬夜，墙外日出日落四季流转，都与我们无关，都离我们太远。有我在里面，房子更空了。寒冷渗了进来，在我心里凝成坚冰。所有的影子都是我的影子，它们动弹不得，在一具具身体间徘徊；因为所有这些身体，所有的身体，都是一样的黑暗，一样的冰冷。我推开窗。远方的落日蔓延成短暂庄严的曙光，在紧锁的屋内铺展开来，既感受不到我的恸悼，也察觉不到我真实的存在，父亲。我想，人不能像落日燃尽一样死去吗？就像这样，连鸣唱的鸟儿都不会被惊动，万物之上流光剔透，清凉怡人，轻柔的风抚动着树梢的细叶，世界岿然不动，或者说是平静地转动着。寂静自然而然地生长，那是如期而至的寂静，终于万物复归，终于不枉此生。

父亲。黄昏正在消散，从我们家背后融进大地。天空向着我们的脸，无声地叹了一口气。月，亮了起来。朦朦胧胧，将眼中灼灼睡意变为长眠。夜，缓缓沉淀。我说过永远不忘，我依然记得。那时入夜也很慢。每年到了这个时候，你总会一丝不苟地拉开喷水软管，严格按照程序，悉心灌溉后院里的每一棵树、每一株花。你会手把手地教我，一五一十地解释给我听。儿子，过来看。然后你会给我做示范。父亲。你把自己留存在这每一寸土地里。你的容颜和身影黯淡下去，在这个假装一切如旧的冷漠世界上交叠成伤痕。这个世界太小了，已无法将你容纳。如今，你是河流，是堤岸，是源泉；你是白昼，是白昼的黄昏，是黄昏的太阳；你是世界的骨与肉，是整个世界。父亲，你不曾老去，我却想看着你变老，看着你变成个老头子，在我们的院子里给树浇水，给花浇水。多希望你还能跟我说说话啊。你自己来，儿子。好。我自己来，爸。我还在这里。我就在这里。黄昏漫开在大地上。就是这片土地将你接纳，将你埋藏。茫茫白色，如泣如雨，洒在我的脸上。我听见了你说话的回声，却再也听不见你的声音。你永远沉默的声音。你像是睡着了，我看见你阖起眼皮。我知道那双眼睛再也不会睁开。你永远阖上了眼睛。然后，你彻底停止了呼吸。永远，永远停止了。父亲，在你死后活下来的一切，只让我痛苦。父亲，我永远不会忘记。

我看见的是你的脸庞。在我们面前一点点升上来的，是黎明，是白昼，是微光。我看着你的眼睛。是啊，我想让你知道，我无法逃避你，这不，万物之上，仍有光。全世界就只剩下了这微光，我这才惊觉缄封在你唇间庞然的寂静。父亲。我想让你知道，微光升起，我便成了微光下的阴影；它剪裁出我的轮廓，无非是一只孤影。我无法逃避你，你走之后，这一切都还在，这阴影，这寂静，这微光，如今都是你。父亲。我，母亲。黎明。我们已身心俱疲，太阳漠不关心，自顾自升上了天空。然后，停住了。太阳停住了。我与她之间，时间不复存在。时间停住了。我眼中，是你那痛失所爱的妻子，你的遗孀。她眼中，是我。而在天空之上，在我们心里的，是你，是你的在场，是你的缺席。我们的目光紧紧相连，坚若磐石，她眼中是我，我眼中是她；目光汇成一束。她成了你的遗孀。她给了我小货车的钥匙，又给了我家门钥匙，叮嘱我，慢慢开，小心点，慢慢开。我们的目光没有分开。我们的距离越来越远。最后，她在姐姐家门口停下了。越来越远，越来，越远。她黑色的轮廓，几乎成了影子。

她眼底尽是疲惫，疲惫之余，只有殇，只有成年人悲痛中的力量。我们的身体渐行渐远，可你记忆的容貌，还有这个世界，早已将我们永远牵系。远远地，轻风贴面吹来。太阳自顾自升上了天空。

此刻，我坐在你的主驾位置上。想起曾经你教我的、我学会的东西。从前，我们沿石子路开着小货车，路上的大卡车和拖拉机，载着村民往来于田庄和山野。快到球场时，你把车停下，我们交换位置，从挡风玻璃那儿擦肩而过；你说，点火，我就踩下离合器，拧转钥匙，车发动了。在夏日漫长的白昼里，在黄昏的柔风中，我们缓缓前行。你教导着我。左手边，有麻雀从麦秸零落的田野上飞起，留下欢脱稚嫩的笑声。右手边，橡树给大地降下厚重的困意。车里，你说一句，我便依着做一步。在柔风中，我们缓缓前行。要是我哪里做错了，你就会说我开小差，然后假装生气；我不说话，只是听着，心里很自豪，因为你觉得我是学得会的，虽然老是心不在焉，但是学得会。你教导着我。你很严厉，教课嘛，本就该严厉一点。你用眼神给我指点着每个步骤，你说，挂一挡，握好方向盘，慢松离合。你的动作，你握着方向盘的手；我的手，方向盘，我的动作。过去的场景与现在的我重叠交织，又尽数远去。我出发了。我出发，去往你遗留下的一切，一切都是你离去的痕迹。我离开你，走在你走过的路上，我奔跑、我迷失，我在你的故事里找不到我自己，我出生，我死去，我离开你，我在你走后留下的黑暗中前行，我抵达，终于抵达你身边。父亲。我跟随黎明，再一次抵达你身边。这是第一个你无法看见的夜晚。这是一个没有月亮的夜晚，只有夜的黑色把我们填满。这凝固的巨大的庞然的夜晚，除去它的黑色和我们的黑色，别无其他。黑夜，浓重得几乎要绊住车身。雨势汹汹，织成厚重的帘幕，透明的雨水从暗淡无光的车窗上奔流而下。在黑夜里，黑色流淌着，苏醒成圆形的水渍。雨势沉沉，承载着水滴或是天空的全部重量，压弯了一棵棵树木，一个个脊背，把行人与一切都从我们的路上扫走了。雨，是湖泊，是瀑布，是大海，是大洋，是漫长的、永世的雨。又一次，又一段无可期待的旅程。你，无知无觉，无依无靠，静静熟睡。你的思绪与记忆被钉上了木板，裹上了清漆，放上了十字架。封进了棺木。大雨，黑夜。母亲和姐姐哭泣着，诉说着心绪和悲痛；她们哭泣着，诉说着绵绵不绝的心绪。记忆中那双温和柔软的手，眼前竟这般厚实粗糙，好像艺术品，交叠摆放。殡仪馆的人开着车，没看我们，他说着话，好像我们能听见似的。他们用沾了水的布擦拭过你的身体，将你穿戴得齐齐整整。只有大雨和黑夜，父亲。在我们身后，来路一公里一公里地延伸出去。而你，不再有来路。你迷失于来路，化作了悲痛，诉说，大雨，黑夜。你就这样不可思议地离去了。父亲。只有大雨。只有黑夜。这个上午漫长得毫无道理，这个春天虚假得毫无道理，一如这微光。这个地方狭小逼仄，令人窒息，空气却还要假装可供呼吸，沼泽却还要假装广袤无垠。这个地方曾是整个世界，如今无非是虚无的空洞，竟还妄图自称"世界"。其实，一切都已停止了。一切仍妄图并拼命维持原样。大家似乎也都信了。你不在了，别人照样走着他们的路，照样遵循着从前的轨迹生活。而我知道，父亲。你不在了，你建立的规则就不在了。你带来的秩序也不在了。父亲。天空拖拽着几近透明的云霭，缓慢地迁徙。公路将世界从中间切开，一分为二，直直地伸向那条不存在的地平线，伸向天空。在我们身旁，橄榄树在奔跑，逃离，滑行，笔直的树干断续掠过，顶着纷乱的树冠，轮错，闪烁。黎明在生长，疲惫也在生长。阳光不肯离去，春天也不肯离去。引擎固执地发出昆虫般的长鸣，持续不断地从地底爬出，一寸一寸地钻进我的肋骨，在我胸膛的监牢里，低吼出声。我握紧了方向盘。黎明在生长，疲惫也在生长。我继续前行。我向前，再向前，然后归来。路一丈丈、一里里地驶来，日子一天天、一年年地过去。我向着我们的过去前行。我在路边的石头和旅途的微光里，找见一方天地，驶进去，加紧油门；在这里，向前开出一公里，便是倒退一个月。我在这条我们一起走过千百次的路上前行，历经四季流转：春冬秋夏春冬……我仿佛是失足跌了进来，就这样，在这里前行了不知多久。天旋地转。我纵身跳下这口深不见底的井。阳光那么耀眼。我们共度的千百个曾经，离了我们，却依然鲜活——它们将我们远远地甩在后面。我们曾千百次共同沐浴的阳光，如今既无法把你温暖，也无法把我温暖。父亲。我与这一切擦肩而过，它们也与我擦肩而过，弃我而去。我跌了进来。我前行。我归来。

　　公路两旁，发黄的灌木和干枯的蓟丛在广阔的麦田边蔓延，几根勇气可嘉的野草在其中格外扎眼，还有那如火如血的罂粟花，焰心舔舐出灿灿的金黄。茶色的麦浪燃烧着。金黄的毯子直卷上天空，穿越太阳奔涌而来。这快要过去了的上午，这炙灼的春天，晴朗得让人头晕目眩。我想避开这炫目的光，偏过头，便看见了小时候的我，很多年前还被安全带系在座椅上的我。我看见自己不耐烦地问着，还有多远呐？我把视线拉回到正前方。深呼吸。我让自己平静下来，然后说，快了，快到了。我直直地盯着地上时断时续的白线，却用余光凝视着一旁十岁出头的自己，凝视着眼角那一团光痕与斑影。还有多远呐？地上灰尘扬起，时间如燃料烧尽，年岁渐添。快了，快到了。我们驶过了一个白色的村庄，它荒凉得如同这条公路，空空荡荡，无人问津。我们驶过了一个村庄，离我们的村子已经很近了。这里全是白房子。你认得这里的人，这里的人也认得你。我们驶过了这个荒凉的村庄，这里已经没有人记得你。我翕动嘴唇，讲着本该从你口中讲出的话。那个你给我讲过的那个小故事，你熟记于心，我们都熟记于心。那个故事。我问你是不是真的，是不是真的发生过；你将细枝末节藏进高深莫测的眼睛，和丝绒般平滑生动的脸庞，只说了一句，这是个故事。然后，你结束了这段对话，我们也再没提起过。我看向自己，看见座椅上的自己，煞有其事地思考着什么，像个小大人，吃饱喝足，无忧无虑地成长。我感受到了做父亲的快乐，那是一种给予孩子我当初无法拥有的东西的心满意足；你很快乐，那是一种得偿所愿的心满意足。是的，父亲，你做到了。你什么都做到了。我的一切都是你给我的。你创造了我，创造了你亲手种下的希望。我最后一次看向自己，看见自己。孩子的脸庞，孩子的愿望。我追寻着年少的冲动，那是一种靠近又远离的志忑。还有多远呐？我还在听。我突然回头，只看见空空的座椅和剧烈的沉默。那个声音消弭在每一道光束里，隐匿在这一大片阳光里。我自问自答，快了，快到了。

你果然没有骗我，父亲。我们已经离家很近了。我们就快到了。眼前的弯道、树木、田野，都开始变得熟悉。如果这儿坐的是你，我已经迫不及待地要下车了。我已经提前计划着，准备着，你也一样。父亲。我曾信誓旦旦地告诉你，我不会失去你的，然后，我失去了你。我失去了我的朋友。我多么想念你。亦父亦友的你。我们就快到了。阳光在万物之上铺洒，如同悲悼的冬天，在我失去你的夜晚蔓延。那一夜，我望着故乡的土地显现出轮廓，如同此刻呈现在我眼前的，这片如今已然残酷的土地。

我独自度过了一整夜。坐在冷下去的炉火旁，我恍惚觉得，你回来看我了。我恍惚看到，你用火钳夹起一排栗子，放在火上烤；然后，不等我向你要，你就把热腾腾的栗子一个一个剥开给我。我恍惚看到，炉火烧得正旺，你像从前一样，坐在这儿，穿着睡衣，抱着外孙女逗她玩儿。父亲，那天你挣扎着下了床，强忍病痛想和我们多待一会儿。天色渐暗，你把外孙女抱了过来，咱们一家人正聊得兴起，几乎忘了你还生着病。忽然，你笨拙地站起身，把孩子交给姐姐，说这小妮子尿了我一身。你浑然不察，伸长了胳膊，把孩子交给姐姐，可我们却看着鲜血在你的衣裤上洇开。父亲，我从没见过你这般脆弱，像个吓坏了的小孩子，惊惶失措地向我们求助。父亲啊，我的孩子。我们围在你身边，将你埋葬在那里的现实终究太过残酷，让你禁不住低声呻吟；我们围在你身边，惊慌的泪水毫无用处；我们围在你身边，帮你脱下被鲜血浸透的睡衣，母亲拿来一条白毛巾捂住你的肚子，毛巾立刻被染红了。时间在我们的脸上驻留了很久。我们一动不动地等血止住，像是在拥抱。我们，在一起。母亲专心照料着你，沾湿了毛巾一头，为你擦拭肚皮和伤口。父亲，今晚你在哪里？我在记忆里寻找你，在只有我们知道的秘密角落寻找你，可是我找不见你。我只看见黑暗，在无法照亮的黑暗角落里把你取而代之的黑暗。痛苦无边无际，难以名状。我在黑夜的角落里，寻找你。我走进你的卧房，它现在由母亲独守。

床是铺好的。礼拜天早上我会跳上去，摇着你们的肩膀，大喊天亮啦。旁边空着一块，从前放着舍不得扔的摇篮。你在床上昏睡了那么久，全赖药物和吗啡为你续命，助你入眠。你时常从梦中惊醒，闷哑地叫着：你没听见吗？也不知你在问谁：你没听见吗？我们疾步跑来，打开台灯，看见你被痛苦蚀刻得嶙峋的双颊。你想吃药，你说，快给我药，疼死了。我们看着你，说不出话。还得好几个钟头才能吃药呢，爸。我们一时没了从你那儿学来的坚强。就这样，这间卧房也患上了重病，关不住她，病痛泄漏出去，布满了整个家，染上了所有暴露在外的东西。从卧房里散发出的、阴森溃烂的、病痛的气味。时至今日，我仍能在这弃置的睡房里闻到这种气味。我打开五斗橱的抽屉，又打开衣柜门，寻找你。我抚摸着你再也不会穿起的衣服，想起它们穿在你身上的样子：你胸膛宽厚，臂膀敦实，一双腿却又白又细。那回去海边，我们笑话你说，这哪里是大男人的腿，那么细还那么白，像从没晒过太阳似的。我还看见了各色的领带，有我出生前你常戴的，还有你去产房看我时戴的。后来别人告诉我，那天你很开心，特别开心。你和我说话，用的就是那种和孩子说话的温柔语气，你轻轻地爱抚我，用的就是那双为了我们不辞辛劳日夜工作的手。我穿上了你的衣服。穿好了。不长不短，刚刚好。我穿上了你的衣服，看向那面摆在五斗橱上的镜子。我在镜子里，找到了你，看见你抬手粗粗捋了捋头发，扯了扯衬衫，正了正衣领。父亲，你从少年人的轮廓里，定定地望着我。然后你走了，去你要去的地方，你总是知道你的去处。我看见了像你一样的我自己，重叠在你坚定的身影里。你的脸很难描述：你的头发是自然卷曲的，在医院时又是稀疏短平、黯淡无光的；你的眉毛，由手指细细梳理着；你唇间微妙的时间，或微笑或大笑或煎熬；你的嘴，塞着药棉，好让你身体里的气味不会散发出来，父亲；你的脸颊，你亲吻我时扎脸的胡子，那天早晨你去做第一场手术前亲了亲我，又抱了抱我，像是在告别，你哭了，我们都哭了，你说，我的好儿子，你身上的气味氤氲在厨房暖黄的灯光里，你张开双臂把我拥进怀里，你转身离去留下我一个人；你的脸颊，我的吻落在上头，我能感觉到你死去的脸颊格外光滑，格外冰冷——我忘不了这感觉，忘不了这亲吻；你的双眼，若有所思地凝视着礼拜天的太阳和丰盛的午餐，又忧伤地看着那堆你托人做的或亲手做的东西，只可惜等不到它们完工了。父亲。我依然在寻找你。我打开你那边的床头柜抽屉。里面有你写的一笔笔账单，都是你生活过、坚持过、如今已毫无生气的痕迹。悬停片刻之后，我的手还是伸向了你的抽屉。里面是你的手表，你疲倦地将它留在了那里，而它还在等着你，还在走——一秒一秒又一秒——秒声重重叠叠，你走以后，依旧如此，表针与时间都是老样子，好像什么都打扰不了它们微不足道的工作，依旧纺着一根无穷无尽的细丝。时间好像无穷无尽，无比纤细，却不会在任何瞬间、任何一秒被剪断，它好像从未被剪断，一朝断裂，便再也无法接上，再也无法让我们重逢。我解开表带，将它扣在手腕上。汗渍还在，你还在。悬停片刻后，我的手还是伸向了你的抽屉。然后，在发票堆和写满加减乘除的稿纸里，我发现了一张小小的方形贺卡，上面贴着一颗亮闪闪、圆滚滚的爱心。打开后，是用尺子画出来的一根根横线，和我稚嫩的笔迹：我爱爸爸，/我爱我的老爸，/我没有什么能给你，我只能把我的爱给你。我哭了。我独自度过了一整夜。与你一起。周围是最纯粹的寂静。曾经，黑暗并不存在，每个夜晚都在等待太阳升起的黎明。后来，生命从你的笑颜上褪去，在我们的面庞上停驻，绽开。现在，除了黑暗仍是黑暗。黑暗抗拒六月的黎明，抗拒春天。春天是从你目光中萃取出来的无尽微风，春天是你的答复你的教诲。如今春天不再，生命不再，暖阳不再，时间也不再需要我们，直教人精疲力竭；如今，春天是花环下你眼中的暴风雨，是凛冬，是寒风，是胸口滔天的洪水与黑暗。我们在黑暗里为你哭泣，趴在你身旁哭泣，仿佛泪水可以填补你留下的空洞。你无法再亲吻拥抱，无法再开口说话，无法再深深凝望——只有空洞。父亲，这间屋子就像今夜一般黑暗冷峻，不再有你给予我们的最坚强的守候。现在，只有恐惧。你已迈入英灵殿，回不来了，再也无法保护我了。我独自度过了一整夜，坐在炉火旁，等你。你再也回不来了，可是，我依然在等你，我爱你。

新的一天从万物中升起，万物也都长高了些。我推开窗户。花瓶里，花朵挺直腰身，充分享受着将其笼罩的微光。微光紧贴着大地，向前推进，像瘟疫疾驰蔓延，像海浪永不复返。渐渐地，低垂的树枝上有了动静。庭院里那面倒下的白墙后面，长起了一排橄榄树。接着，一大群麻雀飞向天空。时间就是这微光，父亲。你总会走进阳光，驱赶夜晚，带来晨曦。每到周六，你都会早早叫我起床去果园，我总是一面走，一面哈欠连天。我们会按照时令，采摘橙子或者桃子来吃。要是下雨天，我们就穿上橡胶靴，我跟着你，走在田埂上，走在泥土里，走在雨滴抑或说是雨的泪水濡湿的青草间。要是大晴天，我就跟你走到园里的高地，放开水闸，让池水沿沟渠流下。田里的水，凉爽清澈，我们将它分出几支，引向每一块干涸的土地，流向每一棵你种下的果树。水慢慢渗入孔隙，稍解土壤中炽烈的焦渴。脚下的土地正在燃烧，我们都能感受到。土地板结，焦炭一般。沿渠而下的水，像是最干净的血。我们把绕在胳膊上的喷水软管拉开几米长，直伸到你挖出的树坑里；静静地，每棵树下都汇聚起一汪小小的湖泊。父亲，你离去的这个冬天，连果园里的橙子都没人吃了。那天，我们把橡胶靴丢在锄头和种子旁边；现在，靴子还在原地，好像你随时会推门进来，将它再次穿起。我知道你不会了。仿佛只有我一个人知道这个可怕的秘密，而且不能告诉任何人。黎明漫向天际，笼住整个世界；而在黎明中，我的痛苦是座孤岛。这是你期盼已久的黎明，它终于到来，而你已不在。也是在这样的黎明中，我们去医院接你，你盼了那么久，终于可以出院了。父亲，看见麻雀吟游的歌声我就知道，看见新生的白昼我就知道，看见泥土里青草上干净的露珠我就知道。我知道，可我依然在等。

　　天亮了，我离开我们的家。合上窗，关上门，锁上黑暗；我将那些影子，都锁上了。我从衣兜里——它和你的衣兜一样宽大——摸出钥匙，它们过去是你的，现在仍是你的，只是你把它们留给了我们；插进锁眼，转了两圈，锁上了院门。我锁上了铺满地面的落叶，它们都为你飘零；我锁上了开满枝头的桃树叶，它们在春风的迫使下生长；我锁上了花草伸展的手臂，它们沉默不语紧贴着墙壁；我锁上了空空荡荡的鸡窝、兔笼、鸽棚；我锁上了浣衣池、橄榄树，还有柠檬树，树上再也结不出柠檬来供我们喝下午茶了。我锁上了院门，开着我们的小货车离去了。没有人贸然行走在我经过的街道上，唯有白墙、阳光与房屋还在老地方，就像我们往日看到的那样。我开得飞快，逃离着街道和房屋；我开得很快，与那个无眠的早晨不同，人群中我们只能慢慢地走，最后一次和你一起，慢慢地忍受这条迟缓的路，身后除了人还是人。父亲，这是我以前去上学的路，我背的书包,是你送我的黄色书包。这是我以前飙自行车的路,也不知是谁告诉你,我骑得太快了,我骑的自行车,是有一年我过生日时,你用卡车运来的蓝色自行车。自行车,和一只皮球。我没有忘记,父亲。我开得飞快,这条路我很熟悉,而且一定会永远熟记于心。它们铭刻在我真挚的记忆中。我开过了学校,然后在我们的土地开始与终结的地方,停下了。在这道每日紧锁、将我们分隔的铁门前,在这排厚重惨白的高墙前,我听见了钟鸣,轻轻地,回荡在微风与寂静中。白色的墓园,只有黑色与白色的轮廓。我抓住铁门的栅栏。铁门冰冷得如同残存下来并将我们分离的一切。它这副钢铁之躯,相比我们孱弱无力却战斗不息的血肉之躯,不知要坚硬多少。我走了进去。我走了进去,上午已经过去了很久,太阳在清冷黯淡的光里失去颜色,仿若落日。我穿行于墓碑的长廊,青苔因于大理石之上。你知道的,我心中的悲痛,无边无尽。你知道的。我跟在葬礼队列中一步一步走着,前方的教堂缓缓靠近。柏树低吟着悼词,连声不断。走着走着,我的身体好像跟不上我了。它掉队了。我的灵魂在地面上走着,独自背负着我过重的重量。就这样,我走近教堂,绕着它走进正门,终于开始看见你了,父亲。远远地,看见那张石床的轮廓,那是你最后的睡床,是你朴素的祭坛。我从墓石间的小路穿过,眼里一直望着你,没有低头看路,沿直线走着,只看见你。你在这么多睡着的人里依然耀眼。父亲。我离你越来越近,越过了在头顶盘桓的一只只乌鸦;越来越近,越过了映照出天空倦容的一片片云彩。越过了风中的一阵阵寂静。我来到这里,我知道你在,你留在了这里,你停在了这里;你在这里,在时间凝结成的钟声之下。时间不再流动,大理石一般。上面有你的名字,父亲。你的名字很重要,父亲。你的名字铭刻于此,直到永远,就像那些云彩,就像不死不灭的一切。瓷像上的你,深深地望着我。你很久没有见到我了。我们对望了许久,我知道你想和我说说话,想问问我。我给你讲你外孙女的新鲜事,她还想找你玩呢,而且已经会叫外公了。在你弯弯的眼睛里,我看到了笑容。父亲,你的名字下面写着你出生的日子,你离世的日子。你还记得我是什么时候将你带来这里的吗?沉寂,哀悼,那时我只想把你带走。汽车停了。空中的雨停了。那时我只想把你带走。你为我做了那么多,你创造了我,我却只能把你带来这里。我扛起棺木一角,你的重量告诉我,这就是父亲。我走过漫长的时间,将你放在墓坑的两根木条上,看着你被几条绳索吊放下去。泥土,你身上的泥土,落在你身上的泥土。落在你身上的重量,是没有十字架的墓石,是泥土,是每一个早晨。青黄的小草从你身旁长起,父亲。黝黑的柏树在你身旁挺立。我得走了,你知道探望时间的,爸,你明知道我要是再不走,护士就会过来,然后赶我走,冲我俩发脾气;我得走了,我说我能行的,爸,我一定会像你一样,用双手努力生活;我这双手就是你的,就是你的双手,父亲。我们再一次对望。好,我会回来的,爸,我会回来的。那天我转身离去时,你一直看着我。悲痛,无边无尽。我们都哭了。你知道的。小货车陪伴着我,载我前行。父亲。春天还在。整个上午都在。上午还未过去,如同你久久凝望的目光,就像天地间的距离一样深长,与从前一样清新明亮,那不刺眼的光芒,静谧柔和得就像这整个上午都在的春天。啊,父亲,要是我也能像你一样,躺下休息这么久,该多好。在黑漆漆的地下,在黑夜里,潮湿的胸膛酣睡着。多少年多少个世纪,塑像深藏在供人饮用的甘泉中。永无倦容的天使,被鲜花、田野和平原簇拥。啊,父亲,要是我能躺在这里,该多好,替代你的瓷像,演绎你定格在大理石上的音容笑貌。父亲。这里,只有不眠的时间。现在,日光惩罚着干渴的土地。周遭的一切寡淡无味,毕竟已经发生过太多次。这条路陪伴着我,引我前行。这条路带我来找你,现在又让我离开你。阳光用它的手臂紧紧抓着我,不让我留下,就是不让我留下,把我推上阳光的道路。我会继续前行,父亲。我会继续,就好像我无欲无求。但你知道,我有。我继承了你的心愿。在这里,在周遭的冷漠中,我想起了我们紧锁的家门。好,我会回来的,爸,我会回来的。我一定会回来,一定会把庭院和果园打扫干净。在这里,在你如今生活的、巨大的、黑白的国度,我想起了你的脸庞。你的脸庞跟随着我,一点一点消失,又还依赖着我,终于消失在墓石的群岛中,没有消失的,只有伤痛与这个上午。父亲。你的声音在我心里,陪伴着我。我在听呢,父亲。就像那时你唤我过去,握着我的手,把它放在你肚皮上,里面都是肿瘤。那些小球。你那变了形的肚子。那些鼓包。你管它们叫"小球""鼓包",你告诉我,你感觉更糟了,可能好不了了。而我总是骗你,一直在骗你。我们相互看着,那么悲伤。父亲。就像在医院的时候,你管我们要什么美国饼干。你爱嚼那玩意儿,我只能整块儿包在嘴里，一点也不觉着好吃。我们到处去找饼干，别人都笑话我们呢，父亲。你要找的那种美国饼干，是你和母亲、叔伯一块儿在埃斯特雷莫斯集市上吃到的。父亲。你的声音，你呼吸时带出来的微弱呻吟，我和母亲，我们看着你，我们知道你的，得去屋里找你，我们知道你的，该扶你上厕所了。父亲，你已经连自己起身都做不到了，我们也知道，我们托着你的胳膊，把你扶起来。你声音里微弱的呻吟，你双腿无力的颤抖。我又想起了这一切，父亲，在你的声音里，在我的声音里。这一切都封印在了葬礼那天永恒的上午，紧抓着我不放，让我永远也忘不了。

曾在你目光中感受到的一切，我不想也不能忘记。父亲，你去拥抱冬天，而我留在它现时的寂静里。若不去想"青草"这个词从你口中说出时清新的气息，春天就不复存在；若不去想"太阳"这个词从你口中说出时温暖的感觉，夏天就不复存在；若不去想"死亡"这个词从你口中说出时深埋的遗忘，秋天就不复存在。所以啊，父亲，在空气中，你的沉默就是煎熬，它在流逝的时间里，在空气中，在已然凝滞的时间里。时间凝滞，依靠虚假琐事编织谎言维生，它们无非是改头换面，无非是亦步亦趋，无非是鸠占鹊巢，扯着谎，留下爪印，潜行于干瘪枯黄的灌木和茂密青葱的灌木，那小老鼠爪子踩出沙沙的声响——从昨天随你一同死去的落日中，又升起了新的太阳；微风以假充真，装作还能够轻抚你的脸庞；就连云彩和天穹也不再是原本的模样了：只有谎言，在凝滞的时间里，依然层出不穷。没了你，时间就没了引路人。没了你，被大雨拖行时，我们就没了你指引的目光。父亲，我在记忆中背负起你的记忆，就像背负一场复仇，就像背负一只大麻袋，里面装满了对这个世界的复仇，这个对我们降下惩罚的、残酷的世界，践踏着那个我们一同生活过的世界，那个我们引以为豪的世界，那个我们爱过就永远不会忘记的世界。

安歇吧，父亲，睡吧，我的小宝贝，我会将你的名字你的信仰你的梦想带去我的天地。安歇吧，我不会让你有事的。不要难过，父亲。我会在这片土地上坚强地站立。我可以的，我会努力，我会把曾经属于我们的世界重新带回这里。我一定会的，父亲。那个阳光万丈的世界。我会认出你的模样，因为我从未忘记。时间将是崭新的，生命也将是崭新的。你不在了，可你一直都在。你的声音在说，你自己来，儿子。你别担心，父亲。

我自己来。父亲，你别担心我。我自己来。我继续前行。这条路在上午的残余中缓慢地向夜晚进发。阳光如雨，洒落在我目光可及之处。这辆大大的小货车，是你答应过的，盘算了好久，干了几个月的活儿才买下来。小货车正载我前行。父亲，你在哪里？为什么把我一个人留在这里呼喊"你在哪里"？我沉浸在苦痛之中，亟须听到你的声音，亟须握住你伸出的手。可你再也不会，再也不会了。父亲。睡吧，小宝贝，你曾是我的世界。我的胸膛被利箭穿透，因为我再也听不见你看不见你触不到你。父亲，不管你在哪里，睡吧。我的孩子。你曾是我小小的全部。安歇吧，父亲。你的笑容留下了，你的全部都留在了我心里，我没有忘记。父亲，我永远不会忘记。

（选自《了不起的散文》，中信出版集团，2022年10月）

## 评鉴与感悟

《祭父书》是佩肖托的出道之作，写于1996年5月至1997年5月之间，作者目睹其父的病痛经历，思考亲情与人生，借助文字粘贴、拼接父亲的生命印象，现实与记忆交织，打破时空界限，以别致的散文形式传达隐忍而浓郁的父子之情。

# 声 明

本套"2022·北岳·中国文学主题年选"收录了本年度众多优秀文学作品。在编选过程中,我们及各选本主编已尽力与大多数作者取得了联系,但仍有个别作者因故未能取得联系。见此声明,烦请来电,以便奉送样书。

联系人:高海霞

电 话:0351—5628691